LOS AÑOS TRANQUILOS

LLERENA PEROZO PORTEIRO

LOS AÑOS TRANQUILOS

Rocaeditorial

Primera edición: mayo de 2025

© 2025, Llerena Perozo Porteiro
Autora representada por Agencia Literaria Antonia Kerrigan
© 2025, Roca Editorial de Libros, S. L. U.
Travessera de Gràcia, 47-49. 08021 Barcelona

Roca Editorial de Libros, S. L. U., es una compañía de Penguin Random House Grupo Editorial que apoya la protección de la propiedad intelectual. La propiedad intelectual estimula la creatividad, defiende la diversidad en el ámbito de las ideas y el conocimiento, promueve la libre expresión y favorece una cultura viva. Gracias por comprar una edición autorizada de este libro y por respetar las leyes de propiedad intelectual al no reproducir ni distribuir ninguna parte de esta obra por ningún medio sin permiso. Al hacerlo está respaldando a los autores y permitiendo que PRHGE continúe publicando libros para todos los lectores. De conformidad con lo dispuesto en el artículo 67.3 del Real Decreto Ley 24/2021, de 2 de noviembre, PRHGE se reserva expresamente los derechos de reproducción y de uso de esta obra y de todos sus elementos mediante medios de lectura mecánica y otros medios adecuados a tal fin. Diríjase a CEDRO (Centro Español de Derechos Reprográficos, http://www.cedro.org) si necesita reproducir algún fragmento de esta obra.
En caso de necesidad, contacte con: seguridadproductos@penguinrandomhouse.com.

Printed in Spain – Impreso en España

ISBN: 978-84-10274-88-4
Depósito legal: B-4.736-2025

Compuesto en Mirakel Studio, S. L. U.

Impreso en Romanyà Valls, S. A.
Capellades (Barcelona)

RE 74884

*Para Andrés Duro Fernández.
Gracias por ayudarme a ser yo*

*Para Ramona García Rodríguez,
Jesús Porteiro Fernández, Antonio Perozo Tabales
y Luisa Ruiz Cachadiña,
siempre en la memoria de mi amor*

Los años tranquilos se olvidan. Los días sin sobresaltos, donde el tibio discurrir de las horas es un murmullo inapreciable, pasan de largo con elegancia y se van amontonando uno sobre otro. La memoria se ocupa de entresacar con pinzas lo que resalta, lo extraordinario —sobre todo lo doloroso—, y lo enmarca para la posteridad. Así estamos hechos.

Christina Rosenvinge,
Debut. Cuadernos y canciones

I
Los años del mar

La inteligencia humana se parece mucho al juego del póker. Al comenzar la partida, al nacer, nos reparten unas cartas, genéticas o de baraja. Hay naipes peores y naipes mejores, y es mejor tenerlos buenos. Pero no suele ganar el que tiene la mejor baza, sino el que sabe jugar mejor.

José Antonio Marina,
La inteligencia fracasada.
Teoría y práctica de la estupidez

Estas son ahora mis manos. Las manos de una anciana. Sé que son las mismas, aunque muchos días no las reconozco. Pecas. Dedos retorcidos, uñas amarillentas surcadas por grietas como arroyos. Cicatrices. Callos, arrugas. Mis manos.

Estas manos fregaron suelos de madera y de baldosa hasta mudar la piel cientos de veces. Puede que miles. Trabajaron la tierra siendo muy jóvenes. Acariciaron. Escribieron. Fueron acariciadas. Defendieron y fueron silenciadas. Hablaron.

Estas manos mataron.

Mi primer recuerdo es de ellas. Rememoro como un sueño estar acostada en la hierba, con la barriga hacia el cielo. Debía tener tres o cuatro años. Quizá menos. Una nube densa y oscura había ocultado el sol. Tal vez era otoño, o primavera. Mi madre faenaba en el prado a pocos metros de donde me había dejado tendida. La oí hablar, dijo algo acerca de la lluvia. Sentí cómo cambiaba sus movimientos y empezaba a recoger los aperos. No necesitaba verla para saber qué estaba haciendo. Una gota gruesa y fría me cayó en la frente y alcé las manos abiertas para protegerme. Entonces las vi. Mis manos. Me encantó su silueta recortada contra la nube y permanecí mirándolas un rato, moviéndolas para apreciar las distintas perspectivas y matices, hasta que ella tiró de mí suavemente y me cargó a la espalda para volver a casa.

Puede que mi niñez no fuese tan plácida como quiero recordarla, pero los primeros cinco o seis años en la aldea transcurrieron sin darme cuenta. Me vienen a la memoria las rutinas, el desayuno de leche hervida con pan duro y mantequilla, el lar siempre cálido, las siegas, las vacas. En mi octavo invierno me mandaron a la escuela. Nevaba y poco se podía adelantar en los trabajos de la casa. Las vacas, los caballos y los burros se alimentaban de la hierba recogida en verano y otoño, ya seca. No teníamos que llevarlos y vigilarlos en los prados. Los árboles dormían y no había frutas que recolectar. La huerta, preñada de berzas, crecía despacio.

La escuela quedaba a tres kilómetros de nuestra casa. Había que subir hasta el otero mayor y luego seguir la orilla del río y llegar a la presa donde yo, para atajar, trepaba por un pequeño muro de piedra y saltaba al prado contiguo al colegio unitario republicano, el cual debía atravesar sorteando las pozas heladas, tan traicioneras. Se decía que una niña había caído en una y había muerto de frío antes de que nadie notase su ausencia. Posiblemente no fuese cierto, o puede que sí. Desde luego, esa historia sirvió como eficaz disuasión ante mis tentaciones de probar a meter un pie, solo uno, y ver qué pasaba.

Pude asistir solo los tres meses más crudos de aquel invierno y ni siquiera a diario. Dentro de casa había tarea, además de ir a la feria para trocar nuestra leche, el maíz, las patatas, las castañas, a veces un ternero o un lechón, por telas, café, aceite o azúcar. Pero esos tres meses, de diciembre a febrero, fueron para mí una experiencia inolvidable. Gracias a la maestra Rita, traída por la República a una unitaria remota en nuestro culo del mundo, entusiasta y paciente, aprendí a leer, escribir y «las cuatro reglas»: sumar, restar, multiplicar y dividir. Con esos conocimientos pude comenzar a participar en la gestión de la casa, y mi madre ya nunca más tuvo que pedir la ayuda del cura para escribir las cartas a mi padre, ni para leer las que él enviaba desde ultramar, ni para hacer las cuentas. Como la mujer espabilada que era, me pedía todos los días que le explicase lo que había aprendido aquella mañana en la escuela y gracias a eso se alfabetizó conmigo. Entonces mi padre nos mandó desde La Habana un cuento que leímos juntas con deleite. Hablaba de un emperador y un vestido invisible. Aún hoy puedo recitarlo de pe a pa, de tantas veces como lo leí.

En 1935 volvió mi padre. El crac del 29 lo había arruinado, y Emiliano García Bastos apareció un día en la puerta de casa, seis años después, avejentado, alcoholizado y deprimido. Duró seis meses. Se lo llevó una pulmonía que cogió una de aquellas noches en que caía redondo sobre la hierba húmeda a causa de la bebida y no había manera de moverlo hasta la cama. Yo tenía once años y apenas me afectó porque aquel señor no se parecía en absoluto al héroe del que me había hablado mi madre ni al que nos escribía cartas cariñosas en las que nos contaba las maravillas del mundo antes de que él llegase. En mi cabeza, ese primero siguió siendo mi verdadero padre. Lo único que me dolió fue ver a mi madre triste, aunque la pena y el llanto le duraron poco. Había mucho que hacer para sobrevivir y poco tiempo para lamentos y lutos, a pesar de que su ropa fue, en adelante, negra para siempre.

Madre había pasado tantos años sola con nosotros que la vuelta de padre le había resultado una carga pesada. Para colmo, la llegada del marido había supuesto la partida de Esteban, el varón más joven de los seis hijos e hijas que éramos, porque mi querido hermano, con quien siempre tuve un vínculo especial, sintió que aquel desconocido le arrebataba su lugar y rol en la familia. Como además estaba a punto de ser llamado por las levas de reclutamiento, Esteban había escrito a Ramón, nuestro hermano mayor, ya emigrado, y le había pedido que lo reclamase en La Habana, donde se fue solo unos días antes de que nuestro padre muriese.

Yo pienso que en cierto modo nuestra madre también agradeció la marcha rápida de su marido hacia el otro mundo. Total, ya se había acostumbrado a sobrevivir en su ausencia y a la vuelta él le había dado más trabajo que ayuda. A pesar de aquellas cartas tan bonitas y del cariño que se tenían, pocos recursos había aportado desde el extranjero en los años precedentes. Por lo visto, se había marchado cuando supo del embarazo que me trajo al mundo, conminado por su esposa a mejorar la situación económica ante la llegada de un sexto y no deseado hijo, que luego resulté ser yo. Al parecer, conoció a alguien en La Habana y formó una nueva familia allá, y, por lo visto, por eso apenas mandaba dinero, aunque sí algún baúl lleno de ropas estrafalarias, vestidos livianos de verano imposibles de usar en la fría Asturias, y regalos intempestivos de cuando en vez. Encima, se había llevado con él al mayor de mis hermanos, Ramón, a quien yo no había llegado a conocer, lo que dejó nuestra casa labriega sin la fuerza de trabajo de un hombre adulto, con una mujer embarazada y otros cuatro hijos e hijas de entre catorce y seis años sobre sus hombros. Yo nunca lo eché en falta porque nunca lo había tenido. Y cuando volvió, lo eché de más hasta que murió. Lo cual, por suerte, fue pronto.

La muerte de mi padre no se notó en la economía de la casa, pero sí en la estabilidad, porque en aquel tiempo una viuda estaba desamparada y había que espabilar. Valía más un marido ausente que uno muerto, como bien había explicado Rosalía de Castro, a quien tuve el honor de leer mucho después. Mis hermanas también se habían ido marchando, en la aldea quedábamos solo mi madre y yo. Ellas fueron a servir a las ciudades: la mayor, Maruxa, a Uviéu. La cuarta hija, Eloína, a Bilbo. Y Caridad, la menor de ellas e inmediatamente mayor que yo, a Madrid. Ramón y Esteban acabaron, como ya expliqué, en la emigración del ultramar caribeño.

En 1936 hacía un año que estábamos solas en la casa mi madre y yo. No supimos con certeza del estallido de la guerra hasta casi finales de año, pero un día llegó de golpe a nuestras puertas. Habíamos oído en la feria que algo pasaba, pero Vilamil estaba tan aislada del mundo, protegida por las montañas y ríos del resto de la humanidad, que nunca pensamos que aquellas historias de fusilamientos de rojos y quemas de iglesias fuesen a tener algo que ver con nuestra pequeña y dispersa aldea. Sin embargo, una tarde de noviembre sentimos disparos, muy cerca. Parecían silbar por encima de nuestro tejado.

Los sublevados fascistas habían llegado a las cimas de las montañas al sur del valle, que llamamos brañas, y los republicanos las protegían desde las cumbres enfrentadas del norte. Las balas volaban sobre nuestros prados. Yo ya iba para trece años, que cumpliría en enero, así que cuando las otras mozas me vinieron a buscar no dudé en acompañarlas. Le dijeron a mi madre que íbamos a llevar víveres y agua a los republicanos, que eran los buenos, y algunos incluso parientes. Por el camino me contaron el verdadero plan, al cual también me apunté.

Empezaba a evaporarse el sol cuando alcanzamos la cumbre de la braña de Cabornu, donde los fascistas ya estaban recogiendo la trinchera y se preparaban para pasar la noche. Mis amigas comenzaron a agitar sus candiles y gritaron fuerte.

—¡No disparéis! ¡Os traemos comida y vino!

Uno de los nacionales, que dimos por hecho que era el jefe, asomó con precaución y nos alumbró con una lámpara hasta que estuvo seguro de que no se trataba de una emboscada. Luego, contento, nos permitió llegarnos a su campamento improvisado, donde les dimos pan con queso y mantequilla, leche y vino, mucho vino, además de sidra y caña de aguardiente, hasta que, de tan borrachos, cayeron en un sueño profundo. Entonces corrimos hasta el pie del monte, donde ya nos esperaban los soldados leales a la República, quienes subieron y detuvieron a aquella recua de asesinos.

Esta estrategia se repitió en cinco ocasiones, en cinco cumbres diferentes, a lo largo de la guerra. Todas con el mismo resultado, a pesar de que en el camino algunas amigas fueron asediadas por franquistas ávidos de carne de hembra. Ellas se dejaron hacer e incluso alguna hubo de transigir con los deseos de los capitanes y coroneles para no despertar sospechas o, peor aún, no acabar siendo «ajusticiadas» por traidoras en manos de aquellos bárbaros. Todas concordamos en que el peaje era duro y, también, en que parecía inevitable.

Yo no lo dejé ver, pero me aterrorizaba la idea de que alguno de aquellos brutos pudiera encapricharse conmigo. Al mismo tiempo, ni siquiera me planteé la opción dejar de participar en aquellas «misiones» tan emocionantes. Por eso, antes de que llegara el día de una sexta emboscada, me preparé. En casa guardábamos muchos frascos de cristal, tarros de barro, pequeños atados de tela y cajas de papel o madera donde almacenábamos flores secas, hierbas molidas e incluso hongos y algunas rayaduras de minerales. Eran nuestro principal recurso médico, pues aquellas sustancias eran remedios naturales que empleábamos con las personas y los animales. Con ellas era posible combatir fiebres, sanar cortes, reducir inflamaciones o provocar un aborto, entre otras muchas recetas. Yo los conocía bien, pues mi madre se había ocupado de instruirme en esos saberes desde el mismo día en que consideró que ya tenía capacidad para adquirir ese tipo de conocimientos, lo que ocurrió más o menos cuando empecé a hablar. Encontré a primera vista el pequeño cesto de mimbre que contenía las flores secas de adormidera brava, muy eficaz para sedar animales y dolientes, del cual sustraje un puñado. Me lo guardé en un bolsillo del mandil y unos días más tarde lo trituré pacientemente en el mortero mientras mi madre estaba ocupada en un prado y yo vigilaba las vacas en otro. Luego guardé cuidadosamente el fino polvo resultante en un paño hasta la siguiente tarde en que las compañeras me vinieron a buscar para una nueva misión en las brañas. Fue una decisión providencial, aunque también tuvo algunas consecuencias que no supe prever.

Precisamente en esa ocasión tuve que soportar los flirteos de un soldado andaluz, feo y sucio como un gorrino, que no podía sacar las manos de debajo de mi camisa. Era más brusco e insistente que los que me habían tanteado antes, y también obstinado. El alcohol no parecía estar surtiendo en él el efecto esperado de atontarlo o dormirlo. Ya todos sus compañeros bostezaban, trastabillaban o incluso roncaban, mientras que él parecía sereno a pesar de lo mucho que había bebido y estaba claro que pretendía consumar una relación sexual conmigo, independientemente de mi voluntad. De modo que, con la excusa de apartarme para orinar bajo un árbol, me alejé un buen trecho del grupo llevando con naturalidad una botella de caña recién empezada conmigo. Una vez me creí a salvo de la mirada de los demás, vertí el polvo de adormidera brava en ella y la agité. Cuando me levanté para volver descubrí entre la oscuridad dos ojos vigilantes cerca de mí. Me alivió comprobar que era una de mis compañeras. Apenas la conocía, pero me inquietaron su mirada y su silencio. No podía saber si había sido testigo de cómo manipulaba la bebida. Casi no la conocía, pero me pareció que era la misma que había sido víctima de otros dos nacionales en una emboscada previa.

Por fortuna para mí, el andaluz no era inmune del todo. Le ofrecí la botella mediada, que apuró en dos tragos, y, gracias al opiáceo, cayó redondo en pocos minutos. Así conseguí que la cosa no pasase a mayores. Me libré por los pelos.

Al día siguiente, entre orgullosa y asustada, se lo conté a mi madre. Hasta entonces había mantenido en secreto ante ella el verdadero objeto de las expediciones, pero el incidente con el soldado y con la otra moza me había dejado el cuerpo del revés. Ella puso el grito en el cielo. Nunca antes la había visto yo tan enfadada ni tan asustada.

—Pensé que te ibas a quedar aquí conmigo y cuidarme cuando fuese vieja, pero está claro que no va a poder ser —me dijo, muy disgustada. Yo no entendí a qué se refería.

—Claro que sí, madre. ¡Yo me quedo!

—*Non te quedu, non*. Lo que hiciste es muy peligroso. Se está perdiendo la guerra, me lo dijeron el otro día en la plaza. Tarde o temprano los sublevados se van a hacer con Vilamil. Somos de las pocas comarcas que resisten en toda España, hija. Ya son dueños del pueblo, quedamos por caer dos o tres aldeas y nada más. ¿No sabes lo que le hicieron a Rita?

—¿La *mestra*?

—La *mestra*. —A mi madre le temblaba la voz, y seguramente también las manos, ya que asió una con la otra y se sentó para seguir hablando. Sus ojos azules se habían vuelto grises, metálicos y fríos—. Dicen que están matando a todos los maestros republicanos. Y con las maestras son peores. A ellos solo los fusilan. Abusaron de ella. Le raparon la cabeza y le dieron un jarabe para que se cagase. Luego la llevaron desnuda, mientras su vientre no paraba de soltar mierda piernas abajo, por las calles de la feria y le pegaron dos tiros, uno en la tripa y otro en la frente, en la puerta de la unitaria. La dejaron allí tirada para que todos la viesen. Esos hombres son de la piel del diablo. Saben todo de nosotras y son crueles. Yo voté en el 33, y encima por Izquierda Republicana. Lo saben, y eso no lo perdonan. Ahora resulta que tú colaboraste con el bando republicano todo este tiempo y además esa otra moza te vio envenenar a uno. Será un milagro si vive, le pusiste una barbaridad de *dormideira, fía mia*. Por mí tanto da, ya estoy mayor. Pero tú tienes que irte, hija.

Yo me había quedado fría. Sentía que no me podía mover. Me faltó el aire y noté una fuerte presión en el pecho que se instaló ahí en ese mismo momento, para siempre. Aún hoy, más de ochenta años después, sigue anclada a mis pulmones. Era marzo de 1939. En pocos días —no lo sabíamos— el sanguinario Francisco Franco firmaría el último parte de guerra en el que declaraba su victoria y con el que comenzaría la verdadera pesadilla.

Llegué a Madrid el 4 de abril de 1939. Recuerdo que era martes. Hacía solo tres días del fin de la guerra. Iba cargada con comida de la aldea. Chorizos, un lacón, algunas verduras —algo marchitas tras el largo viaje de nueve días—, pan, harina, azúcar y café. También llevaba algunos remedios naturales de los que teníamos en casa, pues mi madre había previsto que en la ciudad las medicinas no estarían al alcance de casi nadie. Mi hermana Caridad, seis años mayor que yo, me recibió como agua de mayo. Había pasado todo el conflicto en un piso de las afueras, sola, con sus cuatro niñas famélicas. Su marido, en el bando sublevado, no había dado noticias, y ella se encontraba sin apenas dinero ni víveres, débil y muerta de miedo. La guerra allí había sido mucho más larga que en Vilamil.

Mi madre había organizado mi partida en un santiamén. Antes de que yo pudiese siquiera procesar lo que me acababa de contar, ya había preparado un baúl con algo de ropa y los alimentos y remedios que me llevaría. Mandó llamar a un vecino de la aldea que me llevó en burro hasta Tinéu, la villa más próxima, en un viaje eterno por caminos que subían y bajaban unas montañas —las protectoras fallidas de nuestro valle— que parecían no terminar nunca. En Tinéu subí al primero de los muchos carros que me fueron trasladando, despacio, hasta la derrotada capital española a lo largo de los siguientes nueve días con sus noches. Hube de administrar muy bien las cincuenta pesetas que me había dado mi madre y que me sirvieron sobre todo para conseguir arribar a Madrid con el botín de provisiones casi intacto, el papel con la dirección de mi hermana a buen recaudo y veinte pesetas en el bolsillo.

Caridad estaba tremendamente desmejorada. La cría alegre y revoltosa que yo recordaba se había convertido en una mujer de veintiún años que aparentaba cuarenta. Delgada, seria y triste hasta los huesos. En la primera noche, luego de compartir la cena con las cuatro hijas, me contó su historia.

Todo lo que yo sabía era que mi hermana, al igual que Maruxa y Eloína, las otras dos hijas de mis padres, había sido enviada a servir a una casa de abolengo, en su caso, de la capital. Caridad me sacó del error en lo que a ella se refería. La habían mandado a Madrid con tan solo trece años (dos menos de los que contaba yo en aquel momento), sí, pero no a servir como le habían dicho a nuestra madre, sino para casarla con un militar de origen valenciano veintitrés años mayor que ella llamado Pedro Paredes, que acababa de enviudar sin hijos y buscaba una mujer joven que le llevase la casa y le diese descendencia. Ella era una niña de aldea, analfabeta, y no había podido hacer absolutamente nada por evitarlo. Sin apenas saber cómo, se había encontrado conviviendo con un hombre que para ella era un viejo, de carácter autoritario y desagradable. Caridad sabía de las cosas del sexo lo que había visto en la naturaleza (bien que había ayudado a algún caballo a montar yegua), así que en la noche de bodas comprendió lo que estaba ocurriendo. En poco tiempo concibió y parió tres niñas como ella, rubias y revoltosas, pero su marido estaba determinado a contar con un varón que le sucediese y no se daba por satisfecho.

Cuando estalló la sublevación contra la República, Pedro, que se había alistado en el ejército solo unos meses antes y donde había entrado directamente como alférez gracias a su título universitario, se había alineado en el bando traidor y Caridad no había vuelto a saber de él. Tenía ella en aquel momento dieciocho años, tres niñas a su cargo y una cuarta en el vientre y se había quedado desamparada en las afueras del Madrid de la resistencia, que, contra todo pronóstico, había mantenido un ritmo vital muy semejante al anterior al conflicto hasta muy poco antes de la entrada de los fascistas. Sin embargo, una mujer joven y sola, sin el soporte de un hombre, estaba condenada a la miseria ya antes de la guerra. En esas penosas circunstancias se encontraba mi hermana cuando llamé a su puerta con mi baúl repleto de chorizos, harina de trigo y tisanas. Aunque yo contaba con un contacto en Madrid que organizaría mi partida hacia un trabajo en América, decidí esperar por lo menos hasta que apareciese su marido o las aguas se calmasen.

Me quedé en la casa con ellas. Un segundo piso en un edificio de cuatro alturas y dos viviendas por planta en Arturo Soria, por entonces en los arrabales de la capital. Los primeros días compartí cama con la hija mayor, hasta que redistribuimos los espacios y dispuse de un pequeño dormitorio de los cuatro que había para mí sola. Busqué trabajo en el centro y en unos días ya estaba limpiando y atendiendo a los solteros que se apretujaban en una pensión muy próxima a la Gran Vía. Mis escasos ingresos, junto con las provisiones y las veinte pesetas que me quedaban de las que había traído de Asturias, fueron el sustento de aquella familia durante varios meses. Era poco, pero mucho más de lo que había habido hasta aquel momento.

Una mañana de julio, Pedro se presentó al amanecer. Veterano y héroe de guerra, había llegado a capitán gracias a sus hazañas bélicas. En los primeros tiempos de la contienda había sido la mano derecha del comandante Castejón, un sanguinario fascista responsable de la matanza en la plaza de toros de Badajoz y de los fusilamientos del 5 de agosto del 36 en Llerena, entre otras muchas barbaridades. Las lenguas decían que Paredes había sido el mayor apoyo del comandante y que se había descubierto cruel hasta límites difíciles de concebir para el común de las almas buenas. Tanto que su carrera había sido meteórica y regresaba ahora condecorado y bien situado en la jerarquía militar franquista.

He pensado mucho en él en estos años. En él y en todos esos hombres crueles que dejaron salir y crecer el demonio que guardaban dentro con la coartada de la guerra. Me gusta leer. La filosofía es una de las obsesiones que más he cultivado. En ella he buscado siempre las respuestas para las grandes preguntas de la vida, y he encontrado algunas. Pero no hay ciencia ni pensamiento que, creo, haya conseguido aún explicar la maldad intrínseca de algunas personas. Llevo toda mi vida, casi cien años, observando el comportamiento humano y sigo sin entender su procedencia. No hay en la naturaleza animal tan cruel como nosotros, que goce con la tortura y la humillación de esa forma tan... tan humana.

Me queda poco tiempo ya. Sé que moriré sin haber encontrado esa respuesta. Ese, y no otro, ha de ser mi mayor fracaso.

La llegada de mi cuñado cambió todo en pocas horas. Saludó fríamente a su mujer y fue cariñoso con las hijas. Mandó subir al piso toda clase de alimentos impensables en la situación de posguerra reciente de Madrid y revolucionó la casa con nuevo criterio y disciplina, dictando una orden tras otra. A mí me ignoró. Después me dirigió una primera mirada despectiva y más tarde me puso a trabajar. Me hizo fregar arrodillada todo el suelo hasta que relució, para luego hacerme saber que pensaba reformar la vivienda entera, por lo que mi trabajo había sido casi en vano. En un primer momento decidió que yo debía dejar mi empleo en la pensión, que encontró poco decente. Después concluyó que lo mejor sería que buscase una pensión de señoritas y me marchase de la casa. Ni se le ocurrió darme las gracias por la ayuda brindada en la supervivencia de su familia mientras él había estado ausente.

La intuición me avisó de que mi hermana no estaba a salvo con aquel hombre. Bien se veía que ostentaba una posición que había de proporcionarle seguridad económica en la terrible escasez de la posguerra, pero su carácter duro y autoritario chocaba con el de Caridad, a quien le costaba obedecer sin entender los motivos de las órdenes. Varias veces presencié cómo él empleaba la fuerza física para imponerse. Un empujón, una bofetada. Supe que aquello iría a más si no se doblegaba y así se lo comuniqué. Ella no atendió a mis razones, lo que me hizo temer por su integridad. Yo, tal como él había ordenado, me fui del piso en cuanto conseguí pensión e iba todos los días a visitar a mi hermana cuando terminaba el turno de mediodía, a pesar de los largos recorridos a pie y en el tranvía que nos separaban. La situación me preocupaba, así que seguí posponiendo mi marcha hacia América.

Pedro debió notar mi inquietud. Me señaló como una amenaza para sus planes y cambió de estrategia. Legalmente, yo estaba a su cargo porque era el familiar varón más cercano que tenía en Madrid, así que decidió por mí. Me obligó a abandonar mi trabajo —que tanto me gustaba tener porque me garantizaba una independencia muy importante— y me hizo quedarme a servir en su casa. El piso ya había sido reformado y ocupé el cuarto que habían preparado para la empleada doméstica. Desde aquel cubículo oí muchas noches las escaramuzas de la pareja. Ella se negaba al sexo porque él no le gustaba y porque no quería embarazarse de nuevo. Él la forzaba unas veces; otras, la dejaba estar.

Las niñas de aldea de aquellos tiempos éramos ignorantes en las letras. Pocas como yo había que supiesen leer, pese a los esfuerzos alfabetizadores de la Segunda República. Sí que sabíamos mucho de la vida. A mis quince años yo sabía qué hierbas debía recoger y cómo usarlas para ayudar a soportar los dolores de parto y los menstruales. Además, conocía un buen número de los misterios de la vida que la oscuridad de la dictadura negó luego a las generaciones posteriores. En el rural asturiano de los años veinte y treinta del siglo xx, el sexo no era más que otra parte de la realidad. En misa poco se hablaba de pecado o tabú. Desde que tengo memoria recuerdo saber cómo funcionaba la reproducción, tanto vegetal como animal. Sabía cómo eran las relaciones sexuales humanas y qué significaba el amor, aunque no lo había experimentado de momento. También conocía los ciclos del cuerpo femenino y los remedios para embarazos no deseados. Había presenciado algunos partos, humanos y animales. Toda esa naturalidad desapareció en el tiempo en que conviví con Caridad, Pedro y mis sobrinas. Allí todo era silencioso, feo y oscuro. Y así siguió por largos años.

Una noche de diciembre en la que me había acostado temprano, agotada por el trabajo de la casa, él entró sigiloso en mi habitación. Antes de percatarme, lo tenía encima. Con una mano me tapó la boca mientras me inmovilizaba apoyando el brazo en mi cuello. Con la otra se ayudó para acertar y violarme. Yo me quedé paralizada, igual que cuando mi madre me había contado lo que le habían hecho a la maestra Rita. Parece ser que las criaturas de la tierra tenemos tres posibles reacciones ante el peligro: huir, responder al ataque o petrificarnos. En primera instancia, yo soy de las terceras. Él hizo lo suyo y luego dejó caer todo el peso de su cuerpo sobre mí. Entre jadeos, susurró en mi oído que mi hermana ya estaba vieja y que, a partir de aquel momento, yo era su nueva esposa y esperaba que le diese un hijo varón. No respondí. Seguí quieta hasta que se marchó.

Esa misma noche me fui de la casa de Caridad. Rescaté de dentro del colchón los ahorros que había reunido con mi sueldo en la pensión, sesenta y ocho pesetas que había escondido para que no me las quitase mi cuñado. Me vestí, cogí un abrigo del armario de ella y no miré atrás. Dormí poco y mal en una fonda de Chamartín y por la mañana fui en busca del contacto que debía haberme mandado a América meses atrás, cuando había llegado a Madrid. Me llevó dos días localizarlo porque ya no se hospedaba en el lugar que yo tenía referenciado. Gracias a mi tenacidad y tras mucho investigar, por fin lo encontré tras la barra de una tasca gallega de Lavapiés. Se llamaba Lulo. Era un asturiano simpático emigrado a la capital que presumía de ayudar a sus paisanas a comenzar una nueva vida en la otra orilla del Atlántico. Me explicó las condiciones de mi viaje.

—Mira, *neñina*, yo te organizo todo, no tienes que preocuparte por nada. Un amigo te va a llevar hasta Vigo, donde subirás a un barco con rumbo a Buenos Aires. Allí estará esperándote tu nueva patrona, una mujer muy buena que necesita servicio en su mansión. Ella paga todos los gastos. Te ha de dar un buen salario también. Es española, creo que gallega, y prefiere tener compatriotas en casa. Vas a estar como una reina. ¿Tienes dónde quedarte un par de días o necesitas alojamiento?

Respondí que tenía pensión y con qué pagarla, y me fui contenta. Me daba pena no despedirme de mi hermana, pero no me atreví a acercarme a su casa por si Pedro andaba en mi búsqueda y me retenía. Dediqué aquellos dos días a dar largos paseos por el Madrid de los Austrias, que, pese a los estragos de la guerra, había resistido bastante bien el asedio y nunca había cerrado los teatros ni las cantinas. Hice mis cuentas y comprendí que apenas había riesgo de que el energúmeno aquel hubiese concebido en mí, ya que la noche en que me había forzado yo acababa de terminar la regla de aquel mes.

El 4 de febrero de 1940, con dieciséis años cumplidos el 8 de enero anterior, partí hacia mi tierra prometida llena de esperanza e ilusionada con un futuro mejor, libre y próspero.

El viaje hasta Vigo fue largo, pero, comparado con el que me había llevado de Vilamil a Madrid unos meses atrás, me pareció un paseo. El mismo día en que llegamos me subí al Alcántara, el transatlántico de la Royal Mail Steam Packet Company, conocida como La Mala Real por las clases populares, que hacía la ruta entre Southampton y Buenos Aires. Apenas vi de reojo aquella ciudad de mar que comenzaba a crecer a paso de gigante y en la que la guerra, a la que había sucumbido enseguida, parecía, en la superficie, un recuerdo lejano. Solo conservo el bullicio del puerto y cómo mi guía en el camino, un hombre huraño y gruñón llamado, creo, Raúl, me insistía hasta el aburrimiento para que revisase si llevaba bien guardada toda la documentación que me habían proporcionado.

Subí a aquel bote inmenso con tan solo la ropa que llevaba puesta, las cincuenta y una pesetas que me quedaban y aquellos papeles que me habían dado, entre los que estaban un pasaporte visado, con mi foto y mi nombre, el pasaje para el viaje y varios documentos en los cuales una mujer llamada Marieta Gutiérrez reclamaba mi presencia en Buenos Aires para que trabajase para ella. Estaba tan asustada y contenta a la vez que no vi el mar hasta que estuve dentro de la embarcación y transcurridos ya cinco de los larguísimos cuarenta y tres días que duró la travesía trasatlántica.

La tercera clase del Alcántara se encontraba muy por debajo de la línea de flotación del buque. En realidad, se trataba de una bodega gigante donde se amontonaba de cualquier manera una marabunta de gente humilde que buscaba mejorar su posición mediante la emigración. Personas solas y grupos numerosos, docenas de desconocidos que compartiríamos por casi un mes y medio el espacio, la intimidad y toda la existencia. No había ventanas, ojos de buey ni nada semejante. Los más afortunados o espabilados habían llevado hamacas y sacos que colgaron de los gruesos tornillos de las paredes. Yo dormí todo el viaje en el suelo húmedo y frío sobre unas mantas viejas y mojadas, mareada por el cimbreo del barco, la pésima comida y los vapores y malos olores de aquel espacio cerrado atestado de seres humanos. No hace mucho que vi *Titanic*, la película. Si alguien piensa que la clase trabajadora que iba para América lo hacía como DiCaprio y el resto, está en un gran error.

Sin embargo, el quinto día descubrí que podía subir hasta la cubierta inferior y asomarme al océano desde los balcones. Tras más de una hora de trepar escaleras y perderme en pasillos, di con una salida. De pronto, el aire y la luz del mar inundaron mi cuerpo y por un segundo la presión de mi pecho, aquella que se me había instalado el día en que supe que tenía que huir de Vilamil, pareció desvanecerse. Apoyé la barriga contra la baranda y extendí las manos hacia el horizonte en un acto reflejo que me protegió del sol intenso que me daba en los ojos, cegada tras los días de penumbra en la bodega. Jugué, como aquel día lejano en el prado, a observar la silueta de los dedos recortada contra el cielo. Cerraba un ojo o el otro, y las manos parecían cambiar de posición. En ese mismo instante me enamoré del mar para siempre.

Repetí las escapadas a cubierta cada día. Algunos días, más de una vez. Poco había que hacer en aquel buque si pertenecías a la masa empobrecida de la tercera clase. Ni libros ni nada. Dos raciones de un engrudo de sabor ácido sendas veces al día y colas para usar los retretes pestilentes. Permanecí callada todo el viaje. No crucé más palabras que las imprescindibles para averiguar el turno del baño o preguntar por la manera de llegar al balcón cuando me perdía en el laberinto de pasillos del Alcántara. Hicimos varias escalas, no recuerdo cuántas ni en qué lugares. En todas me quedé en la nave, segura de que si salía me perdería y quedaría atrapada en sabe Dios qué país o isla salvaje en medio del océano. El balcón me bastaba para sentir la libertad prometida. Observaba aquel prado de agua, azul e infinito, y me notaba ligera.

Llegamos a Buenos Aires el día de San José de 1940, que era domingo. Antes que nadie, bajaron a tierra los viajeros de primera y de segunda clase, luego buena parte de la tripulación. A nosotros nos juntaron en una cubierta porque debíamos esperar bajo la custodia de la aduana a que nos reclamasen. Si no había alguien con mi nombre y un papel en el puerto, no sería admitida en Argentina y debería volver a España. Eso me aterrorizó. No se me había pasado por la mente en todo el camino. De pronto me convencí de que la tal señora Gutiérrez no estaría esperándome, de que ni siquiera existía, y visualicé mi repatriación y la terrible acogida que me habría de brindar mi cuñado. El periodo había llegado puntual como todos los meses, constatando que aquel desgraciado no había conseguido preñarme, pero solo imaginarme de nuevo en aquella cama me provocó una crisis nerviosa que me resultó muy difícil disimular.

Estaba tan concentrada en disminuir y ocultar la ansiedad que demoré en darme cuenta de que gritaban mi nombre. Me levanté de golpe y respondí, algo más alto de la cuenta.

—¡Yo! ¡Yo soy María García!

El hombre que me había llamado hizo un gesto indicando que me acercase, cosa que hice a la vez que sacaba toda la documentación del bolsillo y se la extendía. Él la analizó despacio, asintió y gesticuló nuevamente señalando que podía desembarcar mientras me devolvía mis papeles.

Cuando navegas, al principio te mareas por el vaivén de las olas del mar y el movimiento del barco. Pasado un tiempo, la mayoría de la gente se acostumbra. Así me ocurrió a mí. Lo que no había imaginado fue que resultase tan complejo volver a encontrar el equilibrio al pisar tierra firme. Me costó un mundo bajar la escalera interminable del Alcántara y, cuando por fin puse un pie en tierra, todo el puerto pareció un buque descomunal en medio de una tormenta. Me caí de culo. Una mujer elegante, de unos treinta años, me tendió la mano. Era Marieta Gutiérrez, mi nueva patrona. Me sonrió, y su gesto me sosegó. Pensé que acababa de llegar a un lugar amable y me sentí agradecida. Por fin podría relajarme.

La casa de doña Marieta estaba lo suficientemente cerca como para que fuésemos a pie. Ella razonó que, al no llevar yo equipaje alguno, incluso me sentaría bien y con suerte recuperaría el equilibrio. Así fue. Ella caminaba decidida, vestida con ropas sencillas, nada ostentosas, aunque evidentemente caras. Iba perfectamente peinada y maquillada. En Buenos Aires comenzaba el otoño; se notaba que las temperaturas habían bajado de golpe porque la gente iba por las calles con cara de frío y vestimentas demasiado livianas. Yo me sentí como un saco de basura. Apenas había podido asearme desde que salí de Madrid, casi dos meses atrás. Debía oler a rayos. Ella nada comentó. Hicimos el camino mientras me explicaba los puntos de interés para mí, tales como el ultramarinos, la plaza de abastos o la tintorería.

Al llegar quedé fascinada con la mansión. Una vivienda grandísima de dos plantas con cerca de seiscientos metros cuadrados cada una, incluido un gran salón de baile. Doña Marieta me guio en el recorrido, asegurándose de que yo retenía al menos la ubicación de los puntos más estratégicos de casa, como la cocina y la puerta de servicio, y terminó por dejarme en un dormitorio que sería el mío tras ordenarme amablemente que me diese un buen baño y me pusiese la ropa limpia que habían dejado para mí sobre una de las cinco camas de la estancia. Era un uniforme de trabajo. Camisa blanca de manga corta y falda negra por media pierna, zuecos también negros, mandil y cofia blancos. Me pareció tremendamente elegante.

Me di el baño más largo de mi vida. Cuando salí, me vestí y me di cuenta de que no sabía qué era lo siguiente que se esperaba de mí. El instinto me dijo que mi lugar estaría en la cocina y la zona de servicio, así que me encaminé hacia ellas. Atravesaba insegura un lujoso pasillo, cuyo suelo de madera noble estaba cubierto por una alfombra gruesa en tonos verdes, y con muchos cuadros colgados en las paredes, cuando topé con el señor de la casa. Me detuve en seco y lo saludé humildemente con un movimiento de cabeza.

—Tú debes ser la nueva. ¿María, tal vez?

—Sí, señor.

—Eres la tercera María en esta casa. ¡Vamos a tener que buscarte un apodo! Yo soy Fernando Meroño, el señor de esta casa. Mucho gusto. —Me extendió la mano y quedé desconcertada, pero reaccioné y le ofrecí la mía. Me sorprendió la firmeza de su tacto—. ¿Sabes algo de cuentas, María?

—Algo sé, don Fernando.

—¡Estupendo! Entonces vamos a la cocina, que tenemos que hacer unas sumas.

Lo seguí por los pasillos hasta la gran cocina de la mansión. Varias mujeres jóvenes se afanaban preparando la cena. En dos ocasiones entraron mozos que traían recados. El ambiente era serio, formal y de urgencia. Me senté al lado de mi patrón y alguien puso ante mí un plato de patatas con carne, pan y un cuenco con agua. Los devoré con hambre vieja. Él esperó paciente y satisfecho al ver cómo calmaba el estómago. Cuando acabé, empezó por explicarme cuáles serían mis tareas, a saber: ayudar en la cocina, ir a los recados y la limpieza y mantenimiento de la casa. También, de cuando en vez, cuidar de la prole de la pareja, dos niñas gemelas de cinco años y un bebé de dos. Libraría una tarde cada semana, desde el postre hasta la cena. Si me demostraba espabilada, con el tiempo podría ir asumiendo más responsabilidades. Compartiría el cuarto con otras cuatro sirvientas, todas más o menos de mi edad. Después me habló del dinero. Cogió un trozo de papel y un lápiz, y se dispuso a sumar todos los gastos que había supuesto para él llevarme a Buenos Aires. Como era español y negociaba con el Reino Unido, calculaba todo en pesetas y luego lo pasaba a pesos argentinos y a libras. Se puso muy serio y fue explicándome qué significaban los números que anotaba.

—Mira, María. Hemos invertido mucho en ti. Pagamos todo. El viaje de Madrid a Vigo, incluidos los honorarios de Lulo y los del guía, Raúl. El pasaje en el Alcántara y las comidas en él. También la ropa que te acabas de poner e incluso las mudas que tienes bajo tu cama. Hay prendas de trabajo y, para salir a la calle cuando libres, un conjunto para cada estación. Si te queda grande o pequeño, tendrás que arreglarlo tú. Todo eso suma cinco mil pesetas. —Casi me caigo de la silla de la impresión. Aquella cantidad era tan grande que ni la podía imaginar. Él siguió haciendo la cuenta. Se dirigía a mí sin apartar la mirada del papel y los datos que iba anotando—. ¡Una buena suma! En fin, esto siempre es una apuesta. —Se detuvo un breve momento para mirarme. Yo asentí. No sabía qué se suponía que sería correcto responder, así que sonreí tímidamente y callé.

Un café negro y denso apareció ante mí. Don Fernando me acercó el azúcar y esperó a que me sirviese.

—María, tu sueldo aquí, recuerda que estás empezando, va a ser de doscientas pesetas al mes. Todo legal. Tendrás un documento de residencia en Argentina, ya se está tramitando. Es un muy buen salario, créeme. Con esto te vas a tener que organizar para pagar tu cama y las comidas. Y deberás ir devolviéndome como puedas cuatro mil de las cinco mil pesetas invertidas. La cama son cincuenta, las comidas otro tanto. Ten en cuenta que no vas a tener mucho más gasto, así que espero que cada mes me devuelvas por lo menos cincuenta pesetas.

¡Doscientas pesetas cada mes! Eso era una fortuna. Aunque me había sorprendido el trato de tener que pagar cama y comida, así como los gastos de mi periplo, en mi cabeza la cuenta salía bien. Todos los meses contaría con cincuenta pesetas para ahorrar. Incluso me ilusioné con la idea de poder comprar papel y pluma para escribir a mi madre. También que quizá sería capaz de liquidar la deuda mucho antes de lo previsto, si entregaba cantidades mayores cada mes. Don Fernando seguía hablando.

—Claro está que no te voy a cobrar ningún interés, como hacen otros, porque entiendo que tu trabajo también tiene un valor. Soy un hombre justo, María. Si cumples, aquí puedes prosperar. Hasta puedes conocer algún hombre bueno y formar una familia. Eres muy bonita. Debes saber que, en caso de que decidas dejar este trabajo, tú o tu marido deberéis liquidar totalmente la deuda y añadir una indemnización del veinte por ciento de lo que reste por las molestias que nos causaría. Aunque entenderíamos que te quisieses casar, yo te recomiendo que esperes a haber aprendido todo lo que puedas con nosotros y hayas pagado tu viaje. A razón de cincuenta pesetas al mes, en ocho años puedes tener todo saldado y unos buenos ahorros, pequeña. Además de buenas referencias por nuestra parte si te esfuerzas. —Yo asentía emocionada. Don Fernando hizo una pausa y me miró con ojos risueños—. Si sabes sumar, también sabrás leer, ¿no? —De nuevo, asentí—. ¡Bien! —exclamó satisfecho—. Tienes mi permiso para coger un libro al mes de mi biblioteca personal. Está en el segundo piso, al lado de nuestro dormitorio. Deberás anotar en la libreta que tengo sobre el despacho el título, el nombre del autor y la fecha en que lo coges. Luego deberás devolverlo a su estante, anotando la fecha también. ¿Te parece bien?

No me lo podía creer. Tuve que hacer un grandísimo esfuerzo para contenerme y no abrazar a aquel hombre. Mi vida de ahí en adelante prometía progreso y seguridad. Me sentí henchida de esperanza. Esa noche dormí con una sonrisa en los labios que aún me acompañaba en el despertar del día siguiente.

Mientras Europa se diluía en una guerra terrible y España padecía una posguerra de fascismo, hambre, venganzas, asesinatos legales y limpiezas ideológicas, Argentina crecía. Su posición neutral, imprescindible para seguir siendo una de las principales proveedoras de alimentos y productos de primera necesidad para el Viejo Continente, junto con la menor llegada de inmigrantes como yo, de fuera del país, que fueron sustituidos por la migración interior, favorecían una bonanza económica de la cual mi patrón, don Fernando, obtenía un buen partido. En la mansión de los Meroño Gutiérrez no faltaban buena comida, ropa de calidad, agua ni se pasaba frío o calor.

A medida que corrían los meses me fui adaptando al ritmo y la lógica de aquella casa. Trabajaba mucho. Antes de que asomase el sol ya estaba en marcha, y así seguía, sin detenerme, hasta mucho después de ponerse. Fregaba los suelos, iba al mercado, cargaba agua, cuidaba de los tres pequeños, cosía, lavaba la ropa, planchaba, ayudaba en la cocina, hacía recados. Todo lo que se me ordenaba lo hacía con ímpetu y pulcritud.

A las tareas que se esperaban de mí se añadió mi habilidad para sanar, que me convirtió en la responsable de la salud de todos los habitantes de la mansión casi sin darnos cuenta. La señora de la casa, doña Marieta, padecía unas migrañas intensas e incapacitantes que la obligaban a pasar largas horas a oscuras, sufriendo náuseas, vómitos, intolerancia a la claridad y fuertes dolores de cabeza. Sin pensarlo mucho, indagué entre los puestos del mercado y conseguí tres plantas de lavanda que coloqué en el patio central de la mansión. Usé sus flores para preparar un aceite esencial que le administré en el transcurso de uno de aquellos desesperantes episodios de dolor. Como se sintió mejor, pero no todo lo preciso, en mi siguiente visita al mercado consulté con una mujer que vendía hierbas aromáticas y medicinales si existía otro remedio más eficaz. Ella me recomendó el polvo de la raíz del jengibre, que yo no conocía porque en mi Asturias natal no existía. Fue entonces cuando preparé la medicina y se la ofrecí a doña Marieta cocida en una infusión con un poco de limón. Ella aceptó enseguida. Seguramente confió en mí porque la lavanda la había aliviado, pero sobre todo porque estaba desesperada. La mejoría fue rápida y notable. A partir de ese momento, siempre que alguien de la casa se encontraba mal, acudía a mí para consultar posibles remedios. El único problema era que mis conocimientos se circunscribían a la botánica de Vilamil, ya que había sido mi madre quien me había instruido en esos saberes. Sabía hacer ungüentos, polvos, emplastos, compresas, jarabes o tisanas, pero desconocía las plantas medicinales de aquella latitud y sus indicaciones. Por eso, en muchas ocasiones debía recurrir a la vendedora del mercado, que no siempre estaba, o consultar los libros. Hasta tal punto confiaban en mí que don Fernando fue incorporando a su biblioteca un puñado de obras científicas sobre botánica, medicinas, principios activos y anatomía donde yo podía aprender. Y vaya si lo hice.

Poco tiempo me quedaba para pensar o para informarme de lo que sucedía en el exterior, pero mi jefe había sentido desde el primer momento una clara afinidad conmigo y, poco a poco, fue robando ratos para sentarnos y charlar en los que acabó por contarme su historia, la del país que nos había acogido y hasta me puso al día en historia universal.

Fernando Meroño Jiménez también había llegado a Buenos Aires «como tú», decía, «con una mano delante y otra detrás», siendo un crío. Enseguida había comenzado a trabajar en todo lo que se le ofreció. Había sido limpiabotas, recadero, cochero, dependiente de ultramarinos e incluso aprendiz de barbero. Pero, como solía decir, había tenido la clarividencia necesaria para comprender que sin cultura nunca prosperaría. Así que se empeñó hasta conseguir colarse como aprendiz —al comienzo sin sueldo— en una librería de mucha solera que estaba en la calle Corrientes. Allí había conseguido desarrollar la lectura y mediante ella había accedido a los libros donde, según repetía hasta la extenuación, «está todo lo que hay que saber y todo lo que es posible e imposible concebir». Había adquirido, dotado de una inteligencia sobresaliente, una cultura enciclopédica que alimentó con su propia imaginación y un talante abierto y flexible. Gracias a ella se había convertido en alguien con conversación y recursos, y había hecho la fortuna suficiente para alternar con la emergente clase media porteña y conocer en una milonga a Marieta, argentina de cuna pero hija de gallegos. El interés fue mutuo y al casarse el patrimonio heredado por ella había pasado a ser también gestionado por las manos hábiles del hombre.

Don Fernando había nacido en el sur de España, en la provincia de Córdoba, en una villa llamada Pozoblanco. Aunque no exteriorizaba nostalgia alguna, hizo su casa a imagen de las que allí había conocido en su niñez, alejándose de las «viviendas chorizo», tan de moda en el Buenos Aires de la época. Él quiso y levantó una casa andaluza con un patio central con pozo a modo de distribuidor de todas las estancias. Incluyó un gran salón de baile, una biblioteca, una cocina maravillosa y seis dormitorios con tres cuartos de baño, uno de los cuales, el principal, estaba integrado en las estancias de la pareja. Había instalado un moderno sistema de tuberías, diseñado por él mismo, que llevaba agua a los grifos desde un gran depósito emplazado en el tejado y desaguaba las aguas grises y negras mediante un largo canal subterráneo directamente al mar, a quinientos metros de distancia. Pocas casas debían tener en la época un sistema tan higiénico y sofisticado como aquel. Cada mañana yo podía abrir un grifo y lavarme la cara, las manos y los sobacos. Me peinaba con un cepillo húmedo y mi pelo rojo siempre brillaba y lucía sano y enérgico. Para aquellos tiempos, y teniendo en cuenta las condiciones de la casa de Vilamil en la que había crecido, donde las necesidades se hacían en la cuadra con las vacas y el agua estaba en el río, el lujo era extremo.

Pero mi patrón, aun siendo un muy buen hombre, no era ningún ingenuo. Había entendido enseguida que para ser alguien en la sociedad porteña no solo era necesario tener dinero, sino que también resultaba imprescindible saber desenvolverse en la jungla de hombres poderosos que controlaban el destino de aquel país enorme. Así como gozaba de una ética impecable para el gobierno de su casa y familia, en la que incluía a todo el servicio del que yo formaba parte, su moral era mucho más relajada en lo relacionado con la política pública. Había aceptado sin dudar las reglas de juego que regían el gobierno argentino y había alcanzado una muy buena posición a lo largo de toda la llamada Década Infame. En su opinión, el progreso económico superaba ampliamente y justificaba la corrupción y los abusos de poder, además de beneficiarle a él personalmente. Yo nunca lo cuestioné, por supuesto. Todo lo que aquel hombre decía era para mí palabra santa e iba a misa.

En la tarde semanal de libranza yo apenas salía. Confraternicé poco con el resto del personal de la casa, lo justo para mantener una convivencia amigable y respetuosa, sin intimar siquiera con mis compañeras de dormitorio, de quienes hoy no recuerdo ni los nombres. Mi interés era la biblioteca. Tal como me había indicado el patrón, todos los meses escogía un libro, lo anotaba e iba devorándolo en tiempos muertos, antes de dormir y en aquellas tardes de ocio que tanto me cundían. Pronto un libro por mes se me quedó corto, así que opté por dedicar todo el tiempo libre a leer en la propia biblioteca. En la casa me pusieron el mote de la Ilustrada, que pasó a ser mi nombre oficial en pocos días. Algunas de las personas que entraron a servir después de mí no me conocieron ya por otro.

Comencé tímidamente, con cuentos infantiles, fábulas y leyendas. Enseguida me pasé a la novela y de ahí al ensayo y el pensamiento filosófico. Leí de la A a la Z la Espasa. Setenta y dos volúmenes y tres apéndices de la *Enciclopedia universal ilustrada europeo-americana*, de la cual no dejé ni una sola entrada sin revisar. Leí todo el Siglo de Oro español, también el ruso, la poesía romántica y las grandes novelas norteamericanas e inglesas. Un día di con un libro de Jules Verne. Lo abrí y descubrí que no entendía aquellas palabras. Don Fernando me explicó que estaba en francés y me mostró el diccionario *Larousse*. Conseguí leer *Vingt millle lieues sous les mers* traduciendo casi palabra por palabra. Luego, *De la Terre à la Lune, Voyage au centre de la Terre* y *L'Ècole des Robinsons*. Me fascinó la imaginación del francés hasta tal extremo que acabé por ser capaz de leer y escribir en la lengua gala a pesar de no tener ni la más remota idea de cómo pronunciarla.

Gracias a la lectura, además de aprender mucho sobre un mundo que no pisaba, mejoré sustancialmente mi capacidad de expresión escrita. Cada semana enviaba a mi madre una carta larga en la que le hablaba de mi día a día y le hacía resúmenes de lo leído. Ella respondía de cuando en vez con misivas mucho más escuetas, con su caligrafía esforzada y aquella mixtura de castellano y bable que tanto me agradaba y me acariciaba el corazón, con la que me narraba las penas y alegrías de la vida en Vilamil, que poco había cambiado. Al ser una mujer mayor, sola y aislada en el valle, se había librado de la represión fascista por insignificante. La autosuficiencia de la casa le daba para alimentarse —no sin esfuerzo— gracias a los frutales, las vacas, las gallinas, los conejos, los cerdos y los prados. Los fascistas se habían personado en nuestra casa para detenerme al poco de terminar la guerra, pero ella había interpretado muy bien el papel de la pobre mujer abandonada por una hija desagradecida y rebelde, y la habían creído. De mi hermana Caridad poco había sabido, al igual que del resto de su prole. Acostumbraba a decir que la ausencia de noticias representaba buenas noticias, ya que «cuando pasa algo malo se sabe enseguida, *neñina*». Aunque yo sabía que se equivocaba, no me atreví a desengañarla. Dicen que saber es poder, pero eso no siempre es cierto.

Cuando vuelvo la mirada al pasado descubro que en la casa de la familia Meroño Gutiérrez fui feliz. La presión sobre mi pecho no llegó a desaparecer nunca, pero en ese tiempo se debilitó y resultaba apenas un zumbido fino al que me había habituado y dejado de prestar atención. En los poco más de tres años que pasé en ella me convertí en gran medida en la mujer que he sido el resto de mi vida. Aquel hombre y su generosidad en el momento de introducirme al conocimiento son algo que nunca podré agradecer como merecería. Solo siento no habérselo podido decir.

El 4 de junio de 1943 desperté con mal cuerpo. Siempre fui intuitiva. Hay una parte de mí que percibe cosas invisibles y sintoniza con el ambiente. Por entonces era muy joven, recién cumplidos los diecinueve eneros, y aún no había aprendido a escuchar esa voz interior que me alertó. Hoy le habría prestado más atención, vaya que sí, aunque de poco habría servido. Realicé mi rutina diaria de aseo, me acerqué a la cocina en busca del café y el pan, y la encontré desierta. Desconcertada, recorrí la mansión hasta dar con la familia y buena parte del servicio arremolinados alrededor de la radio de la biblioteca.

Solo se escuchaba la voz tensa de un locutor. El resto era silencio. Quien hablaba estaba informando de un golpe militar. Poco más se sabía. Apenas había llegado yo cuando don Fernando se puso en pie de un brinco, pidió su abrigo y salió a la calle sin dar explicación alguna. Doña Marieta se quedó ante la radio. Yo comprendí que había que hacer algo, así que movilicé a mis compañeras y organicé el trabajo para despertar y preparar a los pequeños, hacer el café y llevarle el desayuno a la señora, sin salir de casa hasta que pudiésemos entender qué ocurría fuera de aquellos muros.

El día transcurrió lentamente, tirante y oscuro. Doña Marieta no se movió de al lado de la radio y en el momento de irnos a acostar seguía allí plantada esperando el regreso de su marido. Yo, imagino que al igual que el resto de los habitantes de la mansión, dormí poco y mal. Aun así, no sentí ruidos sospechosos ni nada que me llevase a imaginar lo que ocurriría la mañana siguiente.

Cuando nos levantamos en la madrugada del 5 de junio, los patrones se habían marchado llevándose solo a sus hijos y lo puesto. Habían abandonado todo lo que tenían. Don Fernando había dejado varios sobres, cada uno con el nombre de cada quien de nosotros, en los que encontramos pequeñas fortunas equivalentes a los salarios de dos años. En el mío había además una nota en la que me decía que sentía no poder llevarme con ellos, pero que no sabía si su huida sería para bien y que tal vez me iría mejor por mi cuenta. Me informaba de un escondrijo en la biblioteca donde había unos documentos que, según contaba, quizá en el futuro podrían ser necesarios. Me pedía además que, oyese lo que oyese acerca de él y de lo que había hecho en su colaboración con el defenestrado gobierno, no diese crédito a la historia. Y también me encomendaba que hiciese saber al resto del personal que lo mejor era que se marchasen de la casa, pues daba por seguro que el ejército entraría en ella en cualquier momento, así como que no usasen su nombre como referencia, pues podrían ponerse en peligro. Así lo hice. Por mi parte, cogí el sobre y mis ahorros y los guardé en un saquito de cuero que me pegué a la piel de la tripa. También la muda de verano —la de invierno me la llevé puesta—, un poco de fruta, pan y cinco libros que tenía a medio leer. Metí todo en un pequeño hatillo y esperé a que todos hubiesen salido para cerrar por última vez la puerta principal de aquella querida casa, ahora vacía de vida. A las seis de la tarde, ya casi invierno, me vi de pie en la calle sin tener la menor idea de qué hacer o hacia dónde encaminarme.

Esa noche y las cinco siguientes dormí en la calle. El ambiente era muy tenso. Por más que lo intenté, no conseguí cuarto en ninguna pensión, todas las que encontré estaban repletas. Muchos habían abandonado sus casas, al igual que mis patrones, seguramente buscando el modo de salir de la ciudad o del país. En un café oí decir que parecía ser que mi dinero ya no valía nada, en otro mentidero escuché lo contrario, que ahora valía más. No tenía cómo informarme. Ni siquiera acceso a una radio. Vagué por Buenos Aires haciendo círculos alrededor del barrio de mi antigua casa, pero sin acercarme a ella. Temía que las gentes de los comercios me reconociesen como parte del servicio de los Meroño Gutiérrez, y el patrón había dejado dicho que eso podía ser peligroso. De repente volví a ser la chiquilla asustada y perdida del Alcántara, en esta ocasión en un país y una ciudad totalmente ajenos que no había conocido en los algo más de tres años que llevaba en ellos.

Vivir en la calle no es fácil. Cuando el cansancio te vence, caes y duermes. Pero el frío y la incomodidad hacen que ese dormir no equivalga a descansar. Despiertas hecha polvo, con la osamenta quejosa y los párpados llenos de arenillas que te arañan los ojos por dentro. Cuando llega el día te pones en pie. Las calles recuperan el movimiento y ya no puedes seguir ahí parada. Es una sensación angustiosa, porque te has levantado para ir a ningún sitio. Por más que intentaba asearme en las fuentes y los baños públicos, me sentía sucia. Esa facha, junto con el ambiente de incertidumbre y peligro que dominaba la ciudad, me impedía reunir ánimos para presentarme en las puertas y pedir trabajo. Estaba desorientada, asustada.

La sexta noche me encontró deambulando por la plaza de Mayo. Había restos calcinados de algún vehículo grande que había ardido, signos de violencia. Yo estaba agotada. Solo había caminado sin rumbo, incapaz de pensar con claridad y apenas había comido. Allí mismo extendí la sábana con la que había compuesto mi hatillo y me quedé dormida al pie de las columnas de la catedral, acurrucada contra el muro de piedra. Hacía frío y se notaba cómo el invierno se iba apoderando del cielo. Recuerdo que lo último que pensé fue que al día siguiente debía encontrar un techo. Así fue. Desperté zarandeada por unas manos que sacudían mis hombros antes de que los primeros rayos de sol iluminasen la calle. Un hombre joven, vestido de militar, me apremiaba para que me levantase. Aturdida por el sueño y el frío, me puse en pie y recogí mis escasas pertenencias. Discretamente, me pasé la mano por la tripa en un gesto instintivo para verificar que los pesos seguían en mi poder. Él se dio cuenta.

—¿Qué llevas ahí? —La pregunta sonó autoritaria. Tenía un fusil colgado del hombro y su actitud era urgente.

—Nada. Solo papel y lápiz para escribir a mi madre. —Yo sabía que si le decía la verdad me quedaría sin mis ahorros en un santiamén.

—Anda, ¡una escritora! —exclamó entre divertido y despectivo. Ladeó un poco la mirada y se dirigió a un compañero suyo que le daba la espalda unos metros tras él, hacia la Casa Rosada—. ¡Facundo! ¡Tengo acá una que te cuadra! —Volvió a mirarme—. Vos parate ahí quieta, colorada.

El tal Facundo giró sobre sí mismo y se nos acercó. Era mucho mayor que el soldado que me había despertado. Me observó de arriba abajo y asintió con expresión satisfecha. Se dirigió a su colega.

—Vaya si cuadra. Está bien mantenida, va bien vestida y es reguapa. No abundan las coloradas. —Metió la mano en el bolsillo y sacó unas monedas que entregó al chaval—. Buen trabajo.

Sin hablarme siquiera, me asió por el codo y me llevó hasta un furgón, dejando atrás mi hatillo con los libros, las llaves de la mansión y la muda de verano. Me empujó dentro y lo cerró por fuera. Yo tropecé con las telas de mi falda y casi me caigo de boca, pero una mano ágil me cogió de la camisa y evitó que me llevase un buen golpe en la cara. En cuanto los ojos se me acostumbraron a la penumbra pude distinguir a una joven, que era quien me había sujetado. Era muy hermosa, algo mayor que yo, morena y con unos grandes ojos castaños. Su mirada era de pánico. Ambas nos supimos en grave peligro, por lo que hablamos poco y entre murmullos.

—Hola —aventuré.
—Hola —respondió ella.
—Soy María. ¿Qué pasa aquí?
—Yo soy Rosita. Ni idea de lo que pasa. Pero estos tipos no son verdaderos militares. Esto pinta mal.
—Hay que salir de aquí —urgí.
—Ya lo intenté. Estamos cerradas por fuera, no hay modo.

La puerta se abrió de pronto y otra mujer fue arrojada al interior del furgón. Entre ambas logramos que no diese con la espalda contra el suelo. La cosecha duró horas. En algún momento nos dieron un poco de agua y unos trozos de pan y queso que devoramos, muertas de hambre. En otro, entró un muchacho grande como un buey, con cara de crío, que nos puso una especie de grilletes en los tobillos, con los que nos emparejó. Mi pie izquierdo quedó atado mediante una cadena de unos cincuenta centímetros al pie derecho de Rosita. Solo veíamos la luz del día al abrirse las puertas cada vez que una nueva chica era introducida en aquel cubículo. Cinco veces más en total. Habían juntado siete mujeres jóvenes cuando sentimos que el motor rugía y el artefacto echaba a andar. Tampoco sé con exactitud cuánto duró aquel viaje. Dormíamos a pequeñas cabezadas que eran interrumpidas por los baches y los estallidos de las piedras que golpeaban la chapa de la furgoneta. De cuando en vez, una mano traía algo de bebida o comida, y lanzaba el contenido de un balde de agua con la intención, imagino, de limpiar el resultado de que hiciésemos nuestras necesidades en una esquina del habitáculo. No cruzaron con nosotras ni una palabra, y entre nosotras nos limitamos a darnos los nombres y situarnos todas acobijadas, muy cerca las unas de las otras, para ofrecernos calor y algo de seguridad ante aquel secuestro. Rosita, María, Luisa, Julieta, Analía, Asunción, Agostina. Esos eran nuestros nombres. Estos no los olvidé. Ninguna debía tener más de veinte años.

Por fin, el motor cesó. Pensé que nos harían salir, pero no. Oímos cómo abrían las puertas delanteras, el rumor de las voces de los hombres que pilotaban la máquina alejándose de ella. Colegí que era una parada para hacer noche, algo que no había ocurrido en los días previos. Estaba desorientada, pero, basándome en las veces que habíamos comido, si es que se le podía llamar así, calculé que no llevábamos menos de tres días en ruta. Ellos también debían necesitar algo de descanso. Antes de que se alejasen del todo, de nuevo una mano entreabrió el portón y lanzó dentro una cantimplora con agua y algo de fruta. No oí el cerrojo. Mis compañeras debieron darse cuenta también porque cruzamos las miradas. ¿Era una trampa o una oportunidad? El cerebro me hervía a cien mil revoluciones por segundo. Tal vez el cansancio había vencido a nuestros captores y se habían relajado más de lo conveniente para ellos. O quizá era una prueba. Podía visualizar al tal Facundo esperándome fuera. Pero ¿con qué objeto? Rosita me miró fijamente. «Hay que intentarlo», me dijo en un susurro. Había determinación en sus ojos. Asentí.

Una gota fría de sudor me resbaló por la columna vertebral. Me temblaban las manos y me fallaban las piernas, adormecidas por la incomodidad del viaje. Despacio, ambas reptamos con mucho sigilo hasta situarnos ante la puerta. El resto de las chicas nos siguieron en absoluto silencio. Luisa estaba emparejada con Analía. Las otras tres, entre ellas. En el medio quedaba Agostina, cada uno de sus pies amarrado al de otra. Aun así, consiguieron situarse detrás de nosotras. Con cuidado, apreté suavemente la manija de la puerta, que cedió obediente sin casi chirriar. Nos pusimos en guardia, apoyadas ya solo sobre las puntas de los pies y con todo el peso de nuestros cuerpos sostenido por las rodillas y los muslos. Di un empujón, la puerta se abrió con gran estruendo, y saltamos. Era difícil correr. Los pies atados tenían que acompasar zancadas diferentes, estábamos entumecidas, débiles y cansadas. Oímos los gritos de los hombres. Estábamos en la explanada que hacía las veces de aparcamiento de un hotel, en medio de la carretera. Hacia todos lados, asfalto o monte. Rosita y yo escogimos el monte. Corrimos, sincronizadas, sin mirar atrás. Ellos gritaban, furiosos. Sentí disparos. Lamentos. Voces de mujer que lloraban y protestaban. Seguimos corriendo sin volver la mirada. Era lo único que podíamos hacer.

Me he sentido muy culpable por esto. Yo me puse primera. Yo. Ellas venían detrás. Esos pocos centímetros en el salto marcaron la diferencia entre tener o no una oportunidad para vivir. Yo viví. Rosita vivió. El resto no pudo huir. Cayeron. Presas o muertas. Por más que razono y me digo que no teníamos alternativa, que no había manera de que todas huyésemos, que también si hubiera sido una trampa yo habría caído la primera, no puedo evitar sentir el peso de la culpa en mi pecho. Nunca me lo voy a perdonar. Por lo menos, no del todo.

Rosita y yo corrimos hasta que no pudimos más. Tropezamos multitud de veces, en las que nos limitábamos a levantarnos y recuperar la carrera. Sin mediar palabra, las dos teníamos claro que el objetivo prioritario era desaparecer del alcance visual de aquellos hombres. El bosque no era muy denso, pero fue suficiente, junto con la oscuridad del anochecer, para poder escondernos de nuestros perseguidores, que, por otra parte, no insistieron demasiado. Estoy segura de que pensaron que moriríamos de frío y hambre en el invierno del bosque subtropical y prefirieron seguir camino con las chicas que habían sobrevivido a la tentativa de huida. Corrimos durante lo que parecieron horas y acabamos entre el pie de un ñandubay y las rocas que lo rodeaban. No sé si nos quedamos dormidas o si nos desmayamos de agotamiento.

Por la mañana tuve por primera vez la oportunidad de comprobar la tremenda utilidad de contar con una cultura enciclopédica. Hasta aquel momento, leer y recordar lo leído, saber, solo había servido para calmar mi curiosidad insaciable y llenar los pocos tiempos muertos del trabajo, camuflando mi ausencia de vida social. En ese contexto de supervivencia se evidenció hasta qué extremo mi vida llegaría a depender de esos conocimientos. Sin apenas haber visto el mundo fui capaz de concluir, gracias a la información que había adquirido leyendo la Espasa cual ratita de biblioteca, que nos encontrábamos en un palmar, en la provincia argentina de Entre Ríos. Pude identificar varias especies vegetales, el paisaje y la fauna guiándome solo por las descripciones y los dibujos que recordaba de la enciclopedia. Mi buena memoria, alerta y sobremotivada por el estado de emergencia en el que me encontraba, me ayudó a saber cómo orientarnos siguiendo los cursos del agua, buscando el musgo en los troncos de los árboles y observando el movimiento del sol en el cielo. También, que podíamos aprovechar varios frutos y plantas silvestres para alimentarnos. Recordé que aquella provincia hacía frontera al este con Uruguay. Que había muchas maneras de cruzarla, porque era una frontera de agua. Que en Uruguay mis pesos argentinos podrían ser cambiados por pesos uruguayos. Que en Entre Ríos había mucho territorio salvaje y pocos núcleos de población humana. Que la capital de la provincia se llamaba Paraná, igual que una provincia de Brasil, pero quedaba hacia el oeste, lejos de nosotras, porque deduje que no debíamos estar muy lejos de la frontera, a juzgar por el tiempo de viaje y a que habíamos partido desde Buenos Aires hacia lo que a mí me pareció el norte, casi en línea recta. Y elaboré un plan de escape.

Rosita no daba crédito. Ella era una chica pobre que no sabía leer ni contar. No le entraba en la cabeza que una mujer con tantos conocimientos como yo hubiese acabado compartiendo su destino malhadado. No me creyó del todo cuando le expliqué que yo no era más que una emigrante española de diecinueve años. Lo que ninguna de las dos habíamos entendido todavía era que las mujeres somos, en cualquier contexto, personas de segunda clase. Que la mujer más inteligente, prominente y preparada será siempre la subordinada del hombre más basto y simple. Con el tiempo acabé por comprenderlo. Lo que nunca hice, ni haré, fue asumirlo o conformarme con eso. Ese orgullo también ha de llegar conmigo a la tumba, junto con mis culpas y lamentos.

Mi plan comenzó por deshacernos de la cadena que nos ceñía los tobillos. Estaban muy heridos, el de ella —el derecho— y, sobre todo, el mío —el izquierdo—. Hinchados, pelados y repletos de magulladuras infligidas por el roce del hierro de los grilletes y a causa también de las torceduras. En las rocas de debajo del ñandubay busqué unas piedras de cuarzo, un mineral tan duro que puede cortar el hierro. La cadena que nos ataba la una a la otra era la típica barbada. El metal no era, por suerte, muy pesado. Nos llevó muchas horas por turnos golpeando en el punto de unión de los eslabones centrales, con mucha paciencia y persistencia, hasta que los deformamos lo suficiente como para hacer pasar la punta de uno por la abertura conseguida. Recordé que eso se definía en la Espasa como «fatiga del material».

Liberadas la una de la otra, la caminata fue algo menos dificultosa. Mi tobillo estaba deshecho. Hinchado alrededor del grillete, pelado y morado, latía y enviaba insistentes punzadas de dolor. Sin embargo, yo debía avanzar. Nos encaminé hacia el este y, poco a poco, fuimos cruzando bosques y palmares. Cada vez más cansadas, durmiendo abrazadas en la noche para no morir de hipotermia. Por fin, el sexto día avistamos una casita aislada. Parecía una vivienda pobre, seguramente de una familia campesina. Desesperadas y débiles, nos arriesgamos a acercarnos. No había nadie a la vista, pero cuando estuvimos ante la puerta, a punto de llamar, noté un hierro frío en la nuca y el estallido del martillo de un arma. Un hombre habló arrastrando las sílabas, con un acento tan cerrado que me costó entenderle.

—Tocá esa puerta y sos muerta —amenazó.

Me flaquearon las piernas y a punto estuve de desvanecerme. Encontré fuerzas y le respondí.

—Somos mujeres perdidas en los palmares. Necesitamos ayuda. No tema, no somos ninguna amenaza.

El hombre debió quedarse cavilando, ya que demoró unos segundos en separar el revólver de mi piel y ponerle el seguro. Despacio, con mucho cuidado de no hacer un solo gesto brusco, giré sobre mis pies. El que tenía delante era un campesino pequeño y flaco, quemado por el sol y el trabajo duro. Imposible calcular su edad. Me miró a los ojos intensamente, muy serio, y su gesto fue tornándose dulce. Había comprendido que yo decía la verdad y se apiadó de nosotras.

—Pasen.

En aquella casita salvadora pasamos más de cinco semanas. Repusimos fuerzas a base de guisos con verduras, huevos y carne de la granja de Ismael, que era como se llamaba aquel hombre solitario, bondadoso y generoso que nos había acogido. Conseguimos quitarnos los grilletes gracias a un ingenio que pergeñamos entre los dos y que nos permitió forzar las cerraduras, e Ismael me ayudó a curarme la piel y la hinchazón con emplastos de sábila, árnica y una tablilla lisa y dura vendada alrededor de la pierna para inmovilizar el tobillo. Sin embargo, algo roto debió soldar mal, ya que nunca recuperé la total movilidad de aquella articulación y quedé un poco coja para los restos.

Hay una constante en mi vida. Comprobé empíricamente y sin proponérmelo que, por cada persona mala con la que tropecé, di con dos buenas. El asunto es que las malas siempre tienen más poder. Me resulta evidente que es la maldad intrínseca de algunos seres humanos lo que los hace medrar y situarse en lo alto de las jerarquías sociales. La falta de escrúpulos y la crueldad, consustanciales a la maldad, son buenas aliadas para eso.

Ismael era bueno. Bueno de verdad. Al igual que Rosita. A lo largo de aquel mes y poco establecimos una unión inquebrantable. En los primeros días él nos cuidó como un hermano. Nos dejó descansar y reponernos, nos alimentó y sanó nuestras heridas. En cuanto estuvimos algo mejor, ambas empezamos a colaborar en las tareas diarias, ignorando sus protestas. Cuando caía la tarde nos sentábamos los tres alrededor del pequeño fuego de la cocina y compartíamos confidencias. Nos contamos todo: nuestras vidas, breves pero repletas de dificultades, con pelos y señales.

Algunas noches, bastantes, yo me iba a dormir mientras Ismael y Rosita se quedaban de cháchara en la cocina. Sus tertulias llegaban a veces hasta la madrugada. Entendí que entre ellos se estaba forjando un vínculo diferente de la amistad y me gustó la idea. Dejé todo el espacio que pude por ver qué ocurría y a pesar de ello no me sentí intrusa o fuera de lugar ni un solo segundo.

Al cabo de unas cinco semanas, mi tobillo ya había mejorado todo lo posible. Ismael me había quitado la tablilla y la venda con las que lo habíamos inmovilizado, y me había obligado a hacer ejercicios, desoyendo mis quejas, para recuperar el tono muscular y la fuerza. Me sentía bien. Fuerte, sana y en paz, y supe que debía seguir mi camino. Entendí que mi amiga había dado con su lugar en el mundo y la apoyé cuando decidió, para alegría de Ismael, quedarse con él en el palmar. Por mi parte, yo aún debía seguir mi camino, pese a no saber hacia dónde. Necesitaba retomar el contacto con el mundo, comunicarme con mi madre, descubrir qué había ocurrido con los Meroño Gutiérrez. De momento, decidí seguir con el plan y dirigirme a Uruguay.

Mis amigos me acompañaron hasta la frontera, que era el río Uruguay. Conociendo a la gente adecuada siempre era posible encontrar una manera de cruzarlo y «saltar» al país vecino, así que confiamos en que daríamos con esa gente. Ismael preparó tres burras y organizó el viaje entero. Cargó las bestias con alimentos y mantas, y planificó los kilómetros que haríamos cada día hasta llegar a la frontera de agua dulce. Gracias a la diáspora de su padre y de sus hermanos y hermanas sabía cómo ejecutar mi marcha. Había guardado, de aquellas otras partidas, las señas empleadas por los familiares que localizaban un lugar en la villa de Colón donde yo podría acceder a la información sobre cómo conseguir una nueva documentación y un modo para colarme en el país vecino, y no paró hasta convencerme de que estaría más segura si venían conmigo. Afortunadamente, cedí a su insistencia, ¡gracias a los hados! Pienso que, de haber intentado realizar esa ruta por mi cuenta y sin compañía, por muy bien que la hubiese indicado mi amigo, en lugar de una excursión familiar, que es como resultó, habría sido un periplo harto duro y complejo, con escasas posibilidades de haber sido superado por mí sola.

Con el destino y el viento a favor, enseguida me encontré en Colón, a la orilla del río Uruguay, a punto de subir a una pequeña barca de remos, llorando como una Magdalena y abrazando a Rosita e Ismael en la despedida. La documentación y los pasajes para cruzar el río y llegar a Montevideo no habían sido caros y aún llevaba pegado a mi vientre un buen fajo de pesos, la carta de Fernando Meroño y muchas esperanzas.

Prometí volver.

La barca cruzó el río sin mayores tropiezos, pese a que la sensación de precariedad fue intensa. Recordé la expresión que comparaba un bote con una cáscara de nuez. No recordaba dónde la había leído, pero me pareció de lo más acertada. Ya en la orilla uruguaya, mi guía y yo subimos a un carro tirado por dos caballos que nos llevó hasta Paysandú, donde, tal y como había contratado y pagado ya en Colón, me uní a un convoy que se dirigía a Montevideo. Hice el camino a lomos de una mula vieja y tranquila con la que me entendí de maravilla. Fue un viaje cómodo y sencillo durante el cual, según era mi naturaleza, evité por todos los medios relacionarme más allá de lo estrictamente necesario con las personas con las que me desplazaba. Fui amable y educada, crucé las conversaciones justas para ello, y nada más. A lo largo del resto de mi vida viajé mucho y siempre sentí esa necesidad de encerrarme en mí misma mientras lo hacía.

Comparado con los trayectos en España, de Vilamil a Madrid y de Madrid a Vigo, la breve travesía fue lo suficientemente cómoda y segura como para relajarme y poder dedicarme a reflexionar acerca de lo útil que parecía ser el dinero en la vida y la importancia de disponer de él. Me hice la íntima promesa de asegurarme de que, en adelante, no me faltaría. Así fue.

Montevideo no me interesaba lo más mínimo. Cuando me vi obligada a improvisar la ruta de huida, perdida con Rosita en los palmares de Entre Ríos, había elegido la capital uruguaya como destino guiada únicamente por razones prácticas. Se trataba de la gran ciudad más cercana, dada la evidente inutilidad de intentar volver a una descartada Buenos Aires donde solo parecía esperarnos la desgracia. Poco había pensado en aquel momento en qué haría una vez allí. Tampoco se me había presentado esa incógnita mientras viajaba con Ismael y Rosita, ocupada en llorar por todo lo que iba a echar de menos a aquellos dos ángeles. Fue en el camino de Colón a Montevideo cuando por fin empecé a cavilar sobre el siguiente paso. Hube de decidir qué quería conseguir. Cuál era, en ese punto, mi objetivo. Comprendí que estaba inmersa en una huida hacia delante que necesitaba ser dotada de sentido. Una meta que perseguir.

Había algunas cosas por las que sentía apremio. Ante todo, y aunque la idea de volver a España no había pasado siquiera por mi imaginación, necesitaba escribir a mi madre, hacerle saber que seguía viva y documentar los últimos acontecimientos. Las cartas que le había escrito en esos años eran de algún modo un diario vital. Ella había ido desdibujándose en mi memoria y yo había ido recomponiendo y recreando su figura. Permanecía una idea genérica, una emoción, un recuerdo difuso, que había completado en el constructo emocional de mis escritos. Aquella mujer recia, testaruda y sencilla se había transformado, en mi mente, en una especie de mentora y consejera con la que mantenía conversaciones infinitas. Lo que le escribía, ahora lo sé, era en realidad para mí. En cualquier caso, me urgía hacerlo. Eso era fácil.

Otra cosa que me tenía desazonada era saber de mis patrones. El instinto y la lógica me decían que su huida de Argentina tenía que haber sido, necesariamente, vía Montevideo. Cruzar el río era la manera más corta, rápida y eficiente de salir del país. Puede que no se quedasen allí, pero con certeza habría sido punto de paso. Por consiguiente, una de las metas era localizar a doña Marieta, don Fernando, las niñas y el niño. Eso seguro.

También vi claro que debía conseguir una fuente de ingresos. Llevaba conmigo una pequeña fortuna, pero se acabaría en algún momento si no ponía remedio. Decidí que primero tomaría el pulso a Montevideo y después averiguaría cómo hacerlo. Porque otra cosa que había comprendido en mis cavilaciones era que deseaba encontrar un lugar definitivo donde establecerme.

Pobre ingenua. La María de aquella caravana, la que viajaba en el frío agosto de 1943 hacia Montevideo, con solo diecinueve años y poco más que lo puesto, no tenía la más remota idea de lo que le quedaba por ver ni de cuánto habría de moverse aún. Ni de lejos lo podía vislumbrar, mi niña.

Los lugares, las ciudades, son como las personas. Hay veces que nada más pones un pie en tierra sientes que has llegado a algo. Que estás en casa, que hay cobijo. O así me sucede. En otras ocasiones, por el contrario, los sitios reciben con hostilidad o no dicen nada. Eso fue Montevideo. Nada. Un lugar de paso donde no sentí ni frío ni calor. Que ni me acogió ni me rechazó. Donde viví cerca de dos años de mi vida sin conseguir atesorar un solo recuerdo verdaderamente valioso.

En aquella capital luminosa y húmeda trabajé a base de bien. Conseguí, sin mucho esfuerzo y casi nada más llegar, ganarme la confianza de una asturiana emigrada, la señora Amelia, que regentaba una pequeña taberna en el puerto, y allí estuve sirviendo todo el tiempo que pasé en la capital de Uruguay. Serví bebidas y comidas, fregué de rodillas los suelos de madera, lavé loza, eché a los borrachos cuando salía el sol para recoger y abrir, minutos después, para dar el desayuno a marineros y madrugadores. Dormía en un pequeño cuarto anejo a la taberna, sin ventanas ni luz eléctrica, que contaba con un aguamanil, un armario, una silla, el catre y poco más. Para hacer mis necesidades debía salir a un patio trasero en el que habían habilitado una especie de retrete. Nada de eso me incomodó. Mi infancia en la aldea asturiana me había enseñado bien que el confort no tenía tanto que ver con los medios materiales como con el estado mental. Acostumbrarse, acomodarse y tirar para adelante. En esos dos años apenas pude leer libros, solo unos cuantos que conseguí en préstamo de la biblioteca, escribí tres cartas tristes y vacías a mi madre y ahorré cada moneda que gané.

A los pocos días de mi llegada pude saber que mis patrones habían pasado, efectivamente, por Montevideo, pero no se habían detenido. Su meta eran los Estados Unidos de América. Me lo contaron unos conocidos de mi jefa que habían atendido el encargo de su traslado, pero no tenían más datos. «Los Estados Unidos de América», así, en general, fue toda la información sobre los Meroño Gutiérrez que conseguí reunir en los casi veinticuatro meses de mi experiencia uruguaya.

Lo que más diferenciaba a la señora Amelia de don Fernando y doña Marieta era, sin lugar a duda, la imaginación. En el caso de Amelia, la total ausencia de ella. Creo que esa fue la causa de que nunca llegásemos a conectar. Nos tratábamos con respeto y educación, pero en casi dos años no brotó siquiera una pequeña rendija por la que se pudiesen colar el afecto o la intimidad. Era una mujer buena, trabajadora, eficiente, honrada, seria. Nacida en Mieres a comienzos de siglo, era de la quinta de Ramón, el hermano que yo no había conocido. Se había casado con su vecino de toda la vida y habían emigrado juntos a Uruguay, donde habían fundado la taberna Asturias y procreado tres niños que, en el tiempo de mi llegada, eran ya adultos que se habían marchado de la casa materna y formado sus propias familias. Cada domingo, en turnos perfectamente coordinados, uno de ellos, con su mujer y prole, venía a comer a la taberna a modo de visita familiar. Amelia se había quedado viuda una noche de verano pocos meses antes de que yo apareciese en su puerta preguntando si necesitaba personal. En medio del sueño le había despertado un fuerte ronquido de su marido, y luego, nada. Allí mismo se había quedado el pobre, frío y sin remedio, fulminado por un infarto masivo de miocardio imposible de pronosticar en un hombre relativamente joven, saludable y sin grandes vicios. Lo había llorado tres días y el cuarto había reabierto la taberna y avisado a la parroquia de que buscaba ayudante. Todos los que había ido contratando le habían durado muy poco. Así la conocí.

Me resultaba tranquilizador tener a mi lado a una persona predecible y sencilla. Saber siempre cómo iba a ser el día siguiente, y el otro, y el otro, me permitió instalarme en la rutina, recuperarme de las emociones de la turbulenta salida de Buenos Aires y, sobre todo, armarme de energía, paciencia y fuerzas para lo que estaba por venir, que, aunque era incapaz de imaginarlo o decidirlo, sabía que iba a suponer un gran esfuerzo. Se podría decir que el tiempo pasado en Montevideo fue algo así como unas vacaciones, un impase. Algo así.

Sin embargo, llegó un día en que me descubrí aburrida y triste. Me costaba un mundo salir de la cama y ponerme a trabajar; la presión del pecho, que había estado presente como un leve zumbido, se había vuelto insoportable. Tenía la sensación de que no conseguía introducir aire en los pulmones y boqueaba constantemente como un pez recién pescado. Despertaba de madrugada empapada en sudor frío, con el corazón estallándome en el pecho, y las más de las noches no conseguía recuperar el sueño. Permanecía despierta, aunque sumergida en un universo, a medio camino entre lo onírico y lo real, de pensamientos absurdos, ideas circulares que me atormentaban sin sentido y que perdían toda su pátina de clarividencia con la luz del día. Andaba por la taberna medio sonámbula. Llevaba mal el parloteo intrascendente con la clientela y comencé a no soportar a los borrachos. Seguí trabajando porque eso era lo que hacía, ni se me pasó por la sesera no hacerlo. Pensé que debía ser una mala racha. Hasta que una tarde como cualquier otra, sin motivo aparente perdí la paciencia y los papeles con un parroquiano habitual, alcohólico sin redención, que no hizo nada que no hubiese hecho miles de veces antes. Simplemente estallé, solté de golpe los pocos nervios que me quedaban. Empecé a gritar, dando puñetazos sobre la barra, y lo eché de malas maneras. Cuando ya el hombre, desconcertado, salía por la puerta, le lancé un plato que si le llega a dar hubiera causado una desgracia que me habría truncado la vida para siempre. Por suerte, para él y para mí, nunca he tenido buena puntería.

Al día siguiente, una de las nueras de la señora Amelia, de aquellas que venían un domingo de cada tres y que se llamaba Elena, entró muy decidida a mi cuarto, del cual yo no conseguía salir. Estaba metida en el catre, tapada hasta la frente, sumida en pensamientos oscuros y sofocada por el peso en el pecho. Me agarró por los hombros, me obligó a sentarme en la cama y me habló sin preámbulos.

—¿Qué años tenés, María? ¿Veinte? ¿Veintiuno, tal vez? —Yo asentí, sorprendida. Nunca se había dirigido a mí y ni mucho menos había entrado, ni ella ni nadie, a mi dormitorio, al menos que yo supiese o estando yo dentro. Eso me hizo reaccionar y salir, un poco, de la casi catatonia que había seguido a mi estallido del día previo—. Llevo tiempo fijándome en ti. Cuando llegaste eras todo energía y ganas. Ahora, hace un tiempo que eres un trapillo, una burrita de carga que hace la rueda alrededor de la noria sin pensar, sentir ni padecer. —Yo había despertado de golpe y atendía con interés a lo que me decía—. Casi no me conocés ni tenés por qué hacerme caso, pero te lo digo de buena fe. Yo tengo ojo para esto. —Calló un instante, como para dar más misterio a lo que vendría—. De ser vos, yo me iría de esta taberna y de esta ciudad, María. Se ve a las claras que este no es tu lugar en el mundo. Te estás amargando, criatura.

Aquella noche y los días siguientes, reflexioné acerca de lo que me había dicho Elena. Tenía toda la razón del mundo. Apenas recordaba a la chica curiosa, insaciable lectora de Buenos Aires. Mucho menos a la niña valiente que había engañado a los fascistas en las montañas de Vilamil o la que había ayudado a Caridad y había sido medio feliz, a su manera, en aquella triste y asolada Madrid de 1939. Por fortuna, no tenía prisa. Podía preparar el siguiente capítulo de mi vida sin el apremio accidentado con que habían sucedido los anteriores, pero supe que debía ponerme manos a la obra en aquel preciso instante. Y así lo hice.

A finales de julio de 1945 regresé a Buenos Aires. La señora Amelia había sido muy buena y comprensiva conmigo desde aquel día en que yo había perdido los nervios, alentada sobre todo por su nuera, Elena. Me había ayudado a actualizar mi documentación y conseguir el visado para volver a entrar en Argentina pese a que en ningún lado constaba mi salida del país. Esta vez, regresé reclamada por una prima hermana suya que tenía una pensión de estudiantes y me ofreció, a instancias de mi patrona, un empleo como limpiadora y cocinera a cambio de techo, alimento y unos pocos pesos, bastante pocos. Yo había logrado comprender que no había tenido la oportunidad de procesar la pérdida que había sentido a causa del precipitado final de mi convivencia con los Meroño Gutiérrez y toda la aventura posterior. Por eso había decidido retornar a la única ciudad donde me había sentido en casa desde que había dejado Vilamil. La mansión de los Meroño Gutiérrez no se me iba de la cabeza. Pensaba en aquella biblioteca, que suponía abandonada, y me dolía el alma.

En esta nueva ocasión, la travesía por el Río de la Plata fue deliciosa. Siempre voy a adorar ese río con aspecto de mar o mar que es un río, con sus aguas mansas, picadas y grises que se mezclan con el azul del Atlántico. Jamás permitiré que lo que hicieron los tiranos violentos treinta años después empañe la pureza que esas aguas inocentes representan para mí. Por supuesto, aproveché la oportunidad para apoyarme en una baranda y volver a jugar a ver mis manos en el contraluz, con Buenos Aires en el horizonte. Aunque seguía siendo joven, pude comprobar los estragos que el trabajo duro empezaba a hacer en ellas. En lugar de pena o preocupación, sentí un profundo orgullo. Mirarlas me hizo entender que yo sola, con estas dos manos que aún hoy reviso satisfecha, hasta el momento había salido adelante de encerronas complicadas, y que así seguiría siendo mientras contase con ellas. No me equivoqué.

Bajé a tierra en el puerto, igual que había hecho un lustro antes. Esta vez menos nerviosa, menos mareada y limpia. Llevaba conmigo algo de ropa, mis ahorros y la carta de don Fernando, y me sentía segura. Por primera vez tenía la certeza de que mi futuro dependía únicamente de mí.

La prima de Amelia, Nélida, resultó ser una mujer inteligente y divertida. Nos caímos bien en cuanto nos reunimos en la orilla del río. Era mayor, debía rondar los sesenta años, entrada en carnes y con pinta de llevar mucha vida encima. Se le notaba en la mirada que no había perdido el humor ni la inventiva. Me recibió con un abrazo como si fuésemos viejas amigas. Me llevó, en una larga caminata de al menos diez kilómetros, hasta la pensión. Ella había propuesto que tomásemos el subte para hacer parte del camino, pero cuando me imaginé atrapada en ese tren que viajaba bajo el suelo debió ser tal mi expresión de pánico que me observó divertida y siguió a pie como si nada. El mismo día empecé a trabajar. Debo decir que el sueldo no resultaba tan escaso en proporción a la tarea. Lo mejor fue saber que aquella asturiana cálida y simpática creía más en el trabajo hecho que en los horarios. Eso me gustó, porque me permitiría leer y escribir, algo que necesitaba, en aquel momento, urgentemente.

—A mí lo que me importa es que las cosas estén a tiempo, María —me explicó mientras me daba una vuelta guiada por la pensión, humilde en la decoración y el mobiliario, nueva, impecable y cuidada—. Tú organízate como quieras. Las camas deben estar hechas para antes de la comida, que es a la una de la tarde. La ropa que dejen los estudiantes para lavar hay que devolvérsela en dos días como máximo, limpia y planchada. Y anótala, porque eso se cobra aparte. La ropa de cama se cambia los lunes. Te toca, además, cocinar las cenas de martes a jueves. Nosotras desayunamos antes de que el primer estudiante se levante y cenamos cuando se acuesta el último. Eso es todo. ¿Podrás con ello?

—Seguro, doña Nélida.

—Ay, no me llames doña, que no me pega. Nélida a secas, o señora Nélida. Que señoras somos todas, *neñina*, cada una a su manera. ¡Lo que no existen son las señoritas! —Me guiñó un ojo, divertida—. Pues tú te organizas y haces lo que te toca. El tiempo que te quede, úsalo como quieras. Solo te pido que seas decente: nada de hombres por aquí pululando, ni fiestas ni visitas ruidosas, ¿vale?

—Por supuesto —asentí, entre convencida y sorprendida. Los hombres no estaban en mi radar de superviviente, eran más bien un peligro que evitar, y aquello de las fiestas me había sonado ajeno, nada que ver con mi naturaleza.

La pensión Asturias (como no podía ser de otro modo, homónima de la taberna uruguaya de doña Amelia) ocupaba la totalidad de un coqueto edificio de tres alturas en la avenida Rivadavia, en el barrio de Caballito. Era un edificio muy bonito, casi recién construido, ya que no debía tener entonces más de diez años. La señora Nélida y su marido, el señor Honorato, un gallego de Lugo callado y afable que encendía un pitillo con el anterior, habían trabajado como mulas emigradas hasta reunir el capital que les había permitido comprar el solar y levantar aquel edificio modesto y elegante a la vez. Habían invertido todos sus ahorros en el proyecto de la pensión, con la cual afianzaban un plan de vida para sus últimos años. Un negocio seguro, destinado a estudiantes de buena familia y que contaban con que les daría tranquilidad económica el resto de sus vidas. Arriba de todo, en el tejado, había una pequeña terraza que tenía un trastero con el lavadero y cuerdas para tender la ropa. Habían dedicado la tercera planta a su vivienda particular. En la segunda habían instalado la cocina, el comedor, la sala de estar para los hospedados, un baño para el personal y tres dormitorios, uno de los cuales fue para mí. Los otros dos estaban ocupados por Encarna, la cocinera, una mujer argentina procedente del interior, callada y ya entrada en años, y Rosaura, una moza menor que yo, trabajadora y simple, hija de unos amigos de los patrones, con tareas como las mías. En el primer piso habían arreglado ocho dormitorios (seis dobles y dos individuales) y un cuarto de baño común al fondo del pasillo que contaba con retrete, aseo y ducha. Esta era la zona que se alquilaba a los estudiantes, quienes solo acostumbraban a subir al segundo a las horas de las comidas y habitualmente se quedaban de tertulia después en la sala de estar, sobre todo los fines de semana, tras las cenas.

En 1940 habían instalado un ascensor en el hueco de la escalera del edificio. Era un artefacto que tenía una puerta y además una reja en el interior que había que cerrar para que el aparato funcionase. Don Honorato, gallego previsor, había mandado también colocar sobre la puerta una placa de hierro grabada, que rezaba:

>HABIENDO ESCALERA
>—EL PROPIETARIO—
>NO SE RESPONSABILIZA DE LOS
>ACCIDENTES QUE PUEDA
>OCASIONAR EL USO DEL ASCENSOR

A mí, de entrada, y aunque encontré la redacción muy mejorable, me pareció un aviso a tomar en cuenta y opté por usar siempre la escalera. Por si acaso.

Cuando llegué, el curso universitario estaba en pleno momento de exámenes y concentración. Con diciembre acababan las clases, así que en el frío agosto los residentes tenían ya poco tiempo para el ocio y las tertulias en la sala común eran, por lo general, breves, académicas y menos dedicadas al cotilleo y a la política que a comienzos de curso.

—No te confíes, María —me había advertido Nélida—. Verás en marzo, cuando vuelvan. Ahí tienen todo el curso por delante y ganas de enredar. ¡Cómo no, son hombres jóvenes! Acabarás teniendo que echarlos al primero, a las tantas, todos los viernes, ya verás. Si no, no te dejarán ni cenar ni dormir tranquila.

Con todo, me resultaba fascinante escuchar aquellas conversaciones. Nuestros inquilinos eran chicos de buenas familias, educados y cultos, con interés en la realidad social, la economía y las artes. En la sala de estar dejábamos, cada mañana, los periódicos *La Nación* y *La Prensa*, que la mayor parte de ellos revisaban en algún momento de la jornada. En el curso siguiente apareció también en la mesa de los desayunos el llamado *Clarín*, un nuevo diario que algunos de los residentes del curso de 1946 demandaron tener disponible. Yo aprovechaba los momentos de tranquilidad para echar un vistazo a los titulares y luego, cuando todos dormían, me llevaba un periódico a la cama y me quedaba frita empapándome de toda la información que podía. Eso, junto con la escucha de las tertulias de los chicos, me sirvió para agrandar otro pedazo mi cultura general y situarme bien en la actualidad del momento. Gracias a la prensa y a mi infinita curiosidad, estaba al tanto de todo lo que acontecía en la convulsa Argentina de finales de los cuarenta y también pendiente de la Europa que se recuperaba de la terrible guerra y de la violencia del nazismo, y devoraba con ansia las poquísimas noticias que encontraba sobre la oscura y silenciada España franquista.

Estoy orgullosa de quién fui en todos y cada uno de los días vividos, aquellos en los que lo hice bien y también en los que no. Puedo volver la mirada de la memoria hacia el lejano pasado de los tiempos en la pensión Asturias y sigo viendo una joven arrojada y fuerte que salía adelante con determinación. No era consciente entonces del enorme poder que residía en mi mente y ponía casi todos los huevos en el cesto de la resistencia física y social. No tenía ni idea de mis altísimas capacidades intelectuales que iban a ser, a un tiempo, mi mejor y mi peor baza en la vida. No conservo fotos ni retrato alguno de antes de 1948, pero en la habitación tenía un espejo en el que me recuerdo reflejada. Puedo ver con claridad a una bella mujer de veintipocos años, aquella larga melena naranja, densa y rizada, recogida en un discreto moño a la altura de la nuca para no llamar la atención. La piel pálida llena de pecas, la frente despejada, los ojos verdes, la nariz tirando a grande, recta, perfecta, mostrando determinación. El cuerpo menudo y fuerte, las piernas sólidas y bien dibujadas, los brazos musculados a base de trabajar sin respiro. Y las manos. Esas que siempre miré, en las que confié como si de un par de hadas madrinas o ángeles de la guardia se tratasen, mi último cartucho para encontrar las salidas ocultas cuando la inteligencia no bastaba para ello. Esa fui yo.

Yo creía que era invisible. Pensaba que había conseguido pasar totalmente desapercibida. Estaba convencida de que los residentes de la pensión ni se daban cuenta de mi existencia. Pero una noche de diciembre de 1945, cuando me asomaba a la puerta entornada de la sala de estar con la excusa de recoger unos vasos y la intención de espiar discretamente la tertulia de los chicos, fui interpelada por un estudiante de quinto de Medicina.

—Ché, colorada, ¿no querés tomar un poco de mate acá, con nosotros?

Me sorprendió tanto que se dirigiese a mí que mi primer instinto fue mirar alrededor por si hubiese otra mujer, pelirroja además, en la sala.

—¿Adónde mirás vos, piba? —me dijo, muerto de risa—. Yo creo que acá no hay más coloradas que vos. —El resto de los compañeros rieron a carcajadas—. Andá, sentate con nosotros. Que te veo ahí cada noche y me da qué sé yo, mujer. Contá algo sobre ti, ¡dale!

Qué iba a hacer. Con las mejillas coloradas y sin saber muy bien cómo reaccionar, decliné amablemente el convite y me fui a la cama. Pero me quedé con la intriga. Algo había despertado en mí, me habían entrado de golpe las ganas de existir, de ser visible. Ya acostada, imaginé cómo habría sido mi participación en la tertulia, qué habría dicho, cómo todo el grupo se habría reído con mis ocurrencias, esas que siempre guardaba para mí cuando se me aparecían en el cerebro mientras los escuchaba hablar.

Antes de dejarme ver me quedaba un asunto por resolver para el cual necesitaba seguir siendo discreta, lo menos llamativa posible. Faltaba poco para los meses de vacaciones escolares, y ya Nélida me había avisado de que mis tareas cambiarían en enero y febrero. Tocaba revisar la pensión entera, hacer lavados y limpiezas a fondo y preparar todo para los estudiantes del siguiente curso, que llegarían a finales de febrero. En compensación, no habría horarios de comidas, así que, siguiendo el sistema de mi patrona de trabajar por objetivos, que es como lo llaman ahora, iba a poder disponer de periodos de ocio más largos.

La biblioteca de don Fernando no se me iba de la cabeza. No me había atrevido, en cinco meses que llevaba en Buenos Aires, ni a acercarme a la calle o tan siquiera a los alrededores del barrio de Belgrano donde se encontraba. Eso no contradecía mi firme determinación de volver a visitarla, al menos, una vez. Aunque fuese para despedirme de ella en condiciones, pensaba. Así que fui. Primero me fui aproximando al barrio y a la calle en tímidos paseos hasta que, por fin, un día caluroso de mediados de enero de 1946, recién cumplidos mis veintidós años de vida, me atreví a detenerme unos minutos ante la puerta principal. Todo parecía igual que el día fatídico de junio de 1943 en que la había cerrado por última vez. A lo largo de varios días más, dos semanas finalmente, ejecuté una vigilancia exhaustiva y discreta que me permitió constatar que el edificio seguía deshabitado y nadie parecía prestarle mayor atención. Cuando estuve absolutamente segura de esto, me decidí a entrar. Conocía cada resquicio del que había sido mi hogar. Sabía que la puerta trasera del lateral, la que daba entrada directa a la cocina desde el callejón contiguo, estaba oculta de cualquier mirada indiscreta o delatora. Había sido concebida como la vía para recibir los suministros diarios de la familia y no tenía más ventanas encima que las de la propia casa, puesto que lindaba con el muro alto que custodiaba la finca de la mansión vecina. Me aproximé y revisé la cerradura para averiguar cómo forzarla, lo cual me costó poco. Era de un tipo muy simple, de aquellas que se abrían con una llave grande y pesada que acababan en una especie de alas de mariposa. Volví al día siguiente equipada con varios utensilios que pensé que me podrían servir. Me las arreglé con una aguja de calceta y bastante paciencia. Cuando el mecanismo hizo clic, mi corazón dio un brinco de emoción.

La casa estaba tal como la recordaba. Se había detenido en aquella sombría mañana de dos años y medio atrás, y todo había quedado como congelado, parado en el tiempo y en el espacio. Habíamos salido con tanto apuro que aún había tazas sin fregar y algún plato sobre la gran mesa de la cocina. Todo estaba cubierto por una gruesa capa de polvo, había telas de araña por todas partes y muchas moscas muertas en el suelo, sobre todo en la alfombra del pasillo. Los ratones habían roído las partes bajas de las cortinas y las esquinas de algunos muebles, y en las paredes y los techos se podía apreciar alguna mancha de humedad. Pero poco más.

No me di prisa en llegar a la biblioteca. Me daba cosa. Puede que respeto, un cierto temor a que la realidad traicionase mi recuerdo, también miedo a los daños que pudiese haber sufrido. Caminé despacio recorriendo cada recodo de aquella querida casa, recordando los momentos vividos en ella. Paré en un baño y fui hacia el grifo. El agua salió primero a borbotones y llena de óxido. En unos segundos volvió a ser clara y corrió con fluidez. Entré en el que había sido mi cuarto y miré bajo la cama. Allí seguía lo que quedaba de las mudas para las sábanas, todas mordisqueadas y deshechas por los ratones que habían anidado en ellas. Al llegar a la sala encendí la radio; no iba. Apreté uno de los interruptores de la pared y comprobé que no había electricidad. Bajé hasta la puerta principal y encontré un montón de papeles, sobres, cartas de todo tipo, que el servicio de correos había seguido introduciendo por la rendija que el portón tenía para ello. Decidí que debía revisarla, y que lo haría otro día. Pensaba volver, eso lo vi claro. Por fin, me armé de valor y enfilé la escalera hacia el segundo piso, donde estaban los dormitorios de la familia y mi amada biblioteca. Temía que los ratones, las polillas o la humedad me diesen un disgusto; sabía de la fragilidad del papel, de los libros y de la madera con la que estaban hechas las librerías en las que reposaban. Mis temores no se materializaron. La magia de la biblioteca seguía intacta. Me pareció que aquella estancia tenía, incluso, menos polvo y telarañas que el resto de la casa.

Perdí la noción del tiempo. Había llegado a la mansión temprano en la mañana y cuando volví la mirada hacia una de las ventanas de la biblioteca ya era de noche. No había comido y apenas me había movido más allá de la revisión de todos los títulos de las estanterías. Estaban todos, o eso parecía. Algo más de diez mil libros en cinco idiomas. Arte, novela, poesía, teatro, pensamiento, cuentos infantiles, obras de consulta. Mi querida Espasa. El estómago me reclamó que necesitaba algo sólido para poder seguir haciéndose cargo del funcionamiento de mi cuerpo. Me había acostumbrado a comer en horarios regulares, y ese día se me había ido el santo al cielo. Sin pensarlo demasiado, cogí dos novelas de la zona de clásicos traducidos: *Los hermanos Karamazov*, de Dostoievski, y *La máquina del tiempo*, de H. G. Wells. Por puro hábito me dirigí, con los dos volúmenes en la mano, a la mesa del despacho en busca de la libreta para anotar el préstamo. Me percaté enseguida del error, pero por un segundo valoré hacerlo, como un gesto romántico y de esperanza que mi buen criterio descartó. Mejor no dejar huellas ni pistas de mi paso por la casa.

Salí por la misma puerta de la cocina, que dejé bien cerrada con un juego de llaves que recuperé de un colgador de la entrada, de entre los varios que seguían allí. Tenía por delante un camino de vuelta a la pensión de más de dos horas a pie. No me importaba. La noche cálida de verano era agradable y en la ruta encontraría algún negocio donde parar a comer un poco. Con mis libros bajo el brazo me sentía, por vez primera desde los tiempos en que iba andando a la escuela de Vilamil, libre y, casi, feliz.

A lo largo de varios meses mi vida cotidiana estuvo marcada por unas rutinas simples y sofisticadas al mismo tiempo, una suerte de doble vida. En el día a día trabajaba en la pensión. Hacía las camas, aseaba y ordenaba los cuartos de los residentes que me correspondían, cocinaba las cenas las tres noches que me tocaba, de vez en cuando preparaba algún remedio para un estudiante acatarrado o lesionado, limpiaba todas las estancias junto con Rosaura, barría, repasaba arrodillada los suelos de madera hasta que relucían, fregaba los cacharros, planchaba. Me levantaba antes de salir el sol para comprar el pan recién hecho y los periódicos, de manera que los chicos los encontrasen sobre la mesa al ir a desayunar. Iba al mercado del Progreso a por viandas y flores, cosía y remendaba. Aun así, disponía de mucho tiempo libre. Las noches eran para leer. Y, como mínimo una vez por semana —las más de ellas hasta tres veces— me acercaba hasta la casa de los Meroño Gutiérrez y volvía con un botín. Al principio eran uno o dos volúmenes, por lo general de literatura universal. Poco a poco me fui animando y comencé a rescatar también la enciclopedia, que acabé llevándome completa, diccionarios, obras de ensayo y pensamiento. Cada libro que cogía de los estantes, aunque solo fuese por revisarlo, me parecía una joya que no era capaz de abandonar bajo el polvo de la casa deshabitada, y no había manera de que lo devolviese a la librería. Era superior a mí. Hasta me hice con un carrito que me permitía acarrear, en los diez kilómetros de vuelta, que ya recorría en buena parte en el subte, una brazada de libros que luego subía a pulso hasta el segundo por la escalera del edificio de la avenida Rivadavia, no fuera a ser que el ascensor hiciese bueno el aviso de Honorato.

En poco tiempo, mi cuarto estuvo atestado de libros amontonados de cualquier manera. Era incómodo y poco respetuoso para con los objetos de mi devoción. Debía hacer algo. Hablé con Nélida. Me inventé una historia consistente para justificar la súbita invasión de libros. Fue relativamente sencillo. La mejor manera de crear una mentira sólida es que tenga la mayor dosis de realidad posible. De ese modo es fácil de sustentar y mantener en el tiempo. Así que le dije que mi antiguo patrón me había legado una cantidad enorme de libros que habían quedado custodiados por un albacea en la antigua morada. Que yo había ido tirando de ellos, ya no me cabían en el dormitorio y aún quedaban muchos que debía llevar conmigo, dado que la casa iba a ser vendida y los que no cogiese acabarían en la basura o en la beneficencia. Ella, como me conocía y sabía bien de mi cultura y afán por la lectura, no solo no se extrañó, sino que quedó satisfecha al comprender de dónde me venía tamaña ilustración. Me dio permiso para contratar la construcción de una modesta librería en mi cuarto, que ocuparía las dos paredes que no tenían puerta ni ventana, a cambio, eso sí, de que la dejase allí si algún día me marchaba de la pensión. Tenía que ser una obra permanente.

Como yo no tenía más gasto propio que papel, lápiz, sobres y sellos o la adquisición ocasional de alguna tela o lana para renovar la ropa de trabajo y reponer la que no tenía ya más arreglo ni opción de remiendo, con techo y comida pagados mi sueldo iba casi íntegro a una hucha que guardaba dentro del colchón. Mis ahorros habían alcanzado una suma muy considerable, así que pude permitirme la contratación de la obra. Con la ayuda de Honorato, negocié con unos muchachos que él conocía el diseño, la construcción y el montaje de una librería de madera de nogal que iba del suelo al techo en las dos paredes, imitando —en versión pobre pero elegante y sobria— la biblioteca de don Fernando. Así fue como conseguí disponer de veinticuatro metros cuadrados verticales de estantes en los cuales, según calculé, podría almacenar al menos dos mil libros. Eso hice. No paré hasta que pareció que ya no cabían más, y aun así seguí acumulando volúmenes, cambiando la posición alineada vertical por pilas horizontales que, por lo que descubrí, eran más eficaces en cuanto al aprovechamiento del espacio.

De la casa de los Meroño Gutiérrez no me interesaba ya nada más que los libros. Un día Nélida me sugirió, con su natural picardía, si en aquella vivienda «en venta» no habría vajilla o ropa de casa que mereciese también ser salvada de la quema. Eché un vistazo en una de mis últimas visitas y decidí que no. Nada que no fuesen los libros abandonaría el edificio, que debía permanecer resistiendo el paso del tiempo hasta el día soñado en que sus propietarios legítimos pudiesen retornar a él.

El 4 de junio de 1946, a un día de cumplirse tres años de nuestra precipitada salida de la casa, el mismo día en que Juan Domingo Perón tomó posesión como presidente de la República, visité por enésima vez la biblioteca. Todavía quedaban muchos volúmenes en los estantes, pero consideré que ya me había llevado todos los que podía custodiar y leer en un tiempo prudencial, y que constituían una buena representación de los distintos géneros y valores allí compilados. Recordé una vez más lo que don Fernando me había dejado dicho en su carta de despedida. Decidida a que aquella fuese mi última ocasión en aquel hogar, ahora frío y casi sin alma, busqué el escondrijo del que hablaba en su misiva (aquel trozo de papel que había conservado todo el tiempo como un preciado bien). Solo encontré un portafolios repleto de documentos, entre los que estaba la escritura de propiedad de la casa, otras de tierras en territorio argentino y algunos documentos de préstamos de dinero entre don Fernando y otros hombres cuyos nombres no reconocía. Dejé todo donde estaba. Acaso él volviera a buscarlos en algún momento. Se me ocurrió escribir una breve nota para él, en la que le hice saber que había sido yo quien se había llevado los libros que faltaban y que se los devolvería encantada cuando me lo solicitase. No dejé señas ni direcciones y firmé como «La Ilustrada» por si el documento acababa cayendo en malas manos. Ya él me había indicado que, de necesitarlo, sabría cómo encontrarme. Y yo creía todo lo que aquel hombre pudiese afirmar.

Paré en el recibidor e hice revisión de todo el correo. Entre docenas de cartas sin interés encontré una dirigida a mí. Me la había enviado mi madre y había llegado poco después de nuestra marcha. La abrí y la leí. Me trasladó por unos segundos a tres años atrás. La guardé para unirla a la correspondencia que había ido acumulando desde que la había retomado a mi llegada a Uruguay. La anterior quedó, roída por los ratones e irrecuperable, bajo mi antigua cama. Ese día salí por la puerta principal, en lugar de la lateral de la cocina que había usado en todas mis otras visitas, y creí cerrar para siempre con doble vuelta de llave mi vínculo con aquel lugar.

Los libros crearon en mí la sensación de hogar que tanto había anhelado en los últimos años. Aquel cuarto de la pensión Asturias se convirtió en mi guarida, refugio, lugar seguro. Allí dentro me sentía a salvo y la presión sobre el pecho se atenuaba hasta permitirme, incluso, dormir sin contratiempos. Mi humor mejoró notablemente a medida que me encerraba en aquella ostra. Apenas salía más que para trabajar, la calle la visitaba únicamente para hacer los mandados de Nélida. No necesitaba más, o eso creía. Cuando no devoraba libros, leía los periódicos o escribía a mi madre. Llegué a redactar una carta diaria. Ella me respondía muy de cuando en vez, con su caligrafía esforzada y aquella mezcla de castellano y bable que tanta ternura despertaba en mí. Sus cartas hablaban de lo cotidiano de la aldea, del parto de una *gocha*, de la venta de un *xato*, de los hongos que había cogido el manzano tardío, de la helada que había estropeado una temporada de berzas, de lo buenas que habían salido las cerezas un verano. Nada relevante, pero me reconfortaba saber que seguía viva y tranquila, con la cabeza en su lugar y autosuficiente.

Las pocas veces que salía a la calle solía volver cargada de los recados, y aun con todo aquel peso a cuestas, seguía sin utilizar el ascensor. Fue una mañana de marzo de 1947, cuando regresaba del mercado del Progreso casi arrastrando dos bolsas enormes llenas de comida, cuando coincidí con uno de los estudiantes en el portal. Venía acompañado por otro joven que no residía en la pensión y del cual di por hecho que sería un compañero de clase. Muy educados, me abrieron la puerta y quisieron ayudarme con las bolsas, que llevaron hasta la puerta del ascensor.

—Muchas gracias, chicos —les dije, asiendo de nuevo las bolsas y enfilando mis pasos a la escalera. Ellos me miraron atónitos.

—Pero ¿no vienes en el ascensor, María? —me preguntó el residente, que se llamaba Miguel.

—No, gracias. No me fío de ese cacharro —respondí mientras comenzaba la trabajosa subida.

Ambos quedaron algo confusos. El que no conocía reaccionó y tiró de mí.

—Deja por lo menos que te las subamos con nosotros en el ascensor. Te las damos arriba. ¿A qué piso vas? —me habló decidido, casi no me dio opción a negarme.

—No, pero es que tengo que llevarlas yo. Si faltase o se estropease algo… Hay huevos, la leche puede derramarse. Déjalo estar, gracias.

El joven no quería dar el brazo a torcer. Aferró una de las bolsas y abrió la puerta del ascensor.

—Si rompemos algo me hago cargo, no te preocupes. ¿A que vas al segundo? —Me guiñó un ojo y lo siguiente que supe fue que ascendían con ellas y sin mí en aquel artefacto del demonio.

Subí las escaleras de tres en tres peldaños y llegué al segundo piso cuando ellos abrían la reja interior del elevador. Enfadada y sin aliento a causa de la carrera, abrí bruscamente la puerta, tomé las bolsas y revisé el contenido. Obviamente, todo estaba perfecto, lo cual me produjo aún más rabia. Sin cruzar más palabras, los miré con odio, a lo que respondieron con gestos entre divertidos y desconcertados, y me metí en la cocina con las bolsas dispuesta a entregarle a Encarna, la cocinera, los frutos de mi gestión sanos y salvos.

Esa misma noche descubrí al compañero de Miguel sentado a la mesa para la cena. Resultó ser un nuevo inquilino que llegaba cuando el curso ya estaba en marcha. Nélida me hizo saber que se llamaba Daniel. Era medio francés y medio argentino, mayor que el resto de los residentes, tenía mi edad. Ya no estudiaba; por lo visto había terminado la carrera de Derecho y Comercio en Estados Unidos, pero, como había llegado a Buenos Aires en unas fechas tan raras y no tenía previsto quedarse más allá de diciembre, había hablado con mi jefa, por mediación de Miguel, porque tenía una habitación libre aquel curso del 47. Ella, claro está, se la había alquilado de mil amores, junto con el servicio de pensión completa.

A partir de ese día, el tal Daniel parecía estar por todas partes. No estudiaba, tampoco aparentaba trabajar, o al menos no con un horario fijo. Nosotras nos habíamos acostumbrado a que la pensión, de lunes a viernes, se vaciase por las mañanas, ya que nuestros huéspedes solían tener clase en esos momentos. Pero Daniel aparecía en la sala de estar, le pedía un café a Encarna y se sentaba allí a leer el diario mientras nosotras intentábamos limpiar y recoger la estancia sin molestarlo. No me cayó muy bien, pero creo que fue porque lo recibí, de entrada, como un estorbo. Una distorsión en mi sagrada rutina, aquella que me garantizaba la seguridad que tanto necesitaba. Sin embargo, el hombre tenía don de gentes y poco a poco fue ganándose la simpatía de las tres trabajadoras de la casa.

Una mañana me convenció para que me sentase con él en la sala de estar y compartir un café. Ese día empezamos a hablar y descubrí el inmenso placer que podía llegar yo a sentir con aquel tipo de interacción social. Daniel resultó ser un hombre muy culto, viajado y con inquietudes políticas y sociales. Tenía una gran habilidad para la escucha y una tremenda paciencia conmigo, ya que mi inexperiencia en la conversación hacía que me perdiese en el discurso y me despistase constantemente de lo que quería decir. A partir de aquel momento pasamos horas y horas en charlas interminables a las que tan solo mis obligaciones laborales conseguían poner punto y seguido.

Daniel se apellidaba Martin. Así, sin tilde en la i. Pronunciado «Magtán» (el resultado es perfecto diciéndolo con la nariz tupida, como constipada). Su padre era francés, monsieur Gérard Martin, y su madre, argentina de origen italiano, doña María Teresa Amato. Ambos vivían en Detroit, él era su único hijo. Habían sido padres tardíos en las segundas nupcias de Gérard, quien no había tenido descendencia en la primera. Cuando nació Daniel ella rondaba los cuarenta y él había alcanzado los cincuenta. En líneas generales, Daniel procedía de una familia feliz y acomodada, y había pasado la guerra lejos de Europa, pero tenía una sensibilidad y una preocupación por el mundo más esperables de quienes conocen en carne propia el dolor y las dificultades de la vida que de alguien acomodado como él. Esa capacidad suya de empatía, junto con su sentido de la justicia, fueron siempre dos cualidades que admiré en él muy por encima de las demás.

También era un hombre muy guapo. Tenía algo de exótico por diferente, con el cabello rubio y los ojos oscuros, rasgos poco comunes en los hombres argentinos, ya que, si bien muchos (sobre todo los de origen italiano o alemán) tenían el pelo claro, también solían serlo los ojos. Era alto y tirando a desgarbado, pero sabía vestir bien, con un estilo moderno y clásico a la vez. Poco a poco me fue llenando el ojo, también en la medida en que su interés por mí comenzó a mostrarse más allá de lo intelectual. Luego habría de confesarme que había quedado prendado de mí nada más verme entrar por el portal con las bolsas de la compra, pero yo no me había enterado de nada. Era muy ingenua y ni siquiera había tenido tiempo para pensarme como mujer. Emparejarme o formar una familia eran ideas que jamás habían pasado por mi magín, algo que parecía reservado a otros tipos de mujer, a otras vidas. Así que tardé en entender lo que estaba ocurriendo. Cuando nuestras conversaciones fueron pasando de lo general y abstracto de la actualidad y la literatura a lo concreto e íntimo de nuestras historias vitales y sentimientos, vi claro que había encontrado un compañero que parecía cortado a mi medida.

Él había venido a Buenos Aires en una misión empresarial sencilla y no contaba con quedarse en la capital argentina más allá del mes de diciembre, pero fue aplazando su vuelta a Francia con pretextos hasta que me propuso matrimonio. Nos casamos un lunes de mayo a las ocho y media de la mañana sin más testigos que el propio embajador de Francia, Miguel y Nélida, ya que enfocamos el hecho como lo que era, el trámite administrativo necesario para formalizar nuestra realidad y facilitar que pudiésemos movernos juntos por el mundo en adelante sin dar explicaciones ni chocar con trabas burocráticas. Como yo era española y él francés, tuvimos que hacerlo en la embajada francesa. El embajador me preguntó si deseaba adquirir la nacionalidad francesa y, ante mi cara de sorpresa, me explicó que en aquel momento en España las mujeres no éramos ciudadanas de derecho, mientras que en su país, afirmó orgulloso, hacía ya tres años que teníamos, incluso, el de sufragio.

Acepté la oferta, por supuesto, pero no pude evitar apuntar que en mi país de origen habíamos podido votar ya en el año 31, aunque luego Franco hubiese arramplado con ese derecho, junto con tantos otros. Daniel se rio y me besó. Quedamos casados.

De ese día es la primera fotografía mía que conservo. Él lleva una chaqueta oscura de lana sobre la camisa blanca y corbata con líneas diagonales blancas y grises. Yo, un tres piezas gris y una camisa también blanca. En la foto solo se me ve la parte de arriba de la chaqueta y el cuello de la camisa, en pico, muy moderno. Hicimos tres copias: una para nosotros, que enmarcamos, una para sus padres y otra que le envié por carta a mi madre con la noticia del casamiento. Pasé a llamarme María García de Martin en Argentina y María Martin en la Francia de la *égalité*. El Rodríguez de mi madre quedó, desde ese instante, fuera de la ecuación. Curiosamente, desde entonces y por varias décadas hube de llevar los nombres de un hombre al que apenas había conocido y el de otro al que acababa de conocer.

Siempre quise a Daniel. Aún siento ese amor por él. Es una clase de amor constante y eterno, tranquilo y estable la mayor parte del tiempo, no apasionado. De hecho, por muchos años estuve segura de que la pasión no era propia de mí, nunca la eché de menos. Claro que ¿cómo tener nostalgia de lo que no se conoce? Sentí por él, siempre, una ternura infinita, una admiración total y mucho, muchísimo respeto. Con esos ingredientes elaboramos la receta de una unión basada en la igualdad y el buen trato que prosperó como pocas, a pesar de nuestros orígenes, tan diferentes.

Antes de casarnos y mudarnos al amplio y luminoso apartamento que alquilamos a tan solo un par de cuadras de la pensión, él ya me había contado toda su historia. Era empresario, hijo y nieto de empresarios. Los negocios familiares habían podido sobrevivir sin apenas resentirse por la guerra mundial gracias a que en la década de los treinta, y aprovechando el desastre del 29, su padre había decidido invertir en la naciente industria de la automoción norteamericana. Así que, mientras Europa agonizaba, la familia Martin Amato había seguido prosperando en la otra orilla del Atlántico. Eran gente patriota y comprometida, por lo que el padre, sabedor del poder que da el dinero, había llegado incluso a intentar intervenir ante el Gobierno estadounidense en la búsqueda de ayuda para la República francesa. Poco había conseguido, pero había dejado claros su postura y compromiso en un momento muy delicado, sin tener en cuenta la factura que esto le pudiese luego pasar. Esa valentía le había valido después un estatus de privilegio y acceso a los círculos políticos y de poder norteamericanos y también franceses.

El matrimonio cambió radicalmente mi vida, empezando por mi posición en la cadena trófica. Gracias a mi alianza con Daniel subí de golpe muchos peldaños en la escalera social. Él debía asistir a eventos de sociedad, encuentros empresariales y políticos, y yo le acompañaba siempre que era posible, no sin recelo. Tuve que mandar a hacer alguna ropa, modelos que no se me había pasado por la imaginación que vestiría algún día. Me sentía impostora en aquellos contextos. Me descubría en los espejos de los restaurantes y las salas de baile, y no me identificaba con la imagen de aquella María que me devolvían. Me acomplejaba una barbaridad la total ausencia de una educación formal en mi currículo. Tenía una cultura general muy amplia gracias a mis lecturas, suficientemente aleatoria, y conocía los rudimentos de la urbanidad y del comportamiento en la mesa gracias al tiempo de servicio con los Meroño Gutiérrez. Pero me veía tremendamente insegura, inferior, fuera de lugar. Sin embargo, despacio y sin presión, fuimos afianzando juntos, a base de interactuar en cócteles formales, comidas y bailes de sociedad, mis habilidades relacionales y diplomáticas. También nos percatamos de que nuestras visiones estratégicas eran complementarias en cuanto a valorar riesgos o juzgar a las personas. Los negocios iban bien, la prosperidad era agradable y nos considerábamos felices. El poco trabajo que daba el mantenimiento y cuidado del hogar era casi insignificante para mí, y, pese a que tenía, por fin, tiempo para leer —algo de lo que no me cansaba jamás— pronto me sentí inquieta y aburrida. Me había llevado toda mi biblioteca al nuevo apartamento y ahora podía, además, comprar cuantos libros me apeteciese. Escribía a diario a mi madre. Pero comenzaba a necesitar urgentemente un trabajo o motivación.

Pocos meses después de casarnos recibimos la visita sorpresa de mis suegros. Gérard y Teresa aparecieron una tarde en nuestra puerta. Me llevé un susto importante, porque habían traído una botella de champán que ella descorchó con estruendo aún en el recibidor, según abrí la puerta. No sabiendo yo ni quién había llamado, pensé que era un disparo. Me enamoré de aquella pareja en menos de un minuto y el flechazo fue mutuo. Eran gente muy alegre, optimista y con ansias de disfrutar de la vida e, incluso así, para nada superficiales, frívolos ni esnobs. Me acogieron como a una hija, sinceramente felices por ver contento a su hijo, y me incorporaron a la familia sin dudarlo, sin preguntas y sin condiciones. Eso, que a mi marido le parecía simplemente algo lógico y natural, me asombró para siempre.

Aquel mismo día salimos a cenar. Los llevamos a un bonito restaurante cerca del mar, en las afueras. Era el verano de 1949. Hablamos mucho de la situación internacional. Mi suegro estaba bastante seguro de que, tras las guerras y posguerras, se presentaba ante nosotros un tiempo de apertura y prosperidad.

—No os apresuréis en tener hijos —nos aconsejó, para mi sorpresa—. Aprovechad para vivir, sois muy jóvenes, tenéis dinero, el mundo en las manos. Viajad...

Su mujer lo interrumpió, y a él, en vez de molestarle, le encantó.

—¡Sí! —intervino Teresa, entusiasmada—. Para empezar, tenéis que venir a Detroit. Luego, podemos ir todos juntos a París...

—Daniel, puedes seguir con el negocio desde aquí —prosiguió Gérard—, sabes que no hay problema. Pero ve organizándote para pasar por Detroit por lo menos cada tres meses. No quiero que al personal se le olvide quién es el jefe. Yo no veo la hora de jubilarme, ya lo sabes, hijo. A ver cuándo te decides a coger las riendas…

Daniel asentía con normalidad. Mientras, yo era presa de un vértigo que nunca había experimentado. La conversación avanzaba, en los mismos términos, pero yo ya casi no la podía seguir. Me había quedado atascada en una idea. Viajar. Ante mí, se abría el mundo. Todo lo posible. Visitar Norteamérica. ¡Conocer París!

De vuelta en el apartamento abracé fuerte a mi marido nada más cerramos la puerta. Me sentía feliz. Esa noche hicimos el amor de una forma nueva, más emocionante, arriesgada. Hasta entonces había sido un ejercicio físico y emotivo, relajado y cómplice. También placentero la mayoría de las veces y siempre apetecido, aunque intrascendente en su conjunto. A partir de aquella noche cambió. Yo experimentaba la emoción de estar muy viva. El peso del pecho parecía esfumarse, o por lo menos se atenuaba lo suficiente como para pretender que ya no estaba, y yo me veía crecer, respirar. Casi podía volar. Él lo sintió y me siguió dulcemente en la emoción, lleno de amor y empatía.

Al día siguiente decidí estudiar. Si íbamos a viajar por el mundo yo quería poder comunicarme con soltura, no depender enteramente de mi marido para eso. Además, y como había insinuado muy discreta y certeramente Teresa, el estudio podía ser una forma excelente de paliar mi incipiente aburrimiento y emplear el tiempo que ahora me sobraba. Así que en pocos días localicé una profesora de inglés, Jackie, una estudiante inglesa que pasaba un semestre en Argentina. Di con ella gracias a la ayuda de Miguel, quien seguía en la universidad y mantenía la amistad con Daniel. Ella me puso en contacto con Philippe, su novio y francés para mi alegría. Contraté con ambos clases diarias de las dos lenguas. La francesa podía leerla y escribirla, pese a que tenía poco vocabulario y ni idea de pronunciación. De la inglesa no sabía ni el abecedario.

Tras seis meses de estudio intensivo estuve lista para usar mis nuevos conocimientos. El francés me había resultado muy fácil por todo lo que traía adelantado y con el inglés había adquirido las competencias mínimas, como decía Jackie, «para sobrevivir en caso de emergencia». Con gran ilusión, me dispuse a planificar el viaje. Mi idea era sencilla: acercarnos primero a Detroit, pasar un tiempo con Gérard y Teresa usando su casa como base para hacer salidas en viajes domésticos y explorar en coche el país. Después, navegar hasta París en un transatlántico, esta vez en un camarote por encima de la línea de flotación del buque. Con suerte, aprovechar que pisábamos Europa para conocer Bologna, la ciudad de la que procedía la familia materna de Daniel y que él nunca había visitado. Estaba absolutamente emocionada. ¡Iba a subir a un avión, volvería a atravesar el océano!

—¿Y tú estás segura de que te vas a subir al avión? —me había preguntado, divertido, mi marido, cuando le conté mis ideas en una sobremesa. Yo le respondí despistada.

—Pues claro, *mon amour*. ¿Por qué lo dices?

En lugar de responderme, me miró con gesto travieso, se levantó y volvió a la mesa del comedor con nuestros abrigos en la mano. Me alcanzó el mío.

—*Come on*. Antes de coger un avión tienes que resolver un pequeño asunto.

Me hizo tanta gracia su comportamiento que me dejé llevar. Bajamos a la calle. Era una hermosa y luminosa mañana de domingo de finales del invierno de 1949 en el barrio de Caballito. Los jacarandás mostraban ya las yemas de sus futuras flores, y, abrazados como acostumbrábamos, caminamos un par de cuadras hasta encontrarnos ante la pensión Asturias. Él abrió el portal, entramos sin mediar más palabras y me hizo pararme ante el ascensor, al tiempo que apretó el botón de llamada. Lo miré aterrorizada. El rio.

—María, no puedo comprar un pasaje para ti a Detroit si antes no te atreves con este chisme.

La celada de Daniel me dio tremenda rabia, pero le seguí el juego por puro orgullo. Colorada por la ira y frustrada, entré en el ascensor. Él lo hizo tras de mí, cerró la puerta y la reja, y presionó el botón dorado que tenía el número dos impreso. Subí absurdamente asustada en ese cubículo con vocación lujosa en el que se veían y oían moverse las cuerdas de las que colgaba y se sentía cada tirón, apretándome contra Daniel y rogando a todos los santos en los que no creía que el cacharro aquel del demonio no cayese ni se quedase atascado (como ya había visto ocurrir más de una vez) entre dos plantas. Todo fue bien. Llegamos al segundo sin complicaciones y, ya que estábamos allí, aprovechamos para saludar a Nélida, Honorato, Miguel, Rosaura y Encarna, y ver cómo habían transformado, gracias a la librería, mi antiguo dormitorio en una sala de estudio para los residentes, lo cual les había permitido subir un poco más el precio por la pensión completa y, por consiguiente, la categoría del establecimiento y de los inquilinos. Daniel se emocionó tanto con la idea que hasta prometió regalarles una enciclopedia. La verdad es que no sé si llegó a hacerlo. Vaya. Nunca más, hasta hoy, había recordado ese compromiso.

Mientras yo estaba ocupada organizando el viaje, Daniel seguía trabajando en los negocios para conseguir buenos acuerdos con productores locales en la provisión de componentes y materia prima para los tratos de su empresa. Una noche fuimos invitados a cenar con un grupo de españoles exiliados en Buenos Aires. Eran sobre todo artistas y políticos que habían tenido que salir de España para salvar sus vidas cuando los rebeldes fascistas se habían sublevado contra el legítimo gobierno de la Segunda República. Argentina había acogido bien y generosamente a estas gentes, mas todas las que traté vivían en una permanente provisionalidad, siempre cargando con el gran peso de la nostalgia y el fracaso de un sueño, con la mirada puesta en el fin de la dictadura y su vuelta al hogar. Hasta ese momento yo tenía mi origen cómodamente aparcado en un plano trasero de las emociones. Todo el mundo en la cena acabó por contar su historia. Era evidente que lo hacían prácticamente cada vez que se juntaban, como un ejercicio, tal vez, de memoria, también de cierta catarsis e incluso de terapia colectiva. Quién sabe. Cuando acabaron, varios de los comensales se me quedaron mirando con curiosidad. El mayor de ellos, un vasco llamado Juan de Aranoa, que era un pintor de murales reconocido mundialmente, me preguntó:

—Tú debías ser muy joven, María. ¿Recuerdas algo de la pesadilla?

No supe qué decir. Caí en un silencio de unos largos segundos. Enseguida armé una evasiva.

—Poca cosa. Estaba en la aldea y era pequeña. En 1940 ya me vine para acá, directa desde las montañas asturianas. Pasé por Madrid en un visto y no visto, pero salí de Vigo. Vine en la tercera clase de un barco de la Mala Real.

La respuesta resultó válida y la sobremesa y su tertulia prosiguieron su curso hasta bien entrada la noche. Yo no le di importancia. Había esquivado la bala y seguí disfrutando de la velada con aquellas personas tan interesantes. Sin embargo, percibí que Daniel se había quedado pensativo. Al llegar a casa nos sentamos en la sala, como de costumbre, a compartir las impresiones del encuentro social. No me dejó ni empezar a hablar. Tal como nos hubimos acomodado, me espetó:

—¿Por qué has mentido? En la cena.

No parecía enfadado ni disgustado. Sí preocupado. Yo, tras recuperarme de la sorpresa, respondí sin pensar.

—Porque a nadie le importa de verdad lo que yo viviese allí y entonces. Y porque… ¿Qué iba a contar a esos intelectuales? ¿Cómo subíamos las niñas a las cumbres para emborrachar a los rebeldes? ¿Que un soldado asqueroso quiso propasarse conmigo en las montañas? ¿Que mi cuñado es un asesino violento y sádico que además abusó de mí? ¡Pues menuda fiesta que iba a ser la cena! —Sin saber por qué, sentí un gran enfado y eché a llorar. Un montón de palabras y emociones salieron a flote, empecé a hablar a borbotones, sin entender siquiera qué me ocurría. Él, como solía, escuchó con atención, interés y una mirada comprensiva—. No lo sé, Daniel. No sé por qué no pienso más en mi familia. No sé por qué ni siquiera le pregunto a mi madre por mis hermanas y hermanos, ni por qué ella tampoco me habla de eso. No sé siquiera si Caridad vive, cómo estarán aquellas niñas… Solo he sabido que Ramón, al que por cierto nunca he conocido, volvió a Vilamil y se casó con una moza de la aldea de al lado. No recuerdo cómo se llama. Eso me ha tranquilizado porque mi madre ya tiene quien le cuide, pero nada más. O si Esteban sigue en Cuba. O qué ha sido de Maruxa y Eloína… Ni lo sé ni me importa… —Rompí a llorar como no lo había hecho antes.

Mi compañero se me acercó y me abrazó fuerte. Nos quedamos así un buen rato, hasta que me calmé lo suficiente para irnos a la cama, donde caí rendida.

Por la mañana retomamos la conversación durante el desayuno, ya con serenidad. Antes de irse, a modo de cierre, Daniel me dijo algo que me dejó clavada en la misma silla, cavilando toda la mañana.

—María, me parece que tienes demasiada gente perdida en tu vida. Los Meroño Gutiérrez, Rosita e Ismael y tu familia. Eso no puede ser bueno. Piensa en esto y lo hablamos, ¿vale? Has planeado un viaje a Europa que ni siquiera incluye parar en Madrid para ver a Caridad… Dale una vuelta, *love*. —Me besó levemente en la mejilla y se marchó hacia una misión de trabajo.

Los seres humanos somos, en esencia, animales. Por mucho que nos empeñemos en lo contrario, la naturaleza va por delante y nos desmiente a la primera oportunidad. Prepotentes, nos pensamos excepcionales y superiores al resto de la vida de este planeta. El tiempo me ha demostrado rotundamente que eso es una tontería, soberbia y mezquina. En los momentos de verdad, los determinantes, es nuestra naturaleza primaria y salvaje la que prevalece. En un parto, ante una amenaza de muerte, un peligro, el dolor, el miedo, el hambre. Ahí somos animales. A esa identidad primigenia la llaman subconsciente. Me parece adecuado, aunque me cuadra mejor instinto o imanencia. Hay quien se paraliza. Hay quien ataca. Hay quien huye. En primera instancia, yo me quedo petrificada. Luego, unas veces huyo hacia adelante y otras veces, si me acorralan, ataco. Las menos, exploto.

Durante mucho tiempo, sin saberlo, yo había ido metiendo en el saco del subconsciente todo lo que me pesaba. Paralizada, había guardado en un baúl —que había escondido a su vez en un recodo del desván de mi cerebro, bajo llave— aquello que me hacía daño o preocupaba y sobre lo que no tenía control ni cómo remediar. Eso había sido mi salvación. Después, la estrategia primaria de huir hacia adelante y no mirar nunca atrás me había permitido sobrevivir. Pero mi matrimonio con Daniel había cambiado también mis opciones. Mis cartas habían mejorado, aunque yo no me había apercibido. Mi nuevo estatus económico y social me daba acceso a oportunidades que ni siquiera sabía que podían existir. Una ración de poder, en cierto modo y medida, del que había carecido hasta entonces. Si Daniel había sido capaz de identificar mi sufrimiento y mis carencias había sido solo porque en su universo ocurrían cosas que en el mío eran imposibles y viceversa. Él había nacido con excelentes naipes y no concebía no jugar todas las manos de la partida de la vida. Nuestra alianza también me regaló esta oportunidad. La de hacer algo. La de ayudar a los míos y ayudarme. La de intentar cerrar algunos capítulos de mis afectos, aunque eso pudiese pasar, en algún caso, una gran factura.

Tras mucho cavilar acordamos empezar mi restauración por lo más cercano, en el tiempo y en el espacio. Quise cumplir la promesa de volver que le había hecho a Rosita e Ismael. A Daniel le encantó la idea porque era un comienzo sencillo, fácil de ejecutar y con una carga emocional asumible. «Mejor ir empezando así, por lo más fácil», convino. «We can handle this, love», dijo. Solo tuvimos que conseguir un coche, porque en algunos aspectos éramos tan contradictorios que, pese a que vivíamos del negocio de los automóviles, nunca se nos había ocurrido tener uno propio, así que, de paso, pedimos uno a la empresa. Con intervención de la compañía Martin, por supuesto. Demoró un par de meses en llegar, pero la espera valió la pena. Era un coche genial. Un Hudson Commodore Super Six de cuatro puertas de 1947, todo granate y con capota rígida. La gente de Buenos Aires se giraba cuando pasábamos y se quedaba lela mirándolo. Nos dio por bautizarlo y lo llamamos —nunca supimos muy bien por qué— Bernabé. Bernie para los amigos.

Tal como llegó nuestro auto, lo abordamos y partimos hacia Entre Ríos. Subimos hacia el norte para llegar primero a las afueras de Rosario. Hasta allí la carretera era excelente. Era pleno enero y llevábamos las ventanillas abiertas para dejar entrar el aire en movimiento y sofocar el calor asfixiante del verano. Habíamos reservado un hotel de carretera en el camino para pasar la primera noche de nuestra expedición. Cuando llegamos, justo con la caída del sol, casi me desmayo de la impresión. Daniel detuvo el coche y nos descubrí en la misma explanada donde había huido del furgón de Facundo una noche fría más de un lustro atrás. El lugar apenas había cambiado, por lo menos en lo poco que yo podía recordar. Temblando, me apeé y comencé a caminar hacia el bosque, recreando mi carrera con Rosita. Iba contándole todo a Daniel entre sollozos. Él también estaba muy impresionado. Después nos fuimos. No iba a ser posible que yo durmiese en aquel lugar. Retrocedimos hasta Rosario y conseguimos alquilar una habitación en el centro para aquella noche, que pasamos casi en vela. Mi memoria había despertado y no pegamos ojo hasta que terminé de contarle, detalle por detalle, toda la experiencia.

Por la mañana seguimos con la ruta. En adelante tuvimos que transitar por vías peor acondicionadas, incluso pistas de tierra y barro en algunas ocasiones, pero Bernie, a pesar de estar diseñado para dominar las grandes y modernas autopistas y ciudades norteamericanas, respondió con fiabilidad y solidez. Yo sabía que el pueblo más cercano a la casa de Ismael era Gualeguay, así que fuimos hasta aquella población, desde donde continuamos a caballo.

Ver a Daniel subido a una yegua mansa fue una de las cosas más divertidas de lo que habíamos hecho juntos hasta aquel momento. Hizo todo el trayecto, que fue largo e incómodo, con tal miedo a caerse y tan tenso que a la vuelta se llevó a casa una contractura lumbar que tardó semanas en sanar. Mucho me reí, de él y con él, viéndolo de aquella guisa. Yo era una amazona experta desde los cuatro años. Los burros, los caballos y las mulas eran el único medio de transporte en Vilamil, y todos los niños y niñas aprendíamos a montarlos en cuanto éramos capaces de andar sin caernos. Podía cabalgar como una mujer, con ambas piernas a un lado del vientre del animal y el tronco girado hacia las riendas, o a horcajadas como los hombres. Dado que sabía que había muchas posibilidades de que tuviésemos que desplazarnos a caballo, había previsto la eventualidad e incluido en mi equipaje unos pantalones y unas botas adecuados para montar cómodamente, como un hombre. Por qué será que a las mujeres siempre se nos ha puesto difícil hasta aquello que no lo es.

Encontré bastante bien, casi sin perderme, la casa de Ismael. Solo tuve que recordar los criterios de orientación por los que me había guiado años atrás y, tras unas horas de caminata de las yeguas a través de los palmares, vi la casita a lo lejos. A medida que nos acercábamos me fui emocionando y, sin poder contenerme, comencé a gritar sus nombres. De un lado apareció él, con los ojos como platos y una gran sonrisa iluminando su rostro de persona buena. Al poco, vi a una Rosita inmensa, pues estaba fuera de cuentas de su primer hijo, que sería el único, haciendo todo lo posible por llegar hasta nosotros. Los abrazos y las lágrimas inundaron todo. No sé cómo llegamos a la casa, ni qué fue de Daniel en el ínterin. Él dijo que prácticamente nos llevaron en volandas.

Pasamos con ellos dos días y dos noches. Fue tiempo suficiente para ponernos al día. Le conté a Rosita mi experiencia en la explanada y lloramos un ratito juntas. Comimos cosas deliciosas de la huerta y la granja, y nos reímos viendo la torpeza de mi marido en el medio rural. También entendí que lo que me unía a aquellas dos personas era la experiencia vivida, un vínculo que había forzado afectos más parecidos a la familia que a una amistad y que en cualquier otra circunstancia, casi con toda seguridad, no habría germinado, dado lo diferentes que éramos.

Me fui contenta. En esta ocasión sabía que estaban bien y que así iba a ser en adelante. Me marché tranquila, les dejé indicada la manera de localizarme en caso de necesidad y no necesité prometer volver, así que no lo hice.

Detroit nos esperaba. Estábamos tan entusiasmados con Bernabé que acabamos por hacer el viaje en coche. Partimos a finales de marzo de 1950. A lo largo de siete semanas irrepetibles atravesamos América del Sur y Centroamérica en nuestra nave. Bolivia, Brasil, Perú, Colombia, Panamá, Costa Rica, Nicaragua, Honduras, Guatemala y México. Fue una experiencia absolutamente excepcional. Más de trece mil kilómetros por todo tipo de carreteras y caminos, incluso un salto en barco. Nada estaba planificado. Parábamos donde algo nos interpelaba. Algunas veces decidíamos quedarnos un par de días y descubrir una ciudad, pueblo o comarca que nos llamase la atención. Otras, echábamos cuatro días conduciendo por carreteras infinitas sin más descanso que las siestas en el propio vehículo cuando parábamos a llenar el depósito o a comer algo. Las aduanas, embajadas y consulados se convirtieron en lugares conocidos, familiares para nosotros. Entramos en Estados Unidos por El Paso, Texas, como no podía ser de otro modo, cruzando el puente que salva ese río que en el sur se llama Bravo, y en el norte, Grande.

Como habíamos salido un poco a lo loco, no llevábamos apenas documentos para los tránsitos entre países, y eso nos obligaba a parar para resolver papeles, visados y permisos varios cada vez que había que pasar de un país a otro. Llegué a la conclusión de que las fronteras son solo mentales. Líneas dibujadas por la mano de los seres humanos, sobre todo de los hombres, para marcar sus territorios. Lo que los animales hacen con orina, nosotros lo hacemos con lápiz, papel, muros, barreras, garitas, armas y puertas. Sin embargo, en zonas como el tapón del Darién, cuando comprendimos que la selva no nos permitía continuar con Bernabé y nos volvimos locos hasta resolver el atranco y cruzar con el coche a Panamá en un barco, también hube de reconocer que algunas fronteras sí son reales.

Hablamos mucho. Si pensábamos que ya nos conocíamos, el viaje nos mostró que nos quedaba todo por descubrir. Nos peleamos, tuvimos algún día entero en que apenas nos hablamos, enojados como niños. Otros muchos, por el contrario, de total compenetración y conexión. Por fin nos conocimos a fondo, de verdad. Y a ambos nos gustó lo que encontramos. En cierto modo, como dijo Teresa cuando llegamos a su casa y le narramos con entusiasmo el periplo, fue la luna de miel que no habíamos tenido cuando nos casamos.

De camino al norte, el firmamento iba cambiando. La constelación de la Cruz del Sur dejaba paso a las Osas, la Mayor y la Menor con la estrella polar en la cola. A medida que nos aproximábamos al hemisferio norte, la luna comenzaba a mentir, dibujando una C para el cuarto menguante o decreciente y una D para el creciente. Viajábamos del verano al verano. Las siete semanas de ruta hicieron que llegásemos a Detroit en mayo, casi a punto de empezar un nuevo estío y habiendo evitado el invierno. Bromeábamos diciendo que en la vejez hablaríamos de 1950 como el año de la eterna primavera. No podíamos imaginar que aquel año quedaría en nuestras memorias debido a hechos mucho menos livianos.

El viaje, en concreto el paso por Brasil, me sirvió también para entender que debía estudiar, algún día, portugués. Cuando oí esa lengua cantarina, lo primero que pensé fue que era un gallego apresurado, medio primo del bable. Además de la enormidad de Brasil, es una lengua muy extendida por el globo. Colegí que, junto con el inglés, que se hablaba en el norte, el francés para el este de Canadá, Antillas y Guyana, y el castellano para el resto era la pieza que me faltaba para poder comunicarme sin límites en todo aquel continente que sentía mi hogar. No sabía para qué me podría servir, pero era un reto que me apeteció enormemente abordar.

Una vez en Detroit hicimos un montón de excursiones a bordo de Bernabé para conocer ciudades increíbles como Chicago, New York, Montreal y Quebec. Recorrimos también buena parte del noroeste norteamericano, sobre todo de los estados de Pennsylvania, Virginia, Illinois, Wisconsin y del suroeste canadiense. Me sorprendió aquel país inmenso que ocupaba casi medio continente americano, la conciencia que tenían de ser una sola entidad y, al tiempo, de la singularidad de cada estado. Tras la Gran Depresión y la Segunda Guerra Mundial, Estados Unidos comenzaba una especie de resurgimiento en aquel momento. Aún había mucha pobreza y sufrimiento indisimulado en las calles, sobre todo en las urbes más grandes, pero en el aire flotaba un ambiente de optimismo y prosperidad.

También pude conocer a las amistades de Daniel y, por fin, ver en directo cómo funcionaba el negocio familiar. Descubrí con gran sorpresa que en realidad las empresas de los Martin prácticamente no producían o fabricaban nada. Lo que hacían era invertir en otras empresas que sí fabricaban e intermediar en la producción, la venta y la distribución. Así, muchos motores y buena parte de los componentes para automóviles de las marcas más importantes (Ford, Chrysler, Hudson, Chevrolet…) llevaban impresa, en algún recoveco, la letra M, inicial de mi apellido de casada, pese a que las compañías del Grupo Martin no contaban con factorías o cadenas de producción y montaje.

Además supe, gracias a la estancia en la casa de mis suegros, que Gérard estaba cansado. Superaba ya los setenta años y necesitaba que Daniel se hiciese cargo del negocio. Como había asuntos de peso que tratar, organizaron una especie de reunión familiar formal, convocada con hora, lugar y orden del día para abordar el tema. Yo no podía creer aquello. Establecieron incluso un turno de palabra y cada quien habló con el corazón en la mano. Aquellas personas parecían, a veces, proceder de otro universo. Y puede que así fuera.

Primero tomó la palabra Teresa. Explicó que estaba preocupada por Gérard, sobre todo por su salud.

—Ya no eres ningún niño, mi amor. Dirigir nuestras empresas es demasiado esclavo y absorbente, y tú y yo sabemos que tu salud no está ya para tanta dedicación. —Se dirigió a nosotros como si, de pronto, su marido ya no estuviese en la reunión—. Temo que un día su corazón deje de responder. Muchas noches pongo mi cabeza sobre su pecho y de verdad que late mucho más despacio que antes... —Los ojos comenzaron a llenársele de lágrimas y calló.

Gérard salió al rescate, dirigiéndose ahora a su mujer y también a su hijo, con un tono desenfadado para quitar hierro y gravedad a lo dicho por ella.

—¡No seas tan dramática, mujer! Daniel, sí que necesito el relevo, en eso tiene razón tu madre. Pero tampoco hay que correr tanto, que estoy sano. No quiero, bajo ningún concepto, que lo hagas a la fuerza, por sentirte presionado o responsable de mí. Lo que os pido —volvió a incluirme en la conversación, lo cual me sobresaltó un poco— es que vayamos pergeñando un plan para eso. A unos años vista, por ejemplo.

Daniel levantó la mano. El padre lo miró divertido. No era necesario, era su turno.

—¡Habla, hijo!

—*Dad, maman*… Sabéis que yo quiero hacerme cargo de todo, claro que sí. Y sé que María me acompañará en la empresa. Pero… —me miró con amor— ¡somos muy jóvenes aún! Solo tenemos veinticinco años. Yo todavía no he podido viajar, vivir. Y María… Necesitamos un poco de tiempo. Tenemos que resolver también algunos asuntos de ella, ya sabéis. Que vea a su madre, saber de la hermana. Queremos ir a Europa, ver a su familia… Luego volveremos aquí, nos hacemos cargo y podemos vivir a caballo entre Detroit y Buenos Aires. ¿A que sí, *love*?

Me habían pillado de nuevo desprevenida y di un pequeño respingo antes de responder.

—Sí… O no… No sé qué decir, familia. —Miré a los tres con inseguridad—. Todo esto es tan nuevo para mí… ¡Ni siquiera sabía que una familia podía convocar una reunión formal!

La carcajada general me produjo un nuevo sobresalto.

Acabamos por acordar (para ser exacta, Gérard denominó el trato como «una decisión tomada por consenso y aclamación popular») que el plan de Daniel era adecuado. Teníamos por delante nada menos que tres años para planificar nuestro viaje y llevarlo a cabo. Después volveríamos, nos pondríamos manos a la obra, y mi suegro se jubilaría por fin, para delicia de Teresa. Salimos, henchidos y henchidas de alegría, a celebrarlo pasando un día que jamás podré olvidar en los increíbles museos de New York.

Tras un par de meses más en Detroit, que dedicamos a la empresa, a la familia y a la vida social, con la consiguiente mejora de mis competencias lingüísticas en inglés, volvimos a Buenos Aires dispuestos a emprender aquel viaje que nos llevaría a recorrer Europa y también el mapa de mis fantasmas. El mismo día en que partimos le conté a mi suegra, casi por casualidad, la historia de los Meroño Gutiérrez. Ella quedó interesada y curiosa, y me dijo que iba a ver si conseguía alguna información sobre aquella gente, pero no le di mucha importancia. Por alguna razón que no sé explicar, en aquella época yo había concluido que sus vidas se habían detenido en algún punto de su éxodo y tenía asumido que no los volvería a ver nunca más.

La idea de regresar a España me aterrorizaba. Cuando me encontré a mí misma de vuelta en nuestro apartamento de Buenos Aires con la misión de diseñar el viaje hasta Madrid, la opresión sobre mi pecho reapareció con fuerza. En las pocas semanas que nos llevó prepararlo desperté más de una noche empapada en mi propio sudor porque había soñado con Pedro Paredes, con la guerra, con el soldado andaluz, con la maestra Rita. Pero Daniel insistía en que era imprescindible que lo hiciésemos. Por un lado, opinaba que yo no podía vivir con aquellas heridas abiertas. Y por otro, tenía una curiosidad e interés naturales por conocer mi pasado, mis orígenes y mi familia. Cuando quería podía ser muy terco. No había opción.

Volvimos de Estados Unidos a Buenos Aires, en un vuelo que hacía la ruta desde New York hasta la capital argentina. Mis suegros nos llevaron al aeropuerto, el recién inaugurado —hacía tan solo un par de años— New York International Airport, que ahora se llama JFK. Para mí fue una experiencia inolvidable. Hicimos escala en Miami y después también en Brasília, Rio de Janeiro y Montevideo. El camino que a la ida nos había llevado siete semanas de aventuras terrestres se transformó en un paseo por las nubes de poco más de treinta horas.

En 1950, volar no estaba al alcance de cualquiera. Era nuevo, muy caro y exclusivo. Pagamos a Pan Am Airlines doscientos cincuenta dólares de la época, una fortuna, por cada uno de nuestros pasajes en un avión modelo Lockheed Constellation, un cuatrimotor precioso con tres timones traseros. Era el más grande y avanzado del momento. Los pasajeros éramos tratados como autoridades y todo era lujo y elegancia. La aeronave contaba con camas dobles y dos bares, uno de ellos con piano y pianista incluidos, cócteles y sofás. Las azafatas solo se preocupaban de colgar nuestros abrigos, ofrecernos aperitivos y sonreír hasta la extenuación. Hasta nos sirvieron un caviar ruso en la comida que, por cierto, ni siquiera terminé porque resultó tener un sabor demasiado agresivo y salado para mi gusto.

Ya no había vuelta atrás. Había que ir a España, no tenía escapatoria. Finalmente, la idea del transatlántico perdió fuerza. Aunque tres años eran mucho tiempo, el hecho de contar con fecha límite para nuestro plan viajero nos imbuyó de una cierta prisa. Eso, junto con lo agradable del viaje desde Detroit, hizo que nos decantásemos por cruzar el Atlántico por vía aérea.

—Mira tú, *love*, vas a hacer el viaje tal cual lo llevan haciendo tus cartas desde hace unos años —había comentado, divertido, Daniel.

—¡Cierto! —le había respondido yo—. Espero que nosotros vayamos más cómodos y calientes en la cabina, *mon amour*.

Yo intentaba aparentar que tenía menos miedo del que tenía. Él fingía que no se enteraba de mi pánico. Así éramos entonces. Gente joven, en resumen. Creíamos que, al ignorarla, minimizábamos mi crisis.

El viaje por el Atlántico no fue, ni de lejos, tan confortable como mi primera experiencia en avión, pero al menos llegamos a Madrid en tan solo unos pocos días y fue definitivamente incomparable con la ida a América de 1940 en los bajos del Alcántara. La primera parte, en la que tuvimos ir hasta Rio de Janeiro y de ahí a Natal, también en Brasil, fue buena. El susto llegó en la larga travesía para cruzar el océano. No sé con exactitud cuánto nos llevó, lo que es seguro es que bastante más de las doce o trece horas que se tarda hoy en día. Aquel avión, un Douglas DC-4, era un cuatrimotor de hélice que volaba bajo, bastante cerca del mar, no superaba los quinientos kilómetros por hora, se agitaba lo suyo y no ofrecía mucha sensación de seguridad, a pesar de los esfuerzos de la tripulación por aparentar felicidad y optimismo. Lo turbulento del trayecto, junto con mi rechazo visceral a volver a España, despertó en mí todos los miedos que había mantenido controlados y ocultos. La única vez en que conseguí conciliar el sueño desperté entre gritos y patadas porque estaba soñando que me detenían al llegar a Barajas. Mi cuñado estaba esperándome al pie de la escalera, vestido con su uniforme de militar fascista saturado de galones y condecoraciones. Medía como tres metros y me había metido en un bolsillo de su pantalón. Él era King Kong y yo la pobre Fay Wray en versión urbana. Los gritos, las protestas y los esfuerzos de Daniel para evitar que se me llevase eran en vano.

La pesadilla solo acrecentó la presión en mi pecho y me hizo llegar a la capital española en un estado anímico bastante precario. Por suerte, antes de Barajas llegó África. La última escala era en Villa Cisneros, en lo que entonces era el Sáhara español y que ahora se llama Dajla, si no recuerdo mal. Allí bajamos de la aeronave, estiramos las piernas bajo el aire caliente del desierto y nos preparamos para las siete horas largas que nos quedaban en el cielo hasta llegar a Madrid. Subí al último avión con el corazón encogido, abrazándome fuerte a mi compañero. Estaba muerta de miedo y ni siquiera era capaz de expresar bien el porqué.

Mi situación había cambiado radicalmente con respecto a la noche —poco más de una década atrás— en que había huido de la casa de Caridad. Ahora viajaba con dinero, una buena posición social, casada con un empresario francés, medio argentino y medio yanqui también, al que se le abrían todas las puertas. Tenía, además, cultura y recursos que había atesorado a lo largo de aquel tiempo. Aparentaba una mujer de clase alta que no tenía nada que temer. En realidad, era una chiquilla que todavía no había aprendido a escuchar a su propia intuición. Lo que se me venía encima era muy grande. Todo el cuerpo y todo mi subconsciente me estaban avisando, y yo no sabía interpretarlo.

Objetivamente, estaba segura y protegida. Viajábamos con la excusa de los negocios, que lo era solo en parte. Daniel tenía previsto entrevistarse con varios empresarios de la automoción, una industria incipiente en aquel momento histórico en la España que comenzaba a recuperar tímidamente el ritmo bajo la dirección nacional católica de la dictadura de Franco, tras la cruenta guerra y la terrible posguerra, para investigar las posibilidades de hacer negocio. Que no fuese a tomar las riendas de la empresa por el momento no significaba que la dejase completamente de lado.

Cuando tomamos tierra en Barajas me fallaron las piernas. No era capaz de afrontar el reto de bajar la escalera y descender del avión a la pista. Daniel me aferró con fuerza por la cintura y me llevó prácticamente en volandas hasta que pisamos el suelo de Madrid, donde caí sobre una rodilla al soltarme de su abrazo. La niña asustada que había sido en mi marcha había reaparecido de repente con esta vuelta en la que traía el viento a favor. Ahora pienso, con la perspectiva que da el tiempo, que es posible que fuese precisamente la novedad de encontrarme en situación de ventaja lo que provocó que no supiese reaccionar. Tenía un gran entrenamiento para actuar ante el peligro y ninguna práctica para hacerlo desde la serenidad.

Apenas me apercibí de que era una bella mañana de finales de agosto. Amanecía en el extrarradio de Madrid y a las pistas de Barajas llegaba el aroma de los campos vecinos de lavanda y girasoles. Yo solo temblaba y luchaba por llevar aquel aire hasta mi pecho atascado.

Teníamos una habitación reservada en hotel Palace. Yo pensaba que, tras aquel duro y largo viaje, iríamos directos allí para descansar y reponernos. Me consolaba pensando que me tocaba un respiro que me permitiría prepararme para las emociones que me esperaban, cuando vi a mi hermana en la zona de espera del área de llegadas del aeropuerto. Daniel, sin consultármelo, se había tomado la libertad de enviarle un telegrama para avisar de nuestra visita justo antes de que saliésemos de Buenos Aires.

Era Ella. Era Caridad. Había cambiado bastante, pero la reconocí a la primera. Estaba muy delgada, aún más que en los tiempos de la guerra. Estaba flaca. Su bonita y frondosa melena era ahora poco más que una peluca, barata y triste, con cuatro pelos finos y rubios, sin volumen ni fuerza. Los ojos azules, tan claros, que yo recordaba centelleantes y limpios como los de nuestra madre cuando éramos niñas, estaban apagados. La piel de su cara y cuello evidenciaba ya huellas profundas, dejadas por el sufrimiento y el paso del tiempo. Aunque tenía solamente seis años más que yo, tan solo treinta y uno, parecía enormemente avejentada. De no conocerla, le habría calculado cincuenta o incluso cincuenta y cinco años. Vestía bien, con ropas limpias y sin remiendos, aunque anticuadas y poco adecuadas a su edad real. Estaba peinada y aseada. A su lado, varias chicas y niñas sonreían educadamente mientras nos observaban. La más pequeña levantó la mano izquierda para saludarnos. Eran todas rubias y menudas como ella. Entendí enseguida que eran sus hijas. Mi corazón explotaba. No podía respirar. No podía pensar. No supe qué hacer y me quedé, como suelo, paralizada. Ella hizo un gesto a las niñas para indicarles que esperasen donde estaban y se adelantó hasta donde yo me había quedado plantada como una lechuga. Sin abrir la boca ni mirarme a los ojos, me abrazó. Fue un abrazo largo y hondo, cálido. Sentí un cuerpo conocido de siempre cerca del mío, una emoción que no recordaba que existía. Por un instante, la proximidad de mi hermana mayor me hizo sentir, extrañamente, en casa, a salvo.

El abrazo debió demorarse más de lo razonable porque Daniel decidió tomar las riendas del encuentro. Con delicadeza, como hacía todo, nos separó y saludó y besó en la mejilla a su cuñada recién conocida, tomó la palabra y gestionó las presentaciones mientras nos dirigíamos a la salida de la terminal, donde nos esperaba el coche que nos debía llevar al hotel. Rápidamente, mi hermana me presentó a sus hijas: Pilar, de dieciocho años; Berta, de diecisiete; Esther, de quince, y Pepa, de trece. Esas cuatro eran las que ya había conocido, siendo muy pequeñas, en el breve periodo que pasé con ellas hasta la llegada de Pedro y mi huida. Además estaban María, que tenía nueve años; Paloma, siete, y Marina, cinco. También le dio tiempo a decirme que nos reuniríamos con su marido en la cena que habían preparado para nosotros en su casa esa misma noche, donde conoceríamos al marido de su hija mayor, Juan Manuel, y el hijo recién nacido de ambos, que se llamaba Pedro, como el abuelo materno.

Luego subimos al taxi que nos esperaba, en el cual nos acompañaron Caridad y Marina, la pequeña. La niña pegó la nariz al vidrio de la ventanilla y se pasó el trayecto hasta el centro haciendo dibujos sobre el vaho de su propio aliento en el cristal. Daniel se sentó delante y fue dando conversación al conductor para dejarnos a mí y a mi hermana un espacio de intimidad donde ponernos rápidamente al día.

Caridad hablaba sin parar. Estaba tan nerviosa como yo y no callaba. Yo asentía, pero no estaba entendiendo casi nada. Tanta información era asfixiante. Mi cabeza, agotada por los nervios y el largo viaje, desconectó por un instante. Ella no se dio cuenta y siguió hablando. Pisábamos ya el Madrid de Carlos III cuando volví en mí. Caridad había bajado el volumen y se pasaba al bable en algunas frases. Me había agarrado las manos y las apretaba con fuerza. Había apremio en su tono y en su comunicación corporal.

—*Tienes que ayudarme coles neñes. Esas neñinas nun pueden sufrir más... Tienes que llevales contigo, faer daqué, llevales a América...*

Espabilé de golpe. Caridad hablaba de su marido. En sus ojos, ahora encendidos, había un fuego de miedo idéntico al que había visto en los de Rosita cuando saltamos del camión en Rosario. El color se había vuelto gris, metálico. Era la mirada de mi madre cuando me habló de la maestra Rita. En su voz, gravedad, pánico. Justo en ese momento, el coche paró. Habíamos llegado al Palace.

Aturdida y saturada, bajé del vehículo y me despedí de Caridad. Nos veríamos por la noche, yo necesitaba un baño y dormir. Daniel pidió al conductor que llevase a su cuñada y a su sobrina a casa mientras le pagaba. Ella declinó la oferta diciendo que prefería volver en el tranvía porque hacía un día muy agradable.

Cuando nos acercamos para besarnos, me susurró al oído:

—*Quiérote, neñina. Perdóname. Yá vamos falar.*

La abracé de nuevo y me fui, con los ojos llenos de lágrimas, el estómago cerrado, el corazón al borde de una taquicardia y una opresión en el pecho mayor que nunca, hacia la entrada principal del lujoso alojamiento.

Yo nunca había estado en un hotel como aquel. En el viaje de camino a Detroit habíamos dormido en hostales y fondas de carretera, lo que íbamos encontrando. Eran lugares limpios y correctos, sin ostentación alguna. Por lo general, los aseos estaban en los pasillos y eran compartidos, uno o dos en cada planta, y el desayuno, de haberlo, se servía en una sala. El Palace no tenía nada que ver. Era extraordinario. Un edificio enorme, casi quinientas habitaciones con baño propio y hasta un cine en la planta baja. Nos recibió el director, un señor estirado pero amable que nos trató como si fuésemos de la realeza. Mientras nos acompañaba, guiándonos por pasillos y ascensores, a nuestra pieza, donde ya nos esperaban nuestras pertenencias, las maletas primorosamente deshechas y las ropas colocadas en los armarios, nos contó la historia del establecimiento.

—Este magnífico edificio fue construido en el solar del antiguo Palacio de Medinaceli por el señor George Marquet, un empresario belga a quien se lo sugirió personalmente el rey Alfonso XIII —remarcó el «personalmente». Aunque el hombre era algo estirado y pedante, en lugar de resultarme pesado agradecí el discurso intranscendente pero interesante, que me ayudó a avanzar sin poner demasiada atención en mi malestar. El director seguía explicando—: Las obras comenzaron en 1910. Una de sus características más singulares es que fue alzado con hormigón armado, algo muy novedoso en aquel momento. Cuenta con inodoros, electricidad y teléfono en todas las habitaciones. Abrió sus puertas por vez primera el 12 de septiembre de 1912. Como ven, en unos días cumplirá cuarenta y ocho años de existencia. Entre nuestros servicios pueden ustedes disfrutar del piano bar, el restaurante, el cine y, por supuesto, el servicio de habitaciones. Pueden pedirnos cualquier cosa que necesiten, estamos aquí solo para hacer de su estancia en Madrid un recuerdo imborrable.

Nuestro anfitrión terminó la charla justo cuando llegamos a la puerta de la suite, tal pareciera que la tenía cronometrada. Daniel le agradeció la atención y por fin entramos. No me dio tiempo ni a acercarme con él a la ventana. Me dejé caer en la cama y le oí decir que el cuarto daba a la plaza de las Cortes. El agotamiento pudo conmigo y me sumí en un sueño oscuro y denso.

Daniel se había echado a mi lado y me acariciaba la mejilla mientras me soplaba el aliento en la nariz. Era su manera de despertarme.

—*Come on,* vagoneta, arriba. Tenemos cena en casa de tu hermana.

La luz del atardecer se colaba entre las cortinas y un intenso rayo dorado me dio en los ojos cuando él se levantó. Instintivamente puse la mano derecha —la que tenía libre, puesto que la izquierda estaba todavía bajo mi nuca— ante ellos para evitar la luz directa. Una vez más, cedí a la tentación de observarla, jugando con la luz, guiñando alternativamente los ojos para que pareciese cambiar de posición, recordando los barcos, el prado.

Allá fuimos. Yo había despertado algo recuperada. No había habido pesadillas y mi pecho se había apaciguado ligeramente. Aferré la mano de mi compañero y me dispuse a enfrentar el momento de volver a tener al monstruo ante mi cara.

Es sorprendente cómo la memoria deforma la realidad. Nos apoyamos en ella como si fuese una ciencia exacta y la mayor parte de las veces es pura ficción. Pedro era pequeño y estaba viejo. La bestia de siete cabezas que había ido creciendo en mi mente hasta convertirse en el rey Kong era un hombrecillo insignificante de cincuenta y cuatro años. Me sacaba solo unos pocos centímetros. Yo no superé el metro sesenta, así que él no debía llegar a los ciento setenta centímetros sobre el nivel del mar. A su lado, Daniel, con su metro ochenta y cinco, parecía un gigante y un actor de Hollywood, con su pelo rubio, sus ojos castaños, su elegante traje y su juventud. A Pedro le escaseaba el pelo. Él no se daba por enterado y se peinaba lo que le crecía en el cogote hacia la frente, con la vana intención de disimular la alopecia. Le había crecido una tripa absurda en el cuerpo magro y ya no tenía aquella postura recta y marcial que yo le había conocido. Sin embargo, cuando lo tuve delante, algo me estalló en el estómago. La adrenalina se disparó y todo el cuerpo se me puso en tensión. Nos quedamos ambos parados, a menos de un metro una nariz de la otra, casi retándonos. Él debió intuir u oler el miedo, porque pareció crecer un palmo. Entonces temí que hubiese sido un error aceptar el convite para cenar en su casa. Me había metido en la cueva del lobo sin darme cuenta. Me recompuse por dentro y me dispuse a superar aquella prueba. Eso sí, sin soltar, apenas más que para usar los cubiertos, las manos de mi cómplice.

La casa estaba casi como la recordaba desde que Pedro la mandase reformar a su vuelta de la guerra. Apenas había habido cambios en las estancias comunes o en la decoración. Sí en los dormitorios, porque tantas hijas habían obligado a introducir muchas camas y armarios en las habitaciones de las pequeñas. Mientras mi hermana nos hacía la prescindible visita por la vivienda (nunca comprenderé por qué se hace esto cuando alguien va a la casa de otra persona), me explicó por lo bajo que ella hacía ya muchos años que dormía en la sala, sentada en el sillón orejero, junto al brasero.

—Desde Marina no paro acostada. Tuve unas complicaciones muy gordas en el parto, me hicieron una cesárea de urgencia y me tocaron la vejiga y los intestinos. No sé bien, dizque dejaron algo mal cosido o cortaron por donde no era o qué sé yo. El cuento es que si echo más de cinco minutos tumbada veo todas las estrellas, no se puede soportar, así que duermo sentada. —Bajó la voz para terminar la explicación con una última afirmación—. En realidad, fue una bendición tener una excusa para no compartir más el catre con él. Y también no tener que parir otra vez. De ser por él, habría seguido buscando el niño hasta matarme en el intento.

La cena transcurrió tranquila, aunque tensa. Al principio, Daniel se afanaba por encontrar temas de conversación, con poco o ningún éxito. Preguntó a mi hermana qué sabía de nuestra madre, hermanas y hermanos, pero ella poco o nada podía responder. Tampoco se arriesgó a hablar de política o actualidad con el cuñado, militar fascista. Yo no me atrevía a abrir la boca. Así que acabamos por callar y dejar que fuese él, anfitrión al cabo, quien llevase el peso de la charla, algo que no se le daba nada bien. A la mesa estaban todas las hijas, excepto la mayor, Pilar, que finalmente había avisado de que ella y su marido llegarían para el postre debido al bebé, al cual debía dormir antes de salir de casa. Quedaba al cuidado de una hermana de él, dijeron. Las niñas no abrieron la boca en todo el encuentro. Tras un momento que estaba resultando demasiado largo y callado, Pedro rompió de pronto el silencio, dirigiéndose directamente a Daniel.

—Pues no sé si ya te contó Caridad que en breve voy a subir otro escalón en las responsabilidades del Gobierno de España.

—No dio tiempo, cuñado —respondió él—. Pero cuenta, tenemos muchas ganas de saber todo de vosotros.

En adelante, habló hasta el hartazgo. Presumió de su poder y sus méritos, nos hizo saber que contaba con la confianza del dictador, al que llamaba, por supuesto, el Caudillo. Que de momento había llegado a secretario de Defensa, pero que no descartaba alcanzar el ministerio en vista de cómo progresaba su carrera política y militar. No paró hasta que sonó el timbre y llegaron Pilar y Juan Manuel.

Casi me da un patatús cuando vi al tipo con el que habían casado —era evidente que así había sido— a aquella chiquilla que, todavía casi adolescente, ya era madre. Juan Manuel era aún mayor que Pedro. Le llevaba a su esposa nada menos que cuarenta años, pues estaba a punto de cumplir los cincuenta y ocho. También militar, también feo. Más que feo. Repulsivo. Era de esa clase de personas que por mucho que se esfuercen nunca parecen aseadas. Un coronel fofo, redondo, pequeño, de manos regordetas, frías y resbaladizas como un pez muerto, con la cara marcada por un acné juvenil o una varicela pasados hacía mucho. Puro asco. Y más verlo al lado de Pilar.

Pedro se alegró sinceramente de la llegada de su extraño yerno. Era evidente que mantenían amistad y camaradería. Ambos encendieron un puro, exigieron a Caridad una bebida e invitaron a Daniel a que los acompañase en los sofás de la sala, donde los hombres compartirían un rato cómplice mientras las mujeres recogíamos los restos de la cena y acostábamos a las niñas más pequeñas. Daniel me miró espantado. Yo le rogué con un discreto gesto que siguiese el juego. Tal vez aquella sería mi única oportunidad para hablar sin prisa con mi hermana y también estaba segura de que él iba a sacar partido e información del momento de intimidad entre machos.

No me equivoqué, o no del todo. De la conversación entre maridos poco pareció sacar en claro el mío, más allá de la conclusión de haber compartido el tiempo con dos insectos repugnantes. Suegro y yerno habían trabado amistad catorce años atrás, en el ejército, cuando se habían alineado contra la democracia en el bando sublevado a las órdenes del sanguinario comandante Antonio Castejón. Ambos habían ascendido a toda velocidad en la jerarquía militar que regía el gobierno franquista y habían llegado, en la época de nuestro encuentro, a coroneles con sendos cargos importantes en aquella dictadura ilegítima que habían contribuido a instaurar y perpetrar a base de violencia y represión oscurantista. Estaban encantados con sus vidas y consigo mismos. Eran intolerantes, necios, brutos e ignorantes.

Mientras, yo sí aproveché aquella hora escasa con mi hermana. Las hijas mayores se ocuparon de las tareas de recogida de la mesa y limpieza y de acostar a las pequeñas. Durante ese breve lapso, nosotras, acomodadas en la mesa de la cocina, pudimos charlar con algo de sosiego, aunque entre murmullos. Yo me había quedado preocupada con lo que ella me había dicho acerca de su salud, así que en cuanto nos sentamos fue lo primero que le pregunté.

—¿Y no te dan solución los médicos?

—No sé, no voy a un médico más. Cada vez que he ido a arreglar una cosa me han estropeado otra.

—Debería verte alguien solvente, Caridad. ¿Al menos puedes hacerte alguna infusión? De diente de león, o de cardo mariano… Así no puedes vivir.

—Si fuera solo por eso mi mala vida… —La respuesta me puso en guardia.

—¿Qué quieres decir?

—Muchas cosas, María, pero ninguna que pueda contarte ahora —contestó, entre enigmática y precavida—. Atiende, que no tenemos mucho tiempo. ¿Vas a ir a ver a madre y a Ramón? ¿Vas a Vilamil? ¿Cuándo? ¿Cómo vais?

—Pues esa es la idea, sí —respondí, algo desconcertada—. Pensaba quedarme unas semanas en Madrid para estar contigo y luego ir donde madre. El transporte supongo que será en tren hasta Uviéu, luego autobús hasta Tinéu y ya sabes que la parte final, de ahí a Vilamil, tiene que ser en carro o a caballo.

—¿Y no puedes ir antes? Yo quería ver si te me puedes llevar a las niñas a la aldea. Se lo dije a Pedro y dio permiso. Él piensa que es para que visiten a la abuela, pero yo quiero que se queden allí para siempre. Por lo menos, María, Paloma y Marina… —Por un momento, quedó como abstraída. Luego susurró—: Ellas todavía pueden salvarse.

Nos quedamos calladas, mirándonos intensamente. Teníamos las manos cogidas por encima de la mesa. Ella apretaba las mías muy fuerte. Yo temblaba. En ese momento no necesitábamos hablar, el silencio no era incómodo. Estábamos comunicándonos sin usar la voz. Yo sabía lo que mi hermana me estaba diciendo en realidad. Prácticamente estaba pidiéndome ayuda para secuestrar a las hijas de un alto cargo del gobierno de la dictadura fascista nacional católica española y ocultarlas en una aldea perdida de Asturias, un lugar donde él las buscaría, lo que de paso pondría en serio peligro a nuestra madre. Caridad debía estar muy desesperada por sacar a las pequeñas de su casa, dispuesta incluso a separarse de ellas para siempre, cuando había elaborado ese loco plan. Tras reflexionar un poco, le pregunté, mirándola directamente a los ojos:

—¿Puedes contarme exactamente qué pasa? Por favor.

Ella me soltó las manos. Sentí eso como una pérdida de conexión, como si la electricidad que fluía entre nosotras hubiese sufrido un repentino apagón. Las busqué de nuevo y las tomé con las mías, pero estaban frías y fláccidas, no respondían a mi tacto. Sus ojos se habían oscurecido de golpe. Un abatimiento descomunal se había apoderado de su cuerpo y de su alma. Habló arrastrando las palabras.

—Ellas aún pueden salvarse —repitió—. *Tengo que sacales d'equí. Elles entá pueden salvase* —insistió.

Un murmullo de voces en aumento nos avisó de que los hombres ya se habían levantado en la sala y comenzaban a dar por finalizada la velada. Ambas nos levantamos también de la mesa. Cada una sacudió su malestar como pudo y nos dispusimos al disimulo en la despedida formal de la noche. Ya en la puerta, mi hermana me citó en secreto para el día siguiente, mientras el marido estuviese en el trabajo, en un café cercano a mi hotel.

Cuando le conté a Daniel la conversación pude ver el escalofrío que le estremeció por completo, como si lo partiese un rayo. Al igual que yo, él también había percibido que en aquella casa ocurriría algo muy malo, pero no podíamos imaginar siquiera lo que podía ser. La mañana siguiente fuimos juntos a la cita con Caridad en la cafetería, pero ella no se presentó. Pasé todo el día buscándola, sin suerte. No la localicé en casa y no sabía por dónde más investigar. Por fin, Daniel recordó que el marido de Pilar le había dado el teléfono de su despacho en el Ministerio de Defensa, donde trabajaba a las órdenes de Pedro. Sin siquiera consultarme, en un arrebato cogió el aparato y lo llamó para invitarlo, a él y a mi sobrina, a comer el día siguiente en el restaurante de nuestro hotel, con la excusa de que mi marido se había quedado con ganas de conocerle mejor.

—Ahí estaremos, faltaría más, señor Martín. —Así lo pronunció, a la española, con acento en la última vocal.

—Estupendo, coronel. Traigan al pequeño, nos morimos de ganas de conocerlo —sugirió Daniel para asegurar la presencia de Pilar.

—Por supuesto, así será. ¡Hasta mañana, Daniel!

—Hasta mañana, Juan Manuel.

Mi marido colgó el teléfono y se topó de golpe con mi mirada inquisitiva.

—¿Qué ha sido eso? —pregunté.

—Mira, tienes que perdonar, *love*. De pronto recordé cosas a las que no di importancia en la cena. Estaba tan incómodo que bajé la guardia. Pero ahora he caído en la cuenta… —Paró un instante. Yo sabía que estaba buscando el modo más suave de enunciar lo que pensaba—. A ver… Ayer tu cuñado dijo que le debía un gran favor a Juan Manuel por hacerse cargo de Pilar. La llamó «perdida». En ese momento no lo entendí, pero creo que se casó con ella porque estaba encinta. Acabo de verlo…

Yo me caí de culo en el sofá de la habitación. Ambos sabíamos lo que eso, junto con lo que había dicho Caridad y lo que conocíamos por experiencia en mi propia piel, podía significar. Ninguno de los dos nos atrevimos a pronunciar nuestras sospechas en voz alta, tan horribles que temíamos que se materializasen al darles voz, o tan solo con pensarlas.

El día era soleado, como correspondía a los últimos de agosto en la meseta ibérica, aunque menos caluroso de lo que solían ser esas fechas en la capital española, lo cual resultaba en un ambiente muy agradable. El Madrid de 1950 era una ciudad triste y luminosa a un tiempo, una contradicción constante donde se apreciaban al primer vistazo el contraste de la oscuridad y la represión del régimen con el ansia de vivir y ser feliz de su población. En los diez años que yo no había estado allí las calles habían ido recuperando el latido. Comenzaban a verse automóviles circulando en paralelo a los carros de caballos y los burros cargados de mercancías variadas que llegaban cada día del rural, mientras que, bajo tierra, el metro circulaba a toda velocidad. Los tranvías pasaban atestados de viajeros y las pequeñas tiendas de ultramarinos y los cafés proliferaban en el centro urbano. Había grandes hoteles, restaurantes, casas de comidas, cines, teatros y salas de variedades. También, alguna tienda de ropa y negocios sencillos como limpiabotas, zapaterías, ferreterías, fondas y pensiones. El incipiente turismo empezaba a atraer viajeros despistados que transitaban la Gran Vía, la plaza Mayor y la Puerta del Sol ajenos a los dramas que todavía vivían los habitantes de aquellos edificios.

Pilar y Juan Manuel llegaron puntuales a la comida. Traían al pequeño Pedro en un bonito carrito azul marino y blanco con adornos de níquel. El bebé era un muñequito del color de la leche y los ojos claros, todo sonrisas. No pude evitar pensar que cualquiera que viese a aquella pareja por las calles de Madrid seguro que daría por hecho que se trataba de una muy joven madre con su hijo y el abuelo del pequeño. Como matrimonio eran inverosímiles.

Nosotros habíamos reservado una mesa situada en un rincón del restaurante, junto a una ventana que daba a la plaza de Neptuno. Allí nos sentamos, en un lado Daniel y yo, frente a Juan Manuel, de cara a mi marido, y Pilar, delante de mí y con el carrito del niño a su lado. No teníamos ningún plan. Habíamos pasado toda la tarde anterior dando vueltas a cómo sacar partido del impulso de mi compañero, sin éxito. Pero la convocatoria ya estaba en marcha y tampoco habíamos visto la manera de anularla, así que habíamos seguido adelante sin tener ni idea de a dónde nos podría llevar aquel encuentro disparatado y nada meditado.

Los platos iban desfilando y siendo engullidos. Habían pasado el gazpacho, luego los huevos con jamón, y el encuentro seguía pareciendo inútil. Las mujeres continuábamos calladas, la conversación intranscendente entre los varones avanzaba hacia ninguna parte, se avecinaban los postres y todo aquello tenía cada vez menos sentido. De pronto, el pequeño Pedro arrancó a llorar a todo pulmón. Juan Manuel mostró claramente su contrariedad por la interrupción (por lo visto, era el único en aquella mesa que estaba disfrutando del momento) y le habló a Pilar con severidad:

—Calla a ese niño, Pilar. —La orden sonó marcial e irrevocable.

Ella, azorada, sacó al bebé del carro e intentó calmarlo meciéndolo en sus brazos, pero el llanto de la criatura no dejaba de aumentar decibelios. La impaciencia y el enfado del padre se intensificaban en la misma progresión que el volumen de los lloros, y no conseguía disimularlo. Le apremió de nuevo:

—¡Cállalo ya, coño!

—Creo que tiene hambre —musitó ella.

—¡Pues dale de comer! —respondió enfadado.

Pilar miró a nuestro alrededor, claramente nerviosa y desorientada. Yo vi cielo abierto. Estaba buscando un lugar donde amamantar.

—¿Tienes que darle el pecho? —pregunté, haciéndome la ingenua. Ella respondió asintiendo. Yo me levanté, invitándola a seguirme—. Ven a nuestra habitación, sobrina. Allí estarás tranquila y a cubierto de cualquier mirada, como corresponde. ¡Me muero de ganas de verlo! Tengo que ir tomando nota. —Esto último era totalmente falso. Pensé que era lo que se esperaría en aquella cultura de una mujer recién casada como yo y que, por tanto, complacería al asqueroso militar y daría verosimilitud a la propuesta.

Pilar buscó el permiso del hombre, quien, molesto por la interrupción porque él solo quería que el berrinche del niño acabase para seguir disfrutando de la charla con Daniel, asintió sin pensarlo.

—Ve, ve. Ve cuanto antes y calla a ese crío, por Dios bendito.

Ambas salimos apuradas del restaurante, con el pequeño demandante entre los brazos de la madre. Desde la puerta miré a Daniel, que me guiñó discretamente un ojo. Cuánto lo quería, pensé. Subimos al cuarto, Pilar se acomodó en un sofá y dejó salir del sostén un pecho empapado en leche materna, al que el bebé se aferró inmediatamente. En cuanto se hizo el silencio y percibí el alivio de aquellas dos personas, me atreví a hablar. No podíamos tardar más de la cuenta, así que lo hice deprisa y algo ansiosa.

—Pilar, ayer había quedado con tu madre, pero no apareció. No la localizo. ¿Sabes qué pasa?

—Pasa que mi padre le ha prohibido veros si no está él presente —me dijo, con una serenidad que me desconcertó, indiferente y fría, sin mirarme, mientras ayudaba al niño, que boqueaba como una sardina sacada del mar, a recuperar el pezón que se le había escurrido de los labios.

—¿Y a ti eso te parece normal? ¿Que ni siquiera me avise? —respondí, escandalizada.

Pilar me miró, serena, y contestó en tono resignado.

—Para nosotras son normales muchas cosas que no creerías, tía María.

Me quedé helada. De nuevo, petrificada ante el miedo. Pero no me lo podía permitir. Tenía ante mí una oportunidad para saber la verdad y puede que fuese la única. Me obligué a hablar.

—Pilar… —Inspiré hondo y solté la pregunta bajito, remarcando cada palabra—: ¿Quién es el padre de ese niño? El verdadero, digo.

Ella no se movió. No me respondió y no pareció reaccionar, salvo por las lágrimas que inundaron sus ojos y que enjugó con la manga de la camisa. Tras un largo momento, separó al hijo del pecho, se recompuso la ropa, cogió al bebé en brazos y, dirigiéndose a la puerta, me lanzó unas palabras que lo cambiaron todo. Para siempre.

—Quien tú piensas, tía María.

No sé en qué momento me levanté ni recuerdo acompañar a Pilar en la bajada de vuelta al restaurante, pero lo hice. Cuando llegamos, ya Daniel y Juan Manuel estaban acabando los cafés y los coñacs. Ambas nos sentamos en silencio, exhibimos sendas sonrisas educadas y femeninas y declinamos la oferta de café mientras ellos realizaban los protocolos de finalización del encuentro. No me llegaba el momento de quedarme a solas con mi marido. Cuando por fin los despedimos en el recibidor del hotel, con grandes aspavientos y la falsa promesa de repetir, abracé a Pilar y le dije al oído algo que no había pensado siquiera. Me nació en el estómago y llegó a mi boca sin pasar por el cerebro.

—Quédate tranquila. Esto acabará. Yo me voy a ocupar. Díselo a tu madre. —Hasta yo noté la rabia contenida con la que pronuncié aquellas palabras.

Ella se separó de mí y me miró solo una milésima de segundo, con una mezcla de incredulidad, miedo y esperanza. Luego se marchó, junto con el viejo repugnante y el bebé. Los seguimos con la mirada mientras atravesaban la plaza, sin hablar entre nosotros, hasta que los perdimos de vista. Entonces Daniel dejó salir todos los nervios. Tiró de mí para apremiarme a subir a la habitación mientras hablaba como un loro, visiblemente alterado.

—Madre mía, *love*, qué pesadilla. Qué espanto de hombre, qué persona tan detestable es este tipo. Me ha costado un mundo guardar las formas. ¡He estado a esto de mandarlo a la mierda cien veces! ¡No veía la hora de que se fuesen! Pero dime, por favor. ¡Dime! ¿Ha servido de algo? ¿Has podido hablar con ella?

Yo me movía, caminaba a su lado, pero me había congelado por dentro. Sentía un frío descomunal en las entrañas y un zumbido como de viento golpeando dentro del cerebro. El pecho se me había cerrado completamente y creí que moriría asfixiada en unos segundos. Lo miré, totalmente ida, y él me devolvió una expresión asustada. Paró en seco en medio de un pasillo y me aferró por los hombros mientras me sacudía ligeramente.

—¿Qué te pasa, *love*? ¿Qué te pasa? ¡Me estás asustando, María! Responde, por favor. *Please! Speak! Dites quelque chose, s'il te plait, María!*

Reaccioné. Pestañeé un par de veces y sentí de nuevo un poco de aire en los pulmones y la sangre caliente circulando por mis venas.

—Sí, *mon amour*, perdona. No, no estoy bien. —Me aferré a su mano—. Vamos al cuarto. Hablamos allí. Necesito sentarme.

Tardamos tres días en salir de aquella habitación. Después de muchas horas de conversación, caímos rendidos y dormimos más y más horas. Luego pedimos el desayuno al servicio de habitaciones y seguimos así, alternando largos diálogos y debates con dormidas y comidas, dos días más. Al tercero, estábamos decididos. Yo me quedé en el hotel recogiendo todo y haciendo las maletas mientras Daniel iba a la estación de trenes a comprar los billetes. Dormimos una última noche en el Palace y la mañana siguiente partimos, apenas una semana después de tomar tierra en Barajas, hacia Vilamil en el tren de las siete, sin siquiera avisar o despedirnos de Caridad y Pilar.

Trasladarse por la España de 1950 era como hacer un viaje en el tiempo. A medida que nos alejábamos de la capital íbamos retrocediendo hacia la Edad Media; del lujo del Palace y el tren que nos llevó en primera clase a Uviéu, pasando por el autobús de línea a Tinéu —apenas un camión que paraba en cada aldea y transitaba con las puertas abiertas, atestado de paisanaje, gallinas y toda clase de cosas estrambóticas—, a la llegada a caballo a Vilamil, mi aldea entre montañas, autárquica y casi feudal, detenida en un tiempo eterno e inmutable.

La única manera de llegar a la casa donde yo había nacido seguía siendo cabalgando, en carro o a pie. En esta oportunidad Daniel ya tenía algo de experiencia e hizo el recorrido desde Tinéu con un poco más de estilo y un poco menos de ridículo que en su estreno en los palmares. Aun así, me preocupaba qué tal se adaptaría aquel joven, cosmopolita y ciudadano, a la prehistoria de Vilamil. Una cosa era pasar un par de días con Ismael y Rosita en la primavera subtropical y otra muy diferente unas cuantas semanas en el final del frío y húmedo verano asturiano entre vacas, bostas, humo, garrapatas y piojos.

El hombre que nos alquiló las monturas en la parada de autobús de Tinéu no nos acompañó, ya que le devolveríamos los animales a la vuelta, así que tuvimos que encontrar por nuestra cuenta la ruta a través de las montañas occidentales asturianas. Las pistas subían y bajaban haciendo eses y curvas cerradas en herradura en aquellas cumbres que, desde los valles, parecían pechos de mujer, tal como observó Daniel. Nos perdimos unas cuantas veces y varias otras tuvimos que parar a preguntar a los pocos locales con los que nos cruzamos. Dormimos en una fonda para viajantes y el segundo día llegamos a la braña de Cabornu, desde donde se podía ver el valle de Vilamil e incluso la casa de mi madre.

La vista era hermosa. El corazón no me cabía en el pecho. Desde aquella cima árida el valle *vaqueru*, verde y vital, llenaba los ojos y el alma. No era la primera vez que disfrutaba de aquel paisaje. Había pasado muchos ratos de mi niñez en aquella braña, con las vacas, tumbada en dirección al valle. Pero en esta ocasión mi mirada era distinta, porque mis ojos ya habían visto otros valles y mundos. Nos detuvimos a degustar el momento mientras le explicaba a mi compañero lo que teníamos delante. Desde esa distancia ya era posible diferenciar cada prado, en ese mes con maíz alto, pasto o trigo ya segado, las huertas todavía dando pimientos, *fabes*, fresas, arándanos, berzas… La casa, de piedra con tejado negro de pizarra, se mantenía en pie y parecía robusta. La estructura principal, el pajar anexo y el hórreo cuadrado en un lateral resultaban encantadores desde la distancia. Salía humo por la chimenea; por tanto, el lar estaba encendido. Me dio por pensar que era muy posible que nunca, desde el día de mi partida, hubiese estado apagado. Yo jamás lo había visto de otro modo. Siempre, día y noche, en cualquier estación, había que mantenerlo encendido. «Seguro —pensé— que es el mismo fuego que dejé prendido cuando me fui, más de once años atrás».

De pronto arreé mi caballo entero y bajé a galope hacia el valle. Me había entrado la prisa. Daniel, con muy buen criterio, no se atrevió a seguirme en la carrera y bajó despacio sobre su yegua mansa y paciente, adiestrada para llevar a jinetes inexpertos. Yo fui cruzando prados a toda velocidad. Algunos perros ladraron a mi paso por delante de las casas vecinas. El caballo confió en mí y no moderó el ritmo hasta que se lo indiqué, en la entrada del sendero que llevaba a la puerta de mi madre. Entonces me arrepentí de haber dejado a Daniel atrás. Quería compartir la llegada con él, así que giré sobre mis pasos y fui a buscarlo. Lo encontré todavía en la falda de la montaña, muerto de risa, riéndose de sí mismo, de su torpeza como jinete y de mi impulso. Mi arrebato había conseguido rebajar la tensión que no nos había dado tregua desde la comida con Pilar y Juan Manuel. Relajados, reiniciamos el tramo final a trote ligero, bajo mi batuta, hasta mi casa materna.

Las casas del oeste asturiano no dan a los caminos. Así es la gente de la que provengo. Hacen las casas hacia dentro, se protegen de los «forasteros» e intrusos. Desde los caminos y senderos se ven las fachadas traseras. Las entradas principales suelen ser parte de un pequeño terreno, cuadrado, sin ser un patio ni nada semejante, en el que confluyen el hórreo y el pajar con la puerta de las cuadras. Quedan a salvo de las miradas indiscretas y de las visitas no deseadas, y crean además un espacio —exterior al tiempo que privado— muy agradable. Por consiguiente, para llegar a la casa que sea no queda más remedio que arriesgarse a introducirse en la intimidad de cada familia y afrontar el recibimiento, que nunca se sabe cómo puede resultar.

A primera vista, nada o muy poco había cambiado en Vilamil. La preciosa fachada de piedra estaba como siempre. Alguien había pintado los marcos de madera de las ventanas de azul claro. Resultaba alegre y denotaba que allí había personas que se preocupaban por el lugar. El alféizar del gran ventanal de la cocina seguía adornado con multitud de plantas de flor, sembradas en macetas y cuidadas con cariño y maestría. En el pajar, tan grande como la casa a la que estaba anexionado

—porque en realidad era una extensión del tejado rematada en un muro y con dos alturas—, se veía la hierba seca muy bien apilada en la parte superior y la leña escrupulosamente colocada —creando pilas como muros de geometría perfecta— en la inferior. El hórreo, en el lado izquierdo frente a la casa, lucía bien cuidado. Ante el pajar crecía una robusta higuera que habíamos plantado en los tiempos en que Esteban se había marchado y que era apenas un palito frágil cuando la había visto por última vez. Ahora pasaba de los tres metros. Daba una buena sombra y bajo su copa, repleta de suculentos higos esos días, habían colocado una mesa y tres sillas. Una baraja de cartas había quedado sobre ella, medio tapada con papel de periódico, como esperando por la segura partida de tute o de brisca de la tarde. La escalera principal, que salvaba las cuadras y daba directa a la cocina, estaba, como de costumbre, atestada de leños para el fuego pendientes de ser acarreados hasta el lar, que yo sabía ubicado justo detrás de la puerta de doble hoja. Era la técnica de siempre de mi madre. En lugar de cargar la carretilla de una sola mano, cogía unos pocos troncos cortados cada vez que pasaba ante ellos e iba depositándolos en los peldaños de la escalera. Después los metía también de a poco en la casa, en cada ocasión en que entraba o salía, que no eran pocas.

La hoja superior de la puerta estaba abierta, luego debía haber alguien dentro, pese a que no se veían vacas en el establo. Recordé que ahora mi hermano mayor, Ramón, vivía allí, así que seguro que alguien había llevado las vacas al prado mientras otra persona se había quedado atendiendo los menesteres de la vivienda. Sin descabalgar, llamé a mi madre.

—¡Madre! ¿Madre? ¿Hola? ¿Hay alguien?

En la puerta apareció una mujer que no identifiqué. Era morena, de piel y de pelo. Un cabello negro que llevaba muy recogido de la cara, seguramente en un moño trasero. Vestía una bata de trabajo con cuadritos pequeños blancos y negros y blandía en su mano izquierda un gran cucharón de palo de brezo con el que debía estar cocinando. Tendría mi edad, más o menos. Nos miró con gesto serio y desconfiado, de no entender quiénes podíamos ser ni qué hacíamos allí, y recibió una mirada semejante por mi parte. Antes de que ninguna abriese la boca, oí un estruendo tras la casa. Alguien había dejado caer algo muy pesado. Las bestias se asustaron un poco, pero tanto Daniel como yo las contuvimos sin dificultad. De detrás del pajar salió apresurada mi madre, acalorada y emocionada, corriendo, con los ojos muy abiertos y una expresión de urgencia en el rostro.

—¿María? —Se detuvo a un par de metros de mi yegua, totalmente eufórica—. ¡María! ¡No me lo creo! *Yes tu, fía?*

—¡Soy yo, madre! —respondí a la vez que descabalgaba y me abalanzaba sobre ella. Ambas llorábamos y reíamos al mismo tiempo.

Tras el ruidoso reencuentro, recuperamos la compostura. Fue el momento de presentarle a Daniel. Ella me presentó a Francisca, la mujer morena, que no era otra que la esposa de mi hermano Ramón, el cual llegó enseguida desde un prado vecino al sentir el jaleo y también me fue presentado, puesto que nunca nos habíamos conocido. Nos ayudaron a desmontar los equipajes de los caballos, que llevaron a descansar atados a la pared del hórreo, y a instalarnos en un dormitorio de la casa.

—Tenéis que perdonar el desorden y lo sucio que está el cuarto. —Francisca era áspera y seca, bastante antipática en realidad—. Como no esperábamos visita… —Lo dejó caer y sonó como una recriminación. Estaba haciéndome saber que no le había agradado la sorpresa ni pensaba celebrar nuestra visita.

Yo me sentí interpelada, me ofendía su actitud. Después de tanto tiempo lejos, aquella extraña estaba comportándose como si mi casa fuese suya y yo un estorbo, un inconveniente. Estaba a un tris de devolverle una respuesta airada cuando se me adelantó Daniel, que bien me conocía, para hacer lo que mejor se le dio siempre: mediar y pacificar, incluso antes de que los conflictos estallasen.

—Somos nosotros quienes debemos pedirte disculpas, Francisca. —Ella lo miró, de nuevo recelosa—. Teníamos previsto mandar un telegrama para avisaros antes de salir, pero María no podía soportar más estar en España y no venir junto a su madre, así que adelanté el viaje desde Madrid y no di abasto para el aviso.

La miró con sus ojos dulces y encantadores, y vi cómo aquella mujer dura parecía ablandarse, al menos un poco.

—¡No te preocupes, *home*! —Casi sonrió—. Acomodaos, ya va a estar el caldo de *caxinas*...

Respiré. Pensar en ese inminente caldo de *caxinas*, que es como se llaman en Asturias las judías verdes, me subió el ánimo. Agarré la escoba y un trapo húmedo, y en un santiamén tuve el cuarto listo y el poco equipaje que habíamos llevado colocado en el baúl del dormitorio. Abracé a Daniel y le dije que se preparase para saborear uno de los mejores manjares del mundo. No me llegaba el momento de sentarme a la mesa de la cocina, al calor de la bilbaína, y compartir el instante con mi madre, mi marido y aquellos dos extraños que eran mi hermano y mi cuñada.

El tiempo en la aldea corre menos. La vida en el campo no es fácil y, al mismo tiempo, es simple. Es dura y plácida a la vez. Hay mucho que hacer, todo el rato. Todo es importante y nada es realmente apremiante en el sentido de la prisa urbana, de las oficinas y los negocios. Habíamos llegado a Vilamil con la idea de pasar un par de semanas que nos permitiesen recuperarnos de la impresión de lo acontecido en Madrid y articular nuestro plan, pero el ritmo rural se apoderó de nosotros. Cuando quisimos calcularlo llevábamos en la casa de mi madre casi un mes y no teníamos deseo alguno de movernos de allí.

Una vez se organizó con el servicio de correos, que estaba en el pueblo —a cinco kilómetros por caminos difíciles—, y pudo enviar los telegramas a sus padres y a Pedro en los que hacía saber dónde nos encontrábamos, Daniel se adaptó extraordinariamente a las condiciones de vida de una casa de labranza. Al principio le costó un poco habituarse a algunas cosas, sobre todo las relacionadas con la higiene personal. Él había crecido y vivido siempre en casas y pisos con baño, grifos de agua y calefacción, donde las cucarachas no se veían y los piojos y garrapatas no solían ser un problema. En la aldea, las necesidades había que hacerlas en los establos, al lado de las vacas. Y para eso había que salir de la casa y bajar la empinada escalera de la entrada, aunque las ganas apretasen inoportunas en la fría y oscura madrugada, porque las cortes estaban bajo la vivienda con el objeto de aprovechar en la planta superior el calor que emitían los animales. Los baños de cuerpo entero, con suerte tibios, eran un acontecimiento que tenía lugar como máximo una vez a la semana, ya que era necesario calentar grandes ollas de agua, previamente traída desde el pozo, sobre la cocina de leña y luego trasladarlas hasta el barreño que hacía las veces de bañera. Toda la familia tenía que participar en la operación de preparar cada baño.

Con todo, mi marido acabó por enamorarse sin condiciones de la vida labriega. En pocos días yo me descubrí trabajando como cuando era pequeña. Sin darme cuenta, me había incorporado al equipo y andaba moviendo la paja, cortando leña, recogiendo hortalizas. También ordeñaba las vacas y hervía la leche, hacía mantequilla y queso, llevaba a las vacas, ovejas y cabras a pastar, y daba largos paseos a caballo revisando el estado de los prados, los cultivados y los de pasto. Él no sabía realizar ninguna de aquellas tareas y cada vez que intentaba probar suerte acababa espantado por alguien cual mosca molesta, porque incordiaba, sin pretenderlo, más de lo que adelantaba. Él se lo tomaba con humor y volvía al rincón en el que presumía de ser «verdaderamente útil». Acomodado en la mesa de debajo de la higuera donde, a falta de otra literatura, le dio por leer en orden cronológico todas las cartas que yo había ido mandando a mi madre.

Yo me sentía feliz en aquella vuelta temporal al origen, especialmente porque me estaba permitiendo compartir un tiempo precioso con mi madre y también conocer a Ramón y a Francisca. Él era un García en toda regla: inteligente, intuitivo y echado para delante como pocos. Ella era una mujer compleja. A primera vista resultaba antipática, pero lo cierto es que era alguien completamente sincero. Era incapaz de mentir o disimular una emoción. Cuando le cogí las vueltas llegamos a conseguir una complicidad muy interesante. Yo no había vuelto a tener amigas desde la adolescencia y disfruté de la experiencia de compartir de nuevo ese tipo de intimidad con otra mujer de mi edad y origen. Resultó que Francisca era una de las mozas con las que había participado en las encerronas a los militares sublevados en las cumbres. Me lo recordó una tarde, en voz baja y rápido para que nadie pudiera oírlo, mientras paseábamos por la orilla del río. Algo en su manera de mirarme mientras intentaba despertar su recuerdo en mi memoria me dio escalofríos, pero no atendí al mensaje de mi cuerpo. Por más que me esforcé no la ubiqué, aunque interpreté aquello como una señal de que nuestro vínculo podía ser más profundo con el tiempo. Y no me equivoqué, o no del todo.

Ramón me contó que la había conocido un par de años antes, cuando por fin había conseguido ahorrar lo suficiente en La Habana como para permitirse el viaje para volver a España a ver a nuestra madre. Había llegado un 16 de julio, en el día grande de las fiestas del Carmen. Ya era casi noche cuando había avistado Vilamil y sentido el alboroto de la celebración de la patrona del pueblo. Los acordeones llenaban el aire tibio de notas alegres y por encima de ellos se escuchaban las voces cantarinas de la vecindad, que había montado el campo de la fiesta justo detrás de nuestra casa, como era costumbre desde siempre. Tal como se aproximaba con el caballo había visto a una muchacha bailando descalza sobre una de las mesas de madera, con la falda arremangada a la altura de los tobillos, mientras su hermosa melena morena llevaba su propio ritmo, y quedó prendado de su silueta en el contraluz de la puesta de sol. Ya nunca volvió a La Habana, por más que Esteban seguía intentando convencerlo de que lo hiciese. Había dejado los negocios comunes que habían levantado mis dos únicos hermanos varones en la capital cubana en manos del pequeño. Ya no le interesaba retomarlos. Se había enamorado de Francisca y estaba contento de haber recuperado la vida de antes de emigrar. No echaba de menos el Caribe ni la gran ciudad.

Ramón y Daniel hicieron buenas migas. Cuando mi compañero acabó las lecturas de mi biografía involuntaria necesitó localizar una nueva ocupación que justificase nuestra estancia en Vilamil, la cual ninguno de los dos deseábamos terminar. Era cierto que estábamos muy a gusto, pero ahora también veo que remoloneábamos y aplazábamos el retorno a Madrid porque nos daba pánico lo que vendría después. Así que Daniel decidió que podía ser buena idea modernizar un poco la dotación de herramientas de la casa. A mi hermano le pareció una idea excelente, especialmente desde el momento en que mi marido se hizo cargo del coste.

A partir de ese momento comenzaron las expediciones de ambos. Empezaron cerca, yendo a las ferias dominicales y mensuales de la comarca en busca de nuevas hoces, azadas, sierras, hachas y todo tipo de útiles y aperos. Después, más lejos. Hasta Tinéu fueron en búsqueda de una bomba para subir el agua del pozo, que funcionaba con un pequeño molino de viento. Contrataron también la traída de la luz, que fue estrepitosamente cara, y del teléfono, que costó otra barbaridad. Fue así como el primer teléfono público de toda la comarca vaqueira estuvo en Vilamil, lo que aportó además una nueva fuente de ingresos y negocio a la familia.

Cuando ya no se les ocurría qué más podían mejorar, Daniel preguntó por el arado romano. Ramón le habló de unos nuevos tractores.

Allá fueron. Acabaron nada menos que en Ourense, donde un gallego, medio empresario y medio inventor, les fabricó una máquina preciosa que sustituyó para siempre la vieja tracción animal a la hora de fresar y arar la tierra, y ayudó enormemente en otras tareas en adelante. Incluso instalaron un enorme depósito detrás de la casa para almacenar el carburante. El inventor resultó ser Eduardo Barreiros, un hombre brillante que un tiempo después volvería a aparecer en nuestras vidas.

Llevábamos ya dos meses largos en Vilamil. Tras la fiesta del Pilar, las noches crecían y el frío comenzaba a ponerse serio. Pronto las lluvias serían más continuadas e intensas. Aprovechábamos cada resquicio de sol para calentar el cuerpo. A aquel paso, finalmente 1950 no iba a ser el año de la eterna primavera e íbamos a vivir y padecer el crudo invierno asturiano. Hasta el momento no había echado de menos leer, de tan ocupada que había estado. Si nos quedábamos tendría que hacerme con algunos libros.

A medida que se alejaba el verano, la carga de trabajo disminuía. El maíz ya había sido cosechado y lo desgranábamos en ratos muertos sentados bajo la higuera, hablando de todo y de nada. Conocí más a mi madre en aquellas semanas que en los quince años que había vivido con ella. Se lo dije.

—*Normal, neñina. Entós yeres una neña, agora yes una muyer* —había respondido, sonriendo orgullosa—. *Gústame la muyer que yes, María.*

—*A mi tamién me gustes tu, ma.*

Daniel llegó sofocado y se sentó sin saludar. Estaba emocionado. Siempre reaccionaba igual ante un descubrimiento. Le entraba la prisa, las mejillas se le teñían de rosa y los ojos le centelleaban. Traía los puños apretados. Los abrió y dejó caer en el tapete unos pétalos finos y delicados de color lila, algunas hojas verdes y un montón de estambres naranjas. Me miró desafiante, cual Arquímedes antes de exclamar «¡Eureka!».

—¿Tú sabías que aquí crece el azafrán? —se dirigió a mi madre—. Pepa, ¡sois ricos! —Y recalcó, esta vez hablándome a mí—: ¡Ahí abajo, hacia el río, hay varios prados repletos de estas flores, *love*! ¿Tú sabes a cómo se vende el azafrán?

Nosotras nos miramos, divertidas y cómplices. Mi madre reprimió una carcajada y habló enseguida, antes de darme tiempo a responderle.

—Si crece por su cuenta en el campo, *neñino*, no es azafrán —dijo mientras cogía un trapo y comenzaba a limpiar el polen de la mesa—. ¡El azafrán no es silvestre! Además, no quiere tanta agua, aquí se da mal. Esto que traes es espanta pastores, Daniel. También lo llaman quitameriendas, porque brota cuando se van para el sur los de las ovejas. Como las tardes son cortas, ya no se merienda. ¡Por eso el nombre!

—*Colchicum autumnale* —intervine sin pensarlo. La Espasa nunca dejaba de trabajar en el desván de mi cerebro—. Es una flor hermosa pero tóxica.

Daniel estaba algo chafado, pero su natural curioso era más fuerte que su orgullo, y atendía a nuestras explicaciones con gran interés.

—*Ye, si*. Venenosa. Ya ves que *les vaques* la dejan ahí sin olerla, *fío*. Ni se le acercan. —Me miró mientras repasaba la superficie una vez más—. *Fía*, limpiad bien la mesa y vuestras manos, no vaya a ser que quede algo de polen por ahí y luego acabe en las bocas y andemos todas con *cagarría* una semana entera.

Visto que seguía sin apetecernos en absoluto marcharnos y que allí nos sentíamos más seguros que en Madrid, aplazábamos la vuelta cada semana con excusas poco consistentes.

Ambos éramos ya conscientes de los verdaderos motivos por los que temíamos afrontar lo que nos habíamos prometido hacer. Estábamos aterrados. Dejábamos pasar el día a día, disfrutando de cada momento la mayor parte del tiempo, aunque de cuando en vez a mí me asaltaba la mala conciencia. El horror seguía ocurriendo en las casas de Caridad y Pilar mientras yo, cobarde, alargaba el plazo para acabar con él.

Felizmente, el hallazgo del quitameriendas despertó una idea en mí, aunque demoró varios días en tomar forma en mi imaginación. Fue una intuición de fondo que adquirió fuerza paulatinamente, sin que me diese cuenta. Sin pensarlo mucho, una noche me escuché a mí misma proponiéndole a Daniel trasladar nuestro plan a Vilamil. Todo lo que habíamos conseguido urdir hasta aquel momento giraba en torno a la organización de una comida o una cena en familia. Estábamos ya en la cama, hablando entre murmullos, dándole vueltas y más vueltas a cómo hacer lo que pretendíamos, cuando tuve esa iluminación.

—¡Oye! ¿Y si lo hacemos aquí?

—¿Aquí? —respondió sorprendido mi marido—. ¿Aquí en Vilamil, dices? —dijo haciendo un gesto con el brazo para abarcar la estancia.

—Aquí en Vilamil —afirmé satisfecha—. Atiende. Mi vuelta es un acontecimiento importante. Además, Ramón tampoco ha visto a nuestras hermanas desde que volvió de Cuba y Francisca no las conoce. Maruxa y Eloína no están tan lejos, Bilbo y Uviéu están a un tiro de piedra. Pedro tiene posibles de sobra para traer a toda la tropa desde Madrid. El único que no podría estar sería Esteban. —Daniel había empezado a entender por dónde iban mis pensamientos y me escuchaba, muy interesado—. Pero pronto vamos a tener el teléfono, la semana que viene ya va a estar funcionando. ¡Podemos llamar a La Habana todos juntos! Y juntarnos físicamente cinco de los seis hijos de mi madre, con nuestros respectivos, con sus hijos y nietos si quieren. ¡Darle una alegría! Es bisabuela y no conoce ni a sus yernos. Aunque esa sería la excusa, no deja de ser cierta…

—*Be careful, love*. No olvides el objetivo real…

—No, *mon amour*, no. Pero ¿qué? ¿Cómo lo ves? ¿Muy loco?

Y así pasamos la noche entera. Cuando amaneció teníamos un plan, sencillo y fácil de ejecutar. En pocos días nos comunicamos con las tres hermanas: Maruxa, Eloína y Caridad. Bueno, en realidad fue Daniel quien mandó telegramas a sus maridos o tutores, así eran los tiempos en aquella España negra y misógina, invitándolos a juntarnos en la aldea para el primero de noviembre, el día festivo de Todos los Santos y previo al de Difuntos. Qué ironía. Todos respondieron con alegría y, en lo que canta un gallo, armamos el evento. También apremió a la compañía telefónica, de modo que el servicio estuvo funcionando a tiempo para el reencuentro familiar.

A lo largo de mis noventa y seis años de vida he reflexionado mucho acerca de las expectativas. Cuánto y cómo influye lo que esperamos de algo, de un acontecimiento, de una persona, en la valoración que podemos llegar a hacer del resultado y, consecuentemente, del recuerdo que nos queda. He comprobado que pasamos más tiempo padeciendo por la anticipación del dolor y por su memoria que sufriéndolo de verdad. El miedo a sufrir y la evocación de haber sufrido son peores que el momento en que ese dolor sucede. En ese instante, ese que temíamos, ese que rememoramos, estamos tan concentrados en lo que está pasando que, simplemente, lo vivimos. Las revistas modernas de psicología hablan ahora de ansiedad anticipatoria y estrés postraumático. Sin darles nombre, yo los definí hace tiempo.

Mi ansiedad anticipatoria ante la inminente ejecución para liberar a Caridad y a sus hijas de la garra del monstruo era tan grande que la semana previa apenas dormí y, cuando lo hice, desperté todas las veces sobresaltada por pesadillas vívidas y terroríficas. Sin embargo, cuando llegó el primero de noviembre la casa era un remolino de actividad y emociones. El ambiente era tan alegre que por unas horas me sentí relajada y segura de mi determinación. Mi madre estaba tan contenta y nerviosa por el encuentro que no daba pie con bola y lo único que hacía era andar a las carreras de aquí para allá sin mucho sentido, dando órdenes y contraórdenes aleatorias que el resto ignorábamos cariñosamente mientras adelantábamos con la cocina y ultimábamos la gran mesa.

Francisca había preparado con esmero un caldo magnífico que llevaba tres días haciéndose al calor del lar y del que saldría un cocido espectacular como pocos, con *fabes*, berzas, garbanzos, chorizo, morcilla, lacón, tres pollos enteros, patatas y hasta castañas. Ramón estaba enredado con sus deliciosos *frixuelos*, las filloas asturianas, más gruesas que las gallegas, pero más finas que las *crêpes* francesas, en versiones con y sin sangre, salados para acompañar el cocido y dulces para el postre. El pan había sido hecho despacio en el horno de leña de la casa; daba gusto ver aquellos molletes y roscas, crujientes por fuera y esponjosos por dentro. Teníamos también, para los postres, queso fresco y curado hechos en casa, miel, avellanas, nueces, dulce de membrillo y rosca de huevos de nuestras gallinas. Para acompañar el ágape habíamos rescatado de la bodega la mejor sidra, también casera, y los licores de hierbas y de caña de la mano de mi madre, que tan bien se cotizaban cuando los llevaba a vender en su puesto en la feria mensual del pueblo. El café esperaba en el pote junto con la leche fresca de vaca, ya hervida, del día.

—Ya sabía yo que hacía bien guardando todo esto —declaraba, contenta hasta reventar, mi madre, mirando la sidra y los licores—. ¡Ya lo sabía yo! ¡Hice bien en no *vendellos*! —Y se marchaba canturreando a seguir dando vueltas sin sentido.

Como se iba a reunir un grupo muy grande, montamos una mesa larga y amplia bajo el pajar. Había que dar asiento a veintiséis personas de entre cinco y sesenta años, además de un bebé. La hicimos con unas puertas viejas que estaban arrumbadas hacía años en los bajos del hórreo. Las limpiamos, las pulimos y las pusimos sobre unos sólidos caballetes que construyó Ramón, al igual que el banco corrido todo alrededor. Tapada con unos bonitos manteles de lino que nuestro padre había enviado desde Cuba décadas antes y que jamás habían sido usados, quedó elegante y, a la par, en sintonía con el espacio. Llevamos hasta allí varios braseros que colocamos debajo para engañar al frío de noviembre, la vestimos con la vajilla variada de la casa y flores recién cortadas, y el conjunto resultó acogedor, familiar, hogareño a la vez que cómodo y práctico.

Poco a poco fue llegando toda la tropa. Cada unidad familiar, a sabiendas de las pocas camas disponibles en la casa, que estaba completa con nosotros, se había organizado para llegar en la misma mañana a Vilamil, aunque algunos habían pasado ya la noche previa en Casa Manolín —la fonda del pueblo— y otros venían a caballo desde algún punto intermedio con Tinéu o Lluarca.

No reconocí ni a Maruxa ni a Eloína, ya que las jóvenes que yo recordaba eran ahora dos mujeres de cuarenta y treinta y seis años, respectivamente. Maruxa llegó acompañada de sus dos hijos, Emiliano y Esteban; sus nueras, Virginia y Begoña, y tres nietos de entre diez y cinco años, que animaron el día con sus juegos, sobre todo cuando se juntaron con Paloma, María y Marina, las pequeñas de Caridad. Maruxa había enviudado hacía tan solo un año, vestía de luto riguroso y hablaba bien de su difunto marido, al que echaba sinceramente de menos. Eloína apareció con el suyo, que curiosamente se llamaba Eloi, un tipo tremendamente simpático y hablador, y la única hija de ambos, Josefa, de quince años, una chica inteligente y resuelta que me cayó estupendamente y que hizo migas enseguida con las primas madrileñas de su quinta, Berta, Esther y Pepa. Caridad y Pedro habían venido acompañados por todas las hijas, incluida Pilar con Juan Manuel y el pequeño Pedro. Hubo muchos abrazos, saludos e incluso lágrimas, pero, pasadas las emociones iniciales, nos sentamos alrededor de la mesa y, exceptuando las interminables subidas y bajadas mías y de Francisca, anfitrionas y, por tanto, las encargadas del servicio, para traer y llevar alimentos, bebidas y vajilla entre la cocina y el pajar, la comida fue larga, relajada y muy agradable.

Cuando se acercaba el momento de servir los postres las manos me comenzaron a temblar. Quise verter un poco de sidra en el vaso de mi cuñado Eloi y derramé la mitad por el mantel. Daniel me miró preocupado y aprovechó una de mis idas a la cocina para levantarse, alcanzarme en un lado de la escalera y hacer un aparte conmigo.

—¿Estás bien, *love*? —preguntó mientras me abrazaba—. ¿Te ves capaz? ¿Te ayudo?

Aproveché el cobijo que me brindaba el abrazo de mi compañero para tomar aliento y relajar los músculos. La presión en el pecho se incrementaba por segundos y debía combatirla. Él esperó paciente mi respuesta. Suavemente, lo separé de mí y le respondí mirándole directamente a los ojos.

—No voy a decir que estoy bien, *mon amour*, porque no sería cierto. Estoy nerviosa y asustada. —Él asintió, dando a entender que me comprendía—. Pero está decidido y puedo hacerlo. Ahora. Tú sigue entreteniéndolo, por favor. *Come on!*

Me despedí del abrazo, besé en los labios a Daniel, que volvió a la mesa a retomar su conversación con Pedro y Juan Manuel, y enfilé la escalera. Ya en la casa, atravesé la cocina y fui hasta nuestro dormitorio. Busqué en el baúl el pequeño frasco donde había ido guardando, a lo largo de los días anteriores, el polvo que había conseguido mezclando el polen con las hojas y los bulbos machacados del quitameriendas. Las manos seguían temblándome y tuve que apoyarme en el quicio de la ventana para recomponerme un poco, pues las piernas empezaban a fallarme. Sentía la sangre bombeando y golpeándome las sienes y un sudor frío en la nuca. Intenté llenarme de aire, con escaso éxito. Me obligué a respirar, aunque fuese poco, y permanecí un instante parada sopesando el tacto, la forma y el peso de aquel recipiente de apariencia inofensiva. Luego, sin dudarlo más, bajé de vuelta a la cocina y monté varios platos con postres. En uno de ellos preparé con esmero un delicioso y suculento *frixuelu* dulce relleno de queso, miel y nueces, que aliñé con el contenido del frasco, camuflando el sabor en el azúcar de la miel y la intensidad del queso, posiblemente con una dosis algo superior a la necesaria para mis planes. Ese fue el plato que serví a mi cuñado favorito, Pedro Paredes.

Con la llegada del atardecer fuimos terminando la sobremesa. Habíamos atestado la mesa con café y licores, y Francisca y yo seguimos abasteciéndola con *frixuelos*, roscas, nueces, queso y miel hasta que nos pidieron que parásemos. Entonces Daniel cogió un vaso y lo golpeó con un tenedor para llamar la atención de la concurrencia. Aquel gesto tan francés resultó de lo más extravagante para mi familia, pero consiguió el objetivo deseado.

—¡Atención, familia García! —Se había puesto de pie delante de su silla e imitaba a un maestro de ceremonias. Estaba muy simpático en el papel—. Queda algo importante por hacer antes de despedirnos. Como ya sabréis, desde hace unos días tenemos teléfono en Vilamil. ¡Y hay alguien del otro lado del mar que está esperando nuestra llamada! —Miró a mi madre y se dirigió a ella—: Pepa, ven. Vamos a llamar a Esteban.

Como no podía ser de otro modo, mi madre, colmada de tanta emoción, rompió a llorar. Al poco se recompuso y fuimos todos en procesión hasta el novísimo teléfono que habíamos instalado donde la puerta de la corte y mediante el cual mantuvimos una larga conversación en conferencia internacional con Esteban, en la que nos fuimos dando la vez las hermanas, madre y Ramón.

La reunión familiar había sido un éxito rotundo. Nos despedimos entre abrazos y llantos, y prometimos repetirla en el plazo de un año, tal vez mejor en verano y con Esteban presente, como propuso Eloi. Daniel y yo, además, cruzábamos los dedos, esperando haber conseguido nuestro objetivo de envenenar a Pedro. Esa noche sí dormí, pero, como ocurriría desde entonces en adelante, poco descansé, pues pasé media noche tranquila y la otra media soñando que el fantasma de Pedro se me aparecía para escarnio de mi crimen.

El *Colchicum autumnale*, también llamado azafrán silvestre, quitameriendas, espanta pastores o mataperros entre otros muchos nombres populares, es una planta silvestre, pariente del azafrán, que crece en casi toda la península ibérica, sobre todo en los prados altos y húmedos del norte cantábrico y atlántico. Su principal componente es la colchicina, un violento tóxico celular. Tiene también colchicosida, demethilcolchamina y colchamina, todos alcaloides. En medicina se emplea en pequeñas dosis para tratar la artritis crónica, el asma, la gota y algunas dolencias renales. El consumo de una dosis excesiva de esta flor puede provocar desde diarreas y vómitos hasta la muerte por fallo renal o parada cardiaca.

El hallazgo de Daniel cuando había confundido el mataperros con azafrán me había hecho pensar. Poco a poco, fui navegando en el archivo de mi memoria enciclopédica hasta caer en la cuenta de que era probable que tuviese al alcance de mis manos un veneno discreto que podría sernos de gran utilidad para ejecutar el plan de borrar a Pedro Paredes de la faz de la tierra y mandarlo a pudrirse bajo ella. Como necesitaba tener certezas exactas, pedí a mi marido que me trajese de uno de los viajes que hacía con Ramón en busca de alguna herramienta nueva un libro de botánica con las especificaciones de la flora de nuestra comarca. También uno sobre medicina y otro de química. Los consiguió en una visita a Uviéu. Luego de confirmar que estaba en lo cierto, los quemé en el fuego del lar.

Aquellas lecturas ratificaron mi idea inicial, y no le dimos más vueltas. Calculamos con bastantes garantías el porcentaje de veneno que llevaba cada gramo del polvo resultante de moler bulbos y hojas y mezclarlos con el polen de los estambres. Sabíamos que necesitábamos que mi cuñado ingiriese 0,9 miligramos por kilogramo de su peso —que debía andar, como mucho, por los setenta— para que la dosis resultase letal. Por consiguiente, teníamos que conseguir administrarle tan solo sesenta y tres miligramos del preparado, poco más de lo que ocuparía una pizca de sal. También tuvimos en cuenta que la muerte no sería inmediata y que la identificación del veneno era altamente improbable. Solo restaba encontrar la manera de hacérselo ingerir sin peligro de que otros lo hiciesen y de disimular el mal sabor, lo cual resolvimos con la comida de Vilamil y la miel y el queso de los *frixuelos* de Ramón.

Por eso, cuando esa tarde despedimos a Caridad, sus hijas y su marido, yo era consciente de que, con suerte, el que se marchaba, arrogante y soberbio como siempre había sido, no era otra cosa que el cadáver *in pectore* del coronel Paredes, y que yo había sido su asesina.

El día después de la fiesta, luego de recoger junto con Francisca, Daniel y Ramón todo el estropicio normal tras un acontecimiento como aquel, les comunicamos a ellos y a mi madre que nos iríamos el día siguiente. Era duro separarnos, pero les explicamos que debíamos seguir con nuestro plan de viaje, el cual ya habíamos aplazado más de lo razonable. Más allá de eso, no dijimos, por motivos obvios, que éramos conscientes de que, si todo iba como aguardábamos, aún nos quedaban unos días que pasar en Madrid, y no iban a ser fáciles.

Hicimos el camino de vuelta entre reconfortados y nerviosos. Por una parte, la experiencia compartida en Vilamil había sido preciosa y había servido para unirnos más aún. Por otra, la expectativa de las diferentes posibilidades que podían estar esperándonos en Madrid era perturbadora. Con todo, disfrutamos mucho de los tramos a caballo y reímos con la expresión del hombre que nos había alquilado las bestias cuando se las devolvimos y abonamos el importe correspondiente al alquiler por el largo tiempo que habían pasado con nosotros, pues el pobre ya las había dado por perdidas. Esta vez, con un Daniel jinete más experimentado, atravesar las montañas fue rápido y nos llevó solo dos días y medio llegar a Madrid. En la estación de Valladolid, antes de subir al modernísimo y veloz tren Talgo, Daniel llamó por teléfono al Palace para reservar una habitación y le avisaron de que nos habían dejado un recado urgente.

—¿Quiere que se lo lea? —preguntó el recepcionista.

—Sí, por favor. Pero espere un minuto. ¡María, ven! —Nervioso, me hizo un gesto para que me acercase al teléfono público y aproximase la oreja al aparato—. Dígame ahora.

—Es de parte de la señora Pilar Paredes, señor —dijo el recepcionista antes de comenzar a leer—: «Mi padre está ingresado grave en el Hospital Provincial. Es el que antes era el General, cerca de la calle Atocha. He llamado a casa de la abuela y ya me ha dicho Ramón que estáis de camino. Id al hospital en cuanto lleguéis». —El mensaje había terminado. Ni Daniel ni yo articulamos una sola palabra—. ¿Señor? ¿Sigue ahí, señor Martin?

—¡Sí, sí, perdone! —reaccionó mi marido—. Ha sido la impresión, disculpe. Muchas gracias, llegaremos en pocas horas.

Daniel colgó sin esperar la despedida de cortesía del recepcionista. Nos miramos, entre aterrorizados y exultantes. Había funcionado. Pedro estaba grave…, no muerto. Grave. Tampoco se nos había ocurrido preguntar cuándo había dejado Pilar el mensaje. En cualquier caso, solo cabía continuar la ruta y cruzar los dedos.

Paramos en el hotel lo justo para dejar las maletas y formalizar la reserva. El hospital estaba a escasos quince minutos a pie del Palace, en la calle Santa Isabel. Hicimos el recorrido a paso ligero, y era media tarde cuando cruzamos la entrada principal de aquel espectacular edificio que ahora alberga el Museo Reina Sofía. En la ventanilla de información nos indicaron que mi cuñado seguía vivo, aunque muy grave y con muy mal pronóstico. La joven que nos atendió nos indicó cómo llegar a su habitación, donde nos dijo que lo acompañaban Caridad y Juan Manuel, y nos anticipó su pésame.

El edificio era inmenso. Los pasillos parecían todos idénticos. Supongo que los nervios que nos invadían contribuyeron a que nos perdiésemos un par de veces en aquel laberinto, y perdernos nos alteró todavía más y provocó otras tres o cuatro pérdidas y desorientaciones. Cuando por fin encontramos la habitación de Pedro estábamos bastante atacados. Yo ya iba directa a abrir la puerta, pero Daniel tiró de mí, obligándome a parar.

—Respira, María. Calmémonos. No podemos entrar así.

—Tienes razón, *mon amour*. —Le acaricié el pelo, retirando los rizos de su frente, y estiré un poco la tela de mi chaqueta, arrugada por el viaje y la carrera, pasándole las manos. Llené mi pecho lo poco que la presión, que había vuelto con ímpetu, me permitió—. Ahora sí. Vamos.

Entramos como se entra en una estancia en la que hay alguien muriendo. Saludamos con apenas un murmullo. Yo abracé a mi hermana. Daniel le pasó el brazo sobre los hombros a un inconsolable Juan Manuel. Hablábamos muy bajo.

—¿Cómo está? —preguntó mi marido.

—Muy grave —habló el yerno de mi hermana—. Los médicos piensan que no lo va a superar. Pero yo sé que es fuerte, tenemos esperanza.

Un sollozo sincero se le escapó del pecho. En lugar de lástima, sentí un desprecio infinito hacia aquel enano.

—Pero ¿qué tiene? —quise saber, haciéndome la compungida.

—No lo saben, María —respondió él—. Empezó en el viaje de vuelta de vuestra aldea. Dijo que estaba mareado. Luego empezaron la diarrea y los vómitos. Ayer estaba tan mal que tu hermana me llamó y lo traje aquí. Quedó ingresado nada más lo atendieron. Pero cada vez está peor...

—¿María? —Era Pedro quien me había llamado, en un soplo de voz que casi hizo que se me saliese el corazón por la boca.

Todos nos miramos, sobresaltados. No habíamos pensado que pudiese estar consciente. Me acerqué a él disimulando el profundo asco que me producía aquel ser repulsivo, incluso en plena agonía.

—Hola, cuñado. —Intenté parecer cariñosa—. No tienes buena cara...

—Sé lo que has hecho, hija de puta, demonio... —Incluso sin tener apenas aire para hablar, había enunciado con odio abisal, rabia, ira.

Me aparté, impresionada. Daniel reaccionó y me condujo a la puerta mientras hablaba.

—Está delirando, pobre hombre —se dirigía a Juan Manuel.

Unos minutos después, Pedro estaba muerto. Caridad había salido al pasillo detrás de mí, al igual que Daniel. Nos habíamos quedado los tres callados. No eran necesarias las palabras para saber lo que el resto pensaba. De pronto escuchamos gritar a Juan Manuel:

—¡Pedro! ¡Doctor! ¡Enfermeras!

Entramos a la carrera, Daniel sacó al afectado militar de la habitación. Llegaron médicos y enfermeras, todo ocurrió muy rápido. Un facultativo asomó por la puerta preguntando por

Caridad y le notificó la defunción de su esposo. Juan Manuel rompió a llorar ruidosamente; mi hermana se desmayó de la impresión. Yo, al tiempo que la sujetaba para evitar que diese contra el suelo, fui invadida por un pánico que no había conocido, mezclado con un gran alivio y una profunda satisfacción. La bestia había abandonado este mundo. Ya no haría daño a nadie más. Miré a mi marido. Sus ojos me contaron cosas muy similares a las que yo estaba sintiendo.

Lo que vino después fue delirante. Pura locura. Pedro era alguien importante, un alto cargo del régimen franquista. Un militar condecorado, héroe de guerra gracias a las atrocidades inhumanas que había cometido en la sublevación contra la Segunda República y en la posguerra. Su velorio demoró tres días con sus noches en las que no acababan de desfilar toda clase de personalidades, a cada cual más oscura y repugnante que la anterior. Caridad representó a la perfección el papel de viuda desamparada y desazonada, en un trabajo de relaciones públicas impecable. Juan Manuel no se movió de al lado del féretro —abierto y con el rostro del difunto a la vista— en todo el tiempo. Fue también uno de los portadores del ataúd, cómo no. Las hijas y el nieto quedaron exentas de pasar el calvario del velorio. Eran demasiadas y había niñas pequeñas y un bebé, lo cual justificó dejar a toda esa prole en casa al cuidado de las mayores, Pilar y Berta.

Fue largo y agotador. Yo permanecí junto a mi hermana día y noche mientras Daniel se preocupaba de que comiésemos de cuando en vez, nos traía agua y café y nos obligaba a dormir, aunque fuera en el mismo banco de madera en el que llevábamos horas sentadas. Nos tapaba con una manta que llevó del hotel y cerraba la puerta de la capilla del hospital en las pocas horas de la noche en que cesaba el trasiego de visitas.

El funeral fue, por supuesto, en la catedral de la Almudena, que, pese a estar en obras por la fachada que daba a Bailén, seguía abierta y era la iglesia más relevante de Madrid. En el oficio se proclamaron elogios y panegíricos para el gran hombre, y fue enterrado con honras de estado. El cura que oficiaba, un vigués ya viejo que era el obispo de Madrid, incluso leyó el telegrama que mandó el mismo Francisco Franco con sus condolencias. Caridad, hijas y yerno se sentaron en la primera bancada, frente al féretro. Detrás estábamos Daniel y yo junto con la hermana de Pedro y sus hijas, que habían venido desde València. Tras la misa, todos, salvo mi marido y yo, se levantaron y se colocaron en fila junto al ataúd, donde soportaron de pie el desfile de pésames de toda la concurrencia, agradeciendo a cada persona con una inclinación de cabeza, por más de cuatro horas.

Todo había acabado. Tras el disparate de la loca farsa de la despedida de Pedro, llegó el silencio. El cuerpo del monstruo quedó enterrado para siempre en un cementerio de las afueras, porque en la meseta no soportan tener a los muertos cerca y construyen los camposantos lejos de las casas de los vivos. Quedaba por delante una montaña de trámites que hacer, la ejecución del testamento, la gestión de la pensión de viudedad de Caridad y un largo etcétera de asuntos mundanos. Según las leyes franquistas, eso era cosa de hombres. Las mujeres no podían tomar decisiones económicas ni siquiera sobre sus propios bienes sin la autorización de un hombre, que ahora, en el caso de mi hermana y su familia, pasaba a ser Juan Manuel. Poco o nada podíamos aportar ya Daniel y yo, así que empezamos a organizar nuestra partida hacia París, el siguiente punto de nuestro viaje, al que deberíamos haber llegado varios meses atrás. Sin embargo, Caridad insistió para que pasásemos las fiestas de Navidad con ellas, y no fuimos capaces de negarnos.

    Ni Daniel ni yo éramos religiosos. Aunque ambos procedíamos de familias católicas, la cultura, el conocimiento y la lectura nos habían permitido llegar a la conclusión de la inexistencia de Dios, indiscutible desde el empirismo, la ciencia y el sentido común. Teresa y Gérard no eran siquiera practicantes ni se habían esforzado por criar a su hijo en la fe. Pepa, mi madre, sí asistía a las misas quincenales en la capilla de La Rebullada, la casa contigua a la nuestra, pero lo hacía más por imposición social y por ver a las vecinas que otra cosa. Por tanto, celebrar la Navidad y todas las demás fiestas similares no tenía más significado para nuestra pareja que el del peso de la tradición y las ganas de socializar. En la España de 1950, sin embargo, estas eran ideas cuya expresión en alto no tenía cabida. En aquel régimen dictatorial nacional católico la ausencia de fe, o más bien la exteriorización de esta, era pecado, sinónimo de delito.

Daniel se declaraba ateo. Yo, agnóstica. No creía en el Dios del Vaticano, ni en Alá, Yahvé o semejantes, pero tampoco podía concebir su total ausencia. Pese a que el raciocinio me obligaba a dar la razón a mi marido, las emociones me han llevado a estar continuamente buscando respuestas para las dudas ontológicas del ser humano. Por qué estamos aquí. Qué somos. Qué pasa después, si hay después. Qué pasa si no hay después.

Desde que había administrado el veneno a Pedro, soñaba con él. Aún estaba vivo la primera vez que se me apareció. Incluso sabiendo que eran la culpa y el miedo los que se manifestaban en mi subconsciente, una parte de mí no podía evitar creer que era, de verdad, el alma de aquel ser espantoso la que me comunicaba su enfado. Mi ánimo andaba decaído y me faltaba energía. El peso de la culpabilidad, junto con la falta de sueño, hacían mella en mí.

Para Nochebuena nos reunimos en casa de Caridad. Por aquel entonces no era costumbre el abeto adornado ni apenas se había oído hablar de Papá Noel. En las casas españolas se ponían nacimientos y los regalos los traían los Reyes Magos de Oriente. Sí eran tradicionales la cena de Nochebuena y la comida de Navidad, en las que se festejaba el nacimiento del Niño Jesús. Disimulando el luto con la excusa de no entristecer más a las pequeñas de la familia, mi hermana organizó una cena que en cierto modo era la celebración de no tener que soportar nunca más a su torturador y tirano particular, el difunto marido. Muy discretamente, claro, porque teníamos a la censura personalizada en el insoportable Juan Manuel y su luto y hondo dolor por la pérdida del amigo y suegro, por la que seguía lamentándose casi un mes y medio después del fallecimiento.

La cena fue bien, tranquila. Las niñas más pequeñas animaron la velada y compartimos un rato casi perfecto que serviría como despedida hasta nuevo aviso, ya que nos marchábamos a París el día 26. Ya de madrugada, Juan Manuel se emperró en acercarnos a Daniel y a mí al Palace en su coche. Estaba algo bebido y fue tan insistente que acabamos por ceder. Además, la distancia entre la casa de Caridad en Arturo Soria y el hotel era grande, y en aquella noche familiar era casi imposible conseguir un taxi en las afueras de Madrid, por lo que la alternativa de quedarnos a dormir en aquella vivienda masificada era la otra única opción, poco apetecible para nosotros.

En el auto, aquel pesado siguió dale que te pego con la cantilena. Yo estaba cansada, era tarde y cada vez tenía menos paciencia y autocontrol. Puede que también me hubiesen afectado un poco las copas de sidra de la cena. El marido de mi sobrina podía resultar exasperante en su soliloquio, ahora al volante.

—Pobre Pedro. ¡Pobre! ¡Mucho le habría gustado pasar esta noche con vosotros! Pienso en él a todas horas. Cada cosa que veo, me digo a mí mismo: «¿Y qué le parecería esto a Pedro?». No se me va de la sesera. Pobre Pedro. ¡Pobre hombre! Todo lo que hago por la familia, primero pienso: «¿Qué haría Pedro?» Así siempre. Tengo que honrar su memoria y cuidar de su familia, es una gran responsabilidad. Pobre Pedro. Pobre hombre. Mucho he pensado en él esta noche.

—Pues yo ni me he acordado de él, la verdad. Bien tranquilos que hemos estado. —El exabrupto me salió por la boca sin darme tiempo a controlarlo. Aquel tipo me estaba sacando de mis casillas y la rabia se me había notado en la voz.

Juan Manuel enmudeció. Daniel dio un respingo. Desde el asiento de atrás, noté cómo se ponía alerta en su posición de copiloto. Nació un silencio incómodo que nadie se atrevía a romper. De pronto Juan Manuel tomó la iniciativa.

—Eres una puta. —No había parecido su voz. Fue un gruñido ronco, violento, lleno de rabia, arrastrando cada sílaba.

Yo me quedé, otra vez más, paralizada. Congelada de nuevo. Poseída por el pánico. Mi marido resultó ser de los que atacan. Se giró hacia el conductor, con el rostro encendido, rojo de ira.

—¿Qué has dicho? —Juan Manuel callaba, conduciendo ofuscado—. ¿Qué has dicho, pedazo de mierda?

—Lo que me da la gana —respondió, contundente, el marido de Pilar.

Daniel pareció crecer. Vi cómo el cuello se le hinchaba y se le marcaban las venas bajo las orejas. Le aferró con fuerza el brazo.

—¡Para el coche! —Juan Manuel le ignoró—. ¡Para este maldito coche! *Arrête-toi, cochon! Maintenant!*

—A mí no me hables en gabacho, comunista de mierda. —Juan Manuel parecía, ahora, estar divirtiéndose con la situación—. ¿Quieres que pare? ¡Paro!

El súbito frenazo y la brusca maniobra por poco hicieron que me rompiese la nariz y todos los dientes contra el asiento delantero, porque entonces nadie había tenido aún la idea de colocar soportes de sujeción en los asientos traseros de los automóviles. Afortunadamente, estuve ágil y reaccioné conteniendo el golpe con los brazos y las manos. Daniel se había ceñido el moderno cinturón de seguridad del coche oficial y se salvó de morir estampado contra el parabrisas. El vehículo quedó varado en un pequeño arcén en medio de ninguna parte. Transitábamos por caminos de las afueras en una zona en la que, no mucho después, se construiría parte de la vía de circunvalación que llaman M-30.

La noche era muy fría, el cielo estaba despejado y una inmensa y brillante luna llena aportaba tal claridad que no permitía ver las estrellas. No había un alma por allí. Ni viviendas ni nada. Solo campos yermos. Daniel salió del coche y abrió la puerta trasera para obligarme a hacer lo mismo. Luego fue hasta la puerta del conductor, la abrió de un tirón y sacó a la fuerza a Juan Manuel, agarrándolo por la solapa de su traje militar de gala. Yo no daba crédito al comportamiento de mi compañero. Parecía un gigante furioso, jamás lo había visto así. Juan Manuel resultó ser de los míos, de los que se paralizan. No dejaba de ser paradójico, teniendo en cuenta que era un militar experimentado en la guerra.

Daniel empezó a provocar a su cuñado golpeándole el pecho con las palmas de las manos. A cada golpe, el militar se esforzaba por mantener el equilibrio y recuperaba la postura, pero no respondía a la provocación. Mi compañero estaba fuera de sí y, cuanto menos respondía el otro, más se enfurecía. Tantos meses conteniendo su desprecio por aquel hombre habían estallado en un ataque de ira como nunca había sufrido antes, según me dijo días después.

—¡A ver, enano de mierda! ¡Basura humana! ¡A ver qué tan valiente eres ahora! ¡A que no lo repites!

Juan Manuel ignoró a Daniel. Me miró fríamente y se dirigió a mí.

—Puta. Eres una fulana asquerosa. Reitero lo dicho y me reafirmo. —Miró al furibundo y desconcertado Daniel, que se mantenía en guardia—. Vosotros pensáis que yo soy tonto, ¿no? El simple de Juan Manuel, ¿a que sí? Que no me doy cuenta de quiénes sois. —Nos quedamos mudos. Él empezó a caminar en círculos, dibujando una especie de ocho entre nosotros, mientras hablaba y nos miraba a Daniel y a mí alternativamente—. Pues no soy ningún simple, mequetrefes. No he llegado hasta aquí siendo un solapa. Ni el coronel Paredes era ningún tonto, tampoco. Eso lo sois vosotros, querubines. Yo sé bien lo que se cuece aquí. ¿O pensáis que no se os notaba que no nos soportáis? Bien que lo hablamos unas cuantas veces mi querido colega y yo. —Yo seguía asombrada con la transformación de aquel ser, que en ese momento parecía haber recuperado el control de la situación. Nosotros estábamos cada vez más desconcertados y le dejábamos hacer, perdidos en la expectativa incierta de lo que podía estar tramando, o eso pensé—. ¿Creéis que no sé qué quiso decir antes de morir? ¿Os acordáis de que salisteis de la habitación como si os llevase el demonio?

Un escalofrío me atravesó. Nació en la nuca y bajó a toda la velocidad por la espalda. Tocó tierra en el mismo momento en que me di cuenta de que la voz que estaba oyendo era la mía. Hablaba en un tono sosegado y monótono en el que ni yo misma me reconocí.

—Hijo de puta. Cabrón malnacido. Él y tú. Cerdos. Tú sabes lo que hacía. Sabes lo que le hizo a Caridad. Lo que me hizo a mí. Lo que le hizo a Pilar, a Berta, a Esther, a Pepa. Salvamos a las pequeñas. Menos da una piedra. Tu hijo no es tuyo, bien lo sabes. Es hijo de su abuelo. Pobre criatura. Pobre Pilar. Pedro arde en el infierno…

Todo ocurrió en menos de un segundo, pero puedo recordarlo, cada vez, a cámara lenta. Juan Manuel se abalanzó sobre mí, con las manos extendidas hacia mi cuello. Quería ahogarme. Callarme para siempre. Daniel lo interceptó. Puso su cuerpo a modo de escudo entre el del energúmeno y el mío. Al tiempo, estiró el brazo y desvió la trayectoria del militar, que se desequilibró y cayó al suelo, justo en el borde del arcén. Rodó apenas un par de metros y fue directo a chocar con la cabeza contra la única piedra afilada que debía haber en kilómetros a la redonda. Luego, solo silencio. Pasado un instante, comencé a temblar y un sollozo afloró desde mi estómago, resonando en el vacío de la noche. Daniel, que se había quedado plantado mirando la escena, reaccionó abrazándome fuerte.

—Tranquila, *love*, tranquila. Ya pasó.

Me soltó, se aproximó a Juan Manuel con cautela y se arrodilló hasta poner el oído en el pecho del hombre. Luego colocó su mano bajo la nariz del otro. Me miró espantado.

—Está muerto, María. Lo he matado.

Reaccioné. Me volvieron de un golpe el calor, las fuerzas y la lucidez.

—Pues bien hecho, *mon amour*. Hay que irse de aquí. Espabilemos.

Antes de echarnos a andar los seis o siete kilómetros que nos separarían de la seguridad del hotel, tomamos un par de decisiones inteligentes. Primero, Daniel subió al coche y lo orientó en dirección contraria a la que había quedado, de modo que parecería que el «accidente» de Juan Manuel había ocurrido cuando volvía de dejarnos en el hotel. Luego revisamos bien el interior del vehículo para asegurarnos de que todo estaba en orden. Después, alisamos la tierra del frenazo y la de donde había tenido lugar la pelea para eliminar las huellas de la escaramuza. Por último, echamos a andar hacia Madrid, abrazados y procurando no dejar rastro ni llamar la atención de las escasas personas con las que nos cruzamos, ya en el centro. Un par de horas después descansábamos al calor de nuestra confortable habitación del hotel Palace. Esa noche, la visita en mis sueños fue doble.

Desde que las pesadillas se habían instalado en mis noches, me costaba madrugar. Yo, que siempre me había levantado antes del amanecer, pasaba ahora dos tercios de las horas de descanso luchando contra mis fantasmas y no despertaba hasta bien entrado el día. Parecía que solo comenzaba a descansar en la última parte, cuando ya faltaba poco para que llegase el alba. Y así fue en adelante. Me habitué y acabé por resignarme y adaptar mis hábitos y rutinas hasta tal punto que acostumbraba a explicar con naturalidad por qué no podía comprometerme a nada antes de las once o doce de la mañana.

—Sufro insomnio. Pesadillas. —La gente asentía, comprensiva—. Debe ser la mala conciencia —solía añadir, como una suerte de exorcismo que todos entendían como una broma.

El 25 de diciembre de 1950 ni Daniel ni yo nos levantamos temprano. Todo lo contrario. Ya el frío sol de invierno estaba en el medio del cielo y seguíamos roncando plácidamente, cuando tocaron a la puerta de nuestra habitación. Entreabrí un ojo y murmuré:

—No queremos servicio de limpieza, gracias.

Siguieron llamando, cada vez más fuerte. Daniel refunfuñaba y se dio la vuelta en la cama, escondiéndose bajo las sábanas en un vano intento de ignorar el apremio de los golpes. El ruido no llegaba para sacarlo completamente del sueño, así de cansado había acabado tras las emociones de la noche anterior. Me levanté, me puse una bata y fui a ver a qué venía aquella insistencia impertinente. Dos hombres uniformados aparecieron en el otro lado de la puerta. Los miré con las pestañas aún pegajosas. Uno de ellos no pudo evitar dirigir su mirada a mi escote, donde se me marcaban los pezones bajo el fino raso blanco, y tiré de la poca tela de la bata en un intento de cubrirme mejor.

—¿Sí?

—¿Es usted María García, señora de Martín? —Había pronunciado Martin tal como suena en castellano, con acento en la i.

—«Magtán» —le corregí, casi por hábito. Me arrepentí en el mismo momento. Eran policías. Su presencia me asustó, pero debía aparentar calma y normalidad—. Sí, soy yo. ¿Qué se les ofrece?

—¿Está su marido?

—Está durmiendo. —Empezaba a estar muy harta de la idiosincrasia española, esa en la que las mujeres no éramos dignas ni de coger un recado—. Dígame lo que sea, señor...

—Sargento —me interrumpió—. Sargento Ruiz, Policía Nacional. Tenemos que hablar con ustedes. No son buenas noticias. Haga el favor de vestirse, despierte a su marido y déjenos pasar.

Puse cara de preocupación, les dejé entrar a la pequeña sala de la suite y fui a por Daniel. Para mis adentros, protestaba y me rebelaba contra el trato que absolutamente todos los hombres españoles daban a las mujeres. No veía la hora de marcharnos a sociedades más avanzadas. Unos minutos después estábamos sentados ante ellos y habíamos pedido café, leche y pastas al servicio de habitaciones. Ambos policías eran más o menos de nuestra edad. El que parecía el jefe y se había presentado como sargento era un hombre tirando a moreno, menudo, fibroso y sin rasgos destacables, lo que se suele denominar «del montón». Llevaba el pelo, castaño, fino y sin gracia, demasiado corto, incluso para la moda de la época y le sentaba mal a su tipo de cara. Lucía un fino bigote —apenas una línea de vello sobre el labio superior a la moda de los adeptos al régimen franquista— que me daba mucha grima. Para completar el conjunto, unas gafas de sol con los cristales muy oscuros asomaban del bolsillo superior de su americana y bajo el brazo portaba una cartera de cuero que parecía repleta de documentos. El otro no parecía tener muchas luces, se mantenía como encogido y a la sombra de su superior. Me repugnaban, su presencia me incomodaba y me esforcé por cubrirme con el chal que, apresurada, me había echado sobre los hombros para disimular lo fino de mi bata, previniendo así nuevas miradas indiscretas de aquellos personajes sobre mi anatomía y guardando el decoro que se me exigía.

Daniel, en el papel de patriarca que tan bien fingía, tomó las riendas de la situación como se esperaba de él.

—De acuerdo, sargento. ¿Puede decirme ahora qué ocurre? Me está asustando.

—Verá, señor *Martán*. Sabemos que acaban de pasar por un muy mal momento con la pérdida de su cuñado, el coronel Paredes, que Dios lo tenga en su gloria…, y siento de veras tener que ser yo quien le comunique esta mala noticia… —Daniel reaccionó con impaciencia y el policía agilizó el discurso—. En resumen, señor *Martán*. Estamos aquí para decirle que el coronel Juan Manuel Gómez, marido de su sobrina, falleció ayer noche en un accidente.

Interpretamos el papel a la perfección. Yo di un ligero brinco y dejé salir un «¡Oh!» de lo más verosímil. Daniel simuló sorpresa, susto y entereza a partes iguales.

—Pero… ¡qué me dice, sargento! Pero… ¿cómo…? Si ayer estaba tan bien… Nos trajo él mismo desde la casa de Caridad… —Hizo como que recordaba algo de repente—. Hombre, es cierto que le dimos algo a la sidra, pero yo diría que iba bien… ¡Pobre Juan Manuel! ¡Pobre Pilar! ¡Qué desgracia tan grande! ¿Qué le pasó?

—Algo así debió ser, señor —apuntó el policía. Su actitud hacia Daniel era servil, lo cual, en el código franquista, equivalía a respetuosa—. Su coche estaba en el arcén. Helaba, hacía mucho frío. Seguro que el suelo estaba resbaladizo. Cayó por un pequeño terraplén, con tan mala suerte que dio con la cabeza en una piedra.

—De verdad que parece que nos ha mirado un tuerto —comenté yo, haciendo un papel de entre triste e indignada.

—Ciertamente, señora, las desgracias no suelen venir solas. —El agente se levantó, hizo un gesto al compañero silente para que le siguiese y tendió la mano a Daniel, que se la estrechó enseguida. Luego me la tendió a mí. Cuando estiré el brazo, la bata resbaló por encima del codo y dejó ver un hematoma grande y oscuro que había surgido debido al frenazo y del que no me había dado cuenta. El policía lo miró sin darle mayor importancia, pero yo me azoré ligeramente—. Mis condolencias, señora García.

—Gracias —respondí, mientras les acompañaba a la salida.

Cerré la puerta y entré en pánico. El incidente del moretón me había puesto nerviosa. Decidimos no salir del hotel hasta partir, al día siguiente, a París. Y, sobre todo, tomamos la firme determinación de no volver a España en una buena temporada. Llamé a mi hermana para hacerle saber que estábamos al tanto de lo sucedido. No fue necesario mediar muchas palabras para detectar la sorpresa y el alivio en su voz. Lo que no localicé fue pena ni desamparo. Sonaba liberada. Ahora debía hablar con Ramón para que se desplazase a Madrid y firmase lo que fuese necesario para poder empezar a vivir. Eso me dijo. «Empezar a vivir». Por nuestra parte, también habíamos decidido seguir viviendo, encaminándonos hacia Francia. Nos moríamos de ganas de dejar atrás todo aquello. Como si fuese tan simple.

Me gustan las estaciones de tren. También los muelles transatlánticos. La idea de viajar en tren o en barco me produce una placidez que asocio con el deleite de avanzar reposadamente, sea sobre los raíles de los caminos de hierro o sobre el mar. Ya sé que ahora la alta velocidad ferroviaria puede llevar a un pasajero del centro de Madrid al de Sevilla en apenas dos horas, pero, incluso así, creo que el confort de los sillones del ferrocarril y sus coches con cafetería jamás serán igualados por un trayecto en avión, autobús o automóvil.

En 1950, para ir de Madrid a París el tren ya era la mejor opción. El viaje para el que habíamos adquirido nuestros pasajes realizaba una travesía larga, con muchas paradas y transbordo en Hendaia, la misma estación fronteriza donde el infame Franco se había encontrado con el deleznable Adolf Hitler diez años antes, pero no llevábamos demasiado equipaje y en aquellos tiempos un buen número de mozos aguardaba en los andenes para ayudar a los viajeros con sus maletas y baúles a cambio de una propina consistente. Además, era un tren acogedor, clásico. Por dentro, los coches estaban tapizados con maderas nobles y se estructuraban mediante largos pasillos desde los cuales se accedía a los compartimentos laterales, cerrados y privados, con grandes ventanas y que podían ser usados para ir sentados durante el día o para acostarse llegada la noche. Tenía servicio de restaurante y se desplazaba sin demasiada prisa, de modo que nos daría la oportunidad de disfrutar de los paisajes que atravesaba desde la comodidad y seguridad de nuestro cubículo. Podríamos haber hecho el mismo recorrido mucho más rápido en el modernísimo Talgo que circulaba desde hacía poco más de seis meses y que ya habíamos probado en el breve tramo entre Valladolid y Madrid a la vuelta de Vilamil, pero aquel nos había parecido romántico cuando lo escogimos, antes de tener la prisa que ahora nos apremiaba a marcharnos de España.

Una vez tuvimos el equipaje acomodado en el compartimento pudimos sentarnos, relajarnos, respirar. Por fin abandonábamos la tensión de Madrid. Tan pronto como el tren inició la marcha, Daniel abrió el periódico del día, y yo, uno de los libros que llevaba conmigo. Ambos nos sumergimos en la lectura hasta que el revisor pasó por el pasillo avisando a voz en cuello de que llegábamos a Ávila. Decidimos que, tras la parada, sería un buen momento para estirar las piernas y acercarnos al vagón restaurante. En mala hora.

No llevábamos ni cinco minutos a la mesa, ni tan siquiera habíamos leído la carta, cuando percibí una presencia incómoda detrás de mí. Instintivamente, me giré y mis ojos se encontraron con los del desagradable policía que nos había comunicado, el día anterior, la muerte de Juan Manuel en nuestra habitación del Palace. Me quedé muda. Daniel estaba absorto contemplando el paisaje y no se percató hasta que el sargento habló.

—Que aproveche, señor y señora *Martán*. Les recomiendo la sopa castellana, he oído que es de lo mejor de estos restoranes. —Sonreía con amabilidad, pero en su mirada había un destello peligroso.

Daniel dio un respingo, sobresaltado por la voz del hombre, y otro más cuando descubrió a quién pertenecía, pero reaccionó inmediatamente y supo disimular mucho mejor que yo, que no conseguía borrar el pánico de mi expresión.

—¡Agente...! Perdone, no recuerdo...

—Ruiz. Sargento Ruiz, señor *Martán*.

—¡Cierto! —Daniel sonreía y desplegaba todo su encanto. Su aplomo y naturalidad eran admirables. Yo aproveché que el policía estaba atento a él para intentar reunir fuerzas y sobreponerme al miedo que me estaba produciendo aquel encuentro, que no creí casual. No me equivocaba. Daniel prosiguió con las formalidades propias de su exquisita educación cosmopolita de clase alta—. Qué agradable sorpresa, sargento Ruiz. Y qué curiosa coincidencia. ¿A dónde se dirige, si no es indiscreción? Nosotros vamos a París, a mi casa natal, a ver a mis padres.

—La verdad, señor *Martán*, es que mi viaje, con suerte, termina en este vagón, ya que estoy aquí por ustedes —respondió enigmático. Las tripas se me revolvieron y sentí que mis manos temblaban, así que las escondí sobre el regazo, sujetándose entre ellas como había hecho mi madre tanto tiempo atrás. En ese momento, agradecí, sin que sirviera de precedente, la manía española de ignorar a las mujeres, pues me alejaba del foco de nuestro interlocutor—. Si todo va bien, espero poder bajarme en la próxima estación y coger el primer tren de vuelta a Madrid.

Daniel se limitó a alzar las cejas con expresión sorprendida.

—¿Por nosotros, dice? No alcanzo a comprender...

—Necesito hacerles algunas preguntas. —Dirigió su mirada a los asientos—. ¿Me permite?

—Por supuesto, sargento, faltaría más —asintió Daniel, al tiempo que se levantaba para cederle su lugar y se acomodaba a mi lado. Así, quedamos ambos frente a él—. Usted dirá. ¿En qué podemos ayudarle?

El sargento se tomó su tiempo para quitarse la gabardina, colgarla cuidadosamente del perchero sujeto al marco de la ventana del vagón, sentarse, exhalar un bufido de alivio, acomodar la cartera portafolios de cuero que seguía cargando y sacar de ella un bolígrafo y una pequeña libreta barata, vieja y gastada, entre cuyas hojas le llevó unos segundos eternos encontrar la página con sus notas.

Nosotros solo contuvimos la respiración. Discretamente, Daniel deslizó su mano bajo la mesa y me acarició la rodilla en un vano intento de transmitirme confianza y seguridad.

A lo largo de varias horas, el sargento Ruiz nos acribilló a preguntas. Cuando el camarero se acercó para tomarnos nota, ordenó una sopa castellana que engulló con ansia sin dejar de lanzar cuestiones y anotar las respuestas en la manoseada libreta, que puso al lado de la cuchara. Las paradas se sucedían, pero los interrogantes de aquel hombre parecían no tener fin. Yo permanecí callada y dejé que Daniel pilotase nuestra salida de la emboscada, cosa que hizo de manera magistral y sin perder la sonrisa ni un segundo. El policía franquista quería saber a qué hora habíamos salido de casa de Caridad, a qué hora habíamos llegado al Palace o qué habíamos cenado en Nochebuena en casa de mi hermana, entre muchos otros detalles más o menos intrascendentes. Ni a mí ni a mi marido se nos escapó que el hombre claramente sospechaba de nosotros y no creía que la muerte del marido de Pilar hubiese sido un trágico accidente, por lo que buscaba pruebas o incoherencias en nuestro relato de los hechos. Daniel contestó con exactitud aquellos datos que intuyó que contrastaría con las declaraciones de Caridad o con la información del registro de la recepción del hotel, como el menú de la cena o la hora aproximada en que habíamos llegado al Palace en Nochebuena. También respondió vagamente a los que podían delatarnos, como la hora en que habíamos dejado la casa o qué ropa llevábamos, aludiendo con soltura a su débil memoria para los detalles cotidianos. Por suerte, Ruiz no intentó recurrir a la mía. Por una vez, ser considerada una persona de segunda jugó en mi favor.

Cuando parecía haber terminado, el sargento llamó la atención del camarero para pedir un café solo con dos azucarillos. Y entonces, mientras removía compulsivamente su expreso, lanzó una pregunta más.

—Ya casi terminamos, señor *Martán*. Solo necesito que me aclare una última cosa.

—Usted dirá. Pero le ruego que sea breve. Estoy haciendo todo lo posible por cooperar con usted, aunque no acabo de comprender el objeto de este interrogatorio, mucho menos en estas circunstancias tan poco ortodoxas, sargento. —Realizó un gesto con el brazo para abarcar el vagón restaurante—. De modo que, por favor, si es tan amable querríamos comer algo antes de que cierren la cocina y retirarnos a descansar. No me apetece cenar un bocadillo, la verdad.

—Faltaría más, *mesié Martán*. —Sonrió, dejando ver sus dientes irregulares y gastados, estropeados por el tabaco y manchados de café, y tuve que reprimir una náusea—. Es acerca de su cuñado, el coronel Paredes. ¿Usted qué cree que le pudo ocurrir? Hasta donde sé, era un hombre sano. ¿No le parece demasiada coincidencia que dos coroneles de nuestro glorioso movimiento, miembros destacados del gabinete de Defensa del Caudillo, amigos y familia entre ellos, falleciesen en tan inusuales circunstancias y con tan pocas semanas de diferencia? Justo cuando usted y su señora llegan desde América. Y acto seguido, se van ustedes a Francia. ¿Qué me dice, *mesié Martán*? ¿No le parece…?

Daniel abandonó de pronto la diplomacia. La entrevista estaba llegando a un extremo peligroso, así que cambió drásticamente de estrategia haciendo valer el privilegio de la autoridad que su clase social, su dinero, su mayor cultura y su condición de extranjero le conferían. Se puso serio y miró con expresión severa al policía.

—Hasta aquí podíamos llegar, sargento. Infiero de sus palabras una acusación velada y totalmente fuera de lugar que me desagrada profundamente. —El sargento esbozó una sonrisa victoriosa, pero mi marido la cortó, tajante—. Haga el favor de levantarse ahora mismo y dejarnos cenar tranquilos. Dese prisa, ya habrá oído al revisor, estamos entrando en Burgos. Si se apura, tal vez llegue usted a desayunar a su casa mañana.

Ruiz hizo lo que se le ordenó. El hombre servil que habíamos conocido en el Palace reapareció por un momento. Se disculpó con Daniel, se despidió de mí con un tímido «Señora…», tomó su libreta y se apresuró a abandonar el vagón restaurante. Cuando lo vimos caminar por el andén, en dirección contraria a la marcha que reanudó el tren, Daniel soltó una bocanada de aire y yo sufrí una crisis. No me sobrepuse completamente hasta que estuvimos acomodados en el tren que nos llevaría de Hendaia a París.

—Respira, *love* —me dijo mientras me abrazaba—. Ese hombre no tiene nada y, además, no estamos a su alcance. París es nuestro lugar seguro. Ya lo vas a ver.

II
Los años del asfalto

*Han caído los dos bajo el punto de vista exclusivo
iniciando una guerra en que nadie pudo vencer jamás.*

Radio Futura, «Han caído los dos»

París me encandiló. Con razón, pensé, aquella ciudad llevaba el sobrenombre de Ciudad de la Luz. Llegamos en lo más frío del invierno, a poco de que acabase diciembre de 1950. Todo estaba cubierto por una capa de nieve y hielo. Los días eran cortos y oscuros, mucho más que en Madrid. Con todo, el latido de aquella urbe enorme era fascinante. La luz eléctrica en las calles, escaparates, *brasseries* y ventanas de las viviendas compensaba en cierto modo la falta de sol. Por primera vez vi gente de otras razas en la que se apreciaba un estilo de vida desenfadado. En América, la gente negra con la que me había cruzado había sido siempre pobre y quedaba lejos. Sin embargo, en París la mezcla de culturas podía apreciarse a simple vista, aunque proviniese del colonialismo feroz, como luego pude estudiar y comprobar.

La capital francesa era un hermoso animal, un ser vivo de sangre caliente, un gran gato que se recuperaba de los estragos de la guerra reciente con el arrojo y la ilusión de quien se sabe vencedora luego de un trance difícil. Tan solo con lo que atisbé desde el taxi en el trayecto de la estación al centro, me enamoré. París también era casa. Y de casa en casa, lo que pasó hace tan solo unos días parece muy lejano. Viajar tiene esa cualidad. Sucede que sales de un lugar hoy por la mañana y cuando llegas al destino esa noche, la mañana parece haber ocurrido años atrás.

Los Martin Amato poseían un bonito piso en la zona noble de la ciudad. Era un tercero que ocupaba toda la planta, con ventanas a la calle en la parte principal y a los jardines interiores por detrás. Se encontraba en rue de Varenne, una calle con historia y encanto, señorial, llena de fachadas y muros de piedra, árboles y jardines, muy cerca de Invalides, con varios hoteles y donde tenían sus sedes diversas instituciones importantes e incluso algún banco. El piso era enorme y elegante. Estaba decorado con gusto, sin alardes, y tenía de todo: calefacción por chimeneas de leña, agua corriente, luz eléctrica y teléfono. También había un ascensor, muy parecido al de la pensión Asturias pero más grande, que usé sin problema desde el primer momento. Ese fue mi hogar por largo tiempo. Fui feliz en él, si es que la felicidad existe, o algo parecido a eso. También infeliz, por supuesto, porque, para que la felicidad pueda ser, necesita de su antónimo. Esto también lo aprendí en este casi siglo vivido, que se acerca a la pantalla final.

Habíamos llegado un par de días antes del cambio de año. Sin avisarme, Daniel había preparado todo, se había compinchado con Teresa y Gérard para pasar juntos la Nochevieja. Me llevé una bonita sorpresa y fue un encuentro emotivo en el que pusimos al día de nuestras aventuras a mis suegros, aunque nos resultó complicado hacerlo sin contarles toda la verdad de lo sucedido. Ocho días después, por mi veintisiete cumpleaños, organizaron una cena en la que me presentaron a algunos parientes y amistades, tanto de la familia en conjunto como de los círculos sociales de mi marido. Me sentí muy bienvenida y acogida, y respondí como merecían las atenciones, agradecida y sociable.

Los tiempos habían cambiado a la vez que mi vida había ido evolucionando hacia una posición mucho más acomodada y fácil, con diferencia, de la que tenía al llegar al mundo o cuando había abandonado, apurada, Vilamil. Los avances en las telecomunicaciones eran enormes y mejoraban a toda velocidad. Cada vez los coches eran mejores y más accesibles y ya no eran privilegio solo de los ricos. Los estados construían nuevas carreteras, los ferrocarriles eran más rápidos y seguros, al igual que los aviones. El correo llegaba antes y estaba el teléfono, cada vez más extendido. Comunicarme con mi familia en España empezaba a ser más sencillo y cotidiano, lo mismo que hacerlo con los padres de Daniel cuando estaban en Estados Unidos, Argentina o en cualquiera de sus muchos viajes. La radio seguía siendo el corazón de las casas, aunque la televisión comenzaba a colarse en nuestras vidas. En el cine podíamos ver historias fabricadas en América y también en Europa, y los libros llegaban antes a las librerías, mejor traducidos y en más lenguas.

Cavilo ahora, desde la distancia y la casi omnisciencia que da la edad, si fue el siglo xx el que pasó por mí o si yo pasé por él. Una vez escuché a alguien afirmar que yo había transitado el siglo siendo testigo y parte de los sucesos de la historia contemporánea. Hoy habría rectificado esa expresión. Fui testigo, es cierto, pero no tanto parte. No tuve apenas un papel que pudiese intervenir en el devenir de los acontecimientos sociales, aunque esos hechos sí fueron sustanciales en el devenir de mi vida. El presente es intenso. El aquí y el ahora son la realidad. Mientras son, tú no eres consciente de que son. Simplemente ocurren. Si naces en una aldea asturiana y se producen una sublevación antidemocrática y una guerra, tú no estás siendo parte de nada. Por lo menos, en mi caso. Tan solo estás ahí y actúas en consecuencia, dentro de una extraña normalidad cotidiana. Estuve cerca de personas que sí marcaron la diferencia e, incluso así, en la mayor parte de las ocasiones no me di cuenta. La guerra española de 1936 a 1939, la Segunda Guerra Mundial, la Revolución cubana, la transición a la democracia de España, la caída del Muro de Berlín, el atentado del Word Trade Center... fueron hechos que acontecieron mientras vivía y algunos definieron mi vida. No al contrario.

Una vez instalados en París, volver a Buenos Aires se reveló absurdo. Como nos habíamos conocido y habíamos formado nuestro primer hogar en la capital porteña, en aquel momento había sido lógico pensar en volver. No lo habíamos dudado. Sencillamente, estábamos allí y habíamos comenzado a construir nuestro «campo base». Pero en cuanto nos encontramos en Europa nos dimos cuenta de que Argentina no era nuestro lugar. En París estábamos cerca de nuestros orígenes, de los seres queridos, teníamos entorno social. Ni siquiera las empresas Martin guardaban una gran relación con América del Sur, o no mayor que con muchos otros lugares. Acordamos que volveríamos algo más adelante, cuando nos recuperásemos de tanto viaje, para despedirnos en condiciones de Miguel, de Honorato y Nélida, de Rosita e Ismael, y cerrar ese capítulo junto con el apartamento de Caballito.

Tampoco tenía mucho sentido ya el plazo de tres años que habíamos pactado con mis suegros para que Daniel tomase las riendas de la empresa familiar. Dado que íbamos a quedarnos en Francia, no necesitábamos tanto tiempo. Podíamos hacernos cargo ya de los negocios mientras seguíamos descubriendo el mundo y viviendo. Yo me sentía muy responsable y en deuda porque era consciente de que en el último año habíamos gastado una fortuna en nuestros viajes, pese a que nadie lo reprochó en ningún momento, e insistí a mi marido en que debíamos ganar nuestro sustento y ocuparnos de sus padres. Esto supuso una gran y alegre noticia para Gérard y Teresa, que se apresuraron a organizar los trámites y planear su jubilación, contentos y confiados en que podían depositar todo en las manos de su heredero.

Solo quedaba un asunto por decidir, y era mi función en todo aquel proyecto vital. Tras mucho hablar y reflexionar, llegamos a la divergente conclusión de que no seríamos padres, o al menos no todavía. Yo carecía de instinto maternal y no me veía en el papel de madre, educadora y ama de casa. Daniel sí deseaba descendencia, para él parecía algo de orden natural, pero dijo no tener prisa. Así que escogimos seguir viviendo, sin más. El plan fue que yo me formaría con una educación más convencional y académica, tanto para calmar mi insaciable curiosidad y afán de saber como para estar más capacitada de cara a colaborar en la dirección de la empresa. Preparé la prueba de acceso para personas adultas a la Universidad de Nanterre y obtuve sobresaliente en todos los exámenes. El día en que hube de escoger en qué carrera me matricularía fue uno de los más plenos de mi vida. Aunque todos daban por hecho que, dada mi habilidad para sanar y mi vasto conocimiento de los remedios naturales, estudiaría Medicina, yo decidí empezar por la licenciatura en Humanidades, en la Faculté de Lettres. Un sueño hecho realidad que, de paso, ponía límites a lo que yo sabía que era capaz de hacer, en especial con las plantas. Era cierto que sabía curar, sí. Pero también tendía a matar, y esa faceta de mí misma me daba mucho miedo. Ya me había tomado la justicia por la mano en dos ocasiones y, sinceramente, no podía prometer no volver a hacerlo, en especial si escogía una profesión donde esa decisión formaba parte de la rutina laboral.

Los siguientes años fueron para mí, sobre todo, los del conocimiento académico. Seguí leyendo y conseguí licenciarme en Humanidades. Luego estudié las carreras de Filosofía y Matemáticas, ambas con notas excelentes en tiempo récord. Mi talento para aprender y razonar sorprendía en la esfera de la academia francesa, donde no pasé desapercibida. En aquellos tiempos se hablaba de genialidad, un calificativo con el que no logré identificarme. Hoy, creo que dirían que soy una persona «de altas capacidades», desechado ya aquel adjetivo tan rimbombante que se usó hace años, el de «superdotada», que siempre me produjo rechazo.

Durante aquellos años tranquilos, me acostumbré a pasear sin rumbo por las calles parisinas, eso que allí llaman *flâner*, caminar sin destino fijo solo por el placer de hacerlo. Siempre llevaba conmigo un libro, una pluma y un cuaderno para anotar lo que me pasaba por la mente. Mientras Daniel andaba cada vez más enredado en los negocios, viajando mucho, con Gérard y Teresa ya jubilados, yo me dedicaba a crecer por dentro. Nuestra relación se había instalado en una rutina dulce y cariñosa. Nos queríamos, nos acompañábamos y, lo más importante, nos guardábamos un gran respeto y admiración mutuos.

Yo había atesorado ingenuamente la ilusión de llevar a mi madre conmigo a París. Intenté convencerla en mis cartas y llamadas, pero ella enseguida me dejó claro que no tenía el menor interés en salir del perímetro de las montañas de Vilamil. Comprendí que debería ser yo quien viajase y me acostumbré a pasar un mes al año, en el verano, con ella en la aldea. Sí que vinieron a visitarnos, por turnos, todas mis hermanas e incluso Ramón y Francisca.

La década de 1950 fue también el tiempo del conocimiento íntimo. Intenté perdonarme, sin éxito, por las vidas segadas. Lo único que conseguí fue reconciliarme con las decisiones tomadas, aunque solo a nivel consciente. Porque, pese a que el método era cuestionable, definitivamente el objetivo y el resultado habían sido lícitos y apremiantes. Aun así, el subconsciente siguió jugándome malas pasadas el resto de mi vida, hasta este mismo momento en que repaso mi existencia. Creo que el temor a ser descubierta fue una importante razón para no relajarme y dejar el pasado a un lado. Y sé, seguro, que eso pesó bastante más que la conciencia y la culpa, mucho más livianas.

Daniel y yo casi nunca volvimos a hablar de Pedro ni de Juan Manuel. Sé que ambos éramos muy conscientes de lo que habíamos hecho. Por un lado, sabíamos que habíamos obrado bien. Que aquellos dos infraseres, en especial Pedro, debían ser eliminados, y que nos había tocado a nosotros hacernos cargo. Lo de Juan Manuel no había sido buscado ni meditado, mas comprendimos que había resultado providencial. Pese a que con Pedro desaparecía la violencia directa sobre sus hijas, Juan Manuel había quedado como una figura de autoridad que apresaba a Pilar, a Caridad y, por extensión, a todas las demás. Su desaparición sin premeditación había sido en realidad un gran acierto.

Por otra parte, el miedo nos acosó sin tregua ni respiro, sobre todo a mí. Era una espada de Damocles que pendía sobre nuestras cabezas y de la que no hablábamos. En cada ocasión en que viajábamos a Asturias o a Madrid, el sargento Ruiz nos hacía una «visita de cortesía». Era evidente que aquel hombrecillo no se había contentado con la explicación del accidente de Juan Manuel, y también que sospechaba de nosotros con relación a su muerte y la de Pedro. Aunque no tenía pruebas, se esforzaba por seguir buscándolas. Por eso, cada vez que visitábamos o nos comunicábamos con mi familia, la precaución de no irnos de la lengua estaba ahí, presionando, impidiendo que nos relajásemos. Supimos que aquel policía tan desagradable hizo más indagaciones tras el interrogatorio del tren. Que entrevistó a varias de las personas que habían estado en la comida en Vilamil donde yo había cocinado el *frixuelu* letal, lo que indicaba que, de algún modo, buscaba relacionar ambos decesos. Por fortuna, nuestros familiares no asociaron aquellas pesquisas conmigo, sobre todo cuando afirmamos, sin tener que mentir, que también nos había interrogado. En cualquier caso, debíamos hablar con cautela, conservar la discreción, ir con pies de plomo, lo cual no solo no ayudaba a paliar mis noches tormentosas, sino que las alimentaba.

Con todo, la carga más pesada fue, por el resto de mi vida, la de las noches. La culpa. La maldita culpa judeocristiana del «no matarás». Mi marido, pasada la impresión de las primeras semanas, pudo dormir bastante bien, sin más problemas que una pesadilla esporádica cada ciertos meses. Pero eso fue porque yo acaparé todo el trabajo de aquellos dos demonios, que todas y cada una del resto de las noches de mi vida se pasearon por mis sueños. A día de hoy, siguen ahí. Ahora me dicen que ya me están esperando. Sé que es cierto. Pronto resolveremos nuestras diferencias. Va a ser un gran alivio. Descansar de verdad, por fin.

En lo familiar, descubrí a mi hermana Caridad y a sus hijas. Eliminar a Pedro y a Juan Manuel fue como cortar las hojas enfermas de una planta; una poda imprescindible para que el árbol que era aquel grupo de mujeres sometidas pudiese prosperar. Cada una floreció en diferente medida. Caridad se ocupó de su salud y se trató las secuelas de la cesárea desastrosa que le habían hecho en el parto de Marina. Los médicos no consiguieron una recuperación total, le quedó una leve incontinencia crónica de la orina y otros problemas menores, pero no le impidieron lo que en medicina llaman «hacer vida normal», ya que el dolor desapareció. Pudo dormir acostada, y eso supuso un cambio y una mejora enormes. Tanto Berta como Esther y Pepa quedaron algo tocadas. Las tres habían sufrido los abusos y las violaciones de su padre desde los doce años, que era la edad en la que aquel pederasta consideraba que las mujeres dejaban de ser niñas para pasar a formar parte de sus propiedades, de sus objetos de uso y disfrute, y cada una reaccionó de un modo distinto. Cuanto más mayores, más tiempo habían tenido que padecer la violencia del coronel y más trabajo les costó recuperarse, aunque fuese en parte, en una España y un tiempo en los que, además, todo lo que ellas habían pasado y estaban pasando no podía ser siquiera nombrado. Las pequeñas, María, Paloma y Marina se habían librado de todo eso y tuvieron la fortuna de desarrollarse con más ventaja que las hermanas mayores y la madre, a pesar de ser huérfanas en una familia monoparental en la oscura dictadura nacional católica de Franco.

La única que no parecía tener paz era Pilar. Creo que la existencia del hijo, de Pedro, tenía mucho que ver. Debía ser muy difícil para ella mirar a aquel pequeño, que era su hijo y su hermano, que para colmo llevaba el nombre del padre-abuelo y los apellidos del marido impuesto y del mismo progenitor que la había violado, y no pensar en su proveniencia. Tanto ella como Caridad recibían unas pensiones dignas como viudas de altos cargos del Gobierno, en el caso de Caridad complementada con una ayuda extra para la crianza de la familia numerosa. El problema no era pecuniario, sino psicológico. Me tenía preocupada, así que, en el verano de 1952, cuando coincidimos en la visita y comida anual, ya tradición, en Vilamil, la convencí de que me acompañase a París a la vuelta, con la idea de que se relajase un poco al salir del ambiente abrumador en el que vivía. No fue fácil conseguir los permisos y documentos para que viajase, aun teniendo la complicidad y el visto bueno de Ramón, pero lo conseguimos a tiempo y, tras el encuentro familiar, en lugar de retornar a Madrid, nos acompañó a mí y a Daniel, y dejó al hijo a cargo de Caridad y de sus hermanas.

Mi plan con Pilar era solo el de sacarla un poco de la oscuridad, no tenía más objetivos. Quería que descansase, conociese un lugar más luminoso y libre que Madrid, con la esperanza de que le gustase y decidiese quedarse allí con nosotros un tiempo o para siempre, puede que estudiar algo, conseguir un empleo y comenzar una nueva vida lejos del dolor que inundaba todo lo que había conocido hasta entonces, todo lo que había sido su existencia. También anhelaba llegar a conocerla un poco mejor y que estableciésemos una relación afectiva más allá de las fórmulas de cortesía superficiales de la familia. Francisca, que seguía siendo mi amiga querida y a la que tuve siempre al tanto de casi todo, me hizo una recomendación cuando nos despedíamos.

—Ve con calma, María, dale tiempo y espacio —me dijo mientras me abrazaba—. Pilar está destrozada, sus reacciones son imprevisibles. Llevas contigo una caja llena de pólvora. Valora bien cuánto la meneas. Prudencia, cuñada. Y paciencia y mucho amor. Eso es lo que necesita. —De pronto aflojó su abrazo y me susurró al oído—: Tú y yo sabemos la verdad. Todo tiene consecuencias, hasta lo que se hace por bien. Te salvaste en el 39. Ándate ahora con mucho ojo.

Aquellas últimas palabras de Francisca me desconcertaron. No comprendí a qué se refería cuando dijo que ambas «sabíamos la verdad» ni cuando había hablado de «consecuencias», de que me había «salvado en el 39», o a qué se refería con aquello de «lo que se hace por bien», pero su tono me había puesto en guardia. Pensé que seguramente sabía o había deducido mi relación con la muerte de Pedro Paredes, tal vez influida por las insistentes preguntas del sargento Ruiz, y que con lo del 39 debía referirse a mi partida y a aquello que ambas, junto con otras mozas, habíamos hecho a los sublevados de las cumbres.

Sin embargo, en lo referente a nuestra sobrina, Francisca se había equivocado. Pilar era un diamante sin pulir, como se suele decir, y solo necesitaba unas pocas pasadas para lucir por sí sola. A los pocos días de convivir con ella, sin el contexto restrictivo de la familia, sin el hijo colgado del brazo ni la opresión de la sociedad española, pude empezar a verla. Identifiqué en ella los signos de la presión sobre el pecho cuando se alivia. Tenía a mi lado a una mujer muy joven que cargaba con un alma vieja y herida, pero también dotada de una gran inteligencia y mucha fuerza vital. Pese a la ansiedad que la inundaba, había sido capaz de intuir la oportunidad que suponía París y se propuso aprovecharla. Llevaba con nosotros un mes más o menos cuando, al llegar yo de clase un mediodía, la encontré esperándome, sentada en la sala. Me recibió con una sonrisa y habló sin saludar, directa al asunto.

—Tía María, quiero darte las gracias. —El sol iluminaba de escorzo su bonita melena rubia. La piel, después de unos días de descanso, parecía iluminada, y atisbé un cierto brillo vital en sus ojos, verdes como los míos, que no le había visto antes.

—¡De nada, Pilar! Yo también tenía muchas ganas de tenerte aquí, de conocernos un poco…

—No por eso —me interrumpió, sin dejar de sonreír dulcemente—. Aunque también, claro. ¡Gracias por traerme a París! Pero es lo de menos… —dudó un poco, llenó sus pulmones y continuó—: Lo importante, María, es que nunca te he dado las gracias por lo de mi padre y mi marido. —Yo me sobresalté. Iba a interrumpir, hacerme la loca, cambiar el rumbo de la conversación, pero no me dio opción y siguió hablando—: No, tía, no lo hagas. No lo niegues. Sé bien qué hiciste y tengo que agradecértelo. Estoy tan machacada por todo lo que pasé que podría parecer una desagradecida. Podrías pensar que te jugaste el pescuezo para salvarme (ya sé que no solo a mí, también a mi madre y a las demás) y que no levanto cabeza… Pero quiero que lo sepas. Me salvaste, tía María. Y sé que lo hiciste y te doy las gracias. Yo voy a vivir e intentar ser feliz. Está decidido.

No fui capaz de responderle. Todo mi cuerpo temblaba. Estaba asustada, emocionada, nerviosa, contenta, aterrorizada. Ella se levantó, vino hacia mí y me abrazó.

—¿Sabes qué más, tía? —preguntó, sin liberarme del abrazo.

—¿Qué? —respondí en un suspiro.

Ella se soltó, pero se quedó muy cerca, mirándome a los ojos, casi tocándome la nariz con la punta de la suya.

—Que he estado pensando y tengo algo más que pedirte. —Yo inquirí con la mirada, alzando una ceja—. ¿Me llevas al teatro? ¿O a la ópera?

Ambas reímos, luego lloramos un poco, claro, y reímos de nuevo. Aquella noche fue la primera de muchas en las que paseé a mi sobrina por la sociedad de París. A veces, solo nosotras dos —otras acompañadas por Daniel y otras amistades— fuimos al teatro y a la ópera, a cenas y comidas, visitamos museos, compartimos cafés con leche y *pains au chocolat,* visitamos la torre Eiffel, disfrutamos de momentos y estados alterados de conciencia con la bohemia de Montmartre y forjamos una amistad preciosa.

Al cabo de un par de meses, Pilar parecía una persona nueva. Me confesó que echaba de menos a su hijo, pero no deseaba volver a Madrid, así que, con la llegada de la primavera, lo organizamos para que Berta y Esther se lo trajesen y, de paso, compartir con ellas unas semanas cómplices en familia. Luego las hermanas volvieron a casa y ella empezó a prepararse para tener un futuro que dependiese «solo de sus manos y su cabeza», como ella misma lo definió, estudiando francés e inglés y aprendiendo un oficio en un restaurante donde entró como aprendiza de cocina, siempre desde la seguridad que le brindaba mi mecenazgo.

Lo que podía ocurrir, lógicamente, ocurrió. En menos de un año, Pilar se enamoró. Pero en vez de dar con un francesito normal o con un españolito emigrado, topó con un ser singular y de difícil catalogación y descripción. Según me contó ella misma, se habían conocido porque tropezaron el uno con la otra cuando ambos caminaban, totalmente ensimismados en sus pensamientos, por la avenida de Champs Élysées. Teniendo como tenían metros y metros de acera fueron a chocar de frente. Lo absurdo del accidente les hizo tanta gracia que acordaron compartir un café «para dirimir responsabilidades» y ya nunca más se separaron.

Richard Davies era un inglés muy alto y desgarbado de grandes ojos azules, pelo castaño oscuro, una cara pálida llena de pecas, un gran bigote y una pipa de tabaco siempre en los labios. Vestía con los colores estridentes y poco coordinados típicos de su cultura, en la que el amor por los estampados y las formas geométricas tanto daño ha hecho a la estética, a la historia del arte y a la de la moda. También llevaba siempre puesta una gorra de las de jugar al polo, aunque nunca había montado un caballo ni lo pretendía. Le gustaba andar en moto. Había llegado a París en una de sus excursiones a dos ruedas en solitario pilotando su BMW R-68 gris, por lo que no había podido contar con mucho equipaje, y andaba por ahí con los mismos pantalones bombachos de pilotar. Se ganaba la vida regentando el Sunnyside Café, una taberna para viajeros y transportistas de carretera en las afueras de Ilkeston, en el condado de Derbyshire, a medio camino entre Manchester y Birmingham. Era un hombre tremendamente peculiar, con un gran sentido del humor, sociable a la vez que callado y solitario. Hicieron migas en un destello y les llevó poco menos de un minuto enamorarse, comunicándose mediante una jerigonza improvisada de francés básico, inglés universal y muchos gestos. Cuando me quise dar cuenta ya habían consolidado el plan para irse juntos a Gran Bretaña.

Tengo grabada en la memoria la imagen de la pareja como si fuese una instantánea. Los veo subidos a la motocicleta el día que salieron de camino hacia el hogar de Richard, saludando sonrientes con aquellas gafas enormes y los cascos, tan divertidos. Habían comprado para la R68 un sidecar chulísimo que parecía un zepelín o un obús. En él se había acomodado Pilar con Pedro en brazos. Las pocas maletas con las pertenencias de los tres iban colocadas sobre la parte superior de la rueda trasera, sujetas con cuerdas. Era una estampa singular y estrambótica, a la vez que entrañable.

Vivieron muchos años en Ilkeston con el pequeño Pedro —al que Richard acabó por adoptar y dar su apellido— y la hija que tuvieron en común, Elisabeth, Lilibeth para la familia. Enseguida formaron la familia Davies: Richard, Pilar, Peter y Elisabeth.

Mi temperamento no es social. Se me da muy bien estar sola o en pequeños grupos de afecto y confianza y me cuesta actuar con gente desconocida o en eventos masificados. Yo lo atribuyo principalmente a mi origen aldeano, aunque la personalidad congénita también debe tener su peso en esto. La vida en el valle de Vilamil era casi eremita. Las familias del interior asturiano, en los tiempos de mi niñez, eran núcleos cerrados y las relaciones con el entorno escasas y superficiales, utilitarias. Ya en la juventud y la vida adulta, la vida social no fue nunca algo que me interesase especialmente. Pero la posición que me imponía mi matrimonio con Daniel incluía obligaciones de este tipo y, con su ayuda, y en gran medida también con la de Teresa, aprendí a manejarme en los eventos sociales, culturales y de negocios. Sin embargo, y pese a que la parte diplomática no me fue difícil, el asunto de la ropa y las actitudes femeninas no calaron en mí. En lo privado, tuve pocas amigas y en todos los casos se trató de mujeres con las que compartía mi extravagancia o divergencia y, por consiguiente, esa afinidad no hacía de ellas buenas consejeras en estos menesteres. Rosita, Francisca y Pilar son buen ejemplo de lo que expongo.

Presumo diciendo que yo fui muy poco mujer. Aún hoy, cuando el feminismo es ya una ola imparable que se extiende por todo el planeta, esta afirmación tiene su aquel de provocación y rebeldía. Mi natural y mis orígenes de mujer campesina me situaron muy lejos de los arquetipos de género. No tuve un aprendizaje de roles convencional. En la aldea las mujeres trabajábamos más y más duro que los hombres, en el campo y en la casa. Cierto es que vestíamos diferente y llevábamos el pelo largo, pero eran ropas cómodas y prácticas y las melenas estaban siempre recogidas. No conocí maquillajes ni peluquerías hasta después de casarme.

Leer y descubrir las ideas de Simone de Beauvoir me ayudó mucho con esto. Devoré todo lo que escribió con atención e interés, y comparto casi el cien por cien de su pensamiento. Debo señalar que mucho de su escritura e ideario político y filosófico nació o tomó forma en las tertulias que compartimos un nutrido grupo de mujeres en los cafés de París. Yo empezaba los estudios de Filosofía cuando su libro *El segundo sexo* prácticamente acababa de ver la luz y ya era un éxito editorial sin precedentes para una filósofa. Me lo comí. Aquello que dice de que «la mujer no nace, la mujer se hace», fue revelador y me proporcionó un gran alivio. Me liberó entender que, si no me interesaban la cocina, la decoración, la moda o no deseaba por encima de todo ser madre, era tan solo un asunto de adaptación cultural, que no había nada equivocado o antinatural en mí. Luego la busqué a propósito y trabamos amistad de inmediato, como no podía ser de otro modo. La admiré siempre. Sigo haciéndolo.

Siempre que había que asistir a un evento yo me veía obligada a pensar qué ponerme. La misma mujer que podía superar un curso universitario entero en solo un semestre y con una media de diez sobre diez mientras cursaba dos carreras de forma simultánea se quedaba bloqueada ante el armario y no sabía ni por dónde empezar. Era incapaz de descodificar el metalenguaje de la vestimenta y la apariencia. Habitualmente contaba con la ayuda de mi marido o de mi suegra. Cuando no estaban, tenía que arreglármelas sola y la mayoría de las veces no acertaba. Los códigos se me escapaban. Me resultaba imposible discernir entre «etiqueta», «formal», «gala» y «de diario». Así, había días que llegaba a la facultad vestida como para una recepción con el presidente de la República y otros que aparecía en la ópera con pinta de ir a comprar el pan en domingo. En el París de los años cincuenta eso podía ser considerado un pecado casi mortal. Acabé por organizar un sistema dentro del armario en el cual los conjuntos estaban colocados según su uso. Había una zona para «gala», otra para «etiqueta» y así hasta la de «cotidiano». Parte de la estrategia era, además, tener pocas cosas, simplificando las opciones para escoger. En cada categoría había un máximo de cinco conjuntos por temporada. Con eso fui vadeando el problema, aunque nunca llegué a entender qué diferenciaba un vestido, chaqueta, calzado o traje de otro, más allá de la comodidad o el abrigo. La cuestión del maquillaje, las uñas y los peinados la di por imposible, me rendí. Opté por llevar siempre la cara limpia y lavada, sin pintura, las uñas cortas y el pelo recogido, incluso cuando la lozanía de la juventud abandonó mi cuerpo, las arrugas asomaron en la piel de mi rostro y las canas comenzaron a colonizar mi cabello. Desde que los pantalones de mujer se popularizaron, fui feliz y no volví a ponerme una falda más que en contadas y obligadas ocasiones.

Pero llegar a estas soluciones fue un proceso largo. Cuando en la Navidad de 1952 nos invitaron a una importante recepción festiva con cena de gala incluida en la embajada norteamericana, aún no lo había conseguido. Por suerte, esa noche Daniel estaba conmigo a la hora de prepararnos. Fue él quien escogió del guardarropa un vestido azul diseñado por Jacques Griffe. Era ajustado de cintura para arriba, con escote, sin mangas y una gran falda plisada de las que se usaban entonces.

Añadió un sombrero gris, pequeño pero rimbombante, un collar fino de plata y unos incómodos zapatos, también grises, de medio tacón. Por último, el abrigo blanco de paño de las «ocasiones especiales» y una estola blanca y azul, con los que mi compañero dio mi disfraz por completado. Cuando me miré en el espejo vi a una mujer a la que no reconocía ni me representaba, pero saber que el conjunto encajaría una vez en la embajada me dio tranquilidad y serenidad para afrontar aquella velada que nunca voy a olvidar.

El convite era exclusivo. Habían convocado a cincuenta empresarios relevantes —todos hombres, por supuesto— a ir acompañados de sus mujeres. Tan solo cien personas en un evento que incluía recepción formal, cóctel de pie y cena en una gran mesa colocada en forma de U, encabezada por el embajador de Estados Unidos y amenizada por un cuarteto de cuerda situado en el interior del semicírculo. Mi fórmula para superar el trance era simple y eficaz. Se trataba de aferrar el brazo de Daniel como si fuese un flotador en medio del océano, sonreír, saludar con amabilidad y procurar seguir la conversación con quien me tocase delante en la mesa, intentando dar la menor información personal posible y sin meterme en jardines de política o ética.

La noche prometía quedar como una más en el recuerdo o incluso esfumarse de la memoria, pero no llevábamos allí ni media hora cuando casi se me para el corazón. Acababa la recepción y empezaba el cóctel de pie. Estábamos saludando a una pareja de viejos conocidos de los Martin, un matrimonio francés que poseía una empresa textil, cuando por el rabillo del ojo, casi furtiva, asomó la silueta de una forma conocida. Algo en mi interior accionó una alarma. El vello del cogote se me encrespó y me puse en guardia. No sabía qué había sido, pero sí que era importante. Disimulé, aparentando seguir la conversación, pero comencé a buscar discretamente el objeto aún no identificado de mi alerta.

Aquella figura tan familiar volvió a aparecer en mi campo visual y entendí la reacción de mi subconsciente. Estaba segura. La mujer del vestido verde era, sin lugar a duda, Marieta Gutiérrez. Y el hombre distinguido a cuyo brazo ella se asía era, con total seguridad, Fernando Meroño.

Sentí una felicidad enorme. No sé muy bien cómo conseguí conservar la compostura, pero pude articular una disculpa apropiada y educada y dejar la conversación con Daniel y la pareja. Seguramente aduje que debía ir al aseo, no me acuerdo. Con el pecho a punto de explotar de alegría, me dirigí hacia mis antiguos patrones, que en aquel momento me daban, sin saberlo, la espalda. La sala de la embajada era grande. Los treinta o cuarenta metros que tuve que recorrer elegantemente, sin correr ni armar un escándalo, se me hicieron eternos. Cuando por fin los alcancé, temblaba. Me acerqué cautelosa, como una niña, radiante, dispuesta a darles la grata sorpresa de tenerme delante de nuevo. Sentía las mejillas ardiendo y era consciente de que sudaba. Me paré ante ellos, interrumpiendo la conversación que mantenían con un hombre joven.

—¡Doña Marieta, don Fernando! No lo puedo creer...
—Las palabras «Qué alegría» quedaron sin salir de mi boca. Había pensado abrazarlos, pero algo en la comunicación no verbal me detuvo. Ambos me miraban horrorizados. Por un instante pensé que no me habían reconocido, pero intuí que no era eso lo que estaba ocurriendo.

—¿Disculpe? ¿La conozco? —me preguntó don Fernando.

Yo estaba totalmente descolocada. Luego pensé que mi cambio podría estar despistándolos. Habían pasado casi diez años y verme con buenas ropas, más mayor, en un contexto tan poco probable y ajeno al que nos había unido, daba sentido a que no cayesen en la cuenta. Al cabo, yo había sido una sirvienta, muchos años antes y en la otra cara del mundo. Me recompuse para responder, amable y paciente.

—Soy María, don Fernando. María, la Ilustrada n...

—No sé por qué me llama usted Fernando, señora —me interrumpió bruscamente. Luego, tomó del codo a doña Marieta y dijo, mientras me daban de nuevo la espalda, apartándose de mí—: Si nos disculpa…

Me quedé plantada, con la boca abierta, viendo cómo se marchaban. Estaba absolutamente segura de que eran ellos y también sabía que me habían reconocido, pero, por alguna razón, habían hecho ver lo contrario. Daniel llegó en mi búsqueda porque ya era el momento de sentarnos a cenar. Mis antiguos patrones no estaban a la mesa. Sí, los dos sitios vacíos que les habrían correspondido.

El incidente con los Meroño Gutiérrez me descolocó y pasó a formar parte de mis noches tormentosas. Por muchos meses despertaba de las pesadillas en las que mis coroneles fascistas me acosaban desde del inframundo para verme inmersa en un tipo de pensamiento inquietante. Es esa manera de pensar propia del insomnio que surge y crece en la oscuridad de la noche, que se encuentra a medio camino entre lo onírico y la clarividencia, donde todo se hace un mundo. Luego llega la mañana y lo que unas horas antes era motivo de angustia resulta incluso irrelevante. Quería creer que mis antiguos patrones no me habían reconocido. Pero, aun así, ¿por qué no habían respondido a sus nombres? Tal vez estaban en peligro y yo los había expuesto sin querer. Igual ahora se encontraban en una situación delicada por mi reacción imprudente. Tal vez…

—Por lo menos sabes que están vivos y bien —me había dicho Daniel.

—Define «bien», *mon amour* —le había respondido yo, ofuscada.

—María, alguien que puede permitirse un traje para estar en una cena exclusiva en la embajada americana en París muy mal no está.

Me asombraba la paciencia de este hombre conmigo, nunca dejó de ocurrirme.

—Eso es cierto... —le había concedido, más por zanjar el asunto que porque de verdad lo pensase.

Pero seguíamos adelante y, por fortuna, el día a día de nuestras vidas era lo suficientemente interesante como para paliar las obsesiones y evitar que los pensamientos negativos se apoderasen de mí. Los estudios eran mi devoción y mi posición en la universidad era excelente. Mientras preparaba mi doctorado, con una tesis que investigaba la escritura y el pensamiento femeninos en la literatura española previa a 1936, ya me ofrecieron quedarme en Nanterre como profesora en las materias de Ética, Literatura Comparada y Crítica Literaria. Acepté rebosante de orgullo de mí misma. El día en que firmé mi contrato, salimos a celebrarlo. Y aquel mismo verano de 1954, el año en que había llegado a mi trigésimo año de vida, nos regalamos un viaje a La Habana y luego a Buenos Aires.

En La Habana pasamos un mes inolvidable. Llegamos después de una travesía en barco en la que ajusté cuentas con la que había hecho catorce años antes. Salimos, igualmente, de Vigo. Fuimos en el Santa María, que pasaría a la historia junto con su gemelo, el Veracruz, por ser los transatlánticos de la emigración gallega. No eran hoteles de lujo como los cruceros de hoy, aunque en la categoría superior sí había buenos camarotes y zonas comunes. Así que esta vez pude ver el mar a diario sin tener que trepar por escaleras interminables, dormir en una cama confortable y comer comida de calidad. Pasé largas horas en cubierta, apoyada en la barandilla. Volví a jugar con las manos y el horizonte. Sigue gustándome esta imagen. Las manos en el contraluz. Cerrar un ojo u otro y que parezcan cambiar de posición. Mis manos. Aunque en todo el trayecto no dejé de pensar en lo que seguro que estaba ocurriendo en las bodegas, por debajo de la línea de flotación del buque, donde muchas personas, mis iguales, debían estar comenzando una odisea semejante a la que yo tan bien conocía.

La Habana fue tiempo de ocio, de descanso, de sol, música y mar. El agua templada del Caribe, el calor, el jugo de mango. Me fascinó el talante relajado de los cubanos, aquel sentido del ritmo, la clara prioridad que daban, como sociedad, a la risa, el baile, el humor y la diversión frente a la dificultad, que no era poca. Y fue también una oportunidad muy bien aprovechada para conocer de nuevo a mi hermano Esteban. Era un hombre muy guapo. Alto, de enormes ojos azules y con un porte de los que te obligan a girarte y mirar otra vez si pasan a tu lado. Se había casado con Edita, una bella gallega de Ourense con aspecto de africana, un hada de piel delicada y bronceada y ojos negros y profundos. Tenían una pequeña de apenas dos años, Ariel, que me resultó insoportable y me reafirmó en mi decisión de no ser madre. Edita lo notó, y, pese a que, lógicamente, no le hizo ni un poco de gracia, disimuló con deportividad y estilo, y se afanó para que la niña y yo coincidiésemos lo menos posible. Esto fue providencial porque mejoró notablemente la calidad del tiempo que pasé con mi hermano.

Esteban me sorprendió, para bien. Siempre había sentido una afinidad con él, pero era algo injustificado, emocional e indeterminado que yo había llegado a atribuir a la deformación del recuerdo en mi mente infantil del tiempo en que se había marchado de Vilamil y había sido reemplazado por aquel padre que no se parecía a mi padre. Aunque temía haberlo mitificado, en La Habana constaté que la intuición se me había quedado corta. Éramos casi almas gemelas. Era muy inteligente. Estudiaba al tiempo que trabajaba y prosperaba en sus negocios de reparación de toda clase de aparatos eléctricos y mecánicos, desde motores o radios hasta televisores, frigoríficos e incluso ascensores, y cultivaba muchas inquietudes políticas, filosóficas y sociales. Quería mucho a Edita y adoraba a Ariel. Me contó, con gran confianza, que había sido admitido en una importante logia masona. No podía presumir de ello debido al secreto obligado de aquel sistema, pero por dentro era su mayor orgullo. Por todo eso no me extrañó, cinco años después, cuando triunfó la revolución de Fidel Castro y Che Guevara, que se adhiriese con entusiasmo a la propuesta de cambio social de aquellos valientes soñadores. Me contó en una carta que había financiado lo que había podido de las revueltas, que se había quedado solo con un taller y una de las seis casas que tenía, y que todo lo demás había pasado «a las manos del pueblo». Le habían dado el carnet de técnico extranjero, se afilió al Partido Comunista y hasta fue condecorado por la Revolución. En 1954, cuando trabamos amistad, todo eso no había ocurrido. Pero si en aquel momento me lo hubiesen contado, lo habría creído. Era un soñador y un luchador a partes iguales.

Cuando dejamos La Habana yo iba convencida de que había sido una gran experiencia para ambos. Estaba feliz por el transcurrir y el resultado de mi encuentro con Esteban y me había enamorado de la temperatura, de los sabores y de la cultura caribeña, pese a las grandes diferencias sociales y el atraso en derechos de la población, especialmente de las razas diferentes de la blanca y de las personas inmigrantes, que no me habían pasado desapercibidos. Sin embargo, mi marido pronto me sacó del engaño. Él no había disfrutado de aquel episodio en ningún modo. Se había sentido muy desplazado en la relación con mi hermano hasta el punto de sufrir, por vez primera, celos. Se había agobiado con el calor y los cubanos le habían parecido indolentes, dejados y caóticos, dados a un hedonismo que le había resultado enervante. Y también tenía una encomienda para mí en forma de ultimátum. Debido a la que calificó como mi «abducción» por Esteban, él había pasado tiempo suficiente con Edita y Ariel como para comprender que sentía grandes deseos de ser padre. Al contrario que a mí, aquella niña malcriada y de carácter difícil le había parecido un regalo del cielo y soñaba con su propia descendencia. Necesitaba que yo le confirmase que tener hijos iba a ser parte de nuestra vida y que no tardaríamos mucho más en hacerlo, ya que ambos habíamos superado los treinta aquel año. Me dijo todo eso tan pronto como subimos al barco que nos llevaba a Buenos Aires. Aquella misma tarde fue la primera vez que una discusión entre nosotros acabó en llanto, pelea y grave enfado.

El encontronazo fue distinto a todos los que habíamos tenido previamente. Incluso cuando en el viaje con Bernie por América hasta Detroit habíamos pasado días sin hablarnos, yo no había percibido una distancia entre nosotros como la que apareció en la partida de Cuba hacia Argentina. Aun así, al día siguiente nos propusimos relajarnos, hablar con calma y darnos un tiempo para pensar, cada uno por su lado, cómo resolver aquel desencuentro tan serio y complejo. Decidimos no permitir que aquello estropease el viaje e hicimos todo lo posible por disfrutar del mar y del camino a la ciudad que nos había unido, aunque la complicidad y el sexo entre nosotros se resintieron un poco en las semanas siguientes porque el problema estaba latente. Con ese conflicto lo que ocurrió fue que algo casi invisible, frágil, se rompió, y abrió una grieta sutil en nuestra sólida relación. Un pequeño golpe de frío que nunca habíamos sentido.

Llegamos a Buenos Aires destemplados por dentro. La presión sobre mi pecho había vuelto a crecer y las noches inquietas no ayudaban. A la sombra que nos había invadido tras la pelea se unía lo poco apetecible de lo que teníamos por delante. Allí el plan era desmontar el piso de Caballito, organizar el envío de las cosas a París y ver a la gente querida de Argentina. Amistades y casi familiares como Nélida, Miguel y hasta Rosita. Sabíamos que tardaríamos en volver y el ánimo estaba bajo. No fue fácil. Encima era agosto, pleno invierno en el Cono Sur. En los palmares, con Rosita e Ismael, lloré con pena sincera. Algo me decía que no nos volveríamos a ver, como en parte fue. En ese tiempo empecé a entender a mi intuición, comencé a escucharla y a hacerle caso.

Para colmo, yo llevaba programada otra misión. Desde el extraño encuentro con los Meroño Gutiérrez un par de años antes, me había obsesionado con que debía pasar, una vez más, por la casa de Belgrano. Estaba resuelta a seguir aquel impulso, a escuchar a ese instinto que insistía en que así debía actuar. Esta vez, por lo menos no iba a afrontar sola el trance. Ya a punto de terminar la estancia en Buenos Aires, abordamos la cuestión. Daniel tampoco me lo ponía fácil. Todos los días había inventado un argumento para aplazar la expedición a la mansión de los Meroño Gutiérrez. Yo era consciente de que su humor no era el mejor posible, pero estaba decidida a que me acompañase. Seguía teniéndole por mi único y mejor compañero y quería compartir con él la visita a la casa en la que un día había sido feliz, no solo por ver si averiguábamos algo que se me hubiese pasado por alto, sino también por mostrarle en directo aquel lugar del que tanto le había hablado. Por fin, un día antes de partir le agarré por el abrigo y nos metimos en el subte.

La casa seguía igual. Cerrada a cal y canto. Nos pareció evidente que nadie había pasado por allí en mucho tiempo. Eché cuentas. Allá iban algo más de once años desde que patrones y servicio la habíamos abandonado y ocho desde la última vez que yo había salido por la puerta de la cocina con el último lote de libros, los mismos que acababa de empaquetar en nuestro piso de Caballito para enviarlos a París. Permanecimos unos minutos parados en el otro lado de la calle, mirando la fachada principal sin cruzar palabra. Daniel cogió mi mano y la apretó. Era una señal. Despacio, cruzamos la calzada y nos dirigí al lateral, donde estaba la puerta de la cocina, que abrí de nuevo con una aguja de calceta.

Dentro todo seguía, también, igual. La misma capa de polvo, telas de araña, moscas muertas en los suelos, la casa detenida en el tiempo. Guie a mi compañero por los corredores y la escalera hasta la biblioteca. Hicimos todo en completo silencio, sin soltarnos las manos. No era necesario decir nada en ese momento. Yo pensé que ya no me parecía un lugar tan imponente. Ahora conocía mansiones semejantes e incluso más opulentas, incluso nuestro piso de rue de Varenne tenía poco que envidiar a aquel lugar. Una vez en el cuarto de los libros, no lo dudé y fui directa en busca del portafolio en el que había dejado la breve misiva para don Fernando. No me había equivocado. Allí estaba la respuesta que tanto necesitaba. Todos los papeles habían desaparecido, incluida mi nota, y solo había en él una carta.

Buenos Aires, 8 de enero de 1953

Querida María, nuestra querida, querida Ilustrada:

Me llevé una gran alegría al ver tu nota. Ahora sé que un día volverás por aquí y que encontrarás estas letras. Con esa esperanza las escribo. Haciéndolo me pongo en riesgo, a mí y también a mi familia, pero tras nuestro encuentro en París Marieta y yo nos quedamos desazonados. En su nombre y en el mío propio debo comenzar por pedirte disculpas por nuestro comportamiento aquella noche. Pronto comprenderás que no tuvimos otra opción, y estamos seguros de que sabrás perdonarnos, pues eres un alma buena, inteligente y noble.

Antes de nada, quiero decirte que hiciste muy bien llevándote los libros. No podrían estar en mejores manos. También debes saber que nos alegramos enormemente cuando vimos lo bien que estás y cómo has prosperado en la vida. Me había quedado con la pena de no haber podido ayudarte más, ya que en el tiempo que pasaste en nuestra casa había hecho grandes planes para ti vistos tu intelecto, talento y capacidades. Confieso que investigamos un poco, discretamente, entre la sociedad de París y obtuvimos información de sobra como para saber que te has casado con un buen hombre y que, además, estás progresando por tus medios. Quiero pensar que mi intervención tuvo algo que ver. Me da paz esta idea, María. Me ayuda creer que hice algo bueno, alguna vez, por alguien que lo merecía.

Pero estas letras son, principalmente, para que puedas entender el porqué de nuestro proceder ante ti en la Navidad de 1952, en aquel encuentro fortuito. Sin más preámbulos, procedo a ello.

María, cuando te hablé de mis orígenes no fui del todo sincero. Mis comienzos como inmigrante en Argentina fueron mucho más duros de lo que te dejé ver. Pasé mucha hambre, frío, miedo. Viví en la calle, pedí limosna. Entonces, siendo aún muy joven, me prometí que saldría de la inmundicia y de la pobreza y que haría cualquier cosa que fuese precisa para conseguirlo, así como para nunca, en ninguna circunstancia, volver a ello. Y cumplí mi promesa a cualquier precio. Eso supuso aceptar un pacto con el diablo, semejante al del Fausto de nuestro admirado Goethe, María. Mi natural no es malvado, espero que tú habrás de creerme cuando lo afirmo. Sabes bien que en ámbito privado siempre me jacté de ser justo, tolerante y generoso. Mis actos, principalmente en la esfera pública de los negocios y la política, sí lo fueron. Con tal de sobrevivir primero, de medrar después y de no caer finalmente, transigí con actos poco morales o éticos.

El golpe militar de 1943 puso en evidencia, aunque fuese colateralmente, mi papel en varios asuntos que nunca pensé que saldrían a la luz, con lo que peligraba todo lo que había conseguido en la vida. Los empresarios que colaboramos con los regímenes corruptos de la Década Infame, que favorecimos su impunidad a cambio de dinero, no íbamos a salir bien parados en aquel giro de los acontecimientos. Por eso decidí huir antes de quedarnos a comprobarlo y arriesgarnos a quién sabe qué consecuencias para mí, para Marieta y para nuestros hijos. Ahora bien, en aquel momento mis crímenes eran sobre todo económicos y de dudosa moral. Creo que podría calificarlos mejor como pecados o delitos que como crímenes. La conciencia aún no me pesaba. No como ahora. Intenté dejaros, a ti y a tus compañeras y compañeros, lo más protegidos que pude. Espero haberlo hecho bien. Nunca estaré completamente seguro de eso. No puedo saber qué fue del resto de aquella nuestra familia.

Aunque abandonamos Buenos Aires precipitadamente y casi que con lo puesto, yo tenía en California, en Estados Unidos, una cuenta bancaria de seguridad y varias propiedades que nos garantizaron establecernos allí sin mayores complicaciones.

Podríamos habernos quedado allí, viviendo tranquilos, para siempre. Incluso, pienso ahora, podría haberte localizado y mandado a llamar. Mucho me acordé de ti, María. Y Marieta, y las niñas y el niño. Pero el ser humano yerra más de una vez y yo soy muy humano. En lugar de mantener un perfil bajo, me volví loco. Me sentía maltratado, imbécil de mí. Pensaba que el universo había sido injusto. No entendía que había esquivado una bala. Por el contrario, renegaba de mi sino y clamaba por una absurda venganza.

En ese estado de ánimo fui un blanco fácil para los desaprensivos. Era incapaz de ver mis errores o enmendar mi comportamiento. En lugar de alegrarme por haber evitado un castigo merecido, ansiaba una reparación que no me correspondía. Y, como digo, siempre hay quien está atento para captar y sacar provecho de los otros cuando están débiles o desprevenidos, como era mi caso (aunque eso no me justifique, sí explica cómo evolucionó mi pensamiento alterado en aquel momento de mi vida). Pero estoy dando muchos rodeos y sé que es porque no me atrevo a ponerte por escrito lo que te debo contar. Temo lo que pienses de mí. Me importa.

Marieta está conmigo mientras te escribo. Acaba de leer lo que he redactado y me insta a ir al grano. Voy a seguir su consejo.

María, como se dice vulgarmente, la cagué. A lo grande, eso sí, porque nunca hago nada pequeño. Me alié con lo peor de la humanidad. Fui codicioso, avaricioso y, sobre todo, despiadado. Hice negocios oscuros con los nazis. Ayudé a los hijos del infierno a avanzar por Europa exterminando seres humanos, torturando, aniquilando y generando un caos y un dolor nunca conocidos por la humanidad. Gané muchísimo dinero a costa de la vida de miles, de millones de personas inocentes. Sé que lo habrían hecho igual sin mí, por supuesto. Pero todo el dinero que ahora tengo proviene de ese horror, María. Y lo que es peor, soy tan cobarde, tengo tanto miedo a no ser rico, que, ni sabiéndome condenado a cargar con esta culpa por lo que me quede de vida, tengo valor para dar la cara o renunciar a mi fortuna.

Me escondí. Cambiamos de nombres, de país. Ni yo, ni mi mujer, ni mis hijas, ni mi hijo existimos ya sobre el papel. Ahora somos otras personas. Tenemos otras identidades. Tuvimos que inventar nuestras biografías, cambiar los acentos, la manera de vestir. Pero seguimos siendo ricos. Últimamente, volvimos a llamar la atención por nuestro patrimonio. Fue por eso que fuimos invitados a aquella recepción en la que coincidimos contigo, lo cual hizo encenderse todas nuestras alarmas. Por eso huimos sin decir adiós. Desaparecimos de nuevo y esta vez para siempre, María.

No sé si podrás perdonarme por lo que hice. Yo no puedo. Tampoco por lo que sigo haciendo: no afrontar mis culpas ni pagar las consecuencias. Ser un cobarde que huye y se esconde, una vez más. Tanto que ni me trevo a decirte dónde vamos a estar ni cómo nos llamamos ahora.

Necesitaba sacarte de la oscuridad. Sé de tu necesidad de saber. Sé que siempre has buscado respuestas para todo y que esta, pese a no ser bonita, te dará algo de consuelo, o eso quiero creer, María.

Tanto Marieta como yo estamos tranquilos en lo que respecta a ti. Tenemos la certeza de que vas a tener una vida larga y buena. Esperamos haber tenido, aunque sea un poco, algo que ver en ello.

Con todo el cariño, se despide de ti el que un día fue

Fernando Meroño Jiménez

P. D.: Cuando indagamos sobre ti, supe que hay un policía español que hace preguntas. No sé qué ocurre ni me importa, estoy seguro de que eres cabal y buena. En cualquier caso, ándate con ojo. La policía de Franco no es buena cosa.

Daniel y yo habíamos leído la carta a la vez. De pie, al lado de la gran ventana de la biblioteca. Sin respirar apenas, yo la había leído en voz alta, aunque ambos la seguíamos en el papel con la mirada. Al terminar, él comenzó a dar vueltas por la estancia mientras yo permanecía, una vez más, paralizada. De pronto me zarandeó con urgencia.

—Vamos, María. Marchémonos de esta casa, *love*. Ya no me parece seguro estar aquí.

Yo continuaba fría. Petrificada. Él reaccionaba, se movía demasiado para mi gusto. Bullía. Así eran nuestras naturalezas. Yo no paraba de pensar en un detalle inquietante.

—La escribió en mi cumpleaños...

Daniel paró en seco y me miró, totalmente desconcertado.

—¿Cómo dices?

—Mira la fecha. —Señalé el encabezado de la carta—. Era mi cumpleaños. Es un regalo de cumpleaños, Daniel. Me cuenta la verdad..., me previene sobre Ruiz...

—¡Pues vaya regalo! —dijo mientras me obligaba a ponerme en movimiento tirando de mi manga—. ¡Envenenado! Vamos ya, necesito salir de aquí. Ahora.

Nos fuimos enseguida. Yo metí la carta en el bolsillo de mi abrigo. Esa sí fue la última vez que estuve en aquella casa. La definitiva. Y también una de las últimas en que me permití pensar en los Meroño Gutiérrez, hasta ahora.

En algo tenía razón mi antiguo patrón. Saber la verdad, por cruda que fuese, me ayudó a pasar aquella página. Eso también se lo tengo que agradecer a don Fernando.

No hace mucho que llegó a mis manos un libro revelador. Es la obra de un pensador norteamericano que defiende, entre otras muchas cosas, que las civilizaciones humanas se caracterizan por la empatía. Según esta teoría, para el ser humano los tiempos de paz y salud son lo natural. Y los tiempos convulsos, de dolor o de guerra, son traumáticos. Dice que por eso narramos la historia señalando como puntos de inflexión los episodios negativos como las guerras, crisis y epidemias, o los grandes cambios como las revoluciones tecnológicas. Estoy de acuerdo.

Sin ánimo de darme más importancia de la merecida, veo esa misma tendencia en mí ahora que repaso mi vida. Me puedo detener durante largos minutos para rememorar un episodio tan breve como el instante en que Juan Manuel fue empujado por Daniel a caer por el terraplén de la cuneta y dio con la cabeza en la piedra afilada, o la fracción de segundo en que tuve en estas manos el frasco con el falso azafrán para Pedro. Y al mismo tiempo, puedo calificar más de una década de mi existencia con muy pocas palabras. Entre el final de 1954 y el término de 1966, la palabra con la que podría definir los acontecimientos vividos es «tranquilidad». Las pesadillas nunca cesaron y tampoco la falta de aire, pero se suavizaron lo suficiente para resultar soportables. Fue un tiempo próspero y de rutina, aunque también fue la época en la que se estaban cociendo, a fuego lento, los acontecimientos futuros.

En esos años avancé. Crecí, viví, evolucioné sin prisa. Fui profesora en Nanterre a la vez que investigadora. Fui esposa, nuera, hija, hermana, tía, tía abuela, amiga, alumna, señora de bien. Aprendí portugués y ruso. También fui escritora, puesto que publiqué varios de mis trabajos acerca de las mujeres pensadoras españolas de antes de 1936, con bastante éxito. Y editora, ya que creé un pequeño sello editorial que llamé Les Livres de Rita en honor a mi maestra republicana y que me ha dado muchas alegrías, aunque lo enfoqué más como un entretenimiento que como un negocio. Visité cada año a mi madre, Ramón y Francisca, y siempre me reunía en Vilamil con ellos, mis hermanas y sus familias. Asumí las visitas rutinarias del repulsivo sargento Ruiz, que nos interceptaba una de cada dos veces que íbamos a España, casi como una parte más de la agenda social en cada ocasión, pues Daniel se ocupó de hacer algunas averiguaciones y supimos que el hombre estaba solo en su empeño por desenmascararnos. Sus superiores lo tenían por obsesivo y maniático, e incluso le instaron a cejar el acoso, así que tan solo nos podía dedicar su «atención profesional» en el tiempo libre. Por lo que se veía, nos habíamos convertido en algo así como una afición para él, de modo que, poco a poco, a medida que los años avanzaban y nuestros actos pasados se alejaban del presente, fuimos teniéndole menos miedo y, por consiguiente, otorgándole menor importancia.

A lo largo de esos doce años, viajé por medio mundo, pisé todos los continentes y conocí todos los océanos y muchos mares. No fui madre. Llegué a los cuarenta y tres años sin procrear y mi cuerpo empezó a avisar, con los desarreglos y sofocos, de que comenzaba el cambio de ciclo y terminaba la edad fértil. A la vuelta de Buenos Aires había decidido transigir con los deseos de Daniel de aumentar nuestra familia porque concluí que yo no tenía derecho a negarle esa voluntad, pero nunca concebimos y los hijos no vinieron. Reconozco que para mí fue un alivio. Él se resignó mansamente y cedió sin presentar mucha batalla cuando no lo acompañé en la idea de adoptar.

Pero en esos doce años también degeneré. La comodidad de la clase alta se apoderó de mí. Me acostumbré a tener todo resuelto y perdí perspectiva sobre la realidad humana y sobre mí misma. Casi todo mi universo pivotaba alrededor del pensamiento abstracto, la filosofía, el arte, las letras y las matemáticas. Tenía poco o ningún contacto con la verdadera vida, la que duele, la que excita, la que da la energía necesaria para la alegría de estar y de ser, para sufrir el miedo a perder. Flotaba cómodamente en una burbuja de privilegios, segura y aburrida a partes iguales. Mis miedos habían quedado anclados en algún punto difuso de 1950. Sí que seguía recibiendo la visita de los coroneles muchas noches y la presión sobre mi pecho nunca desapareció. Se mantenía estable aquel zumbido ligero que, de tan monótono y cotidiano, dejas de percibir, pero que nunca se marcha.

La relación con Daniel también había ido decayendo. Tras algunos años de intenso esfuerzo por conseguir tener descendencia, se había rendido. Y con esa rendición habían llegado a él el tedio y casi la anhedonia. Manteníamos una convivencia cómplice y cotidiana, sin sobresaltos ni grandes emociones. Yo las busqué, por consiguiente, en el pensamiento y la universidad. Él, en los negocios. Sus viajes fueron siendo más frecuentes. Yo no le acompañaba debido a mis horarios y compromisos profesionales. Despacio, sin estruendo ni dramas, cada vez él estuvo menos interesado en mi vida, anhelos y logros, y lo mismo me ocurrió a mí con los suyos.

Mis suegros eran ya muy mayores, al igual que mi madre. Teresa había alcanzado ya los ochenta años; Gérard, los noventa y dos, y Pepa, mi madre, los setenta y nueve. Los tres aparentaban buena salud, pero a comienzos de 1967 tal parece que se hubiesen puesto de acuerdo para comenzar sus declives. En el mismo día de febrero en que Gérard se cayó en la cocina, porque se le rompió el hueso de la cadera derecha y no pudo mantener el equilibrio, recibí una llamada de Ramón contándome que mi madre, aunque físicamente aparentaba estar perfecta, degeneraba. Su cabeza no estaba funcionando bien.

Los siguientes meses fueron trepidantes y muy duros. Gérard ingresó en el hospital el mismo día de la caída y volvió a casa pocas semanas después, pero su salud nunca se restableció. Sufrió una demencia hospitalaria que llevó consigo de vuelta a casa. El hueso de la cadera sanó, pero él no consiguió recuperar la movilidad y quedó impedido y desvariando. Teresa no soportaba verlo así. Por las noches él despertaba con delirios, gritando asustado y totalmente desorientado. Ella comenzó a sufrir arritmias y taquicardias, provocadas por el estrés de ver a su amor sufriendo y la impotencia por no poder ayudarlo. Intenté que descansase en otro cuarto, contraté una enfermera que los cuidase e incluso durmiese en una cama supletoria a su lado. No hubo manera. Ella se negaba a dormir separada de él y las noches devinieron en tormentas de caos por varios meses. Mientras, su hijo, mi marido, no quería ver lo que estaba ocurriendo y huyó. De pronto tenía más compromisos y viajes que nunca. Me dejó sola con los cuidados de aquellos dos seres tan queridos porque no podía afrontar lo que estaba, inexorable, a punto de llegar.

Gérard murió el 14 de abril de 1967. Teresa fue tras él tan solo diez días más tarde. Los enterramos juntos, en la misma tumba del panteón familiar en el cementerio de Passy. De pronto me encontré en el piso de rue de Varenne buscando sus voces, recogiendo sus pertenencias personales, topando con su recuerdo a cada paso e intentando acompañar a Daniel en su propio dolor a la vez que lidiaba con el mío. Él había negado con tanta fuerza la evidencia de la agonía de sus padres que, cuando llegó la despedida, no había estado preparado. Todo eso, junto con que Ramón no dejaba de insistirme para que fuésemos a ver a mi madre «mientras aún os reconozca», me decidió a pedir libre el último trimestre en la universidad y partir hacia Vilamil con él.

Llegamos a Vilamil en un día fresco y claro de finales de la primavera. Pese a las mejoras de las comunicaciones por carretera en buena parte de España, los avances aún ni se habían acercado a mi aldea remota. Seguíamos teniendo que hacer los últimos kilómetros a caballo, y eso era algo que, en aquel momento, yo había comenzado a agradecer. Cabalgar me remitía a mí, a la esencia de mi naturaleza.

Últimamente, Daniel le había cogido el gusto a la fotografía. Llevaba todo el tiempo encima una cámara Rollei 35 y andaba disparando a diestro y siniestro. De aquel viaje triste salió nuestro primer álbum de fotos y una instantánea de mi madre que aún me acompaña. A la llegada a la casa, aquella estampa de la fachada de piedra, con el pajar a su izquierda y el hórreo enfrente, el humo del lar saliendo por la chimenea, quedaron también inmortalizados. Esa imagen me daba paz y la tuve impresa y cerca por mucho tiempo.

Pero aquel día había una electricidad distinta en el ambiente, aunque todo parecía en orden. La puerta de dos hojas estaba completamente abierta y la escalera, como de costumbre, llena de leños por subir. Uno de los hijos de Ramón y Francisca, Paco, que andaba por los siete u ocho años, corría por los alrededores sin percatarse de nuestra presencia, apostados con los caballos al pie de la higuera. El niño cogió unas cuantas piezas de leña en los brazos y con algo de esfuerzo los acercó justo hasta la entrada de la casa, delante del lar.

—*Güela! Ende tienes los tochos, güela! Déjotelos equí!* —gritó al interior de la vivienda. Luego se dio la vuelta con la clara idea de bajar a las carreras. Fue en ese momento cuando nos vio y se quedó clavado como un palo en el pico de la escalera, mirándonos con curiosidad y una cierta desconfianza muy asturiana.

—*Quién sois?* —nos preguntó.

Me cayó bien aquel guaje. La última vez que lo había visto era demasiado pequeño y carecía de interés para mí.

—*Soi la to tida María, Paco. Ónde tán pá y ma?* —le respondí, sonriendo.

—*Tán segando nel prau del Páxaru. Yá voi llamalos, esperái equí!* —Y salió disparado a buscar a sus padres.

Descabalgamos, amarramos las bestias y subimos. Mi madre estaba sentada al lado del lar. El día era fresco sin llegar a frío y tenía el fuego muy cerca, pero estaba abrigada como para soportar una tormenta de nieve. Ante ella, los leños que Paco le había ido llevando y que, por lo que se deducía, ella se entretenía en amontonar sin levantarse del taburete, en una tarea infinita destinada a mantener la lumbre siempre activa. No pareció percatarse de nuestra presencia, pese a que nuestros cuerpos bloqueaban la entrada de la luz y la estancia había quedado oscurecida. Me acerqué a ella de frente, obligándola a mirarme. Mientras, Daniel lanzó varios disparos con la cámara que resultaron en esa foto que todavía conservo.

—*Hola, má* —le hablé cariñosa, bajito. La reciente pérdida de Teresa y Gérard me tenía sensible; la emoción de verla era mayor que de costumbre.

Ella me miró sin verme. Su mirada estaba vacía, perdida. Le llevó un momento hasta que por fin un relámpago de lucidez la iluminó.

—*María! Hola, fía! Ónde tabes? Ayeri túvite buscando, hai que llevar la mantequilla al mercáu y yo nun puedo, tengo que apilar la lleña.*

Los ojos se me inundaron. La besé mientras le respondía con dulzura.

—*Toi equí, má. Non te esmolezas, yá lo faigo.*

—*Perbién, nena. Hai enforma trabayu y solo tamos tú y yo* —me respondió. Luego empezó a colocar la madera de nuevo.

—*Claro, má.*

Daniel también lloraba. Además de que estábamos muy emotivos, encontrarla tan despistada había sido un golpe de realidad demasiado intenso. En los días siguientes pudimos comprobar que aquellos episodios de olvido no eran, todavía, muy frecuentes. Pero mi hermano y mi cuñada tenían toda la razón, ya eran lo suficientemente serios como para considerarlos y tomar medidas. Por la noche, ya con la anciana y los tres niños durmiendo, los cuatro adultos nos sentamos alrededor de la mesa de la cocina, refugiados alrededor del calor de la bilbaína. Noté a Ramón muy desmejorado y callado. De hecho, fue Francisca, con su franqueza habitual, quien llevó el peso de la conversación.

—Yo no sé si voy a poder con esto, María —me dijo, muy seria—. Es mucho hasta para una burra de carga como yo. —Hice ademán de intervenir para recriminarle que hablase así de sí misma y no me dejó—. Tú bien sabes el trabajo que da una casa como esta. Los cerdos, las vacas, las ovejas, las gallinas, los caballos y burros… Y también las huertas, los frutales, segar los prados, arar, recoger la hierba… Por no hablar de una casa en la que viven tres críos, una vieja y un adulto que no da pie con bola. —Miró severa a Ramón, que asintió y bajó la mirada.

—¿Qué quieres decir, Francisca? —me dirigí a mi hermano—. ¿Qué te pasa, Ramón?

Él no respondió. Ella rompió el incómodo silencio.

—Tu hermano no está bien hace tiempo, María. Yo no te sé decir qué tiene. Desde hace unos años anda tristón, y yo de verdad que no te sé el motivo, porque conmigo ya casi ni habla. Y aún peor, cuando no está triste se pone enfadado. Mira que lo quiero… —Mientras decía esto, había tomado las manos del marido y las acariciaba con las suyas. Lo miró y le habló—: Bien sabes, *mio home*, lo que te quiero, ¿a que sí? —Él asintió. Pude ver que contenía las ganas de llorar—. Pero no sé qué más hacer para animarlo y me veo sola con todo. —Ahora nos hablaba a mí y a Daniel.

Desconcertada ante la revelación y la incómoda situación, busqué apoyo con la mirada en Daniel. Me encontré con que él también parecía hundido en ese instante. Un acceso de cólera me invadió. La frustración se adueñó de mí y hablé sin pensar.

Mucho me he arrepentido después, por largo tiempo, de mis palabras.

—¡Yo no sé qué les pasa a estos hombres, Francisca! ¡Tampoco los entiendo! —Di un golpe sobre la mesa con la palma de la mano que hizo saltar platos y vasos, y derramar algo de vino sobre el mantel. Les hablé a ellos—: ¿Cuando más feas se ponen las cosas os venís abajo? Daniel, tú me dejaste sola con tus padres en el peor momento y ahora, encima, ¡esperas que tenga paciencia y te ayude en tu duelo sin pensar en la pena que yo también llevo por ellos! Y tú, Ramón, ¿vas a dejar sola a esta mujer que no mereces con madre y todo lo que se viene? ¡Vergüenza debería daros!

Francisca había empezado a llorar. Los dos hombres miraban el mantel como si en él estuviesen las respuestas a las grandes cuestiones de la humanidad. Yo había subido la voz más de la cuenta y el segundo de los hijos de mi hermano,

Moncho, que andaba por los seis años, apareció con cara de dormido en la cocina.

—*Má...*

Francisca se levantó, cogió al pequeño y lo llevó a la cama.

—*Durme, nené. Nun pasa nada...*

Fui una estúpida. Fui mezquina y miope. Yo, que me las daba de inteligente, de brillante, no tuve la habilidad de comprender lo que les ocurría a Ramón y a Daniel. Me ofusqué y no hice el más mínimo intento por empatizar con ellos. Es cierto que asumí las riendas de la situación cuando nadie parecía capaz de hacerlo y tomé buenas decisiones prácticas. Acordé con Francisca que los ayudaríamos con una cantidad mensual, que empleó en contratar a un chico del pueblo para que se ocupase de los animales y de la labranza. También hablé con las otras hermanas para que estuviesen al tanto y pasasen más a menudo por Vilamil, ya que estaban más cerca que yo, y conseguí atención médica para mi madre.

Pero hice todo eso enfadada, echando en cara constantemente a ambos hombres su indolencia. Y pagué una factura muy alta.

La relación con Daniel siguió deteriorándose. Él estaba cada vez más cerrado en su caparazón y pasaba menos tiempo en casa. Yo echaba de menos al joven cariñoso y comprensivo del que me había enamorado y no quería esforzarme por comprenderlo yo a él, sino que me limitaba a sentir más frustración y rencor ante su hermetismo. La comunicación y la complicidad habían desaparecido. Ya prácticamente hacíamos vidas separadas cuando llegó una de las noticias más terribles que he recibido en mi vida: mi hermano Ramón se había suicidado.

Solo unos meses después de nuestra última estancia en Vilamil, el mayor de los seis hijos de Pepa, mi hermano mayor, que era un gran nadador, se había lanzado al frío río en pleno invierno en una zona revuelta de aguas gélidas. Siendo como era buen conocedor de aquella corriente, fue evidente que lo había hecho con la intención de poner fin a su vida, cosa que consiguió. Mi reacción tras la impresión tampoco me hace sentirme orgullosa. En aquel momento recibí el suicidio como un acto de cobardía, egoísta por dejar a Francisca y a nuestra madre, vieja, débil y desmemoriada, en una situación tan precaria. Estuve muchos años enfadada con él hasta que, con el tiempo, adquirí conocimientos acerca de las dolencias mentales y pude entender que Ramón estaba enfermo. Seguramente había padecido una depresión muy severa que nadie supo ni pudo detectar. Ahora sé que el suicidio no es más que un intento por detener un sufrimiento emocional insoportable. También, que la depresión no solo se produce por causas exógenas y que la persona que la padece tiene muy difícil luchar contra sus consecuencias. Pero entonces no lo sabía.

Desde el suicidio de Ramón, Francisca continuó adelante con determinación, pero tampoco volvió a ser la misma. Seguía sin ser capaz de fingir y su mal humor era patente. Se convirtió en una mujer amargada. Dejamos de celebrar los encuentros familiares en la casa y yo me alejé egoístamente de ella, pues su trato para conmigo se había vuelto, incluso, algo hostil. Sus hijos huyeron de casa tan pronto como pudieron, todos antes incluso de alcanzar la mayoría de edad. Para cuando murió mi madre, allá por 1986, a solo unas semanas de completar los cien años de vida, Francisca se quedó sola en la casa, ahora triste y oscura como su corazón, que había heredado según la vieja ley asturiana por la que se deja la vivienda a quien se queda y cuida de los viejos. Tenía en aquel tiempo mi cuñada mis mismos años, sesenta y dos, y ya parecía una anciana. Una de sus nueras, la mujer de Paco, se apiadó de ella y se la llevó al piso que tenían en Uviéu, donde vivió muchos años agriando la existencia de sus descendientes y donde aún está hoy, hecha una vieja gruñona con salud de hierro.

Con la demencia de mi madre desapareció nuestra correspondencia. La muerte de Teresa me había supuesto quedarme sin mi maestra y mentora. Pilar hacía su vida en Ilkeston y con Rosita intercambiaba una o dos cartas al año, ya más por formalidad que por otra cosa. Con Francisca perdí, por tanto, a una de las pocas amigas que tenía, mientras veía a mi compañero alejarse sin posibilidad de enmienda. Me refugié en mi intelecto y en los libros, si bien no era suficiente. Adoraba mi trabajo, tanto en la universidad como en la editorial, pero estaba, una vez más, sola. A diferencia de la soledad que había vivido cuando había partido de Vilamil o en las calles de Buenos Aires, esta era más pesada y difícil de contrarrestar. En los estertores de 1967 llegué a lamentar, aunque no me duró mucho, no tener hijos que me acompañasen.

Yo seguía amando a Daniel. Aún lo amo. Es la única persona de la que me he enamorado en toda mi vida. Y ha sido un amor tan consistente y cierto que resultó inquebrantable. Por eso, y pese a que no teníamos idea ni recursos emocionales para resolver nuestro alejamiento, yo no me planteaba, ni de lejos, que nuestra relación contractual pudiese acabar. Me desagradaba y apenaba el giro que había dado la pareja, al tiempo que era incapaz de imaginar la vida sin él. Algún día, en medio de aquella crisis, me quedé mirándolo mientras dormía la siesta y el único sentimiento que me invadió fue una inmensa ternura, salpicada con mucha tristeza.

El 8 de enero de 1968 cumplí cuarenta y cuatro años sin mucho ánimo. Me pilló mayor. Sentía que, a pesar de todo lo logrado, no había conseguido recuperar la paz de espíritu que recordaba de mi niñez. Sin embargo, aquel año convulso iba a traer a mi historia personal grandes sorpresas que jamás habría imaginado. Y todo comenzó el mismo día de mi cumpleaños.

Poco podría contar yo de Mayo del 68 en los ámbitos político y social que no se haya contado ya. Sin embargo, en el plano personal sí tengo mucho que recordar. De nuevo, un acontecimiento trascendente de la historia llamó a mi puerta. En esta ocasión, le abrí. Muchas cosas que figuran en los libros de historia habían ocurrido mientras yo vivía. Pero, como creo que ya he dicho, habían pasado más ellas por mí que yo por ellas.

La Segunda República, la guerra española de 1936 a 1939, el golpe militar del 43 en Argentina, la vuelta de Perón, la Segunda Guerra Mundial. Pero las revueltas de 1968 en París me encontraron en el núcleo de lava de aquella gran bola, nada menos que trabajando en el Departamento de Filosofía de la Universidad de Nanterre. Estaba desorientada y desilusionada. Empezaba a ser consciente de que mi ascenso social había ido en paralelo a mi falta de conciencia y compromiso con el mundo y con la humanidad cuando todo empezó a hervir y me zambullí en la olla.

El 8 de enero yo andaba ensimismada en los problemas emocionales de la persona pequeña y egocéntrica en la que me estaba convirtiendo. Apenas prestaba atención a la actualidad, por lo que me enteré muy superficialmente de lo sucedido en la inauguración de la piscina de Nanterre con el ministro Missoffe. No le di mayor importancia hasta que unos días después una alumna de segundo llamada Alizée Jublin, en la cual no había reparado antes, pidió la palabra y habló en mi clase de Ética sobre Daniel Cohn-Bendit, el alumno que había increpado al ministro. Era amigo suyo y no paró hasta haber puesto bien al tanto a todos los presentes de lo que se estaba fraguando. Aunque había interrumpido mi disertación de un modo bastante brusco, lo que relataba me llamó la atención y no la amonesté, sino que le pregunté algunas cosas y acabamos por abrir un debate interesante.

Para cuando llegó el encierro del 22 de marzo, yo ya me había implicado hasta el cuello. Todavía el resto del cuerpo docente miraba con recelo aquellas protestas juveniles y las calificaban como rabietas de jóvenes malcriados que no sabían «lo que era pasar una guerra». Por el contrario, yo había visto el potencial de sus reivindicaciones y, lo más importante, estaba totalmente convencida de que tenían razón. El cambio era necesario e incluso urgente.

Fue trepidante. En las clases hablábamos sin parar. Había extensos debates, charlas, coloquios. Las calles estaban vivas, pletóricas de juventud movilizada y motivada. Había manifestaciones, concentraciones, protestas. Y también arte, conciertos, lecturas. Las paredes aparecían garabateadas con consignas maravillosas, algunas tan sonadas como el «Prohibido prohibir» o «La imaginación al poder». Era pura esperanza. Cuando los movimientos obreros y los sindicatos se unieron, no dábamos crédito. Y cuando empezaron a llegar noticias del eco en tantas partes del mundo, de México a Checoslovaquia, e incluso en las universidades de mi oscura España, la sensación de que otro mundo era posible se materializó. Fueron seis meses nada más. Pero muchos creímos sinceramente que aquellos ciento sesenta y ocho días, entre el 8 de enero y el 23 de junio, habían significado algo. Y solo por eso, ya fue importante.

Para mí, supuso un nuevo despertar. Me sentí viva, motivada. Fui parte activa en lo intelectual y también en lo material. Me descubrí a mí misma a altas horas de la mañana escondida en sótanos e imprentas clandestinas copiando panfletos en el ciclostilo, rotulando pancartas para las manifestaciones y redactando textos incendiarios.

El 2 de mayo participé en la marcha de Nanterre a La Sorbonne. Estuve en la asamblea del día 3, en la cual la Unión Nacional de Estudiantes y el Sindicato de Profesores acordaron convocar la huelga para exigir la retirada de la policía de la plaza de la universidad y la reapertura de la institución. Corrí delante de las cargas policiales y me indigné con el autoritarismo y la violencia del poder político en aquel sistema teóricamente democrático. La noche de las barricadas también estuve allí. El 10 de mayo fui con mis colegas hasta el Quartier Latin con intención de hacer bulto y engrosar la multitud. Llevábamos yendo y viniendo desde el día 6. Había encajado en un grupo muy agradable con Alizée, dos amigas suyas de otras carreras, Béatrice y Jacqueline, y una profesora algo más joven que yo, Haidée, que impartía Historia del Arte en Nanterre. Ya las manifestaciones se acercaban a Champs Élysées, a unos tres kilómetros en línea recta de mi casa. Con las ventanas abiertas, desde la sala podía oír, amortiguado en la distancia, el alboroto que llegaba por el aire, en los pocos momentos en que pasaba por allí para ducharme, comer o descansar.

Esa noche éramos miles. Los libros de historia dicen que estudiantes, yo sé que éramos más que eso. También había docentes como yo, y otras personas que se iban uniendo. La violencia con la que la policía disolvió las barricadas fue tremenda y un gran error táctico por parte del Gobierno, ya que fue la chispa que faltaba para que los movimientos obreros se uniesen a la revolución. Fue una noche larga e intensa. Gritábamos «Sous les pavés, la plage!», buscando bajo los adoquines la arena para las barricadas. Pasé miedo, a punto estuve varias veces de recibir fuertes golpes de las fuerzas policiales, salté una hoguera y me hice un esguince en el pie izquierdo, el malo. Haidée me socorrió y tiró de mí hasta un bajo comercial, una *brasserie*, cuyas puertas habían abierto los propietarios en medio de la noche para acoger a las multitudes que nos protegíamos de las porras de los nacionales.

Llegué a casa con el día ya entrado. Estaba tan inmersa e implicada en aquel vórtice que había olvidado completamente que esa misma madrugada Daniel volvía de un viaje que lo había mantenido más de seis semanas fuera de Francia. Lo encontré con cara de sueño, desayunando en la cocina. Me miró inquisitivo, gesticuló al darse cuenta de que mi cojera era mayor de lo habitual, pero no dijo nada acerca de mi ausencia ni de mi terrible aspecto. No preguntó. Su indiferencia me devastó. Fui directa a la mesa donde desayunaba, me serví un café y me senté frente a él. Permanecimos así un rato, mirándonos en silencio, hasta que él tomó la iniciativa.

—¿Tú me quieres, María? ¿Todavía te importo, al menos? —Había formulado la pregunta de un modo tan aséptico que me aterrorizó.

—Siempre, *mon amour* —le respondí sin dudar, con los ojos súbitamente inundados—. Siempre te he querido y siempre te voy a querer. *Je t'aime*, Daniel. Pero estás lejos. Te amo, pero no nos reconozco. —Llené todo lo que pude mis pulmones, ya que sentía como si tuviese un elefante sentado sobre el pecho, antes de enunciar la pregunta—: ¿Y tú? ¿Tú me quieres aún, Daniel?

Él se ablandó ante mis ojos.

—*Always, love.* Lo sabes de sobra. Pero tienes razón. Yo tampoco nos reconozco…

A la larga noche del 10 de mayo le siguió una larga mañana en la que mi marido y yo conversamos durante horas. Unas horas tristes y duras en las que conseguimos, al menos, sincerarnos y poner todas las cartas sobre el tapete. Para cuando llegó la hora de comer, estábamos exhaustos y habíamos alcanzado la irremediable conclusión de que no encontrábamos una salida en aquel momento. Yo, desesperada, ofuscada, cabezota como soy, insistía en que tenía que existir esa solución, solo que no éramos capaces de verla. Parecía claro que él se daba por vencido, al menos de momento. Justo cuando pensé que iba a hablar de separarnos, cosa que me daba pánico, me sorprendió, una vez más, con su gran inteligencia emocional. El Daniel empático y comprensivo emergió de su letargo para mi alegría.

—Por resumir, *love*. Entiendo que en estos últimos años no he sido la mejor compañía. Que te dejé sola en la agonía de mis padres y me encerré en mí mismo. No supe afrontar una pérdida anunciada y natural, ley de vida al cabo, y llevé muy mal lo de no tener hijos. Tal vez también tuve algo de celos de tu éxito, de tu pasión y entusiasmo por tu trabajo, creo que es bueno que lo reconozca. Yo trabajaba para proporcionarnos todas las comodidades, pero solo tú brillabas. También me doy cuenta de que éramos muy jóvenes cuando nos conocimos. Al menos, yo ya había vivido, había tenido novias antes, había viajado y gozado de una vida fácil. Pero tú venías de batalla tras batalla casi desde niña. Eras más vieja entonces que ahora, María, *mon amour*. Es normal que sientas, ahora que puedes, el impulso de disfrutar de la vida. Y te encuentras con que tienes a tu lado a un viejo prematuro, amargado y aburrido, al que debes una absurda lealtad…

—Daniel…

—No lo intentes, *love*. No digas que no. Sabes que es como digo. —Yo callé y asentí tímidamente, pese a que no concordaba al cien por cien. Mi lealtad para con él era sentida y en absoluto absurda, a mi parecer. Igualmente, le dejé proseguir—: No tenemos que separarnos, María, no ahora, no todavía, no del todo. —Oír eso me alivió. Pude llenar por fin mi pecho con un poco de aire limpio. Le permití seguir hablando, no tenía ni idea de adónde pretendía llegar—. Podemos hacer un pacto nuevo.

Luego de dormir lo que quedaba del día y la noche siguiente completos, bañarnos a gusto, hacer el amor como hacía una década que no lo hacíamos y compartir un delicioso menú en nuestro restaurante favorito en Trocadero con una vista increíble de Champs de Mars, escribimos y firmamos nuestro nuevo pacto en un papel de libreta que nos dio, amable, la camarera del café en cuya terraza cerramos el acuerdo.

La idea era sencilla. En adelante, nuestro matrimonio pasaría a ser una nueva alianza estratégica. Nos quedábamos con lo que funcionaba y desechábamos lo que iba mal. Parecía inteligente, práctico y eficaz. Mantendríamos el compañerismo, seguiríamos apoyándonos en las nuevas empresas personales, pero no iniciaríamos ninguna conjunta, al menos de momento. Compartiríamos la parte de la vida social que lo requiriese, en especial la relacionada con la compañía Martin y los negocios, y dejaríamos el tiempo y espacio suficiente para que cada quien crease nuevos huecos de intimidad, amistad y participación fuera de la pareja. Esto incluía también viajes de ocio en solitario o con amigos y amigas y nuevas aventuras sexuales y afectivas, siempre que no fuesen asuntos serios. Esta última parte me asustó bastante. Yo no sentía necesidad alguna de buscar compañía diferente en la cama y temía que él diese con alguien que le interesase más que yo. Me preocupaba más que ocurriese en lo afectivo que en lo físico, aunque ambas posibilidades eran feas. Pero Daniel insistió en que para él era necesario, en aquel momento, volver a sentirse vivo y joven, y ese era uno de sus deseos, con el cual finalmente transigí sin mucha convicción. También acordamos reorganizar la economía de modo que nos brindase más independencia entre nosotros. Mantendríamos una parte en común, la destinada a sufragar la convivencia, la casa y lo cotidiano derivado de ello, y cada uno tendríamos una cuenta propia en la que recibir el salario y los ingresos de las empresas (Martin, en su caso, Les Livres de Rita en el mío) y gestionarlo como dispusiese. Esto, al contrario que lo anterior, me encantó.

El 12 de mayo me reincorporé al activismo del movimiento universitario con un nuevo horizonte también en mi vida íntima. Me sentía liberada de una carga que había acarreado más tiempo de la cuenta. Había sido como eliminar un quiste de debajo de la piel. Seguía sintiéndome sola, pero menos. Había recuperado un poco a Daniel y había localizado, gracias a él, cómo rellenar el resto. Mis nuevas amigas notaron algo diferente en mi talante. Haidée me miró de una manera que antes no le había conocido, o tal vez no lo había percibido hasta aquel momento.

—Tienes buena cara, querida —comentó en cuanto llegué al café donde nos reuníamos cada mañana desde que habían empezado las revueltas—. Estás guapísima —dijo, guiñándome un ojo.

No supe por qué, pero el comentario me ruborizó. Tal vez había sido el tono empleado por ella o el modo en que me miraba, no conseguí identificarlo. Sonreí a modo de agradecimiento por el cumplido y me senté a su lado, frente a Alizée y Jacqueline, mientras esperábamos a la siempre tardona Béatrice, dispuesta a empezar una vida que prometía. Vaya si iba a cumplir. Y tanto. Eso lo sé ahora.

Aunque yo consideraba amigas a Alizée, Béatrice, Haidée y Jacqueline, en realidad no tenía ni idea de cómo ser yo una amiga. Jamás había compartido con nadie, aparte de Daniel, mis pensamientos, temores o ilusiones más profundas. Ni siquiera en las cartas a mi madre había llegado nunca a desnudar mi alma como se supone que lo hace quien desvela su intimidad a alguien en quien confía. Las amistades con Pilar, Francisca o Rosita habían sido cercanas, de afecto, afinidad y comprensión mutuos, pero nunca ninguna de ellas supo de mi yo más verdadero ni, si lo pienso bien, yo de los de ellas. Era normal que temiese alejarme de Daniel. Con él perdía la única relación donde podía ser sin disfraz ni disimulo. Por eso me había sentido tan tremendamente sola en los últimos años, porque para el resto de la humanidad yo era una almeja en su concha cerrada. Aunque mi capacidad diplomática me permitía mantener relaciones sociales aparentemente funcionales, en el fondo mi pudor marcaba una gran barrera entre mis sentimientos y el resto de la gente de mi entorno.

El cambio de condiciones en mi matrimonio me obligó a romper esa pared. Hice propósito de enmienda y comencé por lo más evidente, que era contar a mis compañeras lo que había ocurrido. Ellas reaccionaron con entusiasmo. A las cuatro les pareció apasionante mi historia de pareja y todas juzgaron emocionante la perspectiva que me abría el nuevo pacto.

—Tienes suerte, María —dijo Alizée—. Todas nosotras estamos solteras y sin compromiso. ¡Vamos a ser buenas compañeras de fiesta! —Rio con picardía.

—¡Y tenemos tiempo libre! —añadió Jacqueline—. Ya casi se está acabando el curso…

—¡Bien podíamos hacer un plan para el verano! —la interrumpió Haidée.

—¡Sí! ¡Irnos todas juntas de vacaciones! —se lanzó Alizée.

—¡A la playa, por favor! ¿Vamos a la playa? Decid que sí. ¡Vengaaa! ¡A la playa! ¡A la playa! —intervino Béatrice, entusiasmada.

Yo reía y me dejaba llevar por la alegría y el apoyo implícito de aquellas mujeres. Pero mi natural práctico no pudo evitar romper el encanto, aguar la fiesta.

—¿Vacaciones? Ya se ve que no tenéis una empresa. En verano me dedico a la editorial. Durante el curso apenas puedo atenderla…

—¡Buuuuuuh! —Haidée estaba encantada—. ¡Déjate de tonterías, María! Tenemos que celebrar tu nuevo contrato matrimonial, querida. No se hable más. Cuando ganemos la revolución y termine el curso, ¡todas hacia el mar!

—Y si no ganamos, también —respondió Béatrice—. ¿Por qué esperar al verano? Ya es primavera. Vayamos ya, el próximo fin de semana. ¿Qué nos lo impide?

Celebramos el comentario y desde ese momento el plan quedó hecho y pendiente de ejecución debido a los acontecimientos posteriores que lo frustraron. El 13 de mayo fue la huelga general. Estuvimos en la manifestación, donde parece ser que había como un millón de personas. El 17 empezó la huelga indefinida y nosotras, desde las universidades, la lideramos. Parecía que algo grande iba a cambiar. Que algo, profundo, se transformaría.

Es bien sabido cómo acabó todo. Está en los libros y en las hemerotecas. Todavía hoy hay diversas opiniones sobre los efectos de aquella gran movilización que resonó desde París por todo el globo. Hay quien opina que fue una gran *boutade*, que hubo más ruido que nueces. Yo creo que fue más que eso. Es cierto que no conseguimos cambiar el amor por la guerra, ni que la imaginación tomase el poder. Tampoco fuimos capaces de prohibir la prohibición. De hecho, y visto con perspectiva, estoy de acuerdo con quienes ahora dicen que llamar a aquello revolución es un poco exagerado. Pero, aun así, en mi opinión, lo que ocurrió en aquel primer semestre de 1968 supuso un punto de inflexión histórico de mucho valor. Fue un gran removedor de conciencias, un engrandecimiento del pensamiento crítico. El despertar de las existencias conformistas y dormidas, comenzando por la mía. Un instante en el que se juntaron el enfado por la injusta guerra de Vietnam, el desencanto de la juventud universitaria y el hartazgo de la clase trabajadora. Concuerdo con Sartre en que lo más importante del Mayo francés fue, en sí mismo, que ocurrió. Como dijo el compañero de Simone, «se produjo cuando todo el mundo lo creía impensable y, si ocurrió una vez, puede repetirse». Esa es la clave.

Para el feminismo fue esencial. Hasta aquel momento la lucha por la igualdad de derechos y oportunidades de las mujeres solo había sido tenida en cuenta en reducidísimos espacios académicos y en las fronteras de la marginalidad. En aquel punto, tomó las calles. Con sus trampas, por supuesto. No tengo ahora ya edad, fuerzas ni paciencia para detenerme a repetir lo que ya tantas veces he escrito acerca de la revolución sexual y su prisma androcéntrico. Puedo resumir mucho al afirmar que nos liberamos en apariencia para someternos de un nuevo modo. Que, como siempre, el verdadero deseo de las mujeres quedó supeditado al masculino. Pero eso no me impide admitir y defender que desde el Mayo francés los derechos de las mujeres, la filosofía y la ética del movimiento civilizatorio que es el feminismo, quedaron para siempre insertados en la cuestión de los derechos humanos. Cuando en 2018 tuvo lugar el #MeToo, lo primero que pensé fue: «Vaya, solo nos ha llevado cincuenta años que el feminismo se volviese global». Sin sarcasmo. Había asumido que iba a demorar más, que no sería testigo. Sin embargo, he llegado a verlo. Por poco, eso sí.

Conocí a un hombre que celebraba dos cumpleaños. Uno era en la fecha del día de su nacimiento. El otro, en la de aquel amanecer en que se había librado por los pelos de ser asesinado por el comandante Castejón, el infame jefe en la guerra del infame Pedro Paredes, en los fusilamientos del 5 de agosto de 1936 en Llerena, cuando contaba tan solo catorce años de edad. Yo, que también estuve a punto de perder la vida un par de veces, celebro tres aniversarios, pero ninguno relacionado con esos momentos. Uno es el 8 de enero, la fecha en que nací en el lejano año bisiesto de 1924. El segundo no es en la fecha de la noche en que Rosita y yo nos libramos de las balas de Facundo ni de cuando escapé de Vilamil. Es el 12 de mayo de 1968. Aquel día empecé de verdad una vida nueva. La gente que me conoce y sabe mi historia suele reaccionar extrañada cuando digo esto. Podría parecer que yo empecé muchas vidas. Que huir de la aldea habría sido terminar una y empezar otra, al igual que emigrar, huir de Argentina, volver a Buenos Aires, casarme con Daniel, matar a dos asesinos, pederastas y violadores, o convertirme en profesora universitaria y editora en París. Pero no es así. Todos esos fueron acontecimientos de una única vida, la que puedo definir como la primera de las tres que compusieron mi existencia. La segunda empezó cuando Daniel y yo firmamos el nuevo contrato, un acontecimiento en apariencia tan poco relevante comparado con lo que vengo de enumerar, pero en realidad mucho más transcendente.

Como ya he comentado, casarme con Daniel me había proporcionado mucha seguridad. Principalmente, la de contar con un compañero leal, pero también en lo económico y en lo social. No obstante, sin que yo me diese cuenta ni él lo hubiese pretendido, esa asociación me había restado otra libertad. Acostumbrada como estaba antes de nuestra unión a salir por mi cuenta de cuanto contratiempo se me presentase, al principio había sido un gran alivio la red que había crecido bajo mis pies. Mas, con el paso del tiempo, esa misma malla estaba dificultando mi caminar, aunque yo no lo había notado. Fue quitarla, o más bien apartarla un poco, y sentir que de nuevo podía correr y hasta pensar en bailar. Como solía, mi marido tenía razón. Podía ver dentro de mí mejor que yo misma. Siempre lo admiraré y le estaré agradecida por eso.

En junio de 1968 nos pusimos manos a la obra con la materialización de nuestro acuerdo. Cuando me vi manejando mis propias cuentas y administrando mi tiempo yo sola, experimenté algo de vértigo. Y también mariposas. Independizar economías y horarios acabó requiriendo también una separación de espacios. Ahí entendí lo del cuarto propio de Virginia Woolf. Para no perder las apariencias, que por mucho París y muy modernos que nos creyésemos era algo que no nos podíamos permitir, alquilé un pequeño apartamento con la excusa, de cara a la galería, de disponer de un local para la editorial. Así que, sin tener idea del concepto, monté mi pequeño apartamento de soltera con despacho de editora incluido. Cuando comenzó el curso 1968-1969 ya estaba instalada en una coqueta buhardilla del barrio de Nanterre, algo lejos del centro de París, y también, de las miradas de conocidos y de la vecindad de los últimos años.

La expectativa que creé para mí misma fue acertada esta vez. Esperaba ser capaz de poder abrirme a las amigas, de pasar tiempo de ocio fuera de la lectura. Había decidido firmemente lanzarme al mundo, aunque me costase. Y sí que fue duro, pero lo conseguí como siempre hice con aquello que me propuse. También fue sencillo. Solo tuve que aceptar algunas de las muchas invitaciones y propuestas que constantemente recibía y que había acostumbrado a rechazar siempre con amabilidad. Me forcé a interesarme por aquellas ofertas y me sorprendió gratamente lo que encontré. Noches de poesía, exposiciones de arte, funciones de teatro, salidas al cine, fiestas y tertulias, viajes y escapadas en pandilla a la playa, la montaña y otros lugares de Europa… Al cabo de unos meses mi pequeña buhardilla se había convertido en uno de los puntos de referencia para la hidalguía de la intelectualidad de París y también para las nuevas generaciones de creadores y pensadores.

A mi parecer, todo rodaba sin contratiempos. Cada dos o tres semanas mi marido y yo quedábamos para comer juntos y ponernos al día. Muchas veces acabábamos pasando largas tardes de amor y sexo en nuestra casa. Y también seguíamos compartiendo una pequeña agenda social, la que correspondía para cultivar las relaciones públicas más imprescindibles de la compañía Martin. Fue uno de esos compromisos el que propició el estallido. Habíamos quedado para comer con un grupo de inversores a los que Daniel quería convencer para que aportasen dinero a la nueva aventura de Eduardo Barreiros. Era aquel gallego que nos había hecho un tractor para la casa de Vilamil en el año 50. El hombre había tenido una trayectoria increíble. Había terminado en Madrid siendo el primer gran empresario de la automoción en España para luego caer en desgracia tras un desafortunado acuerdo con la Chrysler fomentado por el propio franquismo, que lo había llevado a la ruina. En 1962 se había marchado a La Habana y allí estaba, colaborando con el gobierno cubano y con la Revolución.

Daniel y Eduardo habían mantenido el contacto todos aquellos años, y ahora mi marido pretendía involucrarse en su aventura, desafiando el bloqueo comercial a Cuba impuesto por Estados Unidos. Cuando me contó su plan, me gustó. Me alegró ver en él de nuevo la inquietud social. Que desease arriesgar, jugar una baza para apoyar el entonces ilusionante proyecto social de la isla caribeña, me pareció loable y muy buena señal. El Che acababa de ser asesinado en Bolivia y el ambiente político internacional tenía muchos ojos puestos en la patria elegida de mi hermano Esteban. No había dudado en apoyarlo y me había comprometido a acompañarlo a aquel encuentro, donde mi perfil de filósofa e intelectual podía jugar mucho en su favor.

El día de la comida habíamos quedado en rue de Varenne. En la buhardilla de Nanterre no tenía gran cosa, solo alguna ropa de uso cotidiano, la foto, ampliada y enmarcada, de mi madre junto al lar que me había regalado Daniel y lo imprescindible para el día a día. Me gustaba que fuese así, me sentía liberada del código de la vestimenta y también seguía manteniendo un pie importante en mi hogar. Mi ropa formal permanecía en su lugar en la casa común, al igual que los libros y los demás recuerdos. Por consiguiente, lo más práctico era reunirnos en el piso, donde yo me vestía para la ocasión y echaba mano de su asesoramiento, que, por muy eficiente que pareciese el sistema que había pergeñado para no meter la pata en esos asuntos, siempre me venía bien.

Cuando llegué, él ya estaba listo. Había hecho café y me esperaba, animado, en la cocina. Yo me había levantado tarde a causa de las pesadillas y llegué recién desayunada, así que decliné la invitación y fui directamente al dormitorio para escoger la vestimenta. Daniel me siguió con la taza caliente en las manos y se sentó en la cama mientras yo me desnudaba y abría las puertas del armario. Estaba de espaldas a él y hablábamos animadamente sobre cómo iba a ser el encuentro. Siguiendo sus indicaciones, escogí un traje de pantalón y chaqueta color granate y un jersey beis, fino y de cuello alto, para debajo de la americana. Pese a que hacía mucho frío, pues era diciembre, iríamos en coche y el encuentro era en un restaurante, así que no necesitaba abrigarme más de la cuenta. Con todo eso en la mano, me giré con la intención de dejar caer las prendas sobre la cama antes de ponérmelas. Fue entonces cuando los vi.

Sobre la mesilla —sobre mi mesilla— había un platillo de café con dos pendientes encima. Eran grandes, a la moda de la época, con forma redonda y un estampado psicodélico. Yo ni siquiera tengo las orejas agujereadas. Una vez, al poco de casarnos, intenté ponerme unos aros de esos que se sujetan al lóbulo con una pinza. No los aguanté ni media hora. Aunque no tengo criterio para la moda o la etiqueta, sí tengo gusto. Eran horrendos. Feos. Los pendientes, y lo que significaban.

Daniel no se dio cuenta de mi descubrimiento ni del respingo que di. Fui hábil, me apresuré a meter la cabeza en el jersey. Como suelo, me enredé dentro y cuando localicé el hueco para salir mi cara estaba algo congestionada, con lo que mi estado alterado pasó desapercibido para él. Me había cambiado radicalmente el humor, pero hice un esfuerzo sobrehumano por disimular. Le metí prisa —al fin y al cabo íbamos muy justos de tiempo— y con el apremio también camuflé mi desasosiego.

La comida se me hizo insoportable. No cumplí ni de lejos con mi misión de mediadora y relaciones públicas. Seguí las conversaciones lo justo para no parecer completamente ida y cubrir el expediente, mirando cada pocos minutos el reloj de la pared del restaurante. La sobremesa fue eterna. Yo no podía parar de pensar en aquellos pendientes y en su significado. Aunque en el plano racional había sido consciente de que nuestro nuevo acuerdo implicaba la posibilidad de aventuras sexuales con otras personas, en la práctica no lo había asimilado. En el fondo, me había convencido de que ponerlo por escrito entre nosotros había sido suficiente para que mi marido se sintiese satisfecho y jamás había imaginado que pudiese ser una realidad. Pero aquellos aretes sobre el plato de café habían plantado la evidencia delante de mis narices.

No conseguía apartar de mi imaginación la idea de Daniel desnudo, excitado, acariciando un cuerpo diferente al mío, gozando de la intimidad con alguien ajeno. Por supuesto, tenía que ser una mujer mucho más joven y hermosa. También más interesante, claro. Pasé por varias fases en lo que duró el encuentro de negocios. Empecé por el desconcierto. Le siguió una muy breve etapa de negación. Luego, la ira, la furia, la rabia. Después, la lástima y la autocompasión. A continuación, de nuevo la rabia. Y en la rabia estaba cuando acabó aquello.

Nos despedimos de aquella gente, con la que se fijó una nueva cita para la mañana siguiente, y subimos al coche de Daniel. Yo iba callada. La cólera que me invadía era muy fuerte. Nunca antes había sentido celos. Son una emoción muy dañina. En aquel instante lo odiaba profundamente. Tanto que no podía mirarlo ni hablarle. Él, que no era ningún tonto, hacía ya un buen rato que se había dado cuenta de mi mal humor. Estaba disgustado porque le había fallado en la misión, pero también sorprendido y claramente preocupado por mí. Como siempre, con su cuidado y delicadeza habituales, puso más atención en lo segundo. Y esa cualidad, que tanto amé en él, esta vez me superó. Sentí que era el colmo que, encima, se comportase con tanta consideración. Ya la podía tener para no andar acostándose con otra. No era consideración, no. Era condescendencia. Así razonaba en aquel momento. No me siento orgullosa, lo reconozco. Pero soy humana y hace mucho que me perdoné. Por más que preguntó, no le respondí. Exasperado, se rindió.

—Vale, pues no me hables, María. No te entiendo, *love*. Dime por lo menos dónde quieres que te deje. ¿Vienes a casa?

Me enfurecí todavía más. ¿A casa? Pero ¿qué casa? ¡Aquella ya no era mi casa! Era la casa a la que llevaba a su amante. No iba a dormir nunca más en aquella cama, antes nuestra, ahora profanada. Me contuve y no le grité. En el fondo, muy en el fondo, sabía que él no me había traicionado. Que no me había mentido. Que teníamos un trato que yo había aceptado y del cual me estaba arrepintiendo profundamente. Por eso no monté un escándalo. Me limité a responder de manera tajante.

—Déjame en Nanterre.

Así lo hizo. Me bajé del coche sin despedirme y dando un sonoro portazo, unos metros antes del portal de mi estudio. Allí había un café donde habitualmente tenían lugar tertulias sobre literatura y actividades culturales llamado Café de Nanterre. Percibí cierto ajetreo y entré sin pensármelo.

El café me resultó acogedor. Era un evento típico de aquellos tiempos, un recital bohemio de viernes por la noche. Una chica declamaba poesía en castellano en un rincón, acompañada por una violinista. Era un ambiente íntimo y recogido. Desde todas las mesas se obtenía una perspectiva excelente. Escogí una que estaba vacía, en la esquina opuesta, alejada de las miradas. Adiviné algunas caras conocidas entre el público, por suerte nadie especialmente cercano con quien me habría sentido en la obligación de socializar en aquel mal momento. Agradecí la protección del local, de la tenue luz y del ronroneo de la voz de la muchacha con su acento porteño, inconfundible para mí. Era la alternativa perfecta para no tener que quedarme sola conmigo misma en la buhardilla. Un camarero se acercó y pedí un tinto francés, *n'importe quel*. Tras la primera copa, le indiqué que me dejase la botella en la mesa.

La brisa del Mar del Plata
eriza la piel de mi abrigo.
Bajo el frío de mayo,
tu mirada
pregunta dónde me hallo.

—Estoy aquí, amor —te respondo.
—No te veo —te lamentas.
Lágrimas de mar de plata,
agua dulce y sal en tu cara a
dorada.

La poeta era buena. Carismática, le quedaba bien el escenario. Era atractiva, tenía un saber estar llamativo que captaba la atención del público. Pese a que la mayoría no debía entender el texto, ella conseguía atrapar con el tono, la modulación, la comunicación no verbal y su presencia. La música estaba bien escogida, el talento y la sensibilidad de la violinista ponían el broche adecuado a la creación. Los versos, pensé, eran algo previsibles. La temática, como siempre, el amor. «¡Siempre el amor! ¿Es que no hay más temas en la literatura universal? El amor y el desamor. El amor romántico… Maldito amor».

El vino iba templándome por dentro. También me atontaba un poco y me adormecía. Necesitaba eso para rebajar la ira que, despacio, iba convirtiéndose de nuevo en tristeza. Me fui dejando llevar por la embriaguez, acomodándome en la silla mullida, tras la mesa. Pedí una segunda botella justo cuando el recital terminó con un sonoro aplauso de la concurrencia.

Buena parte de la asistencia se fue un poco después. Se aproximaba la hora de cenar y había citas en las casas, en las *brasseries* y en los restaurantes del barrio. Alguna otra gente se quedó alrededor de las mesas, bebiendo, hablando y riendo. Eran sobre todo jóvenes con pinta de universitarios. La más concurrida era la de la poeta, donde se celebraba su éxito. Fue ella la que reparó en mí. En un momento impreciso entre mi sexta y mi octava copa de vino, abandonó su círculo y se acercó. Tenía una mirada castaña clara y limpia y una sonrisa espléndida de actriz de cine, con los dientes muy blancos y bien alineados tras una boca casi perfecta. Calculé que andaría por los veintipocos.

—¿Puedo? —mientras preguntaba, ya había tomado asiento. Yo asentí sin mucho ánimo. Ella me miró con curiosidad, al tiempo que de un modo algo retador—. ¿Nos conocemos? ¡Me suenas tanto!

—No creo —respondí con desinterés—. O puede que te haya dado clase…

—¡Ah, claro! —me interrumpió—. ¡Ya caigo! ¡Eres madame Martin! —Sonrió ante la satisfacción de caer en la cuenta—. Caray, llevaba toda la noche pensando: «¿De qué me suena?» ¡Pues claro! ¡Tú me diste clase de Ética el año pasado! —Se dio un leve golpe con los nudillos en la cabeza, como recriminándose el despiste—. Pero no te situaba aquí, eso es lo que me descolocó. —Volvió a mirarme, de nuevo con esa expresión de curiosidad mezclada con un cierto desafío—. ¿Y tú? ¿Me recuerdas?

—Me parece que no. —Yo seguía malhumorada, y también bebida. La joven me estaba resultando un poco intrusiva y no conseguía ser amable con ella, pese a que debía intentarlo, aunque solo fuese porque había sido alumna mía—. ¿Cómo te llamas? Recuerdo mejor los nombres que las caras…

—Violeta. Violeta Torres, me sentaba al lado de…

—De Alizée, sí, ya me acuerdo. —Sin querer, había esbozado un amago de sonrisa—. Eres buena estudiante, ¿verdad? Tenías buenas notas, creo… —Ella sonreía y asentía. No sé por qué, sentí la necesidad y el impulso de disculparme con ella—. Me tienes que perdonar, Violeta. Hoy no es el mejor día de mi vida… Pero me ha gustado el recital, tienes potencial, aunque todavía te queda mucho que trabajar y mucha piedra que picar…

—¡Gracias! Es un honor que me digas tú, precisamente tú, con lo que te admiro, que tengo talento. ¡Tú, mi editora más respetada, un referente para todas nosotras! —Ahora ya estaba visiblemente emocionada—. Oye, madame Martin...

—María, *s'il te plait*.

—¡Vale! Oye, María, ¿por qué no te vienes a nuestra mesa? Los del café no pagan, pero dan de cenar a las poetas y a las amigas de las poetas. Deben estar a punto de traernos el tentempié... —Yo empecé a negar con la cabeza—. ¡Que sí! ¡Vamos a cambiar ese día malo! ¡Venga! ¡Arriba!

Se puso en pie y, tirándome del brazo, me conminó a ir tras ella. Cuando intenté conseguir la verticalidad todo el local empezó a girar a mi alrededor y casi me caigo de nuevo en el asiento. Ella me ayudó, y así pude llegar con bastante dignidad hasta donde se sentaba su pandilla.

La velada se prolongó varias horas en las que seguimos un buen rato alrededor de la mesa. Hablamos de filosofía, de política. El grupo me convirtió en la atracción principal, emocionados por compartir tertulia y copas con una mujer de mi prestigio, y a mí, por una vez, me sentó bien la atención y me dejé llevar. Tras el café, quedábamos ya tan solo unas cuantas rezagadas. Proseguimos la noche en otro local más noctámbulo para terminar en la sala de estar del piso de estudiantes que Violeta compartía con tres compañeras de la universidad y que venían también en el grupo. En algún momento que no recuerdo, me dormí en el sofá.

Desperté de madrugada en medio de aquella sala oscura, fría y desordenada. Era muy tarde en la noche cuando habíamos llegado y no había amanecido cuando volví en mí, así que no debía haber dormido más que unas pocas horas. Me llevó un poco recordar dónde me hallaba. Violeta dormía plácidamente a mi lado, abrazada a mi espalda, con el brazo izquierdo rodeando mi cintura y la mano apoyada en mi cadera. Algún alma caritativa nos había echado una manta por encima, gracias al cielo, porque lo que no estaba bajo su protección, como mi nariz o mi mano izquierda, estaba congelado. El sofá era viejo e incómodo, a duras penas una persona sola habría podido descansar en él. Dos, era imposible. Quise moverme, acomodarme, y mi cuerpo protestó. No había llevado la cuenta de los vinos, pero habían sido muchos. Anhelaba estar en la cama caliente y confortable de mi piso. Mas para eso, debía levantarme, salir de aquel apartamento, donde quiera que estuviese, y llegar a la buhardilla. No me sentía, ni de lejos, con fuerzas para abordar tamaña proeza.

Por un instante, Daniel y los pendientes volvieron a mi memoria. Una corriente de indignación trepó desde mi estómago hasta la garganta y se quedó allí atascada. Hice un amago de levantarme, intentando apoyar el peso en el brazo derecho, que se me había quedado atrapado entre las costillas y el cojín del sofá. Instintivamente, Violeta se revolvió y me apretó algo más fuerte, como rechazando que nuestros cuerpos se separasen. El brazo no me respondió, así que lo intenté de nuevo. Entonces ella hizo algo con lo que yo jamás habría contado. Me apretó de nuevo, más fuerte, haciéndome tomar conciencia de que ya no dormía. Sorprendida, yo no reaccioné. Como acostumbro, me quedé paralizada ante lo inesperado. Ella acercó la boca a mi cuello y comenzó a besar, despacio, la poca superficie de mi nuca que no cubría el cuello del jersey. Sentí su aliento cálido, la humedad de sus labios y de su lengua en contacto con mi piel, que reaccionó instantáneamente erizándose. Con lentitud, como si estuviese investigando el camino o tanteando mi reacción, ella avanzó con la mano desde mi cadera hasta la botonadura de mi pantalón y lo desabrochó con maestría, usando solo dos dedos de la mano izquierda.

Yo seguía paralizada. Sentía la electricidad de la excitación recorriendo mi sistema nervioso, la humedad apoderándose de mi entrepierna, y no me podía mover. Me costaba entender lo que estaba sucediendo a la vez que sabía perfectamente lo que era. Ella, claramente, interpretó mi inacción como un permiso para continuar, o por lo menos para intentarlo, y así lo hizo. Deslizó una mano fría por la abertura del pantalón y fue directa hasta mi vulva, donde localizó enseguida, con una habilidad hasta entonces desconocida por mí, mi clítoris, que estimuló dibujando pequeños círculos sobre y alrededor de él con la yema suave de su dedo corazón. Mientras, seguía besándome la nuca, me lamía la oreja. Sus jadeos, progresivamente más altos, resonaban en mi oído de un modo que resultaba tremendamente excitante, por sentir la excitación de ella. Con dulzura, hizo que girase sobre mí misma y empezamos a besarnos mientras nuestras manos acariciaban ansiosas el cuerpo de la otra. Metió las suyas bajo mi fino jersey y lo enrolló hacia arriba junto con el sostén hasta dejar mis pechos al descubierto y luego besar, lamer y pellizcar mis pezones. Siguió ahí enganchada hasta que, sin palabras, como pude, le hice saber que estaba del todo excitada. Ella tiró de mi pantalón para quitármelo con las bragas incluidas y sumergió su hermosa cabeza entre mis piernas, practicándome un cunnilingus hasta que exploté en un estruendoso orgasmo de puro placer. Entonces se sentó a horcajadas sobre mis muslos y se masturbó hasta derramarse de placer ella también mientras yo la miraba fascinada. Luego se dejó caer a mi lado, tiró de la manta para arroparnos y me abrazó fuerte mientras seguía acariciándome la piel del vientre, manteniendo un leve calambre activo en lugar de dejarme reposar.

Yo seguía muda. Recuperaba el aliento poco a poco, pero la cabeza me hervía y las cosquillas seguían recorriéndome el cuerpo entero. No sabía qué pensar ni qué hacer, así que permanecí todo lo hierática que fui capaz. Ella ronroneaba como una gata, me besaba, me acariciaba, me hablaba con dulzura y emoción.

—Cómo me gustas, madame Martin. —Y otro beso en el cuello, y otro más, y un mordisco leve en la oreja—. Pero mucho mucho. Me pones al rojo vivo, madame Martin… —Visto que yo no respondía, ni física ni verbalmente, me interpeló—: ¿Te ha gustado? ¿Quieres más?

—Sí. —Fue más un ronquido que una palabra. Me sorprendí al decirlo. Pero era cierto. Sí, quería más. Ella sonrió satisfecha y, de nuevo, con aquella expresión desafiante en la mirada. Quise besar su boca perfecta y me contuve una vez más.

Violeta se levantó. En algún momento se había ido desprendiendo de la ropa y estaba completamente desnuda. Se puso en pie junto a mí y me tendió la mano.

—Vamos a la cama. Esto es muy incómodo y frío. Debe estar nevando ahí fuera.

Como sonámbula, me aferré a su mano, me puse de pie y la seguí hasta su cuarto, con la chaqueta y el jersey, pero sin pantalones, bragas ni calzado. Una vez allí, me ayudó a desnudarme, deshizo mi moño y, de pie, se dedicó durante unos minutos infinitos a acariciar cada resquicio de mi piel. Luego nos acostamos en la cama para seguir haciendo el amor durante lo que, creo, fueron horas. Unas horas de placer físico como yo no había conocido hasta aquella madrugada.

—¿Y ahora qué?

Violeta me observaba, curiosa. Se había sentado al pie de la cama en la posición del loto. Tenía un cuerpo precioso. Joven, elástico, suave. Los pechos, pequeños y firmes, apuntaban hacia mí en cualquier postura. Toda ella parecía un desafío. Yo, por el contrario, estaba hecha un guiñapo. Me cubría pudorosa con las sábanas y no paraba de pasarme la mano por el pelo, intentando que lo que debía ser un amasijo de rizos naranjas parecido a un estropajo viejo y gastado no pareciese tal desastre. Ella me había traído un café con leche porque no me atrevía ni a salir del cuarto. Temía que alguien en la casa de estudiantes me viese de aquella guisa.

—¿Ahora qué de qué? —respondí. No tenía ni idea de qué contestar, aunque intuía el sentido de su pregunta.

—Pues que ahora qué, madame Martin. ¿Qué sientes, qué quieres, qué piensas? ¿Sigues pensando en el Daniel ese y los pendientes psicodélicos? —Me sobresalté. ¿Cómo sabía eso? Ella rio discretamente y me habló con ternura—. Bebiste mucho ayer, madame Martin. Cuando las demás se fueron, me contaste todo eso. Tienes motivos para estar disgustada, por cierto. Vaya elemento... —Respiré aliviada. Por lo menos, solo se lo había contado a ella. Violeta supo lo que pensaba—. Sí, tranquila, querida. Bebiste, pero no perdiste las formas hasta muy tarde, cuando ya no había testigos, solo tú y yo…

—Pues ahora, no sé, Violeta —la interrumpí—. No tengo ni idea. Esto es nuevo para mí. Pero veo que no lo es para ti. Igual puedes orientarme.

Había sonado algo agresiva, con un punto de sarcasmo, porque me sentía incómoda con la situación. Ella reaccionó algo a la defensiva.

—Ni tanto, mujer, ni tanto. Ahora, será lo que tú digas, madame Martin. Me tienes a tus pies.

Gateó por la cama hasta llegar a mí y me besó en la mejilla. Después, con un brinco ágil tomó tierra, se vistió en un suspiro y se plantó en la puerta. «De verdad —pensé— que parece una gata».

—Me marcho. Te dejo espacio y tiempo para que te organices. Ya sabes dónde encontrarme.

De nuevo, reaccioné con parálisis y me quedé mirándola totalmente descolocada. Ella me lanzó un beso por el aire.

—Te quiero, madame Martin. Me has enamorado. No tardes demasiado, por favor.

Y se fue alegremente dejándome en su casa, en su cama, con la taza de café entre las manos, huérfana de su presencia y con una gran cara de tonta. Lógicamente, tras el breve lapso que me llevó reaccionar, tomé la única decisión posible, que era irme yo también, cuanto antes, de aquel piso y buscar refugio en mi buhardilla. Reagruparme conmigo misma y valorar la situación. Hacer control de daños.

De pronto me puse a dar vueltas a lo loco buscando mi ropa en aquel cuarto desordenado. La chaqueta y el jersey aparecieron enseguida, ni rastro del resto de las prendas. Claro, estaban en la sala. Con la parte arriba puesta, me envolví en una sábana y salí a buscarlas. La casa estaba desierta. Nadie había recogido los restos de la fiesta. Encontré los pantalones con las bragas dentro, arrugados al pie del sofá. Me los puse y di con las medias, enterradas bajo una gata carey de pelo largo a la que le costó renunciar a ellas. Los zapatos y el abrigo los encontré ya en la puerta de salida a la calle. Me vestí y salí como un rayo.

A lo largo de mi vida, el ocio nocturno apenas había aparecido en mi radar. Como muchas veces había comentado Daniel, los hechos vividos desde niña habían hecho de mí, en cierto modo, una vieja antes de ser siquiera una joven. En los meses que Pilar había pasado con nosotros, allá por 1952 (ya hacía diecisiete años), sí que habíamos llegado a compartir algunas veladas bohemias que habían sido contenidas y prudentes. Nunca antes, hasta aquella noche de diciembre de 1969, había bebido yo hasta perder los recuerdos o llegar al extremo de contar mi intimidad a una desconocida.

De camino a casa, mientras buscaba un taxi, mal abrigada bajo una fuerte ventisca, poco pensé. Ni siquiera se me había ocurrido pasarme un peine por el pelo. Un escaparate me mostró de reojo mi aspecto, y concluí que parecía una mendiga a la cual alguien había regalado un abrigo caro.

Ya en el taxi, di en meditar acerca de mi inexperiencia en lo tocante a la diversión, la despreocupación y el aprendizaje de dejarse llevar. La primera emoción que me había invadido al verme en la calle, con aquella facha y tras no haberme presentado a la cita de la mañana con Daniel y los inversores, había sido la culpa. Una emoción que, por cierto, conocía muy bien y pude identificar en cuanto me golpeó en el estómago. Descartarla era otro asunto, claro. Porque no solo había pasado una noche de juerga loca. Eso habría sido sencillo de superar, sobre todo si lo enfocaba como una pequeña venganza hacia Daniel. Pero había otro ingrediente mucho más complejo que me desazonaba. Era, evidentemente, lo ocurrido con Violeta. El sexo. Sexo con una mujer. Algo que nunca, jamás, había pasado por mi imaginación. Sí que sabía que existía. En el feminismo, algo se hablaba ya de eso a punto de llegar la década de 1970, pero me quedaba lejos, ya que me tenía por heterosexual sin lugar a duda. Sin embargo, la experiencia con Violeta había sido increíble y me había encantado. Era imposible negarlo.

La homosexualidad, incluso en la moderna Francia posterior a Mayo del 68, era una desviación de la conducta. Un fallo en el sistema. A diferencia de lo que ocurría en la oscura España, y también en muchos otros estados *modernos* y democráticos, no estaba prohibida ni perseguida por la ley, pero no era bien recibida ni estaba, desde luego, normalizada como ahora. Hasta donde yo conocía, en los hombres era vista como una vergüenza entre las clases conservadoras y una extravagancia de artistas en mi entorno. Y en las mujeres… no era vista. El lesbianismo era secreto, tabú. Ahora sé que esa mentalidad radicaba en la perspectiva androcéntrica sobre la que se construía todo el discurso de la sexualidad humana, que no concebía el placer sin la intervención de un pene, de un varón. Y que además se basaba en una masculinidad que necesitaba un antónimo para definirse: ser hombre era no ser mujer, no ser *menos*. Donde la construcción del deseo y los afectos pivotaban eternamente sobre lo masculino, sus teóricas necesidades y los elementos que requería para ratificarse en la supremacía sobre las voluntades y los cuerpos de las mujeres. Eso no lo había cambiado nuestra pequeña revolución, ni lo había pretendido. Todavía hoy me atrevo a decir que cambió mucho menos de lo que nos quieren convencer, pero en aquel entonces mi pensamiento y el de las compañeras filósofas a las que había leído no había avanzado tanto.

Cierto es que todas mis experiencias sexuales habían sido con Daniel, mi único compañero. Porque lo ocurrido con Pedro, eso lo sabía ya en el momento y lo mantengo ahora, no había sido sexo, sino una agresión violenta, un abuso de poder que nada tenía que ver con eso. Y con Daniel no había llegado a sentir lo que aquella noche pude comprender que existía. La pasión. Esa emoción sobre la que había leído, pero que pensaba que no me correspondía y que no había echado de menos. Sí que había placer en nuestros encuentros, que yo buscaba y propiciaba porque me gustaban, en lo emocional y en lo físico. Había tenido orgasmos con él a montones en todos aquellos años. Él sabía cómo contribuir para que yo alcanzase el clímax, con buena técnica y paciencia, y las más de las veces así sucedía. Y también había aprendido a conseguirlos por mi cuenta mediante la masturbación, que me reservaba para mí sola y jamás se nos ocurrió introducir en nuestros encuentros. Ambos habíamos sido conscientes desde el principio de que el sexo era parte de nuestra convivencia y habíamos ido creciendo en él juntos, al igual que con tantos otros aspectos vitales. Hablábamos de él, aprendíamos. Pero nunca nunca nunca había sentido lo que con Violeta. El hambre. El apremio. El deseo subyugante. La excitación que se había apoderado de cada célula de mi cuerpo. La necesidad de más. No querer terminar, desear hacer el momento eterno. La ligereza de dejarme llevar, de sentir, de disfrutar sin límite ni barrera. Eso era nuevo. Y daba miedo.

Me asustaba pensar qué podría ocurrir si a Violeta le daba por presumir de su hazaña y acababa por saberse que yo, la reputada profesora de Filosofía de Nanterre, la genia, la estudiante brillante, la editora de éxito, la burguesa intelectual, había acabado entregada en la cama de un piso de estudiantes con una joven a la que doblaba en edad, deshaciéndome de placer. Al fin y al cabo, no la conocía, ¿no? Entré en pánico.

Llegar a la casa fue un alivio. La buhardilla me pareció un oasis, mi refugio. Allí estaba a salvo del frío, de Daniel, de Violeta y del mundo entero. Cerré la puerta con doble vuelta de llave, prendí las estufas y me preparé un baño caliente con sales en el que me zambullí como si de una poción mágica y sanadora se tratase. Antes, me atreví a mirar mi reflejo en el espejo. Me asombró la imagen que me devolvió. Sí que llevaba unos pelos de película de miedo, pero por lo demás tenía un aspecto excelente. La piel del rostro centelleaba, las bolsas oscuras que esperaba ver bajo mis ojos no estaban. Tenía muy buena cara y la melena enredada me daba un toque salvaje bastante atractivo.

Todos y cada uno de mis músculos y huesos agradecieron el baño. Los noté reblandecerse tal como iba recobrando la temperatura. Justo cuando empezaba a respirar, pues la presión del pecho se había vuelto insoportable en el camino de vuelta a casa, el teléfono repiqueteó con estruendo desde la sala. Supe que era Daniel. Debía estar entre enfadado y preocupado por mi desaparición. Lo había dejado solo ante la reunión de la mañana sin previo aviso, y eso no encajaba con mi proceder habitual, y menos con él. Encima, seguro que se había quedado con la mosca detrás de la oreja dado mi súbito enfado del día anterior. Debía responder y aclarar las cosas. No me sentí con fuerzas y elegí permanecer en el agua hasta que comenzó a enfriarse. Luego me sequé bien, también el pelo, comí y fui a tumbarme en la chaise longue de la sala. Me quedé frita.

Cuando me espabilé, ya todo estaba oscuro en el exterior. Pero en París, en diciembre, es de noche a las cuatro de la tarde. El reloj confirmó que mi siesta no se había alargado tanto, eran las solo las cinco. Me sentía renovada y totalmente recuperada de los efectos del alcohol y de la maratón sexual.

De pronto la perspectiva de quedarme allí metida no se me antojó prometedora, aunque sabía que debía concentrarme en mi nuevo problema. Debía llamar a Daniel y debía pensar en Violeta.

Estaba cavilando por dónde empezar cuando el teléfono retumbó de nuevo y respondí sin pensar. Sí, era él.

Tal como había previsto, Daniel estaba más preocupado que molesto. Pero a medida que íbamos hablando y le explicaba lo que me había pasado el día antes, la preocupación fue desvaneciéndose y empecé a percibir los primeros signos de enfado. No era propio de él. El privilegio de la irracionalidad y la impulsividad siempre había estado de mi lado en nuestra relación. Era yo quien se salía de tono o se enfurruñaba, con razón y sin ella, y él quien deshacía el desencuentro con empatía y comprensión. Pero en esta ocasión su paciencia estaba al límite. Mi comportamiento del día anterior le había generado una gran inquietud y mi desaparición solo había hecho sino aumentar el malestar. En el momento en que supo que no estaba enferma o accidentada, se enojó conmigo. Cuando le conté que mi reacción había sido beber y salir de fiesta, se enfureció. Por un momento se me pasó por la mente contarle lo de Violeta. Menos mal que el sentido común se impuso rápidamente y me lo impidió.

—No eres una niña, María. ¡Ese comportamiento no es propio de una mujer decente de casi cuarenta y seis años! —La palabra «decente» me puso en guardia. No contaba con eso—. Pero ¿en qué estabas pensando? ¿Qué querías, vengarte de mí haciendo el ridículo? —Bajó el tono para añadir algo que, para mí, fue el remate—: No esperaba esto de ti, *love*. Pensaba que eras más inteligente…

Colgué el teléfono. No reconocía a Daniel en sus palabras. Me había sentido agredida, herida, insultada. El tono paternalista y victimista que había empleado no cuadraba con el hombre con el que había convivido los últimos casi veintidós años. El teléfono volvió a repiquetear enseguida, pero no lo atendí. Ante la insistencia, tras cortar la última llamada lo dejé descolgado para que no sonara más.

No podía quedarme en casa. La discusión con Daniel me había alterado. Estaba nerviosa, enfadada, confusa. El baño y la siesta me habían dado fuerzas. Necesitaba moverme, y mi pequeña buhardilla apenas me permitía dar unos cuantos pasos. Me vestí rápido, empleando la fórmula que nunca fallaba: todo negro. Pantalón, jersey, botas, bufanda, gorro, abrigo, guantes. Lista para la nieve, la noche y diciembre, enfilé la calle sin haber previsto el destino. Ya en el exterior, se me ocurrió que podía ser buena idea buscar el apoyo y consejo de una amiga, y me dirigí hacia la casa de Haidée, quien, por fortuna para mí, no había hecho planes aquella noche de sábado y me recibió con los brazos abiertos.

—Estás guapísima. —Fue lo primero que me dijo. De nuevo, me sentí incómoda con su manera de alabarme y seguía sin entender por qué.

Decidimos salir a cenar. Escogimos mi restaurante favorito, el de Trocadero que tenía aquellas vistas espectaculares sobre Champs de Mars y donde se había concretado el pacto con Daniel unos meses atrás. Otra vez, y sin haber aprendido nada de la velada anterior, tiré del vino tinto como recurso para soltar los nervios y la lengua. Le conté todo a Haidée. Absolutamente todo, con pelos y señales. Ella escuchó la historia en silencio, muy atenta e interesada. Cuando terminé, yo también callé, a la expectativa de su reacción, que demoró, para mi gusto, un poco más de lo necesario. Finalmente, dejó salir un largo suspiro y habló.

—Ya lo sabía yo. Nunca fallo.

—¿Qué quieres decir?

—Que ya sabía yo que tú eras de las mías, María. La que no lo sabía eras tú…

Badaboum. Haidée era lesbiana. ¡Pues claro! ¿Cómo no lo había visto? No lo había visto porque no tenía la mirada puesta en eso, evidentemente. Esa misma noche me confesó su amor por mí, que hube de rechazar con mucha cautela. No podía introducir un nuevo elemento tan ruidoso en mi desconcertante vida sentimental del momento. Ni siquiera sabía si yo era o no lesbiana, bisexual o cómo se podía calificar lo que sentía. Ella lo comprendió sinceramente.

—Sé que no necesitas esto. Te lo cuento solo porque la oportunidad para hacértelo saber es de oro, María. No había previsto que esto ocurriese, ni espero nada. Estoy más que acostumbrada al platonismo, *chérie.* —Y con la misma sonrisa prosiguió como si nada—. ¿Entonces? ¿Cuál es el plan?

—No tengo la menor idea —le respondí agradecida.

—Pues habrá que pensarlo —replicó risueña mientras pedía más vino y la cuenta.

Cuando llegamos al Café de Nanterre, yo seguía sin plan. Pero el vino y la charla con Haidée me habían envalentonado y quise llevarla al lugar de los hechos. Con lo que no contaba era con encontrar de nuevo allí a Violeta junto con toda la pandilla. No sabía que el recital se repetía todos los viernes y sábados de aquel mes. El grupo me recibió con una ovación mientras ella, Violeta, sonreía desafiante y satisfecha. Me puse bastante nerviosa. El estómago se me llenó de mariposas al verla, no daba pie con bola. Haidée se percataba de todo y me ayudó a superar el trance con suficiente estilo.

Al cabo de una hora, todo fluía. Violeta se había acercado a mí y se había sentado a mi lado. Discretamente, me había puesto una mano sobre los muslos, bajo la mesa, y un calambre me había recorrido de nuevo todo el cuerpo. Se acercó a mi oído como para contarme un secreto.

—Se te quedó el sostén en mi cuarto —dijo con picardía—. No te lo voy a traer, eh. Vas a tener que venir buscarlo. A Lune, mi gata, le gusta tu olor. Está usándolo como nido.

Ya tenía plan. Ya sabía qué quería. Por lo menos, para aquella fría noche de sábado, en el diciembre de 1969. En el año en que los dos primeros seres humanos habían pisado la Luna, yo parecía ser la tercera en subir al satélite.

Los meses siguientes fueron muy complejos, pero puedo relatarlos con no demasiadas palabras. En realidad, al recordarlo ahora veo que, como diría el gran García Márquez, aquello no fue más que la «crónica de una muerte anunciada», la de mi matrimonio. A medida que avanzaba en la relación con Violeta, con Daniel todo iba degenerando. Él intuía que yo tenía una aventura, eso era evidente, pero mi discreción era absoluta. Ni las amistades de ella sabían de nuestra historia, ni siquiera las compañeras de piso. Solo Haidée estaba al tanto. A él se lo comían los celos, pero no podía hacer nada porque estaba preso del monstruo que él mismo había creado. Supe que había empezado a pasearse en público con chicas muy jóvenes por los círculos sociales que compartíamos, cada vez una diferente, según me contaron, y dejé de acompañarlo también en ese ámbito. En las tertulias de la *société* de París era la comidilla. Nuestra separación *de facto* se hizo evidente. Yo recibía apoyo y adhesiones, todo el mundo se escandalizaba con el comportamiento de mi marido. Mucho se me habló en aquella época de la «crisis de la mediana edad».

Debo admitir que me sentía muy culpable. Él estaba llevándose la peor parte. Yo quedaba, de cara a la galería, como la víctima de sus extravagancias, mientras que tenía que reconocer, por lo menos ante mí misma, que había sido yo la que se había alejado sin darle las explicaciones que merecía nuestra historia en común. La intensidad de lo que sentía por Violeta, junto con el terror al juicio público si mi recién descubierta sexualidad se hacía pública, no me dejaban mucha alternativa. Me sentía cobarde y desleal, y eso me atormentaba y me impedía disfrutar al cien por cien de mi nueva vida.

Violeta también se resentía de todo esto. Ella era joven y estaba enamorada de mí. Merecía vivir aquella historia sin obstáculos, o por lo menos sin más de los que una relación homosexual suponía ya de por sí en aquel tiempo y cultura, y yo no le daba eso. Tuvo que aguantar muchas pataletas mías, cada vez que tenía noticia de un nuevo romance de Daniel y sufría un ataque de celos. También lidiar con mis inseguridades, mi vergüenza, mi culpa. Pero ella estaba decidida y, aunque no era fácil, se empeñaba en hacer prosperar lo nuestro. Por mi parte, nunca sabré si me enamoré de ella como ella de mí. Me apasioné, eso es seguro. Anhelaba estar con ella. Me parecía la persona más hermosa que había visto nunca. La deseaba constantemente y me costaba no tenerla a mi lado. Pero echaba de menos la simetría, el equilibrio del que había disfrutado antes con Daniel. El compañerismo, la admiración mutua. Ella me admiraba, yo a ella no, o no tanto. Ella tenía veinte años menos que yo, nuestras experiencias y cosmovisiones estaban muy alejadas entre sí. Fue en aquella época cuando aprendí, a la fuerza, que el amor no es solo uno. Como siempre, pagué una buena factura por la lección.

A medida que pasaban los meses, moría el invierno y se asentaba la primavera de 1970, los desvaríos de Daniel crecían. Yo no me percaté. Supe después que había comenzado a acecharme. Estaba obsesionado con demostrar mi aventura. Según él, eso le daría la razón y me pondría en mi lugar, porque nuestro trato contemplaba aventuras sexuales, pero no permitía romances o relaciones paralelas. Todo eso ya no tenía sentido, puesto que nuestra pareja estaba, en la práctica, rota, y por tanto el pacto quedaba invalidado. Pero él ya solo deseaba el reconocimiento de su verdad, al menos por mi parte.

Pese a lo desquiciado de su pensamiento, mi marido actuó de forma muy inteligente. Se las arregló para contratar a un ratero de los bajos fondos que me robara las llaves, consiguiera hacer una copia y las devolviera a mi bolso sin que yo me enterase de nada. Una vez dispuso de ellas, empezó a visitar la buhardilla de Nanterre cuando me sabía fuera de la casa. Por lo visto, escudriñó entre cuanto papel, armario y cajón había en aquel pequeño hogar en la búsqueda de pruebas para su tesis, sin éxito. Curiosamente, había muchas evidencias de la presencia regular de Violeta en la vivienda. Pero claro, él buscaba rastros de un hombre en las huellas de la convivencia.

Por fin, el 23 de mayo, el día en el que se cumplían veintidós años de nuestro casamiento en la embajada francesa de Buenos Aires, Daniel consiguió lo que quería. O, mejor dicho, lo que buscaba. Estoy segura de que la fecha no fue casual. Era sábado. La noche anterior Violeta había vuelto a recitar en el Café de Nanterre, el de debajo de mi casa, así que habíamos dormido juntas en la buhardilla. Era una mañana luminosa de primavera y ambas seguíamos en la cama sumergidas en los placeres del sexo cuando sentimos abrirse la puerta de la calle. No nos había dado tiempo ni a reaccionar ante el susto cuando ya Daniel se asomaba al dormitorio. Había entrado como un trueno, furioso, pero la estampa lo sorprendió tanto que se quedó un momento paralizado. Fue solo un segundo, lo justo para que ambas respondiésemos cubriéndonos con las sábanas ante aquella intromisión en nuestra intimidad. Sin embargo, como sabemos, Daniel no era de los que se petrifican, sino de los que atacan. Enseguida se recuperó del shock, eso sí, sin moverse de debajo del marco de la puerta. Comenzó a golpear la pared con el puño, primero no muy fuerte, luego con toda el alma, hasta que hizo un buen agujero en el yeso y el nudillo derecho le sangró. Lo protegió con la mano izquierda y me miró, rebosante de odio.

—Ahora entiendo todo —dijo. La voz le salió extrañamente grave. Daba mucho miedo—. Esto no me lo esperaba, mira tú. Esto sí que no me lo esperaba, María. —Violeta y yo estábamos, ambas, aterrorizadas. Sentí que ella temblaba y le cogí a mano. Daniel vio mi gesto y un relámpago de rabia le cruzó la mirada—. ¡Asco! Me das asco. Eres asquerosa. Sucia. ¡Así que era esto! —De repente, metió la mano herida en el bolsillo del abrigo, sacó su vieja cámara y comenzó a hacer fotos. Nosotras estábamos tan desconcertadas que apenas acertamos a intentar esquivar aquellos disparos. Él se la guardó rápido, de nuevo en el bolsillo, y empezó a reírse con carcajadas de loco mientras se marchaba, del cuarto y de la casa, descontrolado y hecho un manojo de nervios—. Ahora va a saberlo todo el mundo. ¡Desviadas! ¡Estas fotos van directas al juzgado! ¡Divorcio! ¡Te vas a quedar sin nada, María! ¡Una mano delante y otra detrás! ¡Prepárate!

El estrépito del portazo indicó que por fin aquel loco al que no reconocía se había marchado y la violencia había terminado. No nos había tocado, pero las dos nos sentíamos agredidas. Violeta sufrió un ataque de nervios. Yo no, porque la atendí a ella. De lo contrario, me habría desmoronado en ese mismo momento.

Aunque Daniel hizo todo lo posible por cumplir su promesa, lo consiguió solo a medias. Divorciarse en Francia, un país que instauró ese derecho civil ya en el siglo XVIII, no tenía mucha ciencia ni literatura. Nada que ver con las penurias en España, donde estaba prohibido y solo la gente con mucho dinero y poder conseguía la nulidad católica de algún matrimonio para evitar el delito de adulterio, ni con las epopeyas de las causas judiciales que se ven en las películas norteamericanas.

No pudo dejarme sin nada, como había prometido, porque yo tenía mi propio empleo en la universidad y mi editorial. Era ciudadana francesa ya por derecho propio. También disponía de la cuenta privada con mis buenos ahorros en el banco lo cual, irónicamente, había sido idea de él. Y para colmo, no teníamos descendencia. Eso simplificó el proceso una barbaridad. Dado que yo acepté sin presentar batalla que él se quedase con todo lo que no era única y exclusivamente mío, como el piso de rue de Varenne y cuanto había relacionado con la compañía Martin, ni siquiera tuvo el gusto de sentarme en un juzgado y litigar. De las fotos nunca más supe ni me importó. Así que, luego de firmar una montaña de papeles, mi estado civil pasó a ser «divorciada», descendí un par de escalones en la escala económica y tuve que buscar dónde guardar millares de libros y algunas prendas de ropa que no pensaba volver a ponerme. Nada grave. Los libros fueron a un desván que alquilé y la mayor parte de la ropa la regalé.

La peor consecuencia de nuestra ruptura fue, para mí, la pérdida de mi compañero. Me quedé sin mi único y mejor amigo y cómplice, y parecía que jamás volvería a tenerlo. Me dolía la añoranza, no tanto de él como de nuestra relación más allá del amor matrimonial. De la amistad de viejo. Me faltaba cuando despertaba de una pesadilla tras las visitas de Pedro y Juan Manuel desde el inframundo y no podía explicarle a Violeta el porqué de mis malos sueños recurrentes. Todavía temía (con cierto fundamento, porque el sargento Ruiz seguía husmeando) que aquellos actos pudieran volverse contra mí, contra nosotros. Lo echaba de menos cuando hablaba por teléfono con mis hermanas o con Pilar, y Violeta no tenía referencias de aquellas personas queridas por mí ni de nuestros vínculos. Yo intentaba describirle a aquella muchacha fascinante cómo era mi aldea, cómo habían sido mi niñez y tantas otras cosas que ella, por mucho que se interesara, no conseguía imaginar. Además, sentía mucha lástima por él y me hacía responsable de su inestabilidad. El hombre cuya inteligencia emocional yo tanto había admirado se había vuelto un payaso que hacía el ridículo a cada paso, pavoneándose de sus conquistas y diciendo estupideces a quien lo quisiera o tuviera que escuchar.

Como cabía esperar, Violeta no quería ni oírlo mencionar. Le resultaba muy difícil soportar mi proceso interminable de duelo y despedida de aquella relación larga e importante, ya que ella estaba inmersa en la ilusión de un amor que nacía y todo aquello le suponía un estorbo. Además, la única información e imagen que había recibido de él era lo que él representaba en aquel momento, imposible de defender por mi parte. Desde su punto de vista, era un hombre con todos los sesgos machistas posibles, celoso, dominante y egoísta.

Por eso, cuando supimos que Daniel se había marchado a Cuba y no aparentaba tener planes para volver en una buena temporada, para ella fue un alivio. Se relajó conmigo, las discusiones fueron menos frecuentes, al igual que los episodios de celos. Al mismo tiempo, yo había quedado liberada del entorno opresor y vigilante de la conducta de la alta sociedad parisina. En mi otro ámbito social, el de la universidad, la política de salón y la intelectualidad, el interés por las vidas privadas y las relaciones sexuales de las demás era mucho menor y se juzgaba con mayor ligereza y benevolencia, lo cual me ayudó a aflojar. Pareció que, finalmente, habíamos conseguido unas gotas de libertad, y nuestra relación pudo instalarse en una cierta rutina, fruto de la seguridad y la comodidad, que ya necesitábamos.

Pasó un año, sin grandes cambios. Mi vida había dado un vuelco y me gustaba el resultado. Ahora era más joven, más valiente y, sobre todo, más autónoma. Violeta, Haidée y yo habíamos formado un trío de ases, como nos gustaba llamarnos. Un equipo funcional que se movía por los ambientes de la creación, de la academia y del ocio a partes iguales. Bromeábamos con nuestras edades, ya que yo había llegado a los cuarenta y siete, Haidée a los treinta y siete y Violeta a los veintisiete. Éramos tres mujeres libres, sin cargas familiares y con capacidad económica para no depender de nadie. Podíamos permitirnos ir al cine, a los conciertos, de cena o al teatro cuanto queríamos, así como viajar, comprar libros… Vivir.

En 1972, mi novia terminó la carrera y la agasajé con la publicación en Les Livres de Rita de su primer poemario, que tituló *Permiso para mar / Permis de mer*. Hicimos una edición bilingüe en castellano y francés que recibió buenas críticas y se vendió bien, tanto en París como en Buenos Aires, adonde viajamos juntas aquel verano para presentarlo y promocionarlo. Dejamos a la gatita Lune al cuidado de Haidée y aprovechamos bien el salto transoceánico. Pude ver a Nélida, a quien encontré muy envejecida desde que había enviudado de Honorato. También a Rosita, que tras la muerte de Ismael se había mudado a la capital con su hijo, Luis, para que el chico pudiera estudiar una carrera universitaria, que ya estaba terminando. Era un joven inteligente, tenía la mirada centelleante del padre y la osadía de la madre.

Me introduje además en la familia de Violeta, donde fui presentada como editora y mentora de la benjamina de aquella estirpe de comerciantes bonaerenses, sin alusión alguna, por supuesto, a nuestra relación de pareja. En la Argentina de 1972, esa idea era simplemente inconcebible.

Desde Buenos Aires subimos hasta Ann Arbor, Michigan. Yo había sido invitada a intervenir en un encuentro importante y muy atractivo que me permitió conocer en persona e intercambiar ideas y parecer con mujeres como Betty Friedan, Gloria Steinem, Brenda Howard o Kate Millett, entre otras, y sumergirme de cabeza en la tercera ola feminista. Volvimos a París pletóricas. Teníamos la sensación de que todo era posible para nosotras. El fin de siglo abría un abanico de posibilidades infinito y el futuro se prometía brillante. No era oro todo lo que relucía. Eso lo sé ahora.

El retorno a París, organizado para llegar un poco antes del inicio del año académico, coincidió con la vuelta de Daniel a la ciudad. El hombre discreto que yo había conocido durante tantos años había desaparecido definitivamente para entonces. Regresó por todo lo alto. Organizó un evento desproporcionado y por completo fuera de lugar al que invitó a todo el perejil del quién es quién parisino. Representantes de la política, de la empresa, de las artes y de la academia. Tuvo las narices de invitarme, también, a mí. Y yo, claro está, tuve las narices de aceptar gustosa la invitación y presentarme en la fiesta colgada del brazo de mi espectacular, hermosa y brillante pareja. El paso por Estados Unidos me había dado ánimos y había reducido bastante mis miedos con relación a mostrar públicamente mi orientación sexual.

Fue un desastre, cómo no. Sé que él había imaginado un encuentro en medio de la multitud en el que me dejaría desolada ante su prosperidad, felicidad y buena suerte, ya que había vuelto de La Habana casado y con su nueva esposa embarazada, a punto de dar a luz en aquellas fechas. Yo había soñado con un elegante paso mío por la velada en el que la gente, entre epatada y entregada, le comentaba lo bien que se me veía y lo estupendamente bien que parecía ir mi vida, mientras yo ignoraba su presencia aunque fuera el anfitrión. Por supuesto, nada ocurrió de ninguna de las dos maneras. La fiesta era demasiado ostentosa. Daniel quiso traer el Caribe a París y llenó una enorme *boîte* de mulatas medio desnudas, trompetistas y bongoseros, que bebieron mucho más ron del recomendable y terminaron con un espectáculo casi pornográfico. A mí, la gente me miraba aterrorizada o con desprecio y evitaba saludarme o pararse a hablar conmigo. Resultamos, en fin, la expareja más patética del momento, con diferencia.

Hube de reconocer que su nuevo matrimonio y el futuro bebé, que parecía dispuesto a salir al mundo, dieron en hueso. Me lastimó saber que había pasado página tan rápido, incluso cuando yo había salido en primer puesto en aquella estúpida carrera cuya meta solo podía ser un precipicio. Y también sentí mucha envidia y celos. Su nueva esposa era una bellísima mulata, más joven que Violeta, llamada Isabel. Esto propició, por consiguiente, un nuevo encontronazo entre nosotras y la regresión a la vieja dinámica de las discusiones, los celos y las reconciliaciones que ambas creíamos superada.

—Es que tú aún quieres a ese energúmeno —me increpaba, dolida y llorosa—. No lo niegues, no puedes. Se te ve en los ojos, María. ¡A mí no me miras así!

Yo intentaba razonar, explicarle que el amor no era igual con cada persona, que él había sido mi compañero y sentía mucha ternura hacia el recuerdo del pasado con él, pero eso era aún peor y ella terminaba por estallar. Cuando no podía más, Violeta se marchaba. Me dejaba con la palabra en la boca y salía pitando. Alguna vez tardó días en aparecer, y mientras, yo desesperaba. Yo solo sabía resolver las cosas mediante las palabras. Ella quería hechos. Aquello era un bucle interminable, el símbolo del infinito materializado. Sin embargo, la calma siempre acababa por volver, y con ella, las reconciliaciones y las lunas de miel. La nuestra era lo que ahora llaman una relación «tóxica». En aquel momento pensábamos que era «tormentosa».

En muchas ocasiones, Haidée intentó mediar entre nosotras. Como ya dije, entre las tres se había forjado una amistad muy equilibrada. Pese a que Haidée y yo nos conocíamos de antes, ella y Violeta habían establecido su propia relación. Nuestra amiga hacía las veces de consejera para ambas, con una habilidad asombrosa para nunca quedar en medio de nuestras confrontaciones. Era la pacificadora. En contrapartida, tenía en nosotras una confidente, en mi caso, y una compañera y coartada para seguir disfrutando de la fiesta nocturna en Violeta. Funcionaba en muchos sentidos, pero no había persona humana en el mundo, ni siquiera Haidée, que pudiera conseguir una paz duradera entre Violeta y yo.

Una tarde cualquiera de agosto de 1974 en la que estábamos inmersas en una de nuestras discusiones interminables, llamaron a la puerta de la buhardilla. Hacía tiempo que mi piso ya no era punto de encuentro para la bohemia, gracias a que yo había ido consiguiendo desviar la atención de los visitantes habituales hacia otros lugares menos privados, y hacía bastante que no acogíamos apariciones intempestivas de fiestas improvisadas. Aun así, pensé que sería algún poeta despistado o beodo y estuve a punto de no abrir. Nuestros estados de ánimo no eran adecuados para recibir a nadie. Pero el timbre insistía sin descanso. Era enervante, así que no me quedó otra opción que la de ponerme en pie y atender a quienquiera que estuviera del otro lado de la puerta. La abrí con ímpetu, molesta y decidida a reprender duramente a aquella persona maleducada que no sabía respetar la intimidad de las demás, pero lo que vi me dejó clavada en el sitio, y muda. Era Richard. Richard Davies, el marido de Pilar. Hacía más de veinte años que no lo veía, porque nunca venía a los encuentros familiares de Vilamil a causa del restaurante que regentaban, pero era él.

Su mirada azul, que recordaba divertida y perspicaz, parecía ahora un lago profundo, triste y vacío. No dijo ni hola.

—María, murió Pilar. Estábamos en Calais. He venido desde Ilkeston solo para avisarte.

Richard empezó a sollozar y convulsionar. Su llanto alcanzó tal intensidad que Violeta se vio impelida a actuar. Nos obligó a ambos a entrar en casa y sentarnos en la chaise longue.

Cuando consiguió serenarse un poco, Richard me pidió disculpas por la abrupta manera en que me había comunicado la horrenda noticia.

—No lo había dicho aún en alto. Hice todo yo solo. Tal como acabé de enterrar sus cenizas, lo único que se me ocurrió fue arrancar la moto y venir en tu búsqueda.

—Pero ¿que pasó, Richard? —Yo no entendía nada. Había hablado con ella apenas dos meses antes y todo parecía ir muy bien—. ¿Tuvisteis un accidente? ¿De moto? ¿Qué hacíais en Calais?

Richard cogió aire. Llenó ruidosamente sus pulmones y me contó de corrido toda la historia de lo que le había pasado a mi sobrina.

—A Pilar le detectaron una insuficiencia cardiaca hace cosa de tres años, María. Sí —dijo, respondiendo a mi sorpresa—, ya sé que no te dijo nada. Ella era así. Se emperró en que no era importante y no quería preocupar a la familia ni teneros por ahí pululando, llamando a todas horas, preocupándoos y tratándola como a una incapaz. Ni siquiera se lo dijo a Peter y Lilibeth, mira que era testaruda. Los pobres están destrozados por la pérdida, y es peor por saber que no se lo quiso contar, que no avisó ni se despidió de ellos. Los médicos nos advirtieron de que la dolencia era seria e incurable. Pronosticaron que iría a peor en unos pocos años, y tal cual fue. Ella hacía como si no pasara nada, se negaba a cambiar nuestras rutinas y a hablar del tema. Pero hace dos meses, un día como otro cualquiera, me dijo que sabía que quedaba poco. Ya no iba al médico, otra cabezonería de tu sobrina, ya sabes, terca como ella sola, porque insistía en que nada podían hacer más que poner límites al disfrute del tiempo que le quedaba. Pero sentía que las fuerzas la estaban abandonando. Y de repente, me propuso que nos fuésemos. Quería cumplir un viejo sueño que siempre habíamos aplazado, recorrer Europa. En su estado, en la moto no era factible. Pero no lo dudé. En menos de una semana vendí nuestra casa y el Sunnyside Café, y compré una caravana con la que salimos hacia aquí. París era el primer punto de la ruta, queríamos verte.

»No llegamos. Cogimos el ferry en Dover hasta Calais. Fue muy bonito. Ambos íbamos ilusionados, era como una luna de miel. En el fondo, yo tenía la esperanza absurda de que el viaje la sanara. Pero la primera tarde en que estacionamos la caravana en un campamento para pasar la noche, se marchó.
—Richard necesitó hacer una pausa. De nuevo lloraba, esta vez bajito. Las palabras se le habían atascado en la garganta y no querían salir. Violeta le acercó un vaso grande de agua y lo bebió de un solo trago. Entonces continuó el relato—: Se fue tranquila y sin dolor, María. Ese es mi principal consuelo. Estábamos sentados en la puerta de la caravana, frente a frente en las hamacas portátiles, hablando del viaje, de cuánto nos había gustado la experiencia del barco…, y de pronto se puso muy blanca y me dijo: «Creo que ya está, Richard. Estoy yéndome. Estuvo bien». Y eso fue todo. Se marchó, María. Se fue. Pilar. Para siempre. Me dejó solo… Para siempre…

De nuevo, lloraba desconsolado. Le abracé y lloramos juntos un buen rato. Luego conseguimos sosegarnos. Me contó que había avisado a las autoridades y que había sido una auténtica odisea llevar de vuelta su cuerpo a Ilkeston, donde tenían contratada su incineración con el seguro de decesos familiar, tal como era el deseo de Pilar.

—Por lo menos, la lentitud de la burocracia me permitió tener tiempo para avisar a los niños. Lilibeth sigue en Ilkeston, como sabes, pero Peter está en Portugal, ya sabes también que se casó con una lisboeta... Fue muy duro para ellos. Sigue siéndolo. Sienten que les mentimos, y tienen razón.

Yo no conseguía procesar. Había entendido las palabras de Richard, incluso había llorado intensamente, pero no podía creer lo que me contaba. Pilar no podía haber muerto. De repente, algo muy importante atravesó mi pensamiento.

—Pero ¿avisaste a Caridad, Richard? ¿A Berta, a Esther, a Pepa...?

Él negó con la cabeza y dio otro largo trago al vaso que Violeta le había llenado de nuevo.

—No, María. No llamé a nadie. No fui capaz. Enterramos sus cenizas al pie de su cerezo, el que plantó cuando llegó conmigo en la R-68 a Ilkeston hace veintiún años, e inmediatamente me subí a la moto y aparecí en tu puerta, María. Bueno, en realidad aparecí en la puerta de la casa de Daniel. Sabía de vuestro divorcio, sí, y se me olvidó. Y aunque lo hubiera recordado, no tenía tu dirección. Él me la dio. El resto ya lo sabes.

No podía ser. La hija mayor de Caridad había muerto y mi hermana no lo sabía. Me angustié. Debía avisarla y debía hacerlo cuanto antes. Y también, tenía una misión. Algo que hacer. Algo que podía ayudar en aquel momento tan extraño, en el que me sentía impotente. Le miré a los ojos muy seria y le hablé despacio, temerosa de que su respuesta no fuera la que yo deseaba.

—Richard... Necesito que me des permiso, ahora mismo, para avisar a Caridad...

—Claro —me interrumpió. Lune se había sentado sobre sus piernas, queriendo consolarlo. Él la acariciaba como si la conociera de antes—. Creo que por eso salí disparado hacia aquí. Yo no puedo. No soy capaz. Llámala, por favor, María. Llama a Caridad y a cuantas personas consideres que debes llamar. Yo no puedo. Yo no puedo. No soy capaz. No puedo…

Yo sufría. Quería a Pilar. Me aterraba pensar que no la iba a ver nunca más. Pero entendí en ese momento que el dolor que él estaba padeciendo era descomunal, infinito, inimaginable para mí. Pedí a Violeta que le ayudara a acomodarse en el cuarto de invitados, me senté a ras del teléfono con la agenda en la mano y me dispuse a pasar una larga noche dando la peor noticia.

El sufrimiento es parte de la vida. En ese libro que leí hace poco, ese en el que se defiende que las civilizaciones humanas se caracterizan por la empatía, el autor no da mucha importancia a este asunto. Él afirma que es en la paz y en la salud donde nos sentimos cómodos, donde situamos el umbral de la normalidad, y elabora su discurso y pensamiento a partir de esa premisa. Puede que sea cierto. Siguiendo esa idea, yo concluyo que la vida es tremendamente incómoda. Porque, tanto en la historia de la humanidad como en mi pequeña e intrascendente existencia, los tiempos de paz y de salud fueron mucho más cortos y escasos que los otros.

Lo que más me impresionó de la muerte de Pilar fue presenciar de cerca y entender el dolor y el sufrimiento de su compañero y de su madre. Caridad no cayó porque tenía muchas otras hijas, nietos y bisnietos que se ocuparon de sostenerla. El caso de los hijos de mi sobrina fue distinto, y es lógico, porque los seres humanos estamos programados para sobrevivir a nuestras madres y nuestros padres. Hace daño. Lastima mucho, pero es ley de vida. Por el contrario, perder una hija no parece natural. Y quedarte sin la persona con la que te aliaste para siempre es un dolor indescriptible que puede acabar con tu propia vida si consigue apoderarse de ti.

Eso le ocurrió a Richard. Después de morir Pilar sobrevivió unos cuantos meses, poco más de un año, pero no volvió a vivir. Se había quedado, además de viudo, sin la casa y sin el Sunnyside, lo cual no fue de ayuda. Así que se dedicó a no hacer más que beber hasta culminar su lento suicidio. Peter y Lilibeth nada pudieron hacer por ayudarlo, pese a que lo intentaron, sobre todo ella. El padre se había cerrado al mundo y se había despedido de él, porque la perspectiva de vivirlo sin Pilar no le era asumible. Le costó apagar su cuerpo, parar la máquina, pero lo logró. Cuando murió, todas las personas que lo quisimos compartimos el alivio de saber que, en realidad, había llegado a donde quería o necesitaba.

Richard falleció dos días antes que Francisco Franco. Otro enorme alivio. En París la comunidad de activistas de la política, artistas e intelectuales del exilio español se reunió para celebrarlo y monitorizar los acontecimientos posteriores. Yo no pude estar en aquellos encuentros porque andaba ocupada despidiendo al amor de Pilar en Inglaterra. En el hotel, de vuelta del acto de adiós laico en el que enterramos sus cenizas con las de Pilar, bajo el cerezo, Violeta y yo descorchamos una botella de vino tinto francés y brindamos por Richard y por el futuro. Todo apuntaba a que la dictadura estaba a punto de ver su final. Quizá, casi cuatro décadas después del golpe militar que había terminado con el gobierno de la República, la democracia podría volver a España. En mi interior, también anhelé que esa democracia trajera un nuevo orden legal y que el sargento Ruiz se viera, por fin, obligado a desistir definitivamente de perseguirme.

Creo que ya he comentado alguna vez que por cada persona malvada que conocí hubo siempre, por lo menos, dos buenas que lo compensaban. Esto vale también para personas que no conocí, pero que fueron determinantes en mi vida, como Franco, el comandante Castejón o Jorge Rafael Videla. Justo cuando España despertaba de la pesadilla del franquismo, mi otra casa, Argentina, cuna de Violeta, caía en las garras de la dictadura y la violencia de Videla y sus secuaces. En realidad, todo había comenzado ya en 1975, pero fue en 1976 cuando la cosa trascendió. Nosotras nada sabíamos, ni las comunicaciones con la familia de Violeta nos habían hecho sospechar, porque era tal el miedo que ni se atrevían a contarlo.

La gente desaparecía. Se la llevaban a la fuerza de las casas, de madrugada, y nunca más se sabía. Se llevaron a Luis. Rosita desesperaba. Fue así como tuve noticia de los acontecimientos terroríficos que se alargarían por siete años. Me llamó un día para pedir auxilio. Poner una conferencia internacional era caro y complejo para ella, por lo que oír su voz al otro lado de la línea me sobresaltó y me puso en guardia. Algo serio tenía que estar pasando. Tras un rápido saludo, fue directa al grano.

—Se me llevaron a Luis, María. Lo he buscado por todas las comisarías y no hay rastro. No vi cómo lo hicieron. Simplemente, no volvió a la casa. Me dicen que seguro que está de juerga. Luis no va de juerga, y menos un mes de fiesta, eso es ridículo. Se han llevado a más gente. Chicas, muchachos. Luis andaba en política antes del golpe. —Sus palabras eran urgentes. Estaba desesperada—. Tú conoces gente, María. Alguien tiene que haber que pueda ayudarme...

Pese a la fuerte oposición de Violeta, que no consentía comunicación alguna con mi exmarido, llamé a Daniel y le conté lo ocurrido. Él estaba mejor enterado y me puso al tanto de lo que sabía. En esa charla telefónica firmamos sin manifestarlo una tregua tácita, izamos la primera bandera blanca tras más de cinco años de batallas, escaramuzas y silencios.

—Lo que sé de cierto es que el tal Videla es un sanguinario, María. Pinta muy mal. Yo ya estoy retirando todos los contratos con Argentina. Dicen que se llevan a la gente de las casas y ya no vuelven. Si vas en su busca, descubres que no figuran las detenciones. Desaparecen. Se habla de torturas y asesinatos, pero es todo rumorología, no hay nada oficial ni prueba alguna...

—¿Y qué podemos hacer, Daniel? Rosita está desesperada. Y, por lo que me dices, con razón.

—Lo único que se puede hacer —respondió con contundencia— es sacar de allí a Rosita, María. Luis no va a aparecer. Y si ella sigue dando la lata, van a llevársela también... ¿Tú tienes dinero? Si no, yo puedo pagar su pasaje sin problema.

—Tengo, no te preocupes. Voy a llamarla enseguida. —Iba a colgar. Lo pensé mejor y añadí—: Gracias, Daniel.

—*De rien*, María. Rosita también es mi amiga. Tenme al tanto, por favor.

Rosita no quiso venir a París. Se negó a moverse de su casa hasta que su hijo volviera. Peleó sin treguas ni descanso. Fue una de las primeras en unirse al movimiento de las Madres de Plaza de Mayo. Se puso el pañal blanco en la cabeza y allí estuvo, cada jueves del resto de su vida. Luis nunca apareció. Ni localizaron su cuerpo ni hubo manera de desentrañar lo que le había ocurrido. Ella jamás se rindió. En el camino ayudó, junto con las demás madres y abuelas, a mucha gente a encontrar a los seres queridos que les habían sido arrebatados por el terror militar, también a los hijos de las hijas e hijos nacidos en los secuestros y torturas. Terminada la dictadura, no cejó en el empeño y batalló por la reparación de las víctimas, el reagrupamiento de las familias y el castigo a los agresores.

Poco antes de morir, hace unos años, me confesó que para ella lo único de su vida a lo que sentía que podía llamar verdaderamente así había sido el tiempo transcurrido entre el día en que nos conocimos y el día en que Luis desapareció. Los cambios modernos de este siglo XXI no han traído mucha cosa buena, pero he de reconocer que la posibilidad de hacer videollamadas es una de ellas. Nos habíamos acostumbrado a comunicarnos por esa vía casi cada semana y mantuvimos largas charlas de viejas, incluso cuando estuvo en el hospital, hasta la misma mañana del día en que falleció.

—Antes y después no fue vida. Solo existí.

Intenté razonar con ella que eso no era justo para consigo misma. Que estaba depositando su vivencia en los otros, en Ismael y Luis.

—Tú tienes sentido por ti misma, Rosita —le dije—. Para mí nunca has sido la compañera de Ismael o la madre de Luis, por ejemplo. Por el contrario, ellos están en mi corazón como tu marido y tu hijo. En mi afecto, son por ti, no al revés. ¿Entiendes lo que quiero decir?

—Lo entiendo y te lo agradezco, amiga —me replicó—. Pero no van por ahí mis palabras. Cuando hablo de vivir, me refiero a sentirme viva. A amar. Fue mi amor por ellos dos lo que dio sentido a mi existencia. Eso quería decir.

—Eso sí lo comprendo —le había respondido yo.

La gente muere, desaparece de la faz de la tierra, y una sigue viviendo. Es muy extraño. A lo largo de este casi siglo de respirar, he visto irse a muchas personas. Algunas antes de tiempo, como Ramón y Pilar. Otras en su hora, como Rosita. Algunas otras, como mi madre, tras un largo tiempo de estar sin estar. Incluso algunas que no merecían siquiera haber nacido, como Pedro y Juan Manuel. Y cada vez me sentí traidora ante ellas. Porque yo seguía aquí. Seguía viviendo, amando, sufriendo. Respirando, llenando mis pulmones oprimidos por la ansiedad desde que mi madre me había contado lo que le habían hecho a la maestra Rita. Existiendo.

Me costó mucho superar la muerte de Pilar. Tal como había dicho Richard que les había pasado a Peter y a Elisabeth, a mí también me dolió que no se hubiera despedido de mí. Me consolaba saber que lo había pretendido, ya que iban a París cuando falleció, pero no conseguía perdonarla por haber gestionado tan mal su enfermedad. A la postre, había disfrutado del privilegio de poder dejar los afectos en orden y había derrochado esa rara oportunidad. Me prometí a mí misma que, de poder, lo haría de otra manera. Y lo estoy cumpliendo, vaya que sí.

Esa pérdida también hizo que el suelo resbalara bajo mis pies. De alguna manera que aún no sé explicar, tomé conciencia del paso del tiempo, de lo efímero de la vida. Di en cavilar acerca de mi edad, y eso acabó por pesar en la relación con Violeta. Ella seguía siendo muy joven. Con treinta y dos años no es posible aproximarse a la visión que se me había revelado con tal claridad, la de que hay una cuenta atrás que comienza en el mismo momento en el que nacemos. Ella quería seguir en aquel *carpe diem* eterno en que vivíamos, pero yo había empezado a necesitar un enfoque diferente. Ya no me apetecían la fiesta y la socialización. Comencé a revisar mis trabajos. Con cincuenta y dos eneros cumplidos, los diez años que faltaban para que me retirase de la docencia parecían escasos. Quería dejar todo publicado, ordenar mi legado. Ella no me acompañaba en el empeño, y eso nos alejó un poco más.

—Siento que cada vez te intereso menos —me había dicho, en uno de nuestros eternos bucles alrededor de la relación—. No estamos a lo mismo, María.

—Yo creo que soy yo la que no te interesa, Violeta. O la que no te conviene. Tú eres una joven en pleno apogeo, yo una casi vieja de cincuenta y dos años…

—Solo dices memeces. Yo te amo.

—Amar, a veces, querida, no es suficiente…

Y así seguíamos, día tras día, año tras año, trazando espirales emocionales y dando volteretas dialécticas que no llevaban a ningún sitio, sin atrevernos a determinar el punto final que, en el fondo, ambas sabíamos que era la única solución posible para aquella relación mal fundada.

Sin embargo, la mañana del domingo 13 de febrero de 1977 no estábamos discutiendo. Tampoco hacíamos el amor. Estábamos sentadas a la mesa junto a la claraboya, dejándonos calentar por el tibio sol que se atrevía a anunciar la primavera y que golpeaba los cristales y desayunando café con leche y *pain au chocolat*. Ella, que había bajado a la calle a por los dulces, leía el periódico, que también había traído. Yo revisaba las hojas impresas de la maqueta del ensayo sobre Rosalía de Castro y Emilia Pardo Bazán que publicaría en breve con la Universidad de Nanterre. Esa era la plácida imagen de nuestra relación en el momento del final.

Fue Violeta quien abrió la puerta. Yo estaba enfrascada en la corrección de mi texto y apenas sentí el timbre. Solo me percaté cuando la sentí hablar. Fue su tono, más que las palabras que pronunció, lo que me hizo prestar atención inmediatamente, ponerme alerta.

—¿Qué quieres? —Había sonado agresiva.

—¿Está María, por favor? —Era la voz de Daniel.

—No eres bienvenido aquí. ¡Lárgate! ¿Cómo se te ocurre...?

Me levanté enseguida y alcancé la entrada en un segundo. La buhardilla era muy pequeña y la alarma, esta vez, no me paralizó. Sí que me quedé clavada cuando vi a Daniel. Tenía el rostro desencajado, era evidente que no había dormido y que estaba cansado, preocupado, apurado. Llevaba de la mano a una niña color café con leche de unos cinco años que, obviamente, tenía que ser su hija. Violeta estaba rígida como un palo. No había abierto del todo la puerta y se disponía a cerrársela en las narices, pero conseguí reaccionar e impedírselo. La aparté con algo de brusquedad, tirándole del brazo y obligándola a recular.

—¡Violeta! —le recriminé—. ¿Qué haces?

—¿Qué haces tú? —me respondió, tocando su brazo en el punto en el que yo lo había agarrado para hacerme saber que la había lastimado. Luego miró a Daniel, aunque me hablaba a mí—. ¿Desde cuándo este desgraciado puede presentarse en nuestra casa? ¿No recuerdas la última vez que estuvo aquí?

No le faltaba razón. Se refería al día, siete años atrás, en que había invadido nuestra intimidad, preso de la ira y los celos, y había prometido destrozar mi vida. Pero para mí aquello quedaba muy lejos en ese momento. Conocía a ese hombre como a mí misma. Sabía que no se presentaría ante mí de esa manera dada nuestra mala y casi inexistente relación, a no ser que algo muy grave lo obligase. Y traía a aquella pequeña de la mano. Debía ser muy serio. La lealtad para con él afloró de su letargo y se impuso sobre la que le debía a mi novia. La miré con severidad, indicándole que se había pasado. Ella, muy enfadada, me dio la espalda y se volvió hacia la sala.

—¿Qué pasa, Daniel?

—No tenía dónde ir, María. —Le temblaba la voz. Estaba nervioso y apocado. Debía estar apretando la mano de la niña más de lo razonable, porque ella tiró de él, protestando, y él aflojó—. No tengo a dónde ir. Necesito tu ayuda.

—Pero ¿qué pasa? —No le invité a entrar. No podía, ni me salió.

—María, Isabel está en el hospital. No sé si saldrá de esta. Tiene problemas... —La voz le falló por un momento, pero la recompuso—. Tengo que ir con ella, pero no tengo quien me cuide de Irene. Está asustada, no la puedo dejar con cualquiera. —Mi expresión debió ser de tal incredulidad que se apresuró a conminarme—. En este momento, eres la única persona en la que confío para cuidar de mi hija, María. Por favor... *S'il te plait!*

Sentí que debía ayudarlo. Lo vi tan débil, tan desesperado, que olvidé todo el daño que me había hecho. Solo podía pensar en cuánto me había ayudado. Suspiré y le ofrecí la mano a la cría.

—Hola, yo soy María. ¿Y tú?

Ella miró al padre, solicitando un permiso que él le concedió con un ligero movimiento de cabeza. Su mirada me recordó la manera en que me miraba a mí en los primeros tiempos de nuestra relación. Ahí había mucho amor, y era amor del bueno. Ella soltó la mano y respondió con su pequeña extremidad a mi oferta. Me la estrechó y me sorprendió la firmeza del apretón en una niña tan pequeña.

—Irene. *Enchantée*.

—Igualmente. —Sonreí, sin soltarle la mano—. ¿Te quedas conmigo mientras tu papá va a atender sus cosas? —Ella asintió. Me dirigí a Daniel—. Por favor, llámame después. Necesito saber qué está pasando aquí.

—Gracias, María. —Fue la única respuesta. Se giró con urgencia y salió disparado. Desde la escalera, le gritó a la niña—: *À bientôt, m'amour!*

—*À bientôt, papa!*

Entré en casa con Irene de la mano. Violeta no estaba en la sala. Ofrecí a la cría prepararle un zumo de naranja, que aceptó. También el *pain au chocolat*, que miró con ansia.

—¿Has desayunado, Irene?

—Aún no.

—Pues entonces siéntate ahí y ve comiendo. Ahora te traigo el zumo.

Violeta tampoco estaba en la cocina. Me asomé a nuestro dormitorio y la encontré allí. Había abierto el armario y estaba recogiendo ropa que arrojaba en su maleta, aquella que habíamos comprado para viajar a América y que no había vuelto a salir de debajo de la cama. Tenía la cara congestionada por contener las ganas de llorar. Le hablé despacio, desde la distancia, bajo el dintel de la puerta.

—Violeta…

Levantó la cabeza y me miró. La rabia dominaba su expresión. Su preciosa boca estaba apretada, los labios arrugados en un feo gesto de ira y dolor que no le había visto antes. Percibí claramente el esfuerzo que hizo para hablarme con toda la serenidad de la que fue capaz.

—Calla, María. —Obedecí sin dudar—. Me marcho. Llevas mucho tiempo esperando que lo haga. —Quise protestar y me detuvo con la mirada—. Ni se te ocurra negarlo. Tengo que irme, y lo sabes. No puedo consentir este desprecio. No puedes abrir la puerta a ese hombre y meter a su hija en nuestra casa. Pase lo que pase. Me marcho. No intentes impedírmelo. Y no me hables si no quieres que arme un escándalo delante de esa niña, que seguramente no tiene culpa de nada.

Callé. Yo no quería que se fuera. De verdad que no. Pero tampoco tenía ya más energía para luchar por aquella relación imposible, y menos en aquel preciso momento. No supe qué decir. De nuevo, la parálisis y la huida hacia adelante. Volví a la cocina y preparé el zumo para Irene mientras Violeta terminaba de empaquetar cuatro cosas. Antes de regresar a la sala oí la puerta principal cerrarse suavemente. Violeta ya no vivía conmigo y había una cría de cinco años desayunando en su lugar. A su lado, el periódico, que había quedado abierto en las páginas de sucesos, me resultó inverosímil.

Las personas adultas suelen quedarse como hipnotizadas cuando miran a los bebés. Sé que hay un componente químico y biológico en ese comportamiento, porque yo misma me he sorprendido al encontrarme pasmada ante una criatura de horas o meses de vida que, pese a no hacer absolutamente nada relevante más allá de existir, había captado toda mi atención. Reconozco esa calidez que inunda el cuerpo, la placidez de la oxitocina circulando por el organismo. Vistos con objetividad, los recién nacidos son feos. Lloran, babean, expulsan residuos orgánicos apestosos que hay que limpiar, comen y duermen. Ni siquiera enfocan la mirada, porque todavía ni ven. Pero estamos programados para cuidarlos, para garantizar la supervivencia de la especie. Sin embargo, cuando esos bebés crecen, comienzan a andar, intentan hablar, lloran, juegan ruidosamente y exigen toda la atención, se me hacen odiosos y no puedo soportarlos mucho tiempo. La gente no me cae bien ni me interesa hasta que alcanza, por lo menos, el primer lustro de vida. Luego ya depende de cada persona en concreto, exactamente igual que con el resto de las edades.

Por fortuna, Irene tenía ya cinco años y nos caímos estupendamente. La verdad es que congeniamos en un santiamén de una manera muy natural. Daniel no vino a buscar a su hija hasta tres días más tarde. Llamó desde el hospital aquella noche de domingo y varias veces después para pedirme que me quedase con ella un poco más. Isabel estaba entre la vida y la muerte. Había sufrido un accidente, fue todo lo que supe entonces. Avisé en la facultad de que no podía ir, y se las arreglaron sin mí enseguida. Era tan raro que faltase que dieron por sentado que estaba enferma y ni siquiera me preguntaron cuándo volvería.

Pese a tener solo cinco años, la niña era interesante. Hablaba perfectamente el castellano, lengua del padre y de la madre, con una mezcla de los acentos cubano y argentino muy curiosa y sonora, y dominaba un francés muy parisino. Pero, sobre todo, no se expresaba como si fuera tonta. Empleaba las palabras más adecuadas de las que conocía para decir lo que pretendía. Se hacía entender y lo hacía en pie de igualdad. Eso fue de gran ayuda para mí, ya que no soy capaz de dirigirme a nadie, aunque tenga tres años, como si fuera imbécil. Hablo a los niños igual que a los adultos y suelen asustarse, no porque no me entiendan, sino porque el resto de los mayores no lo hace.

Tras menos de media hora en mi casa, se acercó a curiosear en mi librería.

—No tengo libros para niñas —advertí—. Todos los que guardo aquí son los que uso para trabajar.

—¿Y de qué van? —preguntó curiosa, mientras cogía uno al azar y lo hojeaba superficialmente—. Los de papá hablan casi todos de historia y de política. También tiene algunas novelas. Los de mamá van de amor.

—Los míos hablan de filosofía. Del pensamiento humano. —Noté el interés, o la curiosidad, en sus ojos—. Y también de las mujeres, de nuestro papel en el mundo…

—¿Este habla de las mujeres? —Me mostró el que había escogido. Era *Poesías*, de Carolina Coronado. Sin darme tiempo a responder, lo abrió y leyó, con la lógica dificultad que el texto comportaba para su corta edad pero con gran fluidez, las primeras líneas que encontró—: «Antes que por la lluvia fecundada / arde la tierra al sol de primavera, / que apresurando su veloz carrera, / muestras la luz de mayo anticipada; / queda la yerba mísera abrasada...». —Me miró, interesada. Yo no salía de mi asombro—. Habla de la primavera, ¿verdad? —Y luego de pensar un instante, afirmó—: Yo creo que este libro sí es para niñas.

Pasamos los tres días metidas en la buhardilla, conociéndonos. Le presté una camiseta para dormir. Le quedaba tan grande que parecía un camisón y le hizo mucha gracia. Le preparé un baño que se dio sola y hablamos de todo un poco. Apenas preguntó por su padre o su madre. Era lista, sabía que algo ocurría, y también paciente. El miércoles por la mañana, cuando Daniel vino a por ella, sentí una pena sincera por tener que despedirnos. También por lo que le esperaba en adelante. Tras abrazar a su hija, le indicó que esperase en la sala, dibujando o leyendo.

—Seguro que María me invita a un café en la cocina —le dijo—, y así hablamos ella y yo de cosas de mayores.

Ante el café, me contó la situación que enfrentaba. Tenía un enorme drama con Isabel y empezaba a verse sin salida. Estaba tan angustiado que no podía ya ni pensar con claridad.

—Isabel tiene un problema muy grave con el alcohol, María —me confesó—. No lo quise ver. Ahora ya no puedo negarlo. Ya sabes que en Cuba beben mucho. Ella ya bebía bastante cuando nos conocimos, sobre todo ron. En la isla me pareció normal, no llamaba la atención. Era muy joven, le gustaba el baile, la fiesta. Era pura energía, hedonismo, ganas de vivir bajo el sol de La Habana. Una buena cubana, en definitiva. Bella, inteligente, desinhibida. Me cautivó. —Yo asentí. Entendía perfectamente a qué se refería, puesto que algo muy parecido me había ocurrido, en la misma época, con Violeta—. Como sabes, nos llevó muy poco enamorarnos y, antes de darnos cuenta, descubrió que estaba embarazada. Para mí fue la mejor noticia del mundo. Yo estaba desnortado, frustrado. El proyecto de vida que teníamos tú y yo se había despeñado. La perspectiva de ser padre me dio ánimos para resucitar y recomenzar. Nos vinimos aquí y todo parecía un cuento de hadas. Pero ella siguió bebiendo, incluso durante el embarazo. Cuando protesté dijo que no lo haría más, pero ahora sé que continuó a escondidas. Es una adicta. Desde que nació Irene lo hizo casi siempre a mis espaldas, pero últimamente ya no disimula. Se va de fiesta y aparece días después. Le cambia el carácter. Ahora, cuando bebe mucho, se enfada o hace locuras, se pone en riesgo constantemente. El sábado llevaba tres días de enganchada y acabó debajo de un coche. El conductor dice que salió de la nada. La atropelló. El pobre hombre está hecho polvo.

—¿Y cómo está? —Fue lo único que se me ocurrió preguntar.

—Saldrá de esta. Tiene varias costillas rotas, la tibia, el codo, una herida fea en la mano izquierda por las abrasiones y una conmoción cerebral. Eso era lo más preocupante, pero parece que está drenando bien. Por eso he podido venir a por Irene...

—No te preocupes por eso, ha sido un placer tenerla aquí. Me cae bien tu hija.

Daniel me miró con gratitud y ternura.

—Muchas gracias, María. No te miento si te digo que tantas veces he pensado que, de no ser mulata, bien podría ser hija tuya. Es lista. Sagaz. Pero, a diferencia de ti, de mí y de su madre, es también inteligente con las emociones.

—Bien por ella. Lo va a necesitar —afirmé sin pensarlo.

Ambos quedamos callados un poco más de lo procedente. Ninguno de los dos sabía qué decir o cómo comportarnos en aquel momento tan raro. Él reaccionó poniéndose en pie.

—Me voy ya, entonces. Vamos a cambiarnos de ropa y voy a llevar a Irene para que su madre la vea, que está preguntando por ella.

Se fueron. Tras el clic de la puerta al cerrarse, me encontré sola en la buhardilla. Sin Violeta, sin Irene y sin Daniel, un miércoles, sin nada urgente que hacer, tarde para presentarme en la universidad ese día, y, extrañamente, sin ganas de leer o corregir.

No tener qué hacer, o no tener ganas de hacer lo que sí podía hacer, era muy raro. Desconcertada ante mi propio estado de ánimo, decidí retomar por unas horas el viejo hábito de vagar por las calles de París sin rumbo fijo. *Flâner*. Era una mañana fresca de febrero y el cielo estaba algo encapotado, pero no amenazaba lluvia. Fue una gran idea. Caminar me dio la oportunidad de cavilar sin orden, de colocar los pensamientos y emociones después de los hechos trascendentes de los últimos días.

En primer lugar, debía asumir que mi novia me había dejado. La presencia de la niña me había evitado pensar en eso. Ahora me había quedado sin excusa para aplazar la evidencia. Ya en otras ocasiones habíamos tenido disensiones fuertes e incluso rupturas, separaciones temporales, pero en esta ocasión yo sabía que era diferente. Lo había visto en su boca. El rictus con el que había apretado los labios. Era el fin de nuestra pareja. Hacía solo un par de meses que habíamos celebrado nuestro octavo aniversario con una escapada a Roma, y ahora todo había terminado de golpe. En cierto modo, debía reconocer que era un alivio que la pelea constante acabase. Al mismo tiempo, no concebía seguir adelante sin Violeta.

En segundo lugar, tenía que reflexionar mucho acerca de Daniel e incluso de Irene. Había sido sorprendente a la vez que muy normal sentarme con mi exmarido y hablar en la cocina con aquella confianza e intimidad, con tal naturalidad. En un suspiro, habían desaparecido la inquina y el rencor, y había vuelto a sentirme en casa, acomodada en un espacio de comunicación conocido. Reflexioné acerca de lo obtusa que había sido en todo lo relacionado con él. Había tenido el valor de enfadarme porque él no había comprendido ni había respetado mis sentimientos. No había hecho ni el más mínimo intento de ponerme en su lugar, así que, por consiguiente, no había comprendido ni había respetado los de él. Por no hablar de que yo ni tan siquiera había valorado el gran riesgo que había corrido (y tal vez todavía corría) al acompañarme en la comisión de graves delitos «de sangre» para conseguir la liberación de mi hermana y mis sobrinas. Algo que, por otra parte, él jamás me recriminó.

Para Daniel debió ser devastador descubrir, con ya cuarenta y cinco años, que la que había ido su compañera lo había sustituido por otra persona con la que le era totalmente imposible competir o compararse. Por muy buena gente que fuera, que lo era, no dejaba de ser un hombre nacido y criado en el comienzo del siglo xx. Un hijo de su tiempo. Era lógico que mi relación con Violeta le hubiera resultado un desafío y una ofensa mayor de la que habría sido cambiarlo por un hombre parecido a él, además de la enorme sorpresa que debió suponer, con el consiguiente desconcierto. Había esperado de un hombre especial una excepcionalidad que no estaba a su alcance. Ni siquiera Jean-Paul Sartre estuvo a la altura, cómo iba a estarlo Daniel. Yo no había entendido o no me había molestado en querer entender todo eso. Me había reído de él, de su comportamiento ridículo de macho herido. Y, al mismo tiempo, me había comportado como él. Lo había despreciado por emparejarse con una mujer a la que califiqué de niña mientras yo hacía exactamente lo mismo. Para ser justa, yo lo había hecho primero. Mirándolo desde otra perspectiva y pasado el tiempo, había menospreciado sus sentimientos con una ligereza escalofriante.

Visto desde el futuro que ahora habito, ambos éramos víctimas de un tiempo y un espacio. Estoy segura de que, de saber lo que hoy sé, habría sido diferente. En mi defensa, solo me cabe argumentar que tener altas capacidades no es sinónimo de nacer sabiendo.

Esa fea conclusión, que nada me favorecía, me llevó enseguida a Violeta. Con ella no había sido mejor. La pobre había derrochado unos años preciosos con una mujer caprichosa que no quería entender su posición. Además de la falta de simetría en nuestra relación, donde yo era mayor, más poderosa y llevaba la batuta de la brújula de nuestras idas y venidas, había estado la sombra constante de mi relación anterior, a la cual yo no había renunciado jamás. Le había hecho ver desde el principio cuánto me había lastimado la separación sin tener en cuenta la inseguridad que eso provocaría en ella. Había sido egoísta y poco sensible con ella. Para colmo, había tenido que roer todo aquello en un contexto social nada amigable para una pareja de lesbianas.

También pensé en Irene. Me costaba comprender por qué me había entendido tan bien con una niña cuando mi falta de habilidad para comunicarme con personas a medio hacer había sido algo que se había comprobado y demostrado tantas veces antes. Colegí que esa niña era especial, y también que su parecido con el padre tenía necesariamente que ser un factor que había facilitado nuestra conexión.

Después de estos pensamientos, me sentí fatal. Estaba viendo con una claridad pasmosa cuánto me había equivocado, cuánto daño había hecho, y resultaba demoledor. Necesitaba hablar con alguien que me pudiera comprender, conseguir una segunda opinión, como cuando recibes un diagnóstico de cáncer y buscas otra clínica en la que te digan que no, que tu médico de siempre estaba equivocado y no vas a morir. Paré en la primera cabina telefónica que encontré y llamé a Haidée. No estaba en casa, claro. Era miércoles. Telefoneé a la Universidad de Nanterre e insistí hasta dar con ella. La hice salir en medio de una clase para responder mi llamada, así que pensó que debía ocurrir algo muy grave. Estaba, por supuesto, al tanto de la ruptura con Violeta —quien se había refugiado en su casa— y temió por mí. Respondió apurada y sin aliento.

—María, ¿estás bien?

—No lo sé, Haidée. Salí a caminar. Me eché a calle, me puse a pensar y me he percatado de mi necedad. —Había comenzado a llorar, sin saberlo—. Soy imbécil, Haidée. No, no estoy bien…

—¿Dónde estás?

Tuve que mirar a mi alrededor, porque no tenía ni idea. Por suerte, la silueta de Notre-Dame me dio la referencia.

—Ando por el Quartier Latin, creo…

—¿Ves algún café? ¿Una *brasserie*, quizá?

—Sí.

—Dime el nombre. Nos vemos ahí.

Está muy bien tener una amiga a la que poder llamar cuando piensas que has tocado fondo. Una amiga que plante el trabajo y salga disparada hacia donde sea que estés. Antes de Haidée yo no había tenido eso, y después de ella tampoco. Por eso fue tan triste. Porque perderla era lo que me faltaba para confirmar que el suelo había desaparecido bajo mis pies.

Esperé un par de horas. Me había sentado tranquilamente ante un café con leche y un *croque-monsieur* a la hora de almorzar. Saber a Haidée en ruta me había proporcionado una cierta paz, y el hambre avisó, recordándome que solo había ingerido aquel café con Daniel. En Francia no es como en España o Argentina. Se desayuna muy temprano una comida contundente, al igual que la cena, que suele coincidir con la hora que para la gente mediterránea vendría a ser la de la merienda. El almuerzo es solo una breve pausa en la que corresponde algo ligero, poco después del mediodía. Como París es grande y yo estaba lejos de Nanterre, teniendo en cuenta que el tráfico se complicaba cuando todo el mundo salía a comer, en principio no di mucha importancia a la demora de mi amiga. Transcurridas las dos primeras horas de espera, empecé a preocuparme.

Llamé de nuevo a la universidad, donde me confirmaron que se había marchado enseguida tras hablar conmigo. Efectivamente, había plantado la clase sin más explicación que «una emergencia». En Nanterre, después de que yo no hubiese acudido a trabajar por dos días y al recibir ella mi llamada urgente el tercero, habían concluido que me pasaba algo de la mayor gravedad. Quedaron tranquilos cuando les saqué del error. Era solo un asunto doméstico, expliqué. Tras colgar me quedé clavada junto al teléfono público del café. Ni idea de qué más hacer. Hasta donde sabía, Haidée no tenía familiares a quienes yo pudiera preguntar o pedir ayuda. En ese momento me di cuenta de lo sola que andaba por la vida mi querida amiga.

No había mucha explicación posible. Quizá no había anotado bien el nombre de la *brasserie* y no me había encontrado. Me gustó esa opción. Marqué el número de su casa y respondió Violeta. Fue violento e incómodo, pero conseguí convencerla de no cortar la llamada. Le expliqué mi preocupación, y ella fue capaz de dejar a un lado su enfado conmigo para preocuparse, a su vez, por Haidée.

—Aquí no está, María —me dijo—. Pero si fue hasta ahí, te ha buscado y no te ha encontrado, es muy posible que todavía esté en camino hacia aquí.

—Tienes razón —concordé.

—Vete a casa. Cuando llegue ya le digo que te llame.

—Gracias. —Hice un intento—. Violeta…

—No. —Inteligentemente, me colgó.

Me fui a casa. Por desgracia, Violeta no había acertado. Pasó la noche, llegó la mañana, y Haidée no había aparecido. Seguimos sin noticias de ella hasta la tarde del jueves, cuando fue identificada y alguien llamó a la universidad, desde donde me avisaron. Estaba hospitalizada. Había sufrido un estúpido accidente. Después de aparcar su coche muy cerca de donde yo la esperaba, había tropezado de la manera más tonta con sus propios pies y había caído al suelo, golpeándose antes la cabeza contra la fachada de un edificio. Había perdido el conocimiento. Una mujer que había presenciado la caída avisó a la policía, la cual llamó a una ambulancia en la que la trasladaron hasta las urgencias del hospital de La Pitié-Salpêtrière, que era el más cercano. Su bolso había quedado tirado en la acera y les costó identificarla porque, cuando despertó, descubrieron que había perdido completamente la memoria.

—Pero… ¿Va a recuperarse?

—No lo sabemos, señora. —El doctor era amable, pero no tenía intención de darme más detalles. Por mi parte, no le iba a dejar marcharse hasta saber todo lo posible, y mi insistencia comenzaba a impacientarlo—. En principio, lo lógico es pensar que estamos ante una amnesia postraumática ocasionada por el traumatismo craneoencefálico que sufrió.

—Sí, eso ya me lo ha dicho. ¡Pero quiero saber cuál es el pronóstico!

—Como le digo —repitió, intentando parecer paciente y considerado cuando traslucía su exasperación—, no lo sabemos. Puedo decirle que su vida ya no corre peligro. Es probable que pronto recupere la memoria. Y también puede llevarle meses. Y si hay alguna lesión, incluso puede que nunca la recupere, o no del todo. —Me miró, y me pareció condescendiente—. Mire, señora, si quiere ayudar, localice cuanto antes al marido de su amiga. Es altamente probable que necesitemos permiso para aplicarle algunos tratamientos, puede ser que haya que intervenirla si el hematoma subcraneal no drena por sí solo…

Lo dejé con la palabra en la boca. ¡Que avisase al marido! Aquel dinosaurio y su paternalismo me habían puesto de muy mal humor y había corrido sin saberlo el imprudente riesgo de recibir toda la ira y la frustración que se apoderaban de mí debido a su estúpido comportamiento conmigo y a la injusta situación de Haidée, así que preferí darme la vuelta y plantarlo. También me había dado cuenta de que mi amiga estaba desprotegida, puesto que no había, hasta donde yo tenía noticia, nadie con capacidad legal para tomar las decisiones que ella no podría tomar por sí misma en aquel estado. Y no me fiaba de aquel doctor para eso.

Violeta me esperaba en la cafetería del hospital, junto con Béatrice, Jacqueline y algunas compañeras más. Llegué atacada y les conté lo que pasaba. Una de ellas, no recuerdo quién, se ofreció a localizar a una conocida de una conocida que era abogada, la cual apareció allí volando. Se llamaba Alouette. Era alta, muy delgada, seria, decidida y rápida. Me gustó. Se sentó con nosotras y nos contó lo que iba a ocurrir a continuación.

—Si os parece bien, voy a subir a la planta y voy a presentarme como vuestra abogada. Les explicaré el caso y les diré que estáis dispuestas a emprender acciones legales si toman cualquier decisión o medida vital que pueda dañar la integridad de Haidée, sin que sea una urgencia de vida o muerte. Luego voy a investigar para ver si ha hecho testamento. Ahí sabremos a quién se encomienda y podremos avisar a esa persona…

Efectivamente, Haidée había hecho testamento. Y yo resulté ser la única beneficiaria, albacea de aquello que legaba a la sociedad, gestora de sus secretos y, también, receptora de la encomienda de velar por su vida y salud o decidir acerca de su muerte y despedida llegado el caso. Hube de contratar formalmente a Alouette, ya que se avecinaba un tiempo complejo de decisiones difíciles.

Si hay un dicho popular que me moleste es ese de que «no hay mal que por bien no venga». Me parece una soberana estupidez. Hay males —muchos, muchísimos, la inmensa mayor parte de ellos— que no traen nada bueno. He llegado a oír, discutiendo acerca de esto, argumentos como que en España no se habría valorado la Segunda República de no ser por la sublevación fascista. Cuando alguien emplea este tipo de lógica me pongo enferma, pierdo la paciencia y, por poco, la fe en la humanidad.

Sin embargo, el accidente y la posterior convalecencia de Haidée trajeron algunas cosas buenas. Si no fuera imposible, me atrevería a creer que mi amiga había enfermado para ayudarme a resolver mi vida. Porque de una manera colateral y tras algunas casualidades, eso fue exactamente lo que pasó. Para empezar, de todos los hospitales con urgencias de París, Haidée fue ingresada en el mismo en que se encontraba Isabel, la mujer de Daniel, ya que ambas habían sufrido sus accidentes más o menos en el distrito XIII, en pleno centro de la capital de Francia.

Cualquiera que haya acompañado a una persona convaleciente hospitalizada sabrá de lo que hablo. El hospital se convierte en una segunda casa. Es como un hotel de carretera. Incómodo y hostil pero que acaba siendo familiar. Duermes allí muchas noches, trabas relación con la vendedora del quiosco de prensa, aprendes cosas de las vidas de los camareros y camareras de la cafetería. Descubres los trucos del menú y cuál es el baño que siempre está limpio y nunca tiene colas. Así fue para mí mientras el cuerpo de Haidée permanecía, totalmente vacío de recuerdos, en su cama. Cuando la operaron. Cuando salió de quirófano y la recepcionista me preguntó cómo había ido. El día en que reconoció a Violeta. También fue así para Daniel, que acompañaba día y noche a Isabel. Y para Violeta, que no quería dejarme sola ante tamaña encomienda ni abandonar a Haidée. Así que acabamos por crear un pequeño equipo de emergencia. Tanto Violeta como Daniel supieron dejar de lado todas las antipatías y diferencias con tal de que, entre los tres, sacásemos a aquellas dos mujeres vivas y sanas de allí sin sucumbir nosotros en el camino. Hicimos turnos para estar en el hospital y para cuidar de Irene. Creamos un sistema en el que ellos apenas se veían y que funcionaba. Por mi parte, me sentó bien contar con aquel apoyo. No creo que hubiera podido reunir fuerzas para soportar todo ese tiempo sin Daniel y sin Violeta.

Cuando pasa algo importante, el siguiente escalón en la jerarquía de la gravedad queda relativizado, se aleja. Eso ocurrió con mis problemas relacionales. Constatar de qué manera tan tonta y azarosa podía cambiar, o incluso terminar, cualquiera de nuestras vidas me obligó a encontrar un nuevo enfoque. En las largas estancias y guardias en el hospital tuve la oportunidad de hablar de esto con mi exmarido y mi exnovia. Habían llegado a conclusiones muy parecidas a la mía. Firmamos la paz a tres bandas, las enfermas fueron mejorando y llegaron los días en que cada una de ellas volvió a cada casa. Daniel se llevó a una Isabel recuperada y desintoxicada a rue de Varenne y Violeta se mudó a vivir con una Haidée que comenzaba a construir nuevos recuerdos, a la espera de que los viejos volvieran. Yo regresé, sola, a mi buhardilla.

Mi amiga nunca volvió. Haidée permaneció viva, pese a que todo cambió. Recordó mi cara y mi nombre, pero no nuestra historia en común ni los sentimientos, mientras iba creando un nuevo lazo, fuerte y firme, con Violeta. Cuando tuvo las facultades mentales precisas en orden, dictó un nuevo documento notarial según el cual Violeta quedó a su cuidado como su tutora en caso de necesidad y como su heredera. Era lo lógico, ya que había sido ella quien se había hecho cargo, en la práctica, de su bienestar. Nunca supe si su relación había trascendido físicamente la amistad y el compañerismo. Ni lo pregunté ni quise. Lo que ellas decidiesen me pareció bien. Violeta demostró ser capaz de una entrega que yo nunca le había aceptado para mí. Seguramente, pienso ahora, porque no se la podía corresponder. Con Haidée encontró la medida perfecta para su horma. Yo me quedé sin mi confidente, ya casi huérfana de amigas, puesto que solo Rosita resistía. Pese a que la distancia y lo diferente de nuestras vidas y preocupaciones —las profundas y las cotidianas—, hacían difícil compartir, la intimidad, el afecto y la incondicionalidad perduraron hasta el día de su muerte.

Isabel no consiguió ser quien se esperaba de ella. Pocos meses después de que le dieran el alta definitiva de las lesiones del accidente, volvió a las andadas. Comenzó quedando para cenar o almorzar con la excusa de celebrar su recuperación y no le llevó mucho retomar la dinámica del alcohol. Bebía de fiesta y bebía en casa. Daniel me dijo que un día había contado tres botellas de vino y alrededor de cinco litros de cerveza en un solo día. En varias ocasiones intentó dejarlo de nuevo, incluso se internó voluntariamente en dos oportunidades en centros de desintoxicación, pero recaía una y otra vez sin remedio. En la embriaguez se transformaba en una persona antipática y malhumorada las más de las veces, colérica y muy difícil de soportar. Luego no recordaba nada.

—Yo creo que es profundamente infeliz —me había confesado Daniel en una de aquellas recaídas con ingreso incluido—. Pienso que bebe para evadirse. Para ella dejar Cuba fue un trauma, María. Creyó que venía al país de la eterna felicidad, a su particular isla de Nunca Jamás, donde no existirían la pena ni el dolor o las responsabilidades...

Yo me limitaba a escucharlo, intentando no opinar. Sabía que no era buena idea inmiscuirme más de la cuenta en la intimidad de aquella pareja, pero había decidido igualmente devolver a ese hombre, al que quería y respetaba, algo del gran apoyo que él me había brindado años atrás. Así que le ofrecía mi hombro para que llorase cuando lo necesitaba. Sin embargo, yo opinaba que había algo más complejo en la psicología de Isabel. Ella ya bebía de más en Cuba, aunque Daniel omitiera ese hecho en su análisis.

De vez en cuando también me quedaba con Irene. No me costaba hacerlo, ya que esa niña y yo éramos afines. Su infancia no fue un camino de rosas. Tenía todas las comodidades que daban el dinero y la posición social, era bonita, exótica y muy inteligente. Y también, en cierto modo, era una huérfana de padres vivos. Su madre nunca estuvo emocionalmente presente para ella, pues su adicción ocupaba todo. Y el padre, pendiente de la madre, dejaba que aquella pequeña creciera por su cuenta sin mayor soporte.

Aprendió a jugar la partida con esas cartas. Creció y maduró rápido, se hizo autosuficiente, aunque también desarrolló una fuerte tendencia a hacerse responsable de las emociones de los demás. Podía identificarme con ella en la soledad y en la inteligencia, y acabamos por hacer un buen tándem. Yo la comprendía y la ayudaba a protegerse de sí misma, la animaba a perseguir sus deseos y a sacar partido de los naipes con los que había nacido. Ella me quería. Con eso, yo tenía bastante.

III

Los años de la hierba

As andoriñas non son galegas,
nin os carballos,
nin os merlos,
nin os bidueiros.
Conviven con nós pero teñen a súa propia nación.

Marcos Lorenzo, *ENSER*

Con la llegada de 1984 cumplí sesenta años. Las cifras imponían. Comenzaba el año de Orwell, que tan alejado había parecido cuando la famosa novela vio la luz. El fin del siglo, la mágica y aterradora frontera del año 2000, era ya una realidad posible, y yo me encaminaba hacia la jubilación. Mi madre estaba en las últimas. Pese a que aún había de sobrevivir, que no vivir, otros dos años, yo sabía que más temprano que tarde su cuerpo se iría en pos de aquella mente que nos había abandonado del todo unos años atrás. No en vano había cumplido los noventa y siete en diciembre de 1983 y acarreaba más de tres décadas de olvido paulatino.

La situación política española había dado el viraje previsto. Habían llegado las elecciones y el PSOE, el partido socialista proscrito hasta hacía nada, estaba ya en el poder. El golpe fallido de febrero del 81 había quedado en un susto, y en mis viajes, que hacía cada vez con mayor frecuencia por trabajo y para pasar por Vilamil, había podido comprobar el ambiente festivo y optimista que impregnaba aquella sociedad convulsa donde se mezclaban en un caldo complicado el hedonismo, la sensación de libertad, la creatividad y un «todo vale» con los primeros síntomas del declive de la clase trabajadora, que acabaría estallando en la reconversión industrial y las epidemias de la heroína y del paro. Yo no había podido votar en el referendo de la Constitución ni en las sucesivas elecciones porque, aunque era ciudadana francesa y española de pleno derecho, todavía no se había legislado el voto para quienes residíamos fuera del Estado español. Me había quedado la espina, aunque también estaba satisfecha con los resultados de los comicios.

En cuanto al sargento Ruiz, pareció desaparecer, al menos de mi radar. La expectativa de que un nuevo orden democrático le cortaría las alas y me dejaría en paz semejaba cumplida. No tenía cómo confirmarlo, pero todo apuntaba a que un sargento que no había ascendido, cercano a la jubilación y obsesionado con el supuesto asesinato de dos militares franquistas hacía ya tantos años, no tenía cabida en la España moderna. Mi percepción se constataba, visto que ya no me acosaba cada vez que pasaba por Madrid o Vilamil. Fue un alivio, aunque gradual, porque el hábito de ponerme en guardia nada más pisaba suelo español tardó en irse. Sin embargo, en el momento de empezar mi séptima década de vida casi, por fin, me estaba olvidando de él.

Había dedicado los últimos años a trabajar intensamente. Publiqué más ensayos, artículos académicos e investigaciones entre 1978 y 1984 que en los treinta años previos de ejercicio como profesora e investigadora en Nanterre. Mi trabajo, iniciado con la tesis doctoral y centrado sobre todo en explorar el pensamiento de las mujeres españolas antes de la guerra de 1936 a 1939, había tenido un éxito razonable para la época. Conozco a Carolina Coronado, a Rosalía de Castro o a Emilia Pardo Bazán como si fueran familia. Tuve trato con otras, contemporáneas mías, como María Casares, Maruja Mallo o Clara Campoamor. Las entrevisté, leí, seguí, admiré y reivindiqué.

Hoy en día, gracias a la globalización y la consiguiente difusión del feminismo, es habitual que las mujeres se esfuercen para recuperar la memoria de las antecesoras y procurarles su lugar en la historia y en los libros de texto, pero cuando yo comencé esa tarea casi nadie lo hacía y muy pocos lo entendían. Ahora soy yo el objeto de las tesis y trabajos de otras mujeres jóvenes, que me entrevistan y escriben artículos sobre mí. Es interesante verlo y descubrir cómo interpretan los hechos que yo viví, lo que pensé o dije en cada momento.

También había depositado mucha ilusión y dedicación en Les Livres de Rita. Con el tiempo había ido especializándola en poesía, principalmente la escrita por mujeres. Contaba, y aún es así, con un público lector fiel y un tamaño adecuado para eso. Me daba alegrías y me permitía sentir que hacía una aportación tangible a la producción cultural de las mujeres de mi entorno. Le publiqué a Violeta cinco poemarios más. El último se titulaba *Aidez (aimée) Haidée* y había sido un éxito entre la crítica especializada francesa.

La buhardilla había acabado por ser un verdadero hogar y la había comprado. Tenía el tamaño perfecto para mí, ya que me obligaba a rodearme tan solo de los objetos, desde prendas hasta menaje, cuadros y libros, imprescindibles. Aunque con los libros hacía trampa, claro está, porque tenía sitio para ellos en mi despacho de la universidad y había convertido el desván alquilado en una suerte de biblioteca clandestina que me encantaba visitar y mantener.

Del cuerpo no me podía quejar. La naturaleza fue muy generosa conmigo. Hasta hoy, cuando me acerco al siglo de duración, he gozado de salud. Ni una sola enfermedad seria, excepto la ansiedad y el mal dormir, que ahora la medicina sí trata como dolencias de la mente, pero no entonces. Aunque en aquella época mis síntomas (la presión en el pecho, la falta de aire, las pesadillas y el insomnio) fueron significativamente menos punzantes, jamás se fueron. Por lo demás, puedo afirmar, mi salud ha sido excelente. Por no padecer, ni tan siquiera sufrí una caries o las cataratas propias de la vejez. Incluso las secuelas provocadas en mi tobillo por los grilletes de

Facundo quedaron tan solo como un feo recuerdo en mi manera de caminar, sin mayores consecuencias. Los pocos achaques o males puntuales acostumbré a tratarlos con remedios naturales y funcionó. Solo acudí a consultar médicos cuando mis remedios a base de hierbas, emplastos y tisanas no surtían efecto, lo cual ocurrió muy pocas veces. Cumplía setenta años con salud de hierro, vitalidad y fortaleza física, además de buen aspecto.

Pero completar las seis décadas de existencia e iniciar la séptima propició una crisis existencial. Si la muerte prematura de Pilar y el accidente de Haidée me habían hecho tomar conciencia de lo efímero de la vida, los seis años de compartir intimidad tan solo con la discreta y cariñosa Lune me habían devuelto una parte de mí que había dejado olvidada en mi dormitorio de la pensión Asturias de Buenos Aires. Dado mi natural solitario, al principio no me costó volver a acostumbrarme a convivir conmigo misma. Retomé la lectura voraz, ahora más caliente y segura y con la gatita siempre sobre las rodillas. Seguí disfrutando con la compañía de la radio y me negué —y así fue hasta no hace tanto— a tener televisor en casa. Sin embargo, ya no era lo mismo. La joven que había sido en Argentina no había saboreado todavía las bondades de contar con alguien a su lado. No hay nostalgia de aquello que no se conoce. La mujer adulta, camino a la vejez, que se había quedado en la buhardilla de Nanterre, sí añoraba a Violeta, a Daniel, a Haidée. También contaba con una vida social interesante y muchas relaciones de casi amistad, aunque no volví a dar con alguien que despertara en mí los sentimientos que había tenido y mantenía por aquellas tres personas. Mi amiga, mi marido, mi mujer.

Llegué a un punto en el que la forma en que estaba viviendo, pese a ser un ideal para otras, no solo no me satisfacía, sino que me perjudicaba. Comencé a sentirme saturada por el éxito profesional y la exigencia perpetua que implicaba. Empecé a cuestionar el estilo de vida en la ciudad y comprendí que era necesario que planificase mi vejez. El sistema capitalista de la productividad infinita se me evidenció cruel y desvariado. Quizá era el momento de hacer un cambio drástico. Al mismo tiempo, no me sentía capaz de alejarme físicamente de Irene, Daniel, Violeta y Haidée. Estaba atrapada en mi propia vida.

Como tantas veces en mi biografía, reaccioné con la inacción. No me había supuesto un gran esfuerzo ni me había llevado demasiado tiempo entender que necesitaba un cambio, pero no era capaz de actuar. Primero parálisis y después huida hacia adelante, ya lo sabemos. En este caso, la huida consistió tan solo en dejarme llevar por la rutina. Ignorar mi intuición, no atender a mis emociones y seguir como si nada. Como tantas veces antes, fue la propia vida la que me obligó a reaccionar. El universo me había avisado y, ante mis oídos sordos, me plantó la evidencia delante de las narices. Que yo no liderase los cambios no significaba que estos no fuesen a ocurrir, solo que yo tendría menos control sobre ellos.

Daniel e Isabel se divorciaron en 1986. Si aquella pareja pudo durar cerca de catorce años fue únicamente gracias al temperamento de él. En esta ocasión, su paciencia y tendencia a la comprensión y el perdón habían jugado en su contra, en la de Isabel, e incluso en la de Irene. La tenacidad con la que perseveró en hacer que aquel barco navegara casi hunde a toda la tripulación. Isabel se sintió todo el tiempo culpable de su dolencia, la adicción al alcohol, y se instaló en el juego del gato y el ratón, tratando a Daniel como su policía particular y lastimándose cada vez un poco más hasta quedar exhausta. Irene creció con grandes carencias y demasiado sola. Y Daniel se volvió un viejo prematuro y agotado que se tenía por fracasado a los sesenta y dos años.

Supe la noticia por Irene. Se presentó en mi casa sin previo aviso una noche de miércoles o jueves a comienzos del mes de septiembre y me contó que sus padres acababan de anunciarle que se separaban. Le faltaban aún un par de meses para cumplir los catorce años, pero para algunos asuntos su entendimiento y comportamiento eran los de una persona adulta. Yo, que con esa edad había empezado a andar sola por el mundo, así la veía y le trataba en consecuencia.

—¿Y cómo estás? —le pregunté.

—Contenta, María. —Lo pensó un momento—. Y enfadada también. Estoy muy cabreada con ellos, sobre todo con papá.

—¿Y eso?

—No lo entiendo. No sé para qué hemos pasado por toda esta mierda si al final iban a terminar separados sí o sí. Toda mi vida soportando las idas y venidas, las borracheras, las discusiones, los médicos… Para eso, que lo hubiesen dejado antes. Nos habríamos ahorrado mucho drama.

—En eso no te falta razón —convine—. Pero piensa que es fácil decirlo desde fuera. Tu padre lo intentó todo antes de desistir y, por lo que sé, tu madre también.

—¡Palabrería, chorradas y excusas baratas! —respondió enfadada—. No me vengas tú también con eso. Parece que yo, que soy la pequeña, fui la única que sabía que no había remedio. ¿Cómo va a ser así? No os tengo por memos.

—A mí no me metas en el saco, Irene. Que yo ahí ni pincho ni corto…

Callé porque me había interrumpido el timbre de la puerta. Del otro lado esperaban un asustado Daniel y una aterrorizada y cohibida Isabel. En todos aquellos años nunca se había acercado a mi casa, ni yo a la de ella. Habíamos sido cordiales entre nosotras, nada más. Apenas nos habíamos tratado y en realidad no nos conocíamos. Les invité a pasar y me explicaron que Irene se había ido dando un portazo y sin decir a dónde. Después de buscarla en el portal y en los alrededores de rue de Varenne, se les había ocurrido comprobar si estaba conmigo, como efectivamente era. Le lancé una mirada severa.

—¿Qué? —me desafió—. ¿Vas a reñirme tú también? Recuerda que no eres mi madre.

Iba a responderle cuando el teléfono repiqueteó con su habitual estruendo. Los cuatro nos sobresaltamos y Lune, como hacía siempre que aquel ingenio ruidoso nos importunaba, abandonó el regazo de Irene en un salto prodigioso que la llevó hasta encima de la librería, con su larga cabellera tricolor de punta. Tenía ya casi diecinueve años y seguía tan ágil como cuando la había conocido. La niña, que tenía el aparato sonoro justo a su lado, respondió sin pensar.

—*Allô?* Sí, un momento. —Se dirigió a mí—: Es para ti... ¡Lógicamente!

Era Francisca. Mi madre acababa de morir. Como he dicho, ya que yo no había sido capaz de moverme ni cambiar nada, las cosas lo hacían por sí mismas y, por lo que se veía, venían por lo menos de dos en dos. Agradecí no estar sola en el momento de recibir la noticia, que no por más esperada resultó menos intensa o dolorosa. En especial, me confortó la presencia de Daniel, que la había conocido y había querido tiempo atrás. El episodio de la huida de Irene quedó en un segundo plano y todos, incluida Isabel, se concentraron en acompañarme en el duro momento de tomar conciencia de la pérdida. La tarde sobresaltada por el anuncio de divorcio, por la rebeldía adolescente de Irene y por la mala nueva del fallecimiento de Pepa Rodríguez acabó por convertirse en una noche de calor familiar en la que Daniel y yo compartimos nuestros recuerdos de mi madre con ellas, apoyándonos en las pocas fotos que yo guardaba.

—No sé si sabes que sus cartas siguen en el desván de rue de Varenne —recordó de repente.

—No había vuelto a pensar en ellas. —Los ojos se me habían anegado. Isabel me acarició un hombro e Irene me abrazó.

Cualquiera pensaría en aquel momento, en mi buhardilla, con seres queridos y buenas personas, a salvo del frío y el hambre, que no necesitaba un cambio. Lo normal habría sido concluir que la muerte de mi madre acababa con el último lazo que me ataba a mi país natal. Yo sentí exactamente lo contrario. Cuando Irene me abrazó, una profunda y urgente necesidad de volver a casa recorrió todo mi ser. Necesitaba estar allí. Y esta vez no quería ignorar a mi intuición.

La idea de que Irene me acompañase en el viaje fue de Isabel. Faltaban aún un par de semanas para el inicio del curso escolar, y para entonces yo también debía estar de vuelta en París. A ella y a Daniel les venía bien contar con cierto espacio e intimidad para organizar legal, burocrática y físicamente su separación, y, aunque no lo dijeron, entendí que no se encontraban con fuerzas para lidiar con el enfado adolescente de la hija. A mí me vendría bien la compañía. Todo encajaba. Irene se entusiasmó con la propuesta, por consiguiente todos estuvimos satisfechos con el plan. La niña y los padres se fueron a la casa familiar, donde ella preparó su maleta y durmió unas cuantas horas. Por suerte, gracias a que aquel verano había viajado a Cuba para conocer a su familia materna, tenía el pasaporte en regla y un documento mediante el cual los padres la autorizaban para viajar y donde solo tuvieron que completar con mis datos los espacios en blanco reservados para el nombre de la persona adulta que la acompañaba.

Yo hice lo propio, además de llamar a Violeta para ponerla al tanto y pedirle que atendiese a las necesidades básicas de Lune mientras yo estaba de viaje, como solía. Al fin y al cabo, la gata había llegado con ella y luego se había quedado conmigo por pura logística. En el fondo, la responsable última de su bienestar, según ambas lo veíamos, seguía siendo Violeta. En pocas horas, recogí a Irene delante del portal de rue de Varenne y salimos hacia Asturias en mi coche. Era el que había sido de Haidée, a quien se lo compré cuando supo que no iba a poder conducir nunca más. Un pequeño y viejo Peugeot 104 de color naranja de 1977, muy cómodo para callejear por París y bastante poco adecuado para viajes largos. Yo era una conductora tardía y perezosa y me sentía cómoda en aquel cascajo que no corría, lo cual me hacía percibirlo, ilógicamente, como más seguro o menos peligroso.

El viaje fue bonito. Hicimos sin prisa los mil trescientos kilómetros que nos separaban de Vilamil, con parsimonia, entendiendo el camino como un fin en sí mismo. Charlamos todo lo que nos apeteció y también pasamos largos ratos sumidas cada una en sus pensamientos. Como yo no estaba acostumbrada a conducir, y menos por carretera, me cansaba bastante, así que hicimos noche primero en Bordeaux y luego en Bilbo. Repartimos un viaje de doce o trece horas en tres días. Desde Bayonne hasta Uviéu las carreteras iban en paralelo a la costa cantábrica, e Irene gritaba a los cuatro vientos que estaba enamorada de aquel mar. Pero cuando vio las montañas que nos habían de guiar hasta Vilamil, quedó fascinada.

—Parecen pechos de mujer —observó.

—Eso mismo dijo tu padre la primera vez que las vio —le respondí.

En la casa de Vilamil todo seguía igual. Desde 1924 apenas nada había cambiado. Ahora había agua corriente, un calentador de butano y un cuarto de baño dentro, eso era todo. Ya se podía llegar en el coche hasta casi la puerta, eso también había mejorado. Pero nada más. La misma estampa. La fachada principal, con la escalera y la puerta de doble hoja con el lar detrás. La cuadra debajo, el pajar a un lado y el hórreo enfrente. La higuera de Esteban, ya una venerable señora, cobijando la mesa de madera con el mantel de cuadros y la eterna baraja de cartas en una partida infinita, siempre empezada.

Pero no salía humo de la chimenea. La nuera de Francisca, Verónica, la mujer de Paco, se había ocupado de todo. Había gestionado el entierro y el funeral. El cuerpo inanimado de mi madre reposaba en el cementerio de la aldea, a pocos metros de casa, con los restos de sus padres, su marido, sus hermanos y de Ramón, su hijo mayor. Verónica también había convencido a su suegra, no sin esfuerzo, de que se mudase con ella y su marido al piso de Uviéu. Por eso, la mañana que yo llegué ya nadie había encendido el lar. Para mí ver ese espacio apagado fue un shock. Noté como algo, una pequeña fibra, se me rompía por dentro. Por primera vez pude acercarme a la inmensa olla y mirar arriba, hacia el tiro del humo, negro por tantos años de hollín. No reconocía la casa. Estaba silente, fría, vacía sin el fuego del lar. Su corazón se había parado junto con el de mi madre.

Cuando llegamos a Vilamil ya habían pasado los oficios y las despedidas. Apenas habían estado allí Francisca y sus hijos, nueras y nietos, puesto que al resto de las hijas, nietos y bisnietos de Pepa no nos había dado tiempo a reaccionar para llegar a tiempo, y para Esteban era imposible. Decidí quedarme mientras mis hermanas iban desfilando por la aldea y, con tal motivo, pasar unos pocos días más con Irene en el lugar de mis raíces. Nos alojamos en la fonda del pueblo. La niña fue la sensación entre la familia y la vecindad. Les costaba entender la «no filiación» que nos unía, pero la gente asturiana es abierta de mente por naturaleza, y enseguida nos daban el visto bueno. Por allí apenas habían visto aún personas de otras razas, y menos tan exóticas y guapas como ella. A sus catorce años era ya casi una mujer, alta, desarrollada y extremadamente bonita. Tenía los ojos de Daniel en una cara equilibrada, enmarcada por un cabello negro medio rizado, y la sonrisa limpia y abierta de Isabel. Su extraño castellano destacaba sobre las voces cantarinas asturianas y sus modales de joven urbana resultaban estrambóticos. Para mí fue un placer inesperado mostrarle la vida en el campo, hablarle de mi niñez. En cierto modo, con ella reviví la experiencia que había tenido con su padre casi cincuenta años antes y también desperté los recuerdos de mi infancia.

En el tercer día de nuestra estancia, después de haber desayunado leche tibia con mantequilla y pan del pueblo, echamos a caminar sin rumbo. Cuando me quise dar cuenta habíamos recorrido el tramo hasta la escuela. La pequeña unitaria era ahora una ruina. Cuatro paredes de piedra, ya sin tejado ni techo. Solo la viga central había resistido a duras penas el paso del tiempo. Empujé la puerta, que no conseguí abrir del todo a causa de la maleza que había colonizado el interior de aquel exiguo espacio. Me sorprendió lo pequeñísima que era. Recorrí el perímetro a pasos largos para medirla. Diez metros de fachada por cuatro de fondo. Tan solo cuarenta metros cuadrados. Le conté a Irene que en aquella choza había nacido mi afán de conocimiento. Le hablé de Rita, le expliqué que era en su honor el nombre de la editorial. Casi sin enterarme, me descubrí contándole la historia de la Guerra Española, mi experiencia en las cumbres de las brañas asturianas y cómo había huido precipitadamente a Madrid.

—Desde el día en el que mi madre me contó lo que le habían hecho a Rita, tengo un peso sobre el pecho que nunca desfallece, Irene. Hay épocas en las que es más ligero y otras en las que se hace muy presente, pero siempre está ahí. —Nos habíamos sentado en unas piedras caídas delante de la puerta. El sol había alcanzado el mediodía, era el fin del fresco verano asturiano y la temperatura era perfecta. Ella estaba absorta en mi relato—. Ahora sé que es ansiedad. Es un estado de alerta en el que se pone el cuerpo ante el peligro. Está diseñado para durar unos segundos y hacernos reaccionar, protegernos. Pero a veces el cuerpo se queda estancado en esa alerta de manera permanente. Y luego es la cabeza la que busca una justificación…

—Yo también siento ese peso en el pecho, María. Pero pienso que es desde que nací, o desde que recuerdo por lo menos —me confesó de repente.

—Tienes tus motivos, pequeña. Has vivido bajo mucha presión. Siempre preocupada por tu madre, siempre responsabilizándote de las personas adultas que se suponía que debían mirar por ti. No es fácil. Pero debes ser cauta, Irene. No dejes que la presión crezca. No dejes que se apodere de ti. Ahora que sabes lo que es, puedes gestionarla, controlarla. Cuando tu cabeza se ponga a buscar motivos que justifiquen la ansiedad, recuerda esta conversación. Y este lugar y este momento.

—Lo haré, María. Prometido.

El paso por Vilamil para despedirme de mi madre me evidenció que quería volver. Tracé un plan para el futuro próximo que incluía, ahora que me jubilaba, lo que debía ocurrir en agosto de 1989. Imaginaba una existencia bucólica en el valle de Vilamil, dedicada a la lectura y los paseos por los prados. Pensaba tener unas pocas gallinas, alguna oveja y una yegua. Plantar una pequeña huerta solo por el gusto de trabajarla. Desde allí podía seguir con la editorial. Ahora que el teléfono era omnipresente no sería difícil. Parecía sencillo. Quizá, conseguir la unitaria y crear una pequeña biblioteca pública con mis libros en la antigua escuela republicana en honor a mi madre y a Rita.

Contaba con la casa, que estaba cerrada porque Francisca, que era la heredera única y propietaria legítima, se había marchado la Uviéu con su hijo y su nuera, de modo que solo debía resolver asuntos burocráticos y renovar la vivienda.

Tenía la ilusión de llevarme conmigo a Lune para que pasara sus últimos años en la libertad de la hierba fresca y el calor del lar, pero no iba a ser posible. En el camino de vuelta, una de las veces en que llamé a Violeta para informarle de cuándo calculaba llegar, me dijo que había tenido que llevarla al veterinario. La había encontrado muy débil y con fiebre. La gata esperó a que yo estuviera con ella para marcharse del mundo. Lo hizo en mi cuello, ronroneando y mirándome con amor, y sentí su pérdida tanto como la de un familiar muy querido. La mandé incinerar y guardé sus cenizas conmigo hasta que encontré el lugar perfecto para ellas, el mismo en el que pronto quiero que queden las mías. Todavía hoy, más de treinta años después, a veces pienso que pasa a mi lado o despierto de mis pesadillas en la noche echando en falta su cuerpo tibio contra mi barriga.

En la primavera de 1987 volví a Asturias. Esta vez fui sola y paré primero en la capital asturiana. Mi idea era hablar con mi cuñada y amiga para llegar a un acuerdo sobre mi proyecto.

Francisca tenía mis mismos años, que no eran tantos, pero ya era una anciana, física y mentalmente. Desde el suicidio de Ramón su carácter se había oscurecido. Nunca superó la brusca marcha del marido y, dado su natural sincero, era incapaz de disimular el amargor. Intenté quedar con ella en mi hotel, invitarla a comer fuera. No hubo manera. Tuve que ir a verla a casa de su hijo, un cuarto piso de tres dormitorios en los feos arrabales de la hermosa Uviéu, atiborrados de torres residenciales para la clase trabajadora, que estaba en la fase de escalada de baja a media. Allí vivía con su hijo Paco, su nuera Verónica y sus dos nietos, Héctor y Ramón, de tres y cinco años. La familia había redistribuido las estancias de la vivienda para que estuviera cómoda. Habían juntado a los dos niños en un dormitorio y la pareja había cambiado su cama a otro, compartiendo el cuarto de baño del pasillo con los pequeños, con tal de cederle a ella la habitación principal, que tenía un baño anexo. Me recibió sentada en una butaca en la sala.

La nuera, luego de ofrecerme café y unas chulas deliciosas que había preparado para mi visita, me contó que por las mañanas Francisca trabajaba en la casa y la ayudaba bien en lo doméstico mientras ella estaba en el trabajo, pero que tras almorzar se sentaba delante del televisor y ya no se movía hasta que se iba a la cama. También, que se negaba a usar el retrete y seguía empeñada en el orinal. Me sentí muy culpable. En cierto modo, yo, y también mis hermanas, habíamos abandonado a aquella mujer. Habíamos depositado toda la responsabilidad de los cuidados de mi madre en ella, que ni siquiera era su hija. En el momento había resultado lógico y natural. Ramón ya no estaba y los hijos se habían ido. ¿Qué otra cosa podría haber hecho ella? No se lo preguntamos.

En un principio, mi cuñada pareció alegrarse de verme. Se levantó de la butaca y me dio un abrazo sincero. Verónica nos sirvió los cafés y se fue discretamente a la calle con sus hijos para dejarnos intimidad. Nosotras nos sentamos. Yo no sabía por dónde empezar, así que, tras interesarme por cómo se encontraba y escuchar sus lamentos de vieja, fui directa al grano.

—Mira una cosa, cuñada. Yo quería hablar contigo de la casa. —Vi cómo se tensaba. No esperaba eso y me desconcertó.

—¿Qué pasa con la casa?

—Nada, mujer, nada malo. —Ella me observaba con desconfianza—. Mira, yo voy a jubilarme en un par de años. Tengo la ilusión de volver para aquí, y pensé...

—Olvídate —me cortó tajante.

Me quedé muda un segundo. Quizá no la había entendido bien.

—¿Cómo dices? Si aún no te he explicado...

—*Escaezte*, María —me había cortado de nuevo. Yo no daba crédito. Estaba claro que algo se me escapaba—. Esa casa es mía. Cuidé de tu madre hasta el mismo día en que falleció. —Y recalcó—: Tu madre. *Non la mia. La tuya*. Por la ley vieja de Asturias, la casa es mía. La casa es para la hija o la nuera que se queda y cuida de los viejos, bien lo sabes. No te la voy a dar, María. Olvídalo. —Había dicho todo eso mirándome fijamente, pero al terminar giró la cabeza hacia la ventana, como dando por finalizada la conversación.

Yo, ingenua, no acababa de comprender la situación y traté de razonar.

—Pero, Francisca, ¿tú piensas volver? Mi idea es hacerte una oferta, comprártela… Voy a darte mucho más de lo que vale.

—No te quiero los cuartos, cuñada. Olvídalo. —Seguía hablando sin mirarme. Era muy incómodo—. La casa es lo único que tengo para dejarle *los mios fíos y nietos. Nun si viende.* No se toca. Busca otra. *Tienes dineru, no?*

No se apeaba de la burra por más que lo intenté, pero yo me negaba a que mi sueño se viniese abajo de ese modo, así que insistí.

—Francisca, no te entiendo —presioné—. ¿No quieres planteártelo siquiera? ¿Hablarlo con ellos? Estoy segura de que tus hijos preferirán una buena cuenta en el banco antes que una casa casi sin valor que malvender. Y además, piensa que, de esta forma, se queda en la familia. Puedo comprometerme, ante notario si quieres, a que tus hijos y tus nietos tengan siempre un lugar allí, nombrarlos herederos…

No proseguí. La mirada que me dirigió silenció cualquier palabra que yo fuera a pronunciar. Estaba llena de odio, de una rabia cuyo origen no conseguía identificar. Algo me dijo que no era seguro escarbar en él, pero la necesidad de conocer la verdad se imponía sobre la poca sensatez que me quedaba en aquel instante.

—Tú no eres familia mía —hablaba con ira, silabeando. Sus labios hacían una mueca que se asemejaba a una sonrisa, pero el rictus era horrible, entre desafiante y amenazante—. Yo soy vaqueira, María. *Los mios fíos y los mios nietos son la mio familia. El to hermanu yera la mio familia. Naide más. Nin tu nin la to madre.* En mi familia no hay gente como tú. Somos brutos pero nobles. —Hizo una pausa para observar mi cara de estupefacción y respondió a mi lenguaje no verbal con una sonrisa que me pareció casi maléfica—. ¿O piensas que no sé que siempre me tuviste por menos que tú? Francisca, la

burra de carga. La vaqueira, la simple. Tú, la lista, la señorita.
—Quise protestar, pero levantó enérgicamente la mano, con la palma abierta, y no supe si era algo más que un gesto para que callase. Pareció una amenaza. Seguí escuchando, sin salir de mi asombro—. Pues bien que te recuerdo de niña. Eras tan pobre y tan bruta como yo, María. Da gracias a que no te denuncié en el 39, cuando le echaste aquellos polvos al soldado en el aguardiente. Y a que no le conté eso al policía de Madrid cuando me vino a ver, todas las veces que vino, muchas. Si lo llego a *faer*, vas presa. Y si no lo hice fue por tu madre, que era una buena mujer. No por ti. Pero ella ya murió y yo aún tengo el teléfono de ese hombre...

—Pero ¿qué estás diciendo, cuñada? —la increpé—. ¿A qué viene esto ahora? Yo jamás he pensado que tú fueses inferior, ¡eso es una estupidez! Muy al contrario, te estoy agradecida por cuidar de *la mio madre*... —En lugar de responderme, Francisca había vuelto a negarme la mirada, que de nuevo se dirigía a la ventana, dándome, en cierto modo, la espalda. Dudé un poco, pero me atreví a preguntarle—. ¿Y qué tontería es esa del soldado y el policía?

—¿Ves como piensas que soy simple? Y te haces tú la simple conmigo. —Ahora hablaba calmada, pero sin apartar la vista de la dichosa ventana—. Siempre supe lo que hiciste. Te vi envenenar al soldado. Solo miras por ti. En la otra braña, cuando abusaron de mí, no te importó, ¿verdad? Sabías cómo librar y no nos dijiste nada a las demás. Y luego, Pedro. Que te vi recoger mataperros, María. Y molerlo. Que piensas que yo soy tonta, ya lo sé, o lo mismo es que no eres tú tan lista como crees. El hombre viene a comer y a los días se muere. ¡Qué casualidad! —Yo estaba, una vez más, petrificada. Francisca hablaba, oía sus palabras, pero las asimilaba a medias. Tenía que reaccionar, pero no era capaz. Ella seguía—: Mejor, vete. Vete ahora y no vengas más. Ya te cuidé la madre, ya me callé con el soldado y con el policía. La casa me la gané. *La casa ye mia.*

No me quedó más remedio que hacer lo que ordenaba. Me fui tras intentar darle un abrazo que no correspondió y nunca más volvimos a hablar en persona. He seguido pendiente de ella por medio de Verónica, a la que llamo aún hoy cada mes o dos. Sigue en Uviéu y nunca ha vuelto a pisar Vilamil, que ya es una ruina. Tal vez debí llamar y despedirme. Ya es tarde. Queda poco.

Luego de superar el descoloque ante la reacción de Francisca, llegó la ira. Me enfadé mucho e incluso hablé con Alouette para buscar asesoramiento legal. Ella, pese a no conocer las leyes españolas, me disuadió, ya en la primera charla telefónica, de enfrentarme a ella. Por mucho que impugnáramos el testamento de mi madre, para lo cual había pasado el plazo, teníamos todas las de perder. Como mucho podríamos conseguir que la casa se repartiera a partes iguales entre mis hermanas, Esteban, la propia Francisca y yo. No tenía sentido alguno, me dijo. Y tenía toda la razón. Esos argumentos, unidos a la velada amenaza de mi cuñada de contribuir a delatarme ante Ruiz, me convencieron para dejar correr el impulso de pelear por recuperar mi casa natal.

Mi madre había hecho bien su trabajo cuando testó. Había dejado dicho ante notario mientras aún tenía todas sus facultades mentales funcionando que la persona que la cuidase en la vejez heredaría la casa y los terrenos circundantes. Para el resto, repartió los prados y parcelas que teníamos diseminados por la zona. Casi todos, de carácter rústico, de poco valor y la mayoría sin posibilidad de ser urbanizados. A mí me había tocado un prado un poco más adelante en el valle, cerca de la casa y en el que, por consiguiente, era posible edificar una vivienda. Pero unos años después de que Pepa documentara su legado se había realizado la concentración parcelaria y había quedado cambiado por un pequeño trozo de monte lleno de bojes en la falda de la montaña que subía a Cabornu. Estaba atada de manos y pies; no parecía que mi idílico plan de retirarme en Vilamil fuera a ser viable.

A estas alturas ya está demostrado cómo, a lo largo de la vida, ignoré muchas veces a mi intuición, siempre con mal resultado. Con el tiempo fui aprendiendo a escuchar lo que me decía esa parte de mi cerebro que no funciona con deducciones lógicas, asociaciones racionales de conceptos y palabras, pero fui una aprendiza mala y terca. Cuando todo el instinto me insistió en que debía volver a mi origen, hice por atenderlo. Llevaba tiempo diciéndome que París había dejado de ser mi lugar y yo no había actuado. Debía rendirme ante la evidencia. Si no podía ser Vilamil, había de averiguar dónde instalarme y pasar la última parte de mi vida. Mediaba 1989 y seguía en la búsqueda. Tras mi jubilación en Nanterre, con sus consiguientes fiestas de despedida y homenajes de todo tipo, que agradecí, pese a resultarme excesivos y agotadores, tenía por delante un tiempo que aún no sabía cómo iba a emplear.

Isabel había decidido retornar a Cuba aquel invierno. Luego de divorciarse de Daniel había vuelto a ingresar voluntariamente en una clínica de rehabilitación y había pasado sobria casi año y medio, pero había recaído de nuevo el otoño anterior. Dijo que se sentía sola y perdida en Francia. Su hija estaba terminando los estudios secundarios y debía determinar qué carrera universitaria quería hacer y dónde, lo cual supondría que se marcharía de la casa materna. Mucha gente opinó que Isabel abandonaba a Irene y la tachó de egoísta y mala madre. Yo pensé que se sacrificaba, que se quitaba del medio para intentar que su pequeña pudiera encontrar algo de paz. La alabé en público y en privado, y se lo hice saber, lo cual me agradeció.

Irene cumpliría diecisiete en el noviembre siguiente. Estaba atravesando una adolescencia complicada, le costaba mucho gestionar el enfado viejo que acarreaba y la comunicación con su padre era pésima. Sin embargo, cuando Daniel le sugirió aplazar la decisión sobre los estudios superiores y dedicar un año sabático a viajar, conocer otros aspectos de la vida y del mundo, reflexionar y deducir cómo y hacia dónde orientar su futuro, una práctica habitual en la juventud francesa, ella aceptó sin dudar. Yo no tenía planes a corto plazo y llevaba muchos años sin ver a mi hermano Esteban. La invité, por consiguiente, a ir conmigo a Cuba en el mes de su cumpleaños. Pensé que el viaje podría ayudarla a conectar con una parte de sus orígenes y darle la oportunidad de dedicar algo de tiempo pausado a la madre. También, que mi compañía y charla podrían ayudarla a centrarse.

Llegamos a La Habana el 10 de noviembre, tres días antes de su cumpleaños. El 9, mientras sobrevolábamos el Atlántico, había caído el Muro de Berlín. De nuevo, me las había arreglado sin saberlo ni pretenderlo para estar en el sitio y momento estratégicos de un punto de inflexión en la historia humana. En la capital cubana había muchos nervios. Mi hermano, que ya estaba algo mayor para la actividad política pero todavía era una figura relevante en el régimen, no paraba de recibir visitas de los cuadros revolucionarios. Mientras estuvimos en la ciudad tuve constancia de por lo menos cinco juntas de emergencia que se celebraron en la sala de su modesto apartamento de la calle Cádiz. Los pronósticos eran aciagos. Parecía claro que la caída del muro era el símbolo que precedía a la disolución de la Unión Soviética. Pese a que no lo admitían de cara a fuera, toda la gente vinculada a los mandos del régimen castrista con la que hablé lo tenía muy claro. Sin la URSS, junto con el bloqueo comercial y económico que imponía Estados Unidos, Cuba quedaría huérfana y bastante desamparada. Las previsiones eran de carestía y grandes dificultades en los años siguientes. Acertaban.

Lo que habíamos planeado como un viaje familiar e íntimo devino en una experiencia de inmersión social y política para Irene. Además del tiempo que dedicó a su madre y a la familia materna, pasó largas horas con mi hermano y con Ariel, mi sobrina, que ya era una mujer de treinta y siete años, divorciada dos veces, abogada del estado y madre de una adolescente llamada Tania con la que Irene congenió nada más conocerse. La pequeña burguesa parisina con problemas familiares y de conducta que había llevado al Caribe conmigo se entusiasmó con la propuesta del comunismo cubano y reaparecería unas semanas después en París hecha una revolucionaria.

—¿A que no sabes por qué Tania se llama Tania, María? —me preguntó eufórica.

—Pues ni idea, Irene.

—Por Tania la Guerrillera. ¿Sabes quién era?

—Lo sé, sí, Irene. Una mujer interesante, sí...

—Bueno, era ¡o es! Tal vez no haya muerto. Hay quien piensa que cambió de nombre o de identidad... ¿Y sabías que aquí todos los niños van a la escuela? ¿Y que no se paga casa ni luz ni agua? ¿Y que...?

—Lo sé, Irene.

La corté porque su entusiasmo, con ese toque aún infantil, por momentos me molestaba. Pese a que consideraba muy interesante todo lo ocurrido en Cuba, también era consciente de las muchas taras de aquel sistema. Y para colmo, estaba al tanto de lo que pasaba y podía ver ante mis ojos cómo todo aquel proyecto iba a desmoronarse. Se avecinaban tiempos duros para el pueblo que había acogido con los brazos abiertos a tanta gente asturiana. Me preocupaban Esteban y Edita, ya mayores, e Isabel, tan frágil, en aquel contexto inminente.

Con todo, para Irene el viaje fue providencial. Le sirvió, entre otras cosas, para adquirir la conciencia social de la que había carecido hasta entonces. Dejó de mirar solo hacia su ombligo de niña rica europea y entendió de golpe que el mundo era un lugar injusto. Me preguntó sin tregua por la filosofía feminista y lo hice lo mejor que pude para ponerla al corriente. Tomó la determinación de dedicar su año libre a leer todo lo que no sabía sobre política, historia y filosofía. Yo, pese a que no era mi hija, me sentí orgullosa de ella como una madre.

A la vuelta de La Habana paramos diez días en Madrid. Mientras yo visitaba a mi hermana y su extensa descendencia, y me reunía con algunas colegas de las universidades españolas que todavía me consultaban e invitaban a conferencias y seminarios, Irene conoció también la capital española de la mano de dos de las nietas de Caridad, Ana y Sara, hijas gemelas de Marina que ya habían cumplido dieciocho años. Tomó contacto con el ambiente cultural madrileño y un incipiente movimiento político entre la juventud que le hizo decidirse por estudiar Sociología allí mismo el curso siguiente.

—Ten cuidado, Irene —le avisé—. Te veo muy lanzada. Está genial querer cambiar el mundo. Acabas de despertarte y todo parece urgente a tus ojos. Pero estás viéndolo desde una habitación del Palace, no lo olvides.

—Lo tendré en cuenta, María —me respondió, cabal como era en esos menesteres—. Pero míralo de esta manera: yo estoy en posición de hacerlo. Por lo menos, con más ventaja que otras menos afortunadas. Si tienes que preocuparte por conseguir techo y comida, malamente vas a andar pendiente de los derechos sociales…

—En eso no te falta razón —convine con ella—. Pero las verdaderas revoluciones se hacen en el monte y en la calle, no en los bares ni en las bibliotecas…

Podíamos continuar así durante horas. Nos encantaba.

Si necesitaba un último empujón para comprender el mensaje de los hados que me guiaban de vuelta a España, este se presentó con la decisión de Irene de ir a estudiar la carrera a Madrid. Por fortuna, sus problemas de comportamiento no se habían visto reflejados en el expediente académico de la secundaria, que era excelente, y no le fue difícil conseguir que la admitieran en la Universidad Complutense, donde superó con sobresaliente el examen de acceso que hubo de hacer por ser extranjera, aunque europea. Si algo caracterizó y sigue definiendo a esa mujer, incluso cuando solo era un proyecto de persona adulta, es su tenacidad a la hora de conseguir lo que se propone. Vaya que sí.

Por mi parte, seguía desorientada. Decidida a cambiar mi campo base y modular mi actividad, pero sin perspectivas de ubicación del nuevo hogar. Había contactado con varias inmobiliarias en Asturias y Cantabria, incluso había visitado algunas propiedades, y nada me satisfacía. Buscaba la emoción de poner un pie en casa, que no llegaba. Esta vez quería escuchar solo al cuerpo, y mi viejo recipiente no conectaba con ninguno de aquellos lugares. Sentía que estaba en una cuenta atrás. Cada vez me encontraba más sola en el mundo. Mis hermanas eran ya muy mayores. Maruxa había llegado a los ochenta y Caridad había cumplido setenta y uno y había comenzado su proceso degenerativo con la demencia senil. Esteban había sufrido un ictus que le había dejado medio cuerpo paralizado. Haidée y Violeta habían cambiado París por una casita en la Costa Azul y apenas teníamos contacto. La pequeña Lune se había marchado hacía tiempo y yo no había sido capaz de reemplazarla. Irene volaba hacia su propia vida. Daniel era el único familiar cercano que seguía a mi lado y andaba tan despistado o más que yo. Ambos habíamos hablado de encontrar un lugar común, cerca de Irene sin invadir su intimidad, pero también estaba claro que ni Madrid ni sus arrabales entraban en la receta.

—No sé tú —me había dicho mi exmarido—, pero a mí los paisajes de la meseta me aterrorizan. Yo pienso en algo verde, como Vilamil. O con mar.

—Todos los paisajes pueden ser hermosos —le había replicado yo—, pero para mí Madrid no representa nada bonito. Mira que vengo regularmente y siempre temo encontrarme con el sargento asqueroso ese. Por no decir que no hay una vez que, nada más poner pie en el suelo, no se me aparezcan las caras de Paredes y Juan Manuel…

—Eso también —había concordado él—. Cuanto más lejos de esos tres demonios, mejor para tus noches.

A veces no sirve de nada buscar. Buscas y buscas, pero no sabes dónde tienes que mirar, qué cajones remover, qué territorios explorar. Eso pasaba con la búsqueda infructuosa de nuestro último asentamiento. Cuando se da de esta manera, ahora lo sé, hay que permitir que lo que sea que estás persiguiendo venga a ti. Así ocurrió en esta ocasión. Fue casual y una conmoción.

En mayo de 1993, la Universidad de Santiago de Compostela me invitó a participar en un encuentro sobre Rosalía de Castro. Se cumplían ciento treinta años de la publicación de su obra *Cantares gallegos* y treinta de la instauración del Día das Letras Galegas, cuya primera edición había sido dedicada precisamente a la poeta de Padrón. Se había organizado un gran evento en torno a la efeméride, de la autora y de su obra. Era un tiempo de redescubrimiento de la cultura gallega, de reivindicación de esa hermosa lengua y de toda la identidad cultural asociada a ella y al territorio gallego. Pese a no tener yo relación directa, mi trabajo sobre las mujeres pensadoras previas a la guerra de 1936 a 1939 me había convertido en una referencia de conocimiento sobre la figura literaria y política de De Castro. Decidí enfocar mi discurso alrededor de sus artículos periodísticos y su pensamiento protofeminista, algo que resultó polémico y revolucionario en aquel encuentro. Encontré algunas adhesiones entusiastas, sobre todo entre las mujeres participantes —estudiantes, escritoras, profesoras y periodistas—, y mucho rechazo entre los hombres serios, sesudos y, por supuesto, machistas, que lideraban el nuevo renacer de la galleguidad culta. Nada que me sorprendiera.

En el campo de la filología estaba haciéndose un importante trabajo de normalización y recuperación del idioma. Yo, que había podido leer a Rosalía y a sus contemporáneos gracias a mi conocimiento del portugués, considero que las soluciones que finalmente se acordaron para completar las fórmulas sintácticas, ortográficas y léxicas no fueron muy certeras, porque tendieron más al castellano que a la raíz común lusófona. Con todo, y pese a que la lengua no consiguió, ni creo que consiga ya, recuperar su posición predominante en el día a día de las gentes gallegas, sobre todo en los entornos urbanos, no me canso de alabar cómo, al menos, el esfuerzo de rescate y normalización hicieron del gallego la lengua de la cultura y las artes. Una lengua que es vehículo poético, dramático y narrativo, opino, tiene oportunidades de supervivencia. Por eso ahora es, también, la mía.

En cualquier caso, más allá de la satisfacción profesional que me proporcionó la inmersión en aquel hervidero de pensamiento y entusiasmo de la élite cultural y política de Galicia, mi participación en el encuentro me trajo el hallazgo de lo que tantos años llevaba buscando: mi lugar en el mundo para los últimos años de lo que me quedase por vivir.

Daniel me había acompañado a Compostela. Ya poco trabajaba en la compañía Martin, ahora en manos de un eficiente consejo de administración y con un director gerente al cargo, que le liquidaba puntualmente sus beneficios cada año y no daba problemas. Le sobraba el tiempo y le faltaban alicientes, así que solía apuntarse a mis planes en cuanto se los proponía.

Además, habíamos invitado a Irene a unirse a nosotros un par de días. Ella se había independizado en todos los sentidos y no aceptaba dinero de su padre. Vivía con muy poco y andaba inmersa en el mundo alternativo de las okupas, los centros sociales autogestionados, la desobediencia civil de la insumisión al servicio militar, los movimientos ecologistas y feministas de última generación y varias otras guerras y batallas políticas, cargadas de razón —más o menos utópicas a mi parecer— que compaginaba con sus primeros pasos como investigadora mientras terminaba la carrera. Se decía feminista, anarquista, pacifista, ecologista y parte del movimiento autónomo. Concordábamos en muchos aspectos y chocábamos políticamente en otros. Todo eso no le impedía tener un trato muy cariñoso y cercano con su padre, con la madre e incluso conmigo. Siempre tuvo esa inteligencia emocional que le permitió no confundir según qué conceptos y que le admiro profundamente. Aceptó sin remordimientos que le pagásemos el pasaje para el tren desde Madrid y el hotel para quedarse con nosotros unos días en Galicia.

Algo que me maravilla del pueblo gallego es su hospitalidad. A diferencia de las gentes asturianas, más reservadas y «hacia dentro» en el primer contacto, las gallegas acogen con ganas. Las entradas principales de las casas dan a los caminos, incluso a las carreteras. Acogen con los brazos abiertos. La comida tiene un lugar principal en su cultura social. En eso son como en Asturias. En la mentalidad gallega un buen recibimiento es sinónimo de alimentar hasta hartar. Necesitan poner a sus invitados mesas rebosantes de manjares para hacerles saber que son bienvenidos. El programa del congreso rosaliano de 1993 incluía, además de múltiples charlas, conferencias, mesas redondas, recitales, pases teatrales y hasta cinefórums, un abanico de comidas y cenas que resultaba inabarcable para mí. No solo por el número de encuentros gastronómicos, sino también por lo opíparo de todos y cada uno de ellos. Tras los dos primeros días tuve que localizar una farmacia donde comprar digestivos y laxantes, pues tanto Daniel como yo estábamos empachados y nos quedaban todavía tres días más por delante de mesas atiborradas con cerdo, ternera, verduras, quesos y dulces, además de fantásticos vinos y un pan como no había conocido antes.

El cuarto día nos llevaron a comer a la comarca del Deza. Irene se había quedado en Santiago, ya que había aprovechado el viaje también para visitar gente de los colectivos sociales de la ciudad, en la que el movimiento juvenil, tanto en la universidad como fuera de ella, era tremendamente activo. Aquel día había un debate con posterior concierto hardcore en el centro social okupado A Casa Encantada y no nos acompañó. Era el año de los fastos del año Xacobeo y la juventud tenía mucho que protestar frente al derroche del enfoque institucional y la presión policial desplegada a causa del evento en el lavado de cara de la ciudad. Así que fuimos solo Daniel y yo con un grupo de participantes y organizadoras del encuentro. Una de ellas era originaria de Lalín y no quería dejar pasar la oportunidad de mostrarnos su comarca. Había organizado una comilona a base de lacón con grelos, propia de las fechas en las que estábamos, en la casa de comidas Os Bolarqueiros, en una parroquia de su ayuntamiento llamada Noceda, que estaba en una pequeña montaña muy parecida a las que rodeaban Vilamil.

No me lo podía creer. A medida que el pequeño autobús en el que nos llevaban iba acercándose a aquella aldea, me fui enamorando de la comarca. Desde la casa de comidas de Noceda en la que compartimos el menú de carnaval, había unas vistas increíbles sobre el valle del río Deza. Amplias extensiones de prados verdes poblados por vacas frisonas y rubias, robledales, sotos y ríos. Emocionada, entrevisté a la joven que nos había llevado hasta allí en lo que parecía más un examen que una conversación informal. Quería saber todo acerca de aquel lugar que había despertado mis instintos. Por fin, sin tener idea de por qué ni cómo, en aquel sitio que nada tenía que ver conmigo, había sentido de nuevo la sensación de pisar «casa».

Nuestra anfitriona, una periodista muy joven y bastante apocada que se llamaba María Xosé, me contó lo mejor que supo todo lo que pudo sobre aquel territorio. Se sorprendió cuando le espeté aquello que no me dejaba ya ni concentrarme en sus respuestas.

—¿Tú sabes de algo en venta por esta zona? Creo que acabo de decidir que quiero vivir aquí.

—Hombre…, mujer…, así de pronto… —Estaba desconcertada con mi arrebato, como era lógico—. Tendría que preguntar. Mi madre me ha hablado de unas fincas en el Trasdeza, donde A Mera, creo, allá abajo. —Señaló al oeste, hacia un punto lejano, a través de la ventana—. Si no me equivoco, alguna tiene casa. Sigue mi índice. Justo en medio del valle. En línea recta no deben ser más de tres kilómetros, solo que el alto de Vilar no nos lo deja ver…

Me puse muy nerviosa. Sentía la adrenalina recorriéndome el cuerpo. Ya no podía soportar estar sentada ni conseguía seguir los comentarios alrededor de Rosalía, la lengua gallega y su literatura. Me había quedado enganchada en aquel punto lejano. Necesitaba pisar aquella tierra.

Al día siguiente, el último del congreso, no aparecí por la universidad. Falté al acto de clausura y ni siquiera me molesté en avisar. La tarde anterior había regresado alterada de Lalín. Había mareado a la mujer de la recepción del hotel hasta que conseguí que me ayudara a alquilar un coche sin conductor y un mapa de carreteras de Galicia. María Xosé me había dado las indicaciones para localizar la propiedad de la que le había hablado su madre y también un nombre para preguntar acerca de su potencial venta.

Ese día, el quinto de estar en Compostela, desperté a Daniel llamando como loca a la puerta de su habitación a las ocho de la mañana. Apenas había dormido, menos aún de lo habitual. Intenté reclutar a Irene para la misión, pero no había pasado la noche en el hotel. Seguro que seguía de fiesta o se había quedado en la okupa. En la recepción me lo confirmaron. Había llamado a eso de las siete para avisar y que no nos preocupáramos por ella. Siempre tan responsable y considerada, pensé.

Desayunamos rápido y poco porque nuestros estómagos reclamaban un respiro. A las nueve ya estábamos subidos en el coche alquilado y saliendo hacia el ayuntamiento de Silleda. La emoción se había apoderado de mí y Daniel había empezado a preocuparse.

—Rebaja las expectativas, María —me dijo, con muy buen criterio—. Creo que te has montado una idea algo irreflexiva en tu cabeza. Mejor relaja un poco…

—Tienes razón, Daniel —le había respondido—. Pero no doy. Algo me dice que hoy va a pasar algo muy gordo.

—Vale. Vamos a ver, entonces —respondió, con su habitual paciencia y una cierta resignación, al tiempo que ponía en marcha el coche—. Hay que tomar la carretera de Ourense, ¿no?

—Sí. —Lo comprobé en el mapa—. La N-525, como si saliéramos hacia Madrid.

Hoy en día es fácil encontrar cualquier punto geográfico. El Gran Hermano que nos observa tiene la localización exacta de cada casa, recoveco y rincón en la superficie del planeta. Aunque no me apaño muy bien con los teléfonos inteligentes, esas computadoras de bolsillo que nos vigilan y controlan con la excusa de facilitarnos la vida, sé para qué sirven y cómo se usan. Cualquiera puede enviar unas coordenadas, y el navegador guiado por satélite del coche localiza el destino en un santiamén. En 1993 eso era todavía ciencia ficción. Para encontrar una aldea perdida en el corazón de Galicia había que tirar de mapa de carreteras y, una vez se abandonaban las vías principales, muchas paradas para preguntar a la vecindad.

Llegar a Silleda fue sencillo. Apenas treinta y pocos kilómetros de la nacional que unía, y aún une, Santiago de Compostela con Ourense. Resultó ser un ayuntamiento que abarcaba una gran área de cerca de doscientos kilómetros cuadrados. La presidencia estaba, y sigue estando, en la parroquia que da nombre al conjunto, Silleda. Apenas algunos edificios a ambos lados de la carretera general. Otra cosa era encontrar el lugar que buscábamos, una parroquia llamada Trasfontao, y, dentro de ella, la finca de la que me había hablado María Xosé. Ella me había dicho que teníamos que llegar a la aldea de Costoia, cerca del pazo de Trasfontao, y preguntar por un tal Manuel. Lo que no había tenido en cuenta María Xosé era que en aquella comarca nueve de cada diez hombres se llamaban Manuel.

Costoia resultó ser una pequeñísima aldea formada por tan solo tres casas bonitas de piedra, las tres con las puertas principales mirando al camino, como si hablaran entre ellas en una tertulia perpetua. Delante de una de ellas, un hombre que debía tener nuestros años ponía a punto un viejo tractor Ebro de color azul que ya arrastraba bastantes décadas sobre el lomo. Lo llamé desde la ventanilla del copiloto.

—¡Perdone, señor! —El hombre ni se inmutó—. ¿Señor? ¡Oiga! —Conseguí llamar a su atención. Perezoso, dio la espalda al tractor para atenderme de mala gana.

—¡Qué!

—Disculpe que lo moleste. —Hice todo lo posible por exhibir mi mejor sonrisa. Le agradó, y me devolvió el gesto—. Ando *na procura dun* tal Manuel...

—¡Acabáramos! —Rio—. ¡Manueles aquí le somos todos, señora! Manuel... ¿qué? Porque por Manuel sin más, va a estar usted a buscar una semana. Yo soy Manuel, si le sirvo...

—Pues mire, no le sé decir —le respondí, descolocada—. Es por una finca con casa de piedra que parece ser que se vende por aquí cerca...

El hombre se quitó el gorro de lana, deslizó sus gafas ahumadas hasta la punta de la nariz y se rascó un poco la nuca mientras hacía memoria.

—Esas van ser las de A Chousa —coligió—. Legalmente, tendrían que hablar ustedes con Manolo do Pazo.

—¿Y sabe dónde podemos encontrarlo?

El hombre volvió a rascarse el cuero cabelludo mientras metía el gorro en un bolsillo del mono de trabajo.

—Pues pienso que no está. O do Pazo vive en Sevilla... —Pareció tener una idea—. ¿Pero ustedes quieren ver la casa?

¡Porque pienso que Manolo de Cóscaros les tiene llave, *ho*!
—Y luego dijo para sí—: Legalmente, tiene que ser esa casa, no va ser el pazo.

De todos los Manueles, pareció que habíamos dado con el que sabía dónde encontrar al que tenía la llave. Era un hombre sencillo, pero tenía la mirada de la inteligencia. Nos indicó que dejáramos el coche allí mismo y nos llevó a pie hasta una casa vecina, que quedaba a unos cincuenta metros detrás de la suya, siguiendo una pista de tierra. Unos pasos antes de entrar por el pajar, llamó a gritos a su vecino tocayo.

—¡Manolo! *Oes, Manolo!* —Avanzó un par de metros—. ¡Soy yo! ¡Manolo de Costoia! ¿Manolo?

Una mujer asomó de detrás del pajar. Traía una gallina recién matada en las manos.

—¿Qué pasó, Manolo? Manolo no te está, va en el prado da Mera.

—¡Hola, Charo! —respondió nuestro guía. Miró la gallina—. Vas hacer caldo, ¿eh?

—¡Voy! —respondió ella con una sonrisa. Luego, se percató de nuestra presencia.

Nos habíamos quedado, cohibidos, parados antes de la entrada, bajo una parra de vides. Ella nos señaló con la cabeza, interrogando a la Manolo sin palabras. Él nos miró y habló para ella.

—Estos señores quieren ver la casa de A Chousa da Tosta y la finca. ¿No teníais vosotros la llave?

—Tenemos —respondió la mujer. Luego se dirigió a nosotros—. Pero yo no puedo llevarlos ahora, señora...

—Los llevo yo, *perde coidado*, Charo —la interrumpió Manolo de Costoia—. Legalmente, hace bien tiempo que no paso por allí.

—Vale *luego* —convino Charo—. Espérate, voy a por ella.

La mujer dejó la gallina muerta y tibia sobre un tocón de madera, entró en la casa y volvió a salir en un momento con una enorme y pesada llave de hierro en la mano, que le dio a Manolo. Volvimos al coche y él se subió al tractor para guiarnos.

—Total, iba para allá cerca —afirmó. Y nos indicó con un gesto que lo siguiéramos.

Fuimos a paso de tractor o, como dicen en Galicia, a paso de vaca. Yo estaba ansiosa, me moría por llegar a la casa en cuestión. Pero hacer el breve camino hasta ella tan lentamente me dio la oportunidad de examinar la zona. Era hermosa, armoniosa. Prados amplios con pequeños cerros arbolados en medio. Bosques de castaños y robledales. Elevaciones que seguro abrigaban *mámoas* prehistóricas. Casas de piedra. Vacas pastando. Cereales recién sembrados. Hacia el norte se adivinaba el transcurrir plácido del regato mediano que habíamos sorteado antes de entrar en Costoia. Todo aquello, toda la tierra, estaba llamándome.

Por fin, unos trescientos metros más adelante, Manuel paró el Ebro. Se bajó de un salto ágil y nos indicó que arrimásemos el coche al arcén.

—Desde aquí seguimos a pie —ordenó—. Vamos. Legalmente, es aquí *mesmiño*.

Enfilamos otra pista de tierra, al cabo de la cual se adivinaba un frondoso robledal que resultó ser la entrada de la finca que se llamaba A Chousa da Tosta. Nada más poner un pie en ella, Daniel ignoró las indicaciones de Manolo y echó a andar, como sonámbulo, hacia una gran roca que afloraba en la falda del pequeño cerro. Yo le seguí, intrigada por su comportamiento. Se sentó en la roca y lo acompañé en silencio. Miramos a nuestro alrededor. La vista era perfecta. Hacia el sur se adivinaba Costoia, la casa de Charo soltando humo blanco por la chimenea. Frente a nosotros, al este, el pazo y las casitas de guardeses que lo rodeaban. Y entre todo aquello y nosotros, un prado limpio de hierba baja cuidado por las vacas suizas.

Manolo de Costoia esperaba por nosotros, pero no nos reclamó. Yo sentí que él había percibido lo que estábamos sintiendo.

Él sabía de la magia de aquel lugar. No se había sorprendido, más bien nos observaba con una expresión entre cómplice y satisfecha.

Daniel tomó mi mano izquierda con su derecha y la apretó con firmeza. Luego habló sin quitar la vista del horizonte.

—Es aquí, María —afirmó convencido.

—Lo es —respondí.

El 25 de febrero es la fecha en la que celebro el tercer cumpleaños. Fue el día en el que puse un pie en A Chousa y comprendí que había encontrado mi lugar en el mundo para lo que me quedaba de respirar. Había pasado la primera parte de la vida transitando sobre el mar, yendo y volviendo de un continente a otro. En la segunda, me había asentado en el asfalto de París. Ahora caminaba sobre hierba fresca, en una suerte de retorno a la niñez. En definitiva, creo que en todas esas idas y venidas, en la búsqueda constante, nunca había dejado de intentar recuperar aquella sensación de seguridad de mi primera década, cuando la presión sobre mi pecho no se había instalado aún, y confiaba en que la vuelta a la naturaleza me ayudase con eso en la última oportunidad. Las cartas de la partida final estaban echadas. Eran buenas, y yo, para entonces, jugadora experta. ¿Qué podía salir mal?

No imaginaba que lo que yo contaba con que fuese un tiempo de descanso y placidez terminaría por ser tan movido y arriesgado o más que los sesenta y nueve años previos de mi existencia hasta llegar a esta despedida definitiva del mundo que ahora me ocupa. No sabía que a mis manos les quedaba por delante todavía un trabajo difícil pero inexcusable. Que la partida venía torcida y de nuevo iba a tener que lanzar algún que otro órdago.

Daniel también se enamoró del lugar. La casa era una ruina. Por dentro no quedaban más que restos de vigas y suelos podridos, y había sido invadida por las silvas. El tejado era un peligro, difícil explicar cómo no había caído ya. Pero los muros de piedra eran firmes, seguían en pie y podíamos permitirnos restaurarla. La finca era perfecta. Abarcaba cuatro hectáreas de terreno con prados, robledos, sotos y humedales. Lindaba al este con el Camino de Santiago y al norte, como yo había intuido, con el regato de A Gouxa. Tenía un gran prado central y otros dos más pequeños protegidos por bosques con robles, acebos y castaños, e incluso un viejo molino de cubo, con su muela dentro, que nos prometimos restaurar.

El mismo día en que Manolo de Costoia nos la mostró, acordamos que debía ser nuestra, de los dos. Hicimos un pacto de convivencia, cariño y acompañamiento que, esta vez sí, debía mantenerse hasta el fin de los días. Al fin y al cabo, mucho no nos debía quedar. Desde ese momento retomamos nuestra relación de pareja, casi como si no hubiera sido interrumpida, incluyendo con naturalidad nuestras relaciones con Isabel y Violeta, de quienes hablamos siempre como de dos familiares queridos. No volvimos a casarnos porque nos gustaba la independencia que nos daba tener nuestras identidades jurídicas separadas y no lo vimos necesario. Funcionábamos de nuevo como una maquinaria bien engrasada.

Nos llevó cerca de un año organizar todo. La compra fue fácil. Los propietarios, el tal Manolo do Pazo y sus hermanos y su hermana eran la descendencia hidalga del pazo de la parroquia. Tenían tierras a mansalva y les venía bien la liquidez en un momento en el que los terrenos y las casas rurales apenas tenían demanda. Yo vendí la buhardilla. Daniel prefirió mantener el piso de rue de Varenne abierto para usarlo cuando fuera a París y con la vana ilusión de que algún día Irene se instalara en él.

Las obras de restauración de la casa fueron despacio, pero quedó muy bonita y acogedora. Conseguí replicar en gran medida la distribución de la casa de Vilamil. Teníamos lar y bilbaína, agua de un pozo y un pajar en el que guardar la madera y la hierba seca. También construimos una cuadra en el prado para unas pocas ovejas y un gallinero. Visitamos la protectora de Santiago y volvimos con dos perros sin raza, una mastina vieja y tres gatas cuyas miradas no pude resistir. Las vacas y la yegua que yo había proyectado debieron quedar fuera del plan. No teníamos en la altura cuerpos ni edades para atender al ganado o las bestias. Contratamos a un joven de una parroquia cercana llamado Roi para que se ocupara de lo más pesado en el mantenimiento de la finca y también de las ovejas y gallinas.

En enero de 1994 cumplí setenta años. Daniel los había alcanzado unos meses antes, en el otoño de 1993. En mi aniversario planté una higuera en la puerta de la casa y un cerezo detrás del pajar, como los de la casa de Vilamil. Eran jóvenes, apenas unos palos de metro y medio, pero yo tenía la esperanza de disponer de tiempo suficiente para verlos madurar y, con suerte, llegar a saborear sus frutos. Así ha sido. La longevidad heredada de mi rama materna me permite encontrarme ahora, mientras redacto estas memorias y me observo las manos, cobijada bajo la sombra de mi cerezo, justo encima de donde enterré, hace tanto, las cenizas de Lune. Por suerte, no heredé la propensión genética a la demencia que vació de recuerdos las cabezas de Pepa y Caridad. O quizá por desgracia, porque los fantasmas, viejos y recientes, se protegen a mi lado bajo las mismas ramas y se niegan a dejarme descansar.

En 1994 Irene viajó a La Habana para ver a su madre. Se llevó una videocámara que le había regalado su padre. El día que volvió fuimos a recibirla a Lavacolla. Me impresionó el aspecto que traía. Venía muy delgada, con unos grandes círculos oscuros bajo los ojos y, parecía, bastante menos pelo en su otrora frondosa melena. Cuando reprodujo lo grabado en el televisor de nuestra nueva casa comprendimos lo que le ocurría.

La situación en la capital de Cuba era pésima. El llamado Periodo Especial, decretado por el gobierno tras la caída de la URSS, no parecía terminar. No había comida y las viviendas se caían a pedazos por falta de mantenimiento. Había cortes constantes en los suministros de agua y luz, en los hospitales no había medicamentos, ni tiza o cuadernos en las escuelas. Esteban y Edita tenían muy mal aspecto. Isabel estaba casi desahuciada. Le habían diagnosticado una hepatitis alcohólica grave, que derivaba ya en cirrosis. No había recursos para tratarla en Cuba y además no estaba dispuesta a dejar de beber. Irene llegaba desolada. Por primera vez, sentí que su natural optimista no conseguía imponerse. En todos los vídeos lloraba, y ahora el pelo se le caía a mechones debido al estrés que había acumulado.

Mientras terminaban las obras de la casa, en 1995 viajamos nosotros a La Habana. Lo que habíamos visto en los vídeos de Irene de un año antes era todavía mucho más crudo en directo. Casi las mismas estampas de 1954 en versión decrépita. Idénticos muebles, los electrodomésticos, los coches y los edificios, descoyuntados por el paso del tiempo y la falta de mantenimiento y actualización. Como esperábamos, Isabel se negó a que la llevásemos a España o Estados Unidos para ser tratada.

—No salgo más de Cuba si no es con los pies por delante —afirmó.

La respuesta de Esteban fue parecida. Poco pudimos hacer, ya que tampoco era posible ayudar con dinero o provisiones. Cualquier aportación, desde unas pesetas hasta unas gafas graduadas, era requisada por el gobierno para ser distribuida según sus criterios de prioridad, que evidentemente no eran los nuestros. En aquella visita me despedí de mi hermano y de mi cuñada. Daniel se despidió de la madre de su hija también. No volvimos a ver a ninguna de aquellas personas queridas.

Irene visitó La Habana una última vez al final de aquel año, a tiempo para acompañar a la madre en su lecho final. Nos contó a la vuelta que Isabel le había pedido perdón por el sufrimiento que su adicción le había causado en la infancia. Eso le había dado una idea.

—Ya sé lo que puedo hacer con tu dinero, papá —le espetó a Daniel cuando la fuimos a recoger en la estación de tren de Santiago, llegando de Madrid, nada más se liberó del abrazo del padre y con los ojos aún llorosos.

—Mientras viva no vas a donar mis francos a Greenpeace —le respondió él, con un guiño cariñoso.

—Casi aciertas —replicó la hija, sonriendo entre los restos de las lágrimas—. Luego te cuento mi plan en detalle. Pero, en líneas generales, creo que lo mejor que podemos hacer es crear una fundación para sensibilizar e informar acerca del alcoholismo. En todo el mundo.

—Sea —respondió él, abrazándola de nuevo.

Yo lloraba como una Magdalena.

Irene ya era una mujer adulta y había encontrado su misión definitiva. Se instaló en Santiago para estar cerca de nosotros y se puso manos a la obra. Siempre fue obstinada y constante, no dudamos de que conseguiría lo que pretendía y así fue. Creó la Fundación Isabel Veitía para la prevención del alcoholismo y se dedicó a ella en cuerpo y alma.

Violeta y Haidée dejaban fluir el tiempo en Marseille, ajenas al mundo exterior. Rosita continuaba incansable su lucha en Argentina. Nosotros estábamos de nuevo juntos, en paz, disfrutando de la armonía de nuestra pequeña casa entre los árboles gallegos. Nos arropaban los robles y castaños, los abedules, los alisos, los saúcos y los sauces, que para mí eran como personas queridas que protegían aquella finca. Lo que quedaba de mi familia, por el contrario, estaba alejado, en las emociones en su mayor parte, y en el espacio en el caso de Esteban, Ariel y Edita. El tiempo que llegaba parecía que iba a ser un camino hacia el final de nuestros pasos por la tierra sin mayores complicaciones, en la soledad acompañada de la pareja y con Irene cerca de nosotros. Nada más lejos de lo que nos reservaban los hados. Esta vez mi intuición no avisó. Ahora que la escuchaba, calló.

Ni Daniel ni yo fuimos nunca de esa clase de gente que se permite pasmar. Cada cual a su manera necesitábamos tener algo que hacer a cada momento. A él le dio por el trabajo en la finca. Se pasaba los días pergeñando nuevos inventos, mejoras en los ponederos de las gallinas, bebederos más eficaces para las ovejas y los perros, estrategias para mejorar los cultivos y un sinfín de retos que superaba. De vez en cuando, viajaba a París o Michigan para hacer acto de presencia en los encuentros ordinarios del consejo de administración de Martin y saciaba un poco la añoranza del asfalto que le asaltaba sin previo aviso y que yo no compartía.

Yo seguía leyendo sin tregua y también investigando, editando y escribiendo. Acabé por restaurar el molino y lo transformé en una biblioteca donde pude guardar todas mis lecturas. Puse la Espasa en un lugar de honor, bien visible en la repisa que otrora servía para ir colocando el cereal que debía verterse en la muela. Esa actividad intelectual favoreció que me mantuviese presente y actualizada en el ámbito académico y en el activismo feminista. Enseguida trabé relación con mucha gente de la sociedad cultural gallega, sobre todo docentes de las universidades, escritoras, escritores, periodistas, políticos, políticas y mujeres feministas. Recibía casi a diario avisos y convites para asistir o intervenir en encuentros, seminarios, congresos, inauguraciones… Aceptaba de buena gana una de cada diez, y eran muchas. Al menos cada quince días tenía algo en la agenda.

El ambiente cultural y político en la Galicia de la década de 1990 era animado y optimista. Todo estaba por hacer tras el largo oscurantismo de la dictadura en un territorio y una cultura que contaban con la ventaja de una lengua propia. María Xosé, la periodista que me había abierto sin pretenderlo el camino hasta mi hogar definitivo, fue pieza clave. A raíz de la compra de A Chousa da Tosta mantuvimos contacto varias veces y acabamos estableciendo una relación de simpatía y cierta amistad, pese a que ella no dejaba ver mucho de sí misma.

En algunos aspectos, aquella casi joven me recordaba a mí misma mucho tiempo atrás. Era menuda y de aspecto delicado, como yo, pero tenía uno de esos cuerpos, como el mío, que pese a ser pequeños son fuertes y resistentes. Su mirada era de inteligencia y su natural serio e introvertido, y en esos dos aspectos también me reconocía. Había nacido en una aldea de Lalín en 1970, hija de un carnicero choricero y una labriega, y se había hecho a sí misma a base de curiosidad, estudio y determinación. Como he dicho, muy semejante a la mujer que yo había sido antes de conocer a Daniel.

Pero también me resultaba, a menudo, lejana e ilegible. Había algo en ella, una sombra que no podía definir, que la rodeaba como una losa opaca y no me permitía atisbar todo su ser. Era dos años mayor que Irene, se había casado con solo diecinueve y ya tenía una hija pequeña. Su marido era un joven de su edad, carismático, testarudo y peleón que andaba metido en la política activa. Había sido elegido diputado autonómico en las listas de un frente electoral nacionalista en el cual predominaba la izquierda, aunque acogía de todo en la casa común del patriotismo.

Me parece que ya he dicho alguna vez a lo largo de este relato que para mí las fronteras son un constructo cultural totalmente arbitrario. Pese a que la naturaleza marca divisiones entre los territorios, algunas incluso muy evidentes como las montañas o los mares, es el ser humano quien ha dado a eso un valor y hecho de ellas un conflicto. El gran Quino dibujó una vez una tira de Mafalda en la que la pequeña Libertad da la vuelta a un mapamundi, dejando el norte abajo, para evidenciar que en el espacio no hay arriba ni abajo, pero que nosotros lo vemos así y los países de ese falso arriba oprimen los del inexistente abajo, en una nada sutil alegoría acerca de la división norte-sur del mundo. La tengo, fotocopiada y enmarcada, sobre la mesa de despacho donde trabajo a diario.

El marido de María Xosé, Alberte, pensaba todo el contrario. Él creía en las fronteras y en las naciones como otros lo hacen en un dios. Para él, la solución a todos los problemas de Galicia pasaba por su independencia de España, a la cual consideraba única causa y fuente de todos ellos. Sí que estábamos de acuerdo en la existencia de una nacionalidad. Concordaba con él en que existe una identidad cultural que es, en cada caso —y por tanto también en el gallego— única e irrepetible. Y convenía con él, también, en la necesidad de ponerla en valor y diferenciarla de la española, que había sido impuesta hasta invisibilizarla. Pero la discrepancia en las vías de solución era total. Cada dos o tres semanas solíamos invitar a la pareja para comer o merendar en A Chousa, y casi todas las veces repetíamos en bucle, en la sobremesa, el mismo debate.

—Pero, Alberte —le razonaba yo, ingenua, pensando que podía convencerlo—, ¿de qué serviría la independencia en un país que seguiría votando a la derecha y rindiendo pleitesía a los caciques?

—Eso no es así, María. No lo entiendes —replicaba, ofuscado—. Bien se ve que no eres de aquí.

—Asturias es casi lo mismo...

—¡No digas *parvadas*! —Reía—. Como te digo, en la patria liberada gobernará la izquierda, la justicia social. La gente ahora vota a la derecha porque está alienada.

—Eso es como cuando en las izquierdas dicen que una vez conseguida la revolución socialista el machismo desaparecerá por sí solo. Y bien se vio en la URSS y en Cuba que no es el caso.

—¡Qué tendrá que ver el tocino con la velocidad! Así no se puede debatir. ¡Siempre con las mujeres por el medio! No sé qué *carallo* más queréis, ya tenéis todos los derechos. —Solía intentar terminar la discusión de esta manera.

—Si viajaras un poco se te abriría la mente, Alberte. —Yo no soportaba que se quedara con la última palabra, pese a que, siempre que le decía esto, él se enfadaba.

—¡Chorradas! No tengo por qué ir a ningún sitio cuando dispongo del privilegio de haber nacido en el mejor lugar del mundo.

—¿Y cómo lo sabes? —le desafiaba yo.

Podíamos seguir así durante horas, sin llegar a ningún sitio. Yo desesperaba con su miopía tanto como disfrutaba con el placer de la conversación y el tira y afloja. Sin embargo, notaba que María, que solía callar en estas tertulias, nos seguía en tensión. Terminé por colegir que le incomodaban y opté por intentar introducir, sin éxito, otros temas en nuestras conversaciones.

Además de con Alberte, María Xosé y la intelectualidad gallega en general, me gustaba especialmente pasar tiempo y hablar relajadamente con Roi, nuestro mayoral, con Manolo de Costoia, con Charo y alguna otra gente de la vecindad. Con Roi y con Manolo aprendí mucho acerca de los ciclos naturales, conocimientos heredados en la práctica de la vida en la naturaleza que no había llegado a adquirir a fondo en Vilamil por haberme marchado tan joven de la aldea. No me cansaba de preguntarles por las cuestiones más extravagantes, y ellos siempre me sorprendían al saber todas las respuestas.

Me acostumbré a la rutina de pasear casi todas las tardes de primavera, verano y otoño con Charo y Benita, las otras habitantes de Costoia, que llevaban haciéndolo desde los quince años y ya tenían, como yo, más de setenta. Descansábamos en invierno debido al frío y la lluvia. El resto del año, cada día ellas salían de Costoia con sus perros y silbaban cuando se acercaban al camino del desvío para A Chousa. Entonces mis perros salían disparados para unirse al grupo y ellas me esperaban sentadas en una piedra del camino mientras las alcanzaba.

Solía cavilar que las conversaciones con las personas que el destino me había deparado como vecinas en A Chousa eran más enriquecedoras y frescas que todos los seminarios sesudos del mundo. Benita, que era grandota y risueña, soltaba de vez en cuando, como quien no quiere la cosa, unas sentencias que me dejaban pensando y reflexionando por semanas.

La vida en A Chousa no hizo desaparecer la ansiedad. El peso sobre el pecho seguía ahí, al igual que Pedro Paredes y Juan Manuel Gómez continuaban visitándome alguna que otra noche, pero se había atenuado lo suficiente como para que yo sintiera que respiraba libremente. Ya apenas pensaba en el sargento Ruiz, y, cuando lo hacía, no sentía temor. El tiempo transcurría lento, calmo. Yo lo estiraba y degustaba cada día, cada momento. Era dueña, por fin, de todas y cada una de las decisiones que tomaba, tanto si eran pequeñas, como por ejemplo, qué comer o si me unía esa tarde al paseo de las vecinas, o las más grandes, como cuál debía ser el siguiente título en una colección de Les Livres de Rita o si comprometerme y aceptar un asiento en el patronato de la fundación de Irene.

En el setenta y cinco cumpleaños de Daniel se me ocurrió organizarle una sorpresa. Había estado algo mustio debido a la convalecencia tras una neumonía complicada y los médicos no le habían permitido viajar el verano anterior. A él se le hacía algo largo tanto tiempo sin actividad social y pensé que una fiesta le animaría. Me alié con Roi y Manolo para preparar todo en A Chousa y con Irene para que lo mantuviera alejado de casa el par de días de preparativos en que no era posible ocultarlos. Invité a Violeta y Haidée, que aún no habían venido a ver nuestra nueva morada, a algunas amistades parisinas de Daniel y también a nuestro entorno en Galicia, como María Xosé, Alberte, Irene y sus amigas y otras gentes del mundillo gallego. Por supuesto, avisé a toda la parroquia y no descansé hasta estar totalmente segura de que Charo, Benita, Roi y Manolo de Costoia asistirían.

Para el día en cuestión, que era sábado, contraté un grupo de música folk que animó el evento y tres gaiteras, mujeres, que le dieron la bienvenida tocando la Marsellesa cuando su coche traspasó el portón de entrada a la finca. Mandé llamar a la mejor pulpera de O Carballiño y al churrasquero de más fama de la comarca del Deza y del valle de Trasdeza, y montamos una carpa con mesas de madera y bancos corridos en medio del prado. Pese a que era 5 de septiembre, en este país de agua y nubes convenía tener siempre un lugar bajo techo preparado, o así era en aquellos tiempos previos a la llegada del cambio climático.

La fiesta fue un éxito absoluto. Daniel estaba emocionado. Disfrutó del reencuentro con las amistades francesas, se alegró sinceramente de ver de nuevo a Haidée y a Violeta, y agradeció enormemente la presencia y el cariño de nuestra nueva esfera social gallega, desde diputadas y periodistas hasta nuestro querido Manolo, que se había empeñado en plantar su Ebro azul en medio del prado, con el remolque hidráulico medio levantado, «*legalmente*, para decorar». Daniel había llamado la atención de la concurrencia como acostumbraba, golpeando un vaso de cristal con el tenedor, y había hecho un breve y bonito discurso.

Esa noche nos acostamos en un entrañable abrazo de viejos amantes luego de hablar un poco sobre la vida en general y la fiesta en particular.

—Todavía nos quedan años por delante, María. ¿No crees? Mucho que disfrutar aún, todo por compartir...

—A mí no me importa cuántos sean, Daniel. Sí que sean buenos. Por eso hice la fiesta.

—*Merci bien, love* —me dijo, acariciándome el pelo, ya en la cama, a punto de quedarse dormido.

—De nada, *m'amour* —le respondí yo. Me sentía reconfortada.

—Ha sido bonito, María —insistió. Lo conocía bien. Supe que había algo que quería decir, que le estaba costando. Le hice un gesto irguiendo una sola ceja, que los dos comprendíamos, para empujarlo a expresar lo que fuera. Se lanzó por fin—: Solo ha habido una cosa que me ha desazonado un poco… —Pareció dudar de nuevo, pero continuó—: Aunque no sé, quizá son imaginaciones mías, manías de viejo. Me voy volviendo suspicaz y desconfiado. La vejez no perdona.

—¿A qué te refieres, Daniel? —Temí haber incluido algo, o a alguien, en la sorpresa que no hubiera resultado certero.

—Nada grave, *love*. O eso creo. —Bostezó profundamente antes de proseguir—: El tal Alberte ese, el marido de tu amiga, la que nos descubrió A Chousa…

—María Xosé, sí. ¿Qué le pasa?

—Pues que me ha dado mala espina. Estábamos comentando lo de Ana Orantes. ¿Recuerdas? La mujer que denunció el maltrato de su exmarido en la tele andaluza, que luego él la mató… Fue el año pasado, antes de Navidad. El juez la había mandado a vivir en la misma casa que él.

—Claro que lo recuerdo. ¿Qué tiene que ver?

—Pues mira, *love*, un grupo de gente estábamos hablando de que van a cambiar el código penal a raíz de aquel caso. Estaba esta chica, Moira Longarela, que es amiga de Irene. Es abogada en Santiago. No sé bien cómo, salió el tema y le pregunté. Ella empezó a explicarnos y él la cortó de golpe, de una manera que no me gustó. No hizo nada en concreto, pero me dio mala espina… Se supone que es diputado en el Parlamento gallego por un partido de izquierdas, ¿no? Me descolocó.

—Ser de izquierdas y ser machista no es incompatible, *mon amour* —zanjé el tema. Me había destemplado y tenía todo el vello del cuerpo de punta. Un calambre me atravesaba el pecho y bombeaba con fuerza la presión ansiosa que se apoderaba de mi capacidad de respirar a toda velocidad—. Duerme, estás agotado.

En 1998, en España, en Galicia y en casi todo el mundo, que un hombre pegara a su compañera, la insultara o amenazara era, aún, «un asunto privado», «cosas del amor» o «de la pareja» que no incumbían al resto. El asesinato de Ana Orantes había sido una piedra de toque en una sociedad española que despertaba a la modernidad y se preparaba para cambiar de siglo. El gobierno del momento, a raíz del caso de aquella mujer y de su impacto mediático, estaba preparando la modificación del código penal con la introducción de la persecución de oficio de esta violencia machista, así como cambios en la ley de enjuiciamiento criminal para incluir la violencia psicológica como delito y la creación de las órdenes de alejamiento. Aparte de eso, la mentalidad imperante seguía instalada en la identificación de la violencia de los hombres sobre las mujeres como algo cotidiano y natural, con tendencia a culpabilizar las víctimas. En las violaciones eran acusadas de provocarlas. En la pareja, de desobedecer y enfadar al compañero.

La noche del 5 de septiembre, cuando Daniel me comunicó su inquietud por la reacción de Alberte, até cabos. Pasé la noche en vela sumando dos más dos. La capacidad empática de mi compañero había sido, de nuevo, providencial. Aquel sexto sentido suyo le había alertado de algo que yo había tenido delante de la nariz todos aquellos años, desde 1993, sin percatarme ni verlo. Alberte era un hombre violento. Eso explicaba el apocamiento de María Xosé, excesivo incluso para la persona más tímida e insegura. Su silencio cuando él estaba presente. Los pequeños sobresaltos que yo había detectado cuando él elevaba el tono en nuestros debates. Sus negativas cuando yo la invitaba a acompañarme a congresos o encuentros feministas, o a hacer algo juntas, sin él. Todo cuadraba.

Esta vez no me paralicé. Asumo que fue el hábito de enfrentar el machismo en sus infinitas capas lo que motivó mi reacción. Tanto pensar, cavilar, reflexionar sobre la violencia del patriarcado me había inmunizado ante a ella. Me enfadaba y me frustraba, pero ya no me aterrorizaba.

La mañana del domingo 6 recibimos al grupo de amistades que se había ofrecido amablemente el día anterior para ayudarnos a recoger los restos de la fiesta. Además de Roi, Manolo, Benita y Charo, ahí estaban María Xosé y su marido. Traían a la pequeña Saleta con ellos. La niña ya había cumplido nueve años y, ahora que me fijaba, tenía la misma mirada de terror de la madre. ¿Cómo no lo había visto antes? Empezaba a dudar muy en serio de mi intuición. Disimulé como pude y me dediqué a observar sus dinámicas hasta quedar totalmente convencida de estar en lo cierto.

Cuando se fueron, cada quien con su cazuela de pulpo y churrasco del día anterior en agradecimiento, convoqué a Daniel a la mesa bajo la higuera, a la que ambos llamamos, cariñosamente, La Figal, en *asturianu*, en recuerdo de la de Vilamil. Le hice partícipe de mis sospechas y no tardó en convenir conmigo, por lo menos, en que ahí estaba ocurriendo algo ante lo que no podíamos permanecer ajenos.

—No me lo puedo creer, María. Parece que nos persigan estos hombres oscuros.

—«Estos hombres oscuros», como dices, son muchos. Están por todas partes, Daniel.

—Lo sé. Tienes razón, sí. ¿Qué crees que debemos hacer?

Dedicamos aquella tarde a elaborar nuestro plan de acción. Ya no era 1950. En esta ocasión decidimos comenzar por hablar con María Xosé y ofrecerle nuestra ayuda. Lo hicimos unos días después y el resultado fue el peor de los esperados. Ella, aterrorizada, empezó negándolo. Ante nuestra insistencia, acabó por admitirlo, pero nos rogó que no interviniésemos.

—No es malo, de verdad que no. Tiene mal genio, sí. Pero también yo soy muy patosa, no lo sé llevar… Tiene más paciencia de la que merezco… Y Saleta tampoco es fácil… Él tiene mucho encima, la política es estresante… Yo, sin él, ¿dónde voy? Estamos juntos desde los quince.

Evidenciaba los típicos signos de secuestro emocional, el síndrome de Estocolmo de las maltratadas y también el miedo al vacío y al qué dirán. No hubo manera de hacerla entrar en razón. Yo temí que después de eso se alejara de nosotros. Por suerte, me equivoqué. A lo largo de varios meses seguimos viéndonos con la pareja regularmente, como hasta entonces, sin que nada aparentase cambiar. Sin embargo, ahora que lo sabía, no podía dejar de apreciar los signos del maltrato, emocional y físico, que él le propinaba. Descubrí algún moretón en la piel de sus brazos en descuidos. La mirada de miedo ante las reacciones del hombre. A medida que el tiempo avanzaba, me encontraba cada vez más frustrada y preocupada por aquella mujer y su hija, me sentía impotente.

Las noches de tormenta volvieron a mis sueños con intensidad. Paredes y Gómez se reían de mí. Me llamaban vieja, miedosa.

—Mira para lo que has quedado. —Reía a carcajadas mi cuñado, señalándome.

—Ya no vale ni para protestar —añadía Juan Manuel—. ¿Qué tan valiente eres ahora, roja de mierda? ¡Si es de los tuyos, no tienes narices, eh! ¿O temes acabar la jubilación en la cárcel, María?

—¡Hipócrita! —me gritaba Pedro.

Despertaba agitada y las más de las noches no conseguía retomar el sueño. Daniel estaba muy preocupado por mi salud, la mental y la física. Una de aquellas noches, tras despertar yo súbitamente de un mal sueño, me habló muy en serio.

—Esto no puede seguir así, María. Tenemos que hacer algo. Hay que denunciar. Tú vas a enloquecer y yo también. Y mira una cosa: cualquier día ese cabrón le da un mal golpe. Puedo soportar a Paredes y a Gómez en mi conciencia porque sé que lo hicimos por bien y salvamos las vidas de tu hermana y de sus hijas. Pero no resistiría la carga de no haber hecho nada por María Xosé y Saleta, *love*. Prefiero cargar con el peso de haber quitado una vida culpable que con el de no haber evitado una muerte inocente. Y tú tampoco podrías, lo tengo clarísimo. Por la mañana llamamos a Moira, ¿sí?

Asentí.

Daniel tenía toda la razón del mundo. Había que hacer algo, y había que hacerlo ya. Había pasado un año desde nuestro descubrimiento y las cosas solo podían ir a peor. Lo que no le dije fue que yo no creía que denunciar fuera la vía. Temía que la reacción de Alberte fuera letal.

—Vale, *m'amour* —le contesté—. Pero antes, hagamos un último intento. Hablemos con María Xosé una vez más.

Esa noche sí conseguí retomar el sueño. Por la mañana, algo más espabilada, llamé a María Xosé y los invité a hacer una *setada* en el fin de semana.

—Pasó el aniversario de Daniel y no hemos hecho nada —inventé—. Los sotos están plagados de setas gracias a las lluvias de estos días. ¿Qué decís? Vamos a invitar también a Irene, a las vecinas y a Manolo. No sé Roi, aún no he hablado con él, pero calculo que un chico de su edad no querrá pasar el domingo con esta recua de viejos.

—Claro, María —me respondió ella, tras consultarlo—. Ahí estaremos. Nosotros llevamos el vino y el postre.

—Vino solo, María Xosé. Que ya traen Benita y Charo los melindres de Silleda.

El 17 de octubre de 1999 cometí mi tercer asesinato. A diferencia de los dos primeros, que llevé a cabo confabulada con Daniel, en los cuales el primero fue por mi mano y el segundo por la de él, este tercero lo ejecuté en solitario y sin el conocimiento de mi compañero. En esa ocasión, hace ahora poco más de veinte años, estas manos que ahora reviso y con las que escribo este relato mataron solas. Por lo visto, en la vida todo es empezar. Al igual que saltar de un puente pendiendo de una cuerda elástica, fumar o pilotar una moto, el asunto es hacerlo una primera vez. Superada la barrera del miedo a lo desconocido, todo es susceptible de ser repetido.

Si me quedaba alguna duda con relación a la procedencia y eficacia de denunciar la situación de María Xosé, Moira había terminado de despejarla. La abogada amiga de Irene era una mujer decidida y valiente. Dedicaba todos sus esfuerzos e inteligencia, que era mucha, a defender la libertad y el derecho a vivir con dignidad de las mujeres y de las personas menos favorecidas. Pero, como buena letrada, no era tonta ni ingenua. Cuando le expusimos el caso, nos habló con sinceridad y un demoledor sentido práctico.

—La cosa no es imposible, pero sí os adelanto que muy difícil. —Daniel hizo un gesto de frustración. Ella le puso una mano en el antebrazo, a modo de indicación de que lo tomara con paciencia y la escuchara. Él se relajó y ella prosiguió—. Es cierto que la modificación del código penal y de la ley de enjuiciamiento criminal acaban de abrir una puerta nueva muy importante. Tenemos que valorar muchos aspectos. En primer lugar, pese a que las autoridades puedan actuar de oficio ante la sospecha que justificaría vuestra denuncia, ni la policía ni la judicatura tienen formación al respecto. Hay mucha inercia. Es fácil que se equivoquen. Los prejuicios son muy poderosos. Lo que van a ver es, y perdonad la expresión, a una pareja de viejos que se aburre, extranjeros ricos y estrafalarios que viven en una aldea y ven cosas donde puede no haberlas. Por otra parte, vuestra denuncia puede comprometer seriamente la seguridad de ella. Creedme cuando os digo que estos hombres son como animales heridos. Si piensa que es atacado, acorralado, va a reaccionar con más violencia, y la va a ejercer sobre ella. Aunque denunciéis vosotros, él va a culparla y va a desahogar su ira en ella. Además, es un personaje público. Si ve amenazada su posición social, puede ser un polvorín. Meneamos un poco y... ¡bum! Es muy peligroso. Lo sería menos si ella estuviera prevenida y de acuerdo con que denunciéis. Hablad con ella. Podemos conseguirle protección en ese caso. Llevarla a una casa de acogida, por ejemplo. Tened en cuenta que puede ocurrir que le ponga a él sobre aviso. Las mujeres maltratadas están sometidas a sus tiranos, no lo olvidéis.

Salí de aquella reunión totalmente derrotada. Ni siquiera tenía alguien concreto sobre quien vomitar mi enfado. No había alguien en particular responsable del panorama que nos acababa de pintar Moira, luego todos lo éramos. Daniel tampoco estaba nada contento. Pero su natural era tendente a la prudencia y se afirmó en esa línea. Prácticamente me obligó a prometerle que no haríamos nada hasta pasar el fin de semana, tras buscar la manera de hablar con María Xosé en la *setada* y ponerla, al menos, al tanto. Dado que yo no tenía en aquel momento un plan alternativo, acepté de mala gana. Total, había sido yo en primera instancia quien había planteado esa vía. Aunque la idea implícita en la propuesta había sido otra.

Llegó el domingo. La temperatura era suave. Era uno de esos días de otoño en los que piensas que quizá el verano ha vuelto para quedarse un poquito. La lluvia había dado tregua desde el jueves, lo cual era perfecto porque las setas de los sotos estaban jugosas y secas. Pese a que no asistía a la comida, Roi, siempre atento y cuidador, se había encargado de recogerlas el día anterior. Teníamos un alijo excelente de *Macrolepiota procera*, *Lactarius deliciosus*, *Cantarella cybarius* y *Boletus edulis* para nuestra *setada*. También ajos, patatas y cebollas de nuestras huertas y huevos de nuestras gallinas que, con un par de botellas de vino blanco Ribeiro, eran los ingredientes necesarios para preparar el festín de otoño al que habíamos convocado al grupo. Manolo había ido hasta Noceda a buscar el mejor pan de horno de leña de la comarca, Benita y Charo habían aportado los melindres, Irene, la tarta de almendra de Santiago y Alberte y María Xosé, el vino tinto de Barrantes para acompañar el menú.

Esta vez quise ser yo quien cocinara. En lo cotidiano era Daniel quien se ocupaba la mayor parte de los días, pero a mí se me daban las setas mejor que a él. Preparé la comida con esmero en nuestra bilbaína. En una olla grande doré en aceite de oliva las cebollas picadas y los ajos, a los que fui añadiendo las diferentes setas cortadas en trocitos. Cuando los hongos adquirieron algo de color y comenzaron a mezclarse con las cebollas, eché el vino blanco, una pizca de sal fina, y dejé que se fuera cocinando todo junto, removiendo lo justo para que nada se quemara y el calor quedara bien repartido. En paralelo, freí patatas y tiras de pimiento en otra sartén grande. Cuando todo estuvo listo, fui friendo dos huevos por comensal, y Daniel fue llevando a cada persona un plato con patatas, setas y los huevos encima. Yo iba indicándole para quién era cada uno, dependiendo de la cantidad de alimento que llevaba y los gustos de cada invitada o invitado. Los últimos los llevé yo misma. Fueron el mío y el de Alberte.

A estas alturas obvia decir que el de él llevaba un ingrediente extra. No soy tan ingenua como para creer que nadie que me conozca un poco no lo habrá deducido ya. Sobre la placa de la bilbaína había una sartén más. Una pequeña en la que cociné una breve *setada* tan solo con *Amanita phalloides*, estas sí, recogidas discretamente por mí misma, y que mezclé con el resto de los ingredientes en el plato que me ocupé personalmente de ponerle delante al marido de María Xosé. Lo devoró como si llevara tres días sin comer y lo alabó con agrado varias veces.

Cuando se marcharon, Daniel estaba desolado. No había encontrado la manera de acercarse a María Xosé en privado.

—¿Conseguiste hablar con ella, *love*? —me preguntó tan pronto como nos quedamos solos—. Yo nada, *rien de tout*, fue imposible.

—No, qué va. Ni lo intenté —le respondí con una sonrisa que no conseguía disimular.

Él me miró asustado.

—¿Qué has hecho, María?

—Cortar por lo sano, *m'amour*.

Daniel cayó de culo en el sofá de la sala. Tras los largos minutos que le llevó recobrar el aliento, me habló con su habitual serenidad.

—*OK, love*. Quizá tengas razón. Y aunque no la tuvieras, a lo hecho, pecho, ¿no? Solo espero que no nos pillen. No sé si es posible librarse tres veces de tomar la justicia por la mano.

Agradecí que hablase en plural.

El lunes por la tarde, según me contó después María Xosé, Alberte se encontró mal. Parecía evidente que tenía una indigestión. Todos los síntomas apuntaban a la típica gastroenteritis. Aunque haber comido setas podría haber sido un motivo de alerta, como habían pasado ya bastantes horas desde la *setada*, pensó que seguro que no había relación. ¡Dónde quedaba ya la digestión de la comida dominical! Tampoco habían tenido noticias alarmantes del resto de los comensales, nadie se había encontrado mal hasta donde él sabía. María Xosé le insistió para que fuese a urgencias, pero a él le daba mucha pereza el hospital y era de esos hipocondríacos que evitan ir al médico, no vaya a ser que confirme sus temores. Prefirió hacer dieta absoluta, beber agua con limón y esperar una mejoría que llegó la mañana del jueves. Entonces tachó a su mujer de exagerada y dramática y se marchó a trabajar, tan contento. A la hora del café fue a la cafetería del Parlamento y pidió un café con leche y un cruasán relleno de jamón y queso. Luego asistió a dos reuniones de su grupo parlamentario y a votar en el pleno. Por la noche, cenó pollo al horno con patatas. Le resultó algo seco e insípido, sin gracia, según hizo ver a su señora, la cual, dijo, no hacía nada bien ni queriendo.

El jueves por la noche ingresó en urgencias y en la madrugada del jueves para el viernes declararon su fallecimiento causado, según el parte de urgencias, por un fallo renal grave de origen indeterminado.

Nadie sospechó. La *Amanita phalloides,* esa seta blanca tan anodina que crece en el pinar que tiene Manolo de Costoia justo frente al camino que baja a nuestra finca, es un veneno extraño. No se debe confundir con la otra *Amanita*, la *muscaria,* tan bonita, que se representa como la casa de los gnomos nórdicos y que avisa con honestidad de sus poderes psicoactivos mediante su color rojo llamativo y las motas blancas. Al igual que el *Colchicum autumnale*, la planta que empleé para envenenar a Pedro en 1950, la *phalloides* tarda unas cuantas horas en hacer efecto. Pueden ser entre seis y veinticuatro, que fueron las que pasaron en el caso de Alberte. El tipo era resistente. En ese momento, provoca una sintomatología muy semejante a una gastritis o una gastroenteritis. Por lo general, quien la padece no la relaciona con la ingestión de setas, en caso de tener conciencia de haberlas comido, debido al tiempo transcurrido. Pero lo mejor que tiene la *Amanita* es que, tras entre veinticuatro y treinta y seis horas, los síntomas desaparecen durante un día o dos. Pasado ese plazo, en el que la persona cree que ha superado el problema estomacal o intestinal, vuelven de golpe y pueden fulminar al enfermo si no se combate muy rápido y con la certeza de que es una intoxicación por *phalloides*.

Cuando nos mudamos a Silleda, acepté tener televisor en casa. Hasta entonces me había negado, pero vivía sola. A Daniel, por el contrario, le gustaba ver los informativos y alquilar películas. No me quedó otra alternativa que aceptar que el trasto aquel entrase en mi vida cotidiana junto con un reproductor de vídeo doméstico VHS que más tarde recibió el acompañamiento de un reproductor de DVD y un sistema de *home cinema* supermoderno con sonido envolvente. Poco a poco, descubrí que tenía algunas virtudes, como la de permitirme escoger qué películas ver y hacerlo en la intimidad de mi sala de estar en cualquier momento, en lugar de tener que desplazarme en coche hasta Santiago para ir al cine a una hora determinada. Ahora la veo de vez en cuando. Irene nos gestionó un abono a una plataforma digital y, no sé cómo, la programó para que aparezca en mi pantalla si pulso en el mando a distancia la tecla AV al mismo tiempo que el cero.

    Me aficioné a las películas y series detectivescas y policiacas. Yo, que fui de aquellas esnobs que consideraban la novela negra un género menor, ahora soy una vieja extravagante que no se pierde un nuevo capítulo de *Breaking Bad*. Gracias a este gusto tardío por la intriga en la ficción he aprendido mucho de la jerga policial. Por eso sé que soy lo que se denomina una asesina en serie. Porque acabé con la vida de tres personas en tres momentos diferentes, guiada por las mismas motivaciones. Tres hombres que compartían lo que los analistas de conducta del FBI calificarían como un perfil común de víctimas. Hombres con poder, violentos con las mujeres y con éxito social. Según quienes escriben los guiones de las series yanquis, soy una psicópata que mata pensando que hace un bien a la humanidad al eliminar a un hombre. «La asesina feminista». Estoy segura de que en los medios amarillos me pondrían un apodo como ese. No voy a decir que duermo tranquila, porque no es cierto y no necesito mentir. Por eso mismo, afirmo sin rubor que no me importa no dormir tranquila. Otro signo de psicopatía, tal vez.

Sin embargo, el día de finales de noviembre de 1999 en que recibimos la inesperada y desagradable visita del sargento Ruiz en nuestra casa, sí me asusté. Daniel no estaba, había ido a Santiago para comer con Irene. Fue Roi quien encontró al hombre merodeando en el lado exterior del portón de la finca, cuando se acercó porque le había parecido oír, desde el prado, un motor al ralentí cuyo sonido no se correspondía con el de un tractor que estuviese faenando en los terrenos vecinos. Como solía ocurrir cuando alguien no habitual llegaba a nuestras puertas, Ruiz se había bajado de su pequeño utilitario dejándolo en punto muerto y con el freno de mano echado, sin apagarlo, mientras buscaba infructuosamente un timbre que no existía. Quienes nos visitaban con regularidad estaban al tanto de que la única manera de avisarnos para que nos allegásemos a abrir era tocando el claxon. Por consiguiente, Roi supo que tenía que ser un extraño.

Nuestro encantador y joven mayoral recibió con amabilidad a aquel señor simpático y le dejó entrar cuando el expolicía se presentó como un viejo amigo que improvisaba una visita aprovechando que había tenido que venir a Galicia. Me di de bruces con ambos cuando, ya a pie, casi alcanzaban la entrada de la casa y yo salía con uno de los perros a la correa, dispuesta a agradecer el bonito y despejado día invernal dando un pequeño paseo con Benita y Charo. Roi me dijo después que mi expresión fue tremenda. Por lo visto, en un instante empalidecí y él temió un desmayo. No me desvanecí, pero, como de costumbre, me petrifiqué. Me quedé ahí parada, aferrándome a la correa del perro, sin hablar ni moverme. Roi se puso en guardia, pero dada su natural discreción se mantuvo a la espera. Podía percibir la tensión de su cuerpo incluso con la distancia que nos separaba en ese momento. Ruiz también frenó su avance y me correspondió manteniéndose quieto, a unos dos o tres metros de mí y un par de pasos por delante de Roi. Yo no podía creer que estuviese allí, frente a mí, en mi casa, luego de tanto tiempo. Pero era él, no cabía duda. Era el sargento Ruiz, el hombre que me había perseguido y acosado durante largas décadas, al cual había temido e ignorado a partes iguales. El que no me había permitido descansar hasta hacía no muchos años.

Lo observé con detenimiento mientras intentaba modular un poco mi respiración súbitamente bloqueada y trataba de reunir fuerzas para hablar. Estaba muy mayor. A pesar de que ambos rondábamos los setenta y cinco, aparentaba por lo menos diez años más. Había envejecido fatal. Nunca había sido gran cosa, pero el hombre autoritario, fibroso y menudo que había conocido en nuestra suite del Palace cerca de cuarenta y nueve años atrás se había convertido en un alfeñique. Se le veía débil, decrépito y nada amenazador. Ya no lucía el ridículo bigote franquista, aunque las gafas negras asomaban en el bolsillo de la americana. Tenía el pelo, que seguía llevando algo corto de más para su forma de cara, muy blanco y fino, nada que ver con la frondosa cabellera gris de Daniel, que también era coetáneo del policía. Estaba demasiado delgado y pude apreciar un cierto temblor en su mano izquierda, con la que a duras penas sujetaba su inseparable cartera portafolios de cuero. La chaqueta que vestía le venía grande, de lo cual pude deducir que la pérdida de peso y masa corporal había sido brusca y estaba reciente. El rostro, repleto de arrugas y flácido, delataba sus expresiones más repetidas en las gruesas líneas del ceño y alrededor de la boca. También exhibía otros surcos menos explicables, como una profunda grieta que le atravesaba en vertical la mejilla derecha.

Dado que yo permanecía sin articular palabra, tomó la iniciativa. Le costó un poco más de lo natural y pude ver cómo le temblaban los labios y el mentón. Claramente, estaba enfermo.

—Hola, María. —No sonrió con la boca, pero sí con los ojos. Tal vez me equivocase, pero creí percibir una cierta ternura en su expresión facial. Eso acabó de descolocarme.

—Hola, sargento. —Fue lo único que conseguí decir. Acto seguido, busqué la protección de una columna y me dejé caer un poco contra ella mientras me agachaba para liberar al perro de la correa—. No es usted bienvenido en mi casa. Pero eso ya lo sabe, ¿verdad?

—Lo imagino —respondió—. Solo le ruego, María, que me conceda unos minutos. Nada más. Después me iré y no volverá a verme. Lo prometo.

No sé por qué, accedí. Despedí a Roi, que volvió a sus tareas, e indiqué a aquel hombre oscuro el camino a mi cocina.

Seguramente, ver a Ruiz tan enclenque y frágil motivó que, tras la impresión inicial, bajase la guardia hasta el extremo de permitirle entrar en mi hogar. Al fin y al cabo, estábamos en mi casa, mi territorio, mi guarida segura. Aunque no estuviese Daniel, contaba con que Roi permanecería atento. Él venía solo y no parecía peligroso, ya no. Sin embargo, la situación era anómala, extraña y tensa. Hacía pocas semanas de la muerte de Alberte. No se me escapaba que aquel tipo, aunque malo y desagradable, no era ningún tonto, sino todo lo contrario. Había sido capaz de atar cabos muy rápido en 1950 y parecía ser, aparte de Francisca y Pilar, el único que se había dado cuenta de lo que Daniel y yo habíamos hecho para liberar a mi hermana y mis sobrinas de su infausto marido y padre, a raíz de que le asignasen gestionar la burocracia en la muerte del marido de Pilar, el infame Juan Manuel. Era evidente que le había parecido demasiada coincidencia, y su intuición de investigador había hecho un buen trabajo. La única razón de que nos hubiésemos librado de su empeño en descubrirnos había sido que no había podido reunir las pruebas necesarias para que sus jefes le creyesen, lo cual, junto con nuestra posición social y la nacionalidad francesa, nos había dado una ventaja enorme frente a él. Ahora lo tenía delante de mí. Le invité a sentarse a la mesa, al calor de la bilbaína, y le ofrecí prepararle un café, que declinó.

—Preferiría no ingerir nada que usted cocine. Supongo que lo comprenderá. Pero gracias de todos modos —ironizó.

Yo di un respingo, pero hice todo lo posible por disimular. Lo que estaba ocurriendo, incluida la indescifrable actitud de aquel hombre, me tenía desconcertada. No saber a qué atenerme me paralizaba. Quería pensar rápido, pero estaba bloqueada. Decidí ganar algo de tiempo poniendo una cafetera y sirviéndome una taza. Funcionó. Me espabilé un poco gracias al movimiento mecánico con gestos conocidos y automáticos a la vez que dispuse de los segundos que precisaba para recuperar la compostura. Entonces, por fin algo entera y segura, me senté frente a él con gesto inquisitivo y alcé una ceja mientras removía el azúcar en el pocillo.

—Usted dirá —le exhorté.

—¿No está Daniel? —inquirió—. Me gustaría hablar con ambos, si es posible.

—No tardará —respondí. No quería que pensase que estaba solo conmigo ni dar muestra alguna de indefensión, pero tampoco deseaba que Daniel se lo encontrase en nuestra cocina—. Aunque no le voy a permitir esperarlo. Dígame lo que sea y váyase por donde ha venido, cuanto antes. Si le he consentido entrar en mi casa es únicamente porque ha dicho que así nos dejará en paz. Espero que tenga usted palabra. Y rapidito, por favor. Me cae usted muy mal y me molesta su presencia.

En lugar de contestar, Ruiz tomó su cartera, que protegía en el regazo, la puso sobre la mesa de la cocina y la abrió. Era la misma que le había visto cargar a lo largo de casi cincuenta años. Una de esas clásicas estilo archivador que tenían varios compartimentos interiores en acordeón para clasificar los documentos. Rebuscó entre ellos con manos muy temblorosas hasta dar con una hoja de periódico doblada varias veces. Verlo desplegándola fue agónico. Cuanto más se esforzaba, menos controlaba el temblor y en varias ocasiones pensé que la iba a romper sin querer. Pero al final, visiblemente agotado, consiguió extenderla frente a mí. Era un recorte de la noticia del entierro de Alberte en *El Correo Gallego*. Sobre el texto de la crónica, una foto en blanco y negro ilustraba la pieza. Al fondo, dos siluetas borrosas, que eran la mía y la de Daniel, habían sido señaladas con un rotulador rojo. El golpe de adrenalina fue brutal. Sentí como si recibiese un puñetazo en el estómago, noté el calor invadiendo mis mejillas y no pude disimular. Me quedé mirando aquel papel y al sargento alternativamente, por fortuna, muda. El no exhibía la sonrisa triunfal que habría cabido prever. Su expresión era triste, de desolación. Percibí también esa pena, o dolor, en su voz.

—Sé que fuisteis vosotros. Sé que os cargasteis a los dos coroneles. Y ahora, habéis liquidado al diputado ese. Solo tuve que hablar tres minutos con la viuda para percatarme. Toda mi vida intenté pararos, evitar que lo volvieseis a hacer, pero he fracasado. —Hablaba con la mirada fija en el recorte de prensa, pero pude atisbar que sus ojos estaban llenos de lágrimas—. He fracasado estrepitosamente. He dedicado mi vida a esto para nada. —Emitió un leve sollozo. Enseguida se esforzó por recomponerse y, aunque le llevó unos segundos más de lo procedente, por fin pudo proseguir. Me clavó la mirada. Algo en el fondo de ella me devolvió al perro de presa franquista que recordaba. Eso me puso en guardia de nuevo. Él lo notó y se apuró a tranquilizarme—. No he venido a acusaros. Tampoco pretendo que nadie me crea esta vez. Y ¿sabes qué? Ya no me importa. Estoy tan seguro de estar en lo cierto que ya no necesito reconocimiento. No me hace falta que el cuerpo de policía o un juez me den la razón… —Calló de pronto.

Yo esperaba que terminase. Quería que me dijese, entonces, a qué narices venía. Por qué se presentaba en mi casa de esa manera, qué pretendía con aquella visita, pero él parecía haberse abstraído. Bajó la cabeza y me dio la impresión de que meditaba, o tal vez hacía acopio de fuerzas, un buen rato. Aunque me moría de ganas de preguntarle todo lo que me pasaba por la cabeza, mi intuición me ordenó que aguardase. Pensé incluso que podía ser una pantomima, una estrategia de policía viejo y acabado para despertar mi compasión y provocar mi confesión. Así que, como ahora escuchaba a mi instinto, acaté lo que dictaba y esperé. Cuando levantó la cabeza parecía derrotado.

—Estoy enfermo, María. Muy enfermo.

—Ya —le interrumpí, tratando de parecer lo más fría posible—. Párkinson, ¿verdad? ¿En qué fase? No parece muy avanzado.

—Efectivamente —asintió—. No sé la fase, pero va muy rápido. Y me temo que, en mi caso, afecta a la memoria. Cada vez estoy más despistado. Siempre me pregunté por qué no estudiaste Medicina. Tienes ojo clínico y sabes cosas. Luego deduje que, tal vez, lo tuyo no era la vida, sino la muerte... —Yo seguía impertérrita. Había conseguido disociarme de las emociones del sargento y me había propuesto no dejarme manipular, aunque me estaba costando una barbaridad no apiadarme de él. Ruiz hizo un gesto con la mano, como desechando la línea de pensamiento que había iniciado—. Qué más da. Me he preguntado muchas cosas sobre ti, sobre vosotros. He prestado más atención a vuestras vidas que a la mía propia. He derrochado lo único que tenía, mi vida. Mi mujer se hartó de mis obsesiones y me plantó en cuanto se legalizó el divorcio. Mi hija no me habla, anda por ahí diciendo que fui un padre «emocionalmente ausente»... Ahora me queda poco. Y, en cierto modo, sé que soy responsable de haber desperdiciado mi paso por la tierra, aunque también os culpo. ¡Por supuesto que os culpo! Por eso creo que me lo debéis. Me debéis, al menos, saber por qué —me encaró. En sus ojos había metal, como en los de mi madre, sesenta años antes, cuando me anunció que debía huir de Vilamil. Pero en los de Ruiz no vi miedo. Solo dolor y rencor—. ¿Por qué asesinaste a esos hombres, María? Hasta ahora me había conformado pensando que los coroneles eran mandatarios en el gobierno del Generalísimo, y vosotros, unos rojos que no los queríais en la familia. Pero de pronto, a estas alturas, vais y liquidáis a un progre de los vuestros. ¡Y no lo entiendo! Me voy a volver loco, si no lo estoy ya. —Me dirigió una mirada implorante —. No tienes nada que perder. Nadie me escuchó antes y no lo harán ahora. Pronto, ni siquiera yo recordaré lo que sé. Pero me jodisteis la vida. Por lo menos, deja que tenga la paz de saber por qué lo hiciste.

Me estaba empezando a parecer que tenía razón. Tal vez merecía saber. Yo conocía la dureza de la incertidumbre y sabía cómo sana conocer la verdad, por muy fea que nos resulte.

—Esos hombres… —empecé.

—*Shut up, María. Please shut up, love!*

Era la voz de Daniel. No supe cuánto rato llevaba presenciando la conversación desde el quicio de la puerta de la cocina, pero era él. Me pedía que callase y atendí a su demanda.

Daniel entró despacio, con gran aplomo, haciendo gala de una seguridad en sí mismo que yo sabía fingida, pero solo alguien tan íntimo como yo podría haberse percatado. Había seguido nuestra conversación casi al completo, pues había llegado a casa apenas unos minutos después de que Ruiz y yo comenzásemos a hablar. Enseguida comprendió lo que estaba ocurriendo, pero prefirió no avisar y se había quedado agazapado al otro lado de la puerta abierta de la cocina. Me lee tan bien que identificó el momento exacto en que yo iba a ceder ante la insistencia y el chantaje emocional de nuestro acosador particular y, solo llegados a ese punto, actuó. Avanzó hasta situarse muy cerca del sargento jubilado y se plantó de pie frente a él, que seguía sentado. Aunque ya estaba mayor, en comparación con el otro Daniel parecía un fornido joven. Lo miró con desprecio y me habló, pero sin quitarle ojo.

—Casi te engaña, *love*. Vaya cara más dura. Aparece en nuestra casa representando el papel del pobre viejito enfermo, dando pena… ¡y ciertamente, sí que la da! Pero no porque se vaya a morir, no. Da pena porque es un impresentable. Un maldito fascista. A saber las atrocidades que habrá cometido en nombre de su querido Generalísimo, su patria y toda esa basura. —Hizo una pausa, realizó un barrido visual de arriba abajo sobre el policía y se dirigió, por primera vez, directamente a él—. Quítate la ropa. —Ruiz lo miró, incrédulo. Y debo reconocer que yo también.

—¿Cómo dice? —respondió el sargento.

—Que te quites la ropa, he dicho —insistió mi compañero.

—Pero, Daniel, ¿qué dices? —intervine.

—Este tipo no es trigo limpio, María —me explicó—. Aparece aquí de la nada, después de tantos años, haciéndose la víctima, y sigue emperrado en acusarnos de no sé cuántos crímenes. ¿Tú sabes si lleva un micrófono? ¿O una grabadora? —se dirigió de nuevo a Ruiz—. Que te quites la ropa. *Maintenant*.

Para mi sorpresa, Ruiz obedeció. Se levantó con dificultad y poco a poco fue quitándose todas las prendas que vestía. A medida que se despojaba de cada pieza de ropa, Daniel la revisaba meticulosamente, después la sacudía y se la devolvía al exsargento, quien la doblaba cuidadosamente con sus manos temblorosas y descoordinadas y la iba depositando sobre la mesa. Fue un proceso exasperante, lento y, la verdad, bastante ridículo. Los nervios y aquella escena dantesca me provocaron un ataque de risa que me costó muchísimo controlar, pero alcancé a no emitir más que un par de carcajadas discretas. Todavía hoy aflora una sonrisa en mi cara con solo recordarlo y me vuelvo a poner igual de nerviosa. Cuando por fin el policía jubilado estuvo ataviado tan solo con sus feos calzoncillos Abanderado blancos, mi exmarido procedió a ponerse unos guantes de los de lavar la loza y revisó el interior de estos y la cabeza de Ruiz, y dejó sus cuatro pelos revueltos como si acabase de salir de la cama. No contento con el meticuloso registro le hizo abrir la boca, que repasó, al igual que los oídos y las fosas nasales del reo, con la ayuda de la luz de la débil llama de un mechero de cocina. Por último, abrió la cartera de cuero, la vació y después volvió a meter todos los documentos de cualquier forma en ella. Finalmente, cansado, se sentó a la mesa y se bebió de un trago mi café, ya frío, que yo no había ni probado. Ruiz comenzó a vestirse.

—¿Más tranquilo, *mesié Martán*? —le increpó Ruiz. Resultaba muy poco intimidante mientras volvía a cubrir su cuerpo decrépito con tanta dificultad, pero debo reconocer que ni en ese contexto perdió la soberbia y altivez que lo caracterizaban desde su juventud. Muy al contrario, pareció recuperarlas, creciéndose ante la afrenta.

—La verdad es que sí, ciudadano Ruiz. Ya puede usted largarse con viento fresco —resopló Daniel.

—Deduzco que no me vais a conceder mi último deseo —afirmó Ruiz, mirándome suplicante en un claro último intento a la desesperada.

—Fuera. —La voz de Daniel era firme—. O te vas, o llamo a tus amigos policías para que vengan a por ti.

—Váyase, por favor —casi le rogué. Solo en ese momento reparé en que siempre le había tratado de usted, mientras que él ahora se había acostumbrado a tutearme—. Que te vayas, digo —me corregí.

Ruiz se fue. Yo entré en pánico. Las pesadillas volvieron con la intensidad de los primeros años. Ahora él era el rey Kong. Animaba a Paredes, a Alberte y a Juan Manuel para que me atormentasen. Me amenazaba, le hacía daño a Irene… Era insoportable.

Me puse pesadísima e insistí sin parar hasta que instalamos un videoportero. Desde entonces puedo saber quién llama sin salir de la cocina y decidir si la dejo pasar sin que esa persona sepa siquiera que la he visto.

Por fortuna, mi recaída no fue larga. Tan solo tres semanas después de aquel episodio recibimos una llamada de la notaría de Silleda. Un colega de Madrid les había encomendado la gestión de notificarnos el fallecimiento de Ruiz, quien se había quitado la vida pocos días después de llegar de vuelta a su casa y había dejado un recado para nosotros en su testamento. Era un paquete cerrado que solo Daniel y yo podíamos abrir. Llevaba un sobre pegado por fuera, dentro del cual solo había una escueta nota que rezaba: «Hubiera preferido saber por qué». La caja contenía su cartera, unas cuantas libretas con sus notas manuscritas y mecanografiadas sobre sus pesquisas y varias carpetas donde había ido archivando cuanto se le había antojado de valor registrar, desde recortes de prensa hasta viejos atestados policiales, el certificado de defunción de Pedro o las fotografías de la escena del accidente de Juan Manuel. Esa misma tarde de invierno, recién pasada la Nochebuena que no festejábamos y cuando se acababan de cumplir cuarenta y nueve años de la muerte de Juan Manuel, quemamos el contenido de aquella herencia envenenada en la cocina bilbaína de nuestro hogar.

En los años que siguieron a la muerte de Alberte, tal como esperaba, María Xosé floreció. Igual que había pasado con Caridad y sus hijas, incluida Pilar, tuvo la oportunidad de vivir. Poco a poco esa vida fue ocupándola y fuimos perdiendo el roce cotidiano, pero seguimos en contacto. Si algún día sospechó de mi intervención en relación con la muerte de su marido debido a su conversación con Ruiz, jamás lo mostró. Es un encanto, se preocupa por saber cómo estoy y me llama cada semana. Habla con Irene cada tanto y, pese a que ahora vive en Madrid con Saleta, su yerno y su nietecita, suele ofrecerse para venir a cuidar de mí. Hasta ahora he rechazado cualquier ayuda externa. Mientras pueda valerme por mí misma, prefiero seguir en la compañía de mis fantasmas.

Por lo demás, la vida siguió como si nada. Llegó el siglo XXI y los coches aún no volaban ni la gente se alimentaba a base de píldoras como las de los astronautas, aunque los adelantos en la tecnología y las comunicaciones sí que fueron a toda velocidad.

Daniel y yo nos dedicamos a envejecer en amor y compañía, disfrutando tranquilamente de la paz de la naturaleza. Los años avanzaban, corría el tiempo y todo en el exterior iba cambiando, mientras que nuestro pequeño universo se estabilizaba en la armonía. Llegaron internet y los teléfonos móviles, y nos dio tiempo a incorporarlos a nuestros hábitos. Yo aprendí a usar el ordenador y aparqué definitivamente la máquina de escribir, el corrector y el papel de calco. Incluso tengo una dirección de correo electrónico y un perfil en una red social. Con todo, mi atención siguió fijada en los libros, en ver crecer los frutales y en cuidar de la familia animal que nos acompaña.

De manera paulatina, nuestras actividades profesionales de jubilados importantes fueron disminuyendo su intensidad. Yo aparecía cada vez menos en público, aunque seguí atendiendo entrevistas y las peticiones de varias brillantes doctorandas hasta la irrupción del virus. Desde entonces me han pedido en varias ocasiones que me conecte online, pero hasta ahí sí que ya no llega mi capacidad adaptativa a la locura de las tecnologías nuevas.

Daniel prefirió materializar su legado a su hija antes de morir y le traspasó todos sus bienes, acciones en la compañía y demás haberes, excepto su cuenta personal de ahorros y A Chousa. De esta, nos nombramos herederos recíprocos. Cuando ambos fallezcamos, será para Irene, igual que todo lo demás, salvo mi editorial, que a ella no le interesa y que queda para Violeta.

En 2014, cuando Irene, con casi cuarenta y dos años, dio a luz a su único hijo, que llamó Daniel, nosotros habíamos alcanzado la impresionante edad de noventa vueltas alrededor del sol. Estábamos muy bien de salud, solo con los achaques propios de la vejez. Nuestras cabezas funcionaban estupendamente y todavía nos sentíamos fuertes para dar paseos, conducir hasta el pueblo en busca de provisiones y atender las rutinas diarias. Daniel se operó de cataratas, mientras que yo solo necesité un aumento en las gafas para contrarrestar la presbicia. Ni problemas cardiacos ni digestivos o renales. Estábamos sanos como las manzanas que cosechábamos cada año en A Chousa. Pero se diría que la naturaleza sabe de las cuentas humanas del tiempo, porque a partir de ese año los cuerpos comenzaron a darnos problemas. Igual que a su padre, a Daniel se le rompió el hueso de la cadera. Aunque le operaron enseguida y le pusieron una prótesis artificial, no fue capaz de llevar a buen puerto la rehabilitación y quedó anclado a una silla de ruedas. Con ayuda, puede erguirse para pasar de la silla al baño o la cama, e incluso dar unos pasos, pero la mayor parte del tiempo está sentado. Compramos una silla eléctrica que corre como un rayo, y le dio bastante autonomía. Aun así, la vida se nos complicó con este incidente. También yo comencé a sentir el peso de lo vivido en los huesos y en la piel, y se me hacía cuesta arriba ayudarlo. Ya casi no podía reunir un par de horas de sueño y me vi obligada a aceptar los somníferos que me recetó mi doctora de cabecera. Con todo, conseguimos mantenernos independientes sin tener que traer a alguien ajeno a vivir con nosotros para cuidarnos.

Hace dos meses más o menos, llegó el virus. En la tele dicen que el planeta se ha paralizado. La gente en las ciudades relata que han vuelto a escuchar a los pájaros. Irene nos cuenta por teléfono que en Compostela da miedo salir a la calle, incluso ir a comprar al supermercado. Hay pánico al contagio y a las multas. Nadie sabe nada, no hay mascarillas para todos. En A Chousa ya apenas advertimos el rugido de los motores allá en la carretera, pero aquí todo sigue plácido. Ni me he acercado al pueblo. Roi continúa trabajando para nosotros. Además de atender la finca igual que siempre, una vez cada quince días se da una vuelta por casa y nos trae la compra y los medicamentos. Entra y los deja en la cocina, con la indicación de que yo aguarde veinticuatro horas antes de hacer contacto con ellos. Le estoy muy agradecida. Tanto que he dejado para él un detalle en mi testamento. Ayer llamé a Moira, y actualizamos eso y algún que otro aspecto que tenía sin revisar. Debía asegurarme de que Irene mantiene la finca y el contrato con Roi por lo menos hasta que él se jubile y de legar la biblioteca del molino al ayuntamiento.

—¿Cómo estás, Moira?

—Agotada, María. En mi profesión estamos trabajando más que nunca. Sigo yendo al despacho, porque tengo allí todos los documentos y también el software para comunicarme con los juzgados, pero salir a la calle es un esfuerzo titánico. Tensión máxima. También me preocupa el recorte de libertades. Entiendo la situación, pero temo que luego no se revierta, no me fío. Y por supuesto, no te imaginas el drama. La cantidad de mujeres que se han quedado enjauladas en las casas con sus maltratadores…

—Lo entiendo, amiga. Pero no desistas. El mundo precisa de ti.

—Gracias, María. Empiezo a estar cansada, la verdad. Pero dime, ¿qué necesitabas?

—Tenemos que actualizar mi testamento…

—¡Pero eso podemos hacerlo en persona cuando pase el confinamiento! Parece ser que en unos días van a quitar los perímetros de las provincias. Puedo ir a veros. Me encantaría pasar un ratito al aire libre, veros, aunque no os pueda abrazar… ¿Qué prisa tienes, mujer?

—Toda, Moira.

El día es precioso. La primavera de la COVID-19 está siendo soleada y fresca, una de las más agradables que recuerdo en los veinticinco años que llevo en este mi edén de A Chousa da Tosta. El día en que se decretó el estado de alarma y mandaron a toda la gente encerrarse en sus casas, las temperaturas empezaron a subir y paró de llover. Hoy se acaba mayo, el miedo es dueño de la faz de la tierra y luce el sol.

Daniel y yo nos hemos llegado hasta el cerezo. En estos cinco lustros aquel palo flaco de metro y medio se ha convertido en un árbol robusto, sólido, seguro y fértil de por lo menos quince metros de altura. Nos hemos tumbado a sus pies, bajo la copa frondosa repleta de dulces frutos rojos a punto de acabar de madurar. Él se ha virado de costado, tiene la mejilla apoyada en mi hombro. Siento su respiración en el hueco de mi cuello. Me ha pasado la mano por encima del vientre, como solemos dormir. Yo estoy de espaldas al suelo, con la barriga hacia el cielo. Así, en esta postura, hemos compartido cientos, puede que miles de noches del casi siglo que terminamos hoy.

La luz del atardecer se filtra entre las hojas del árbol y dibuja gotas amarillas sobre la hierba. En Japón tienen una palabra para esto: *komorebi*. También es en ese país oriental donde veneran la flor del cerezo, a la que llaman *sakura*. Para esa cultura milenaria, la flor de la cereza representa lo efímero de la belleza y de la vida. Aprendí esto en mis lecturas de la Espasa en casa de los Meroño Gutiérrez y nunca lo he olvidado. Desde entonces desarrollé una afección especial por este árbol. Por eso lo planté aquí cuando nos instalamos para siempre en A Chousa.

Mientras los sedantes se van apoderando de nosotros, Daniel y yo nos acariciamos. Nuestros cuerpos se conocen bien, se sienten como trajes viejos adaptados a quien los viste desde hace tanto.

De cuando en vez, la brisa mece las hojas y la luz dorada del ocaso golpea intensamente mis ojos. Extiendo las manos para protegerme y las veo de nuevo.

Estas son ahora mis manos. Las manos de una anciana. Pecas. Dedos torcidos, uñas amarillentas, surcadas por grietas como ríos. Cicatrices. Callos, arrugas. Mis manos. Las manos que fregaron suelos de madera y de baldosa hasta mudar la piel. Que trabajaron la tierra siendo muy jóvenes. Que acariciaron. Que escribieron. Que fueron acariciadas. Que ejercieron de defensas y fueron silenciadas. Que hablaron. Recuerdo el prado, a mi madre, aquella tarde de hace tanto tiempo, cuando las descubrí.

Las mismas manos que mataron. Hoy, por última vez, cuando prepararon la sobredosis de fármacos que necesitábamos para irnos del mundo tal y como ambos lo deseamos. Juntos, abrazados, sin dolor, en paz.

—Daniel, ¿respiras?

—*Encore, love.*

—*Je t'aime*, Daniel. ¿Tú me quieres?

—*Always.*

No veo a Paredes ni a Alberte o a Juan Manuel. Tampoco a mi madre, Teresa o Gérard. Ni a Pilar, Ramón, Ismael, Esteban o Rosita.

Teníamos razón, Daniel, *mon amour*. Esto es todo. Este legajo de folios escritos es lo que dejamos para quien venga, nada más. No hay antes ni después. No sé por qué hemos estado aquí, ni si hemos servido de algo a la humanidad. Tampoco entiendo la razón de la existencia humana. Pero ya no importa.

Agradecimientos

Debo gratitud a las siguientes personas:

María Xosé Porteiro García, por la fe inquebrantable en mí. Por siempre estar.

Ledicia Costas Álvarez, por el empuje, ejemplo y generosidad. Por las duras y las maduras.

Ozo, por esa mirada crítica sin la cual no consigo encontrar lo que no puedo ver.

Tania Valencia Barcia, por el talento para convertir mis palabras en imágenes. Por conseguir que salga guapa en las fotos. Y por quererme.

Alicia Díaz Jublin, por enseñarme qué es ser una amiga.

Fran Alonso y Xosé Manuel Moo, por haber sido los primeros en apostar por esta historia.

Carol París y Hilde Gersen, por creer en esta novela y brindarme el privilegio de su profesionalidad y calor humano.

Andrés Duro Fernández, por regalarme su mecenazgo de tiempo, entusiasmo y amor.

Esta obra vio la luz en la primavera de 2025.
Donald Trump es dueño del mundo por segunda vez
y el cambio climático ya es una evidencia.
Seguramente a María no le sorprendería.

«Para viajar lejos no hay mejor nave que un libro».
EMILY DICKINSON

Gracias por tu lectura de este libro.

En **penguinlibros.club** encontrarás las mejores recomendaciones de lectura.

Únete a nuestra comunidad y viaja con nosotros.

penguinlibros.club

penguinlibros